Falls Sie sich gewundert haben, was all die Augen auf den Innenklappen dieses Thrillers zu suchen haben – keine Sorge, es sind nicht die Trophäen des Augenjägers. Die Besitzer dieser Exemplare sind (hoffentlich) noch alle wohlauf und munter. Vielleicht gehören die Augen ja sogar Ihnen! Das wäre der Fall, wenn Sie sich vor einiger Zeit unter www.vorsicht-fitzek.de einem virtuellen Augentest unterzogen haben. Dort hatten Sie nämlich die Möglichkeit, ihr Auge »hochzuladen«. Und alle, die mitgemacht und uns ihr Einverständnis zur Veröffentlichung gegeben haben, haben nun den Salat und sind hier in diesem Buch verewigt. Getreu dem heimlichen Motto:

AUGEN AUF UND DURCH!

Liebe Grüße, viel Spaß und auf Wiederlesen
Ihr Sebastian Fitzek

Knaur.

Über den Autor:
Sebastian Fitzek wurde 1971 in Berlin geboren. Gleich sein erster Psychothriller, *Die Therapie,* wurde als bestes Debüt für den Friedrich-Glauser-Preis nominiert und begeisterte Kritiker wie Leser gleichermaßen. Mit den darauf folgenden Bestsellern *Amokspiel, Das Kind, Der Seelenbrecher, Splitter* und *Der Augensammler* ist er heute DER deutsche Star des Psychothrillers. Seine Bücher werden in vierundzwanzig Sprachen übersetzt; *Das Kind* wurde mit internationaler Besetzung fürs Kino verfilmt.

Als gebundene Ausgabe erschien Sebastian Fitzeks erster gemeinsam mit Michael Tsokos verfasster Thriller: *Abgeschnitten.*

Mehr Informationen über den Autor finden Sie unter:
www.sebastianfitzek.de

Sebastian Fitzek

Der Augenjäger

Psychothriller

Knaur Taschenbuch Verlag

Besuchen Sie uns im Internet:
www.knaur.de

FSC
www.fsc.org
MIX
Papier aus verantwortungsvollen Quellen
FSC® C083411

Vollständige Taschenbuchausgabe November 2012
Knaur Taschenbuch

Ein Unternehmen der Droemerschen Verlagsanstalt
Th. Knaur Nachf. GmbH & Co. KG, München
Ein Projekt der AVA International GmbH
Autoren- und Verlagsagentur
www.ava-international.de

Redaktion: Regine Weisbrod
Umschlaggestaltung: ZERO Werbeagentur, München
Umschlagabbildung: FinePic®, München
Satz: Adobe InDesign im Verlag
Druck und Bindung: CPI – Clausen & Bosse, Leck
Printed in Germany
ISBN 978-3-426-50373-7

2 4 5 3 1

Für meinen Vater Freimut.
Wir sehen uns nächsten Sonntag um 10.00 Uhr,
wie immer.

Warnung

Eine vorangestellte Warnung? Nanu? Hat der Fitzek doch noch nie gemacht?

Richtig, und keine Sorge. Ich weiß, dass einige Leser bereits Prologe stören, da will ich Sie jetzt nicht auch noch mit langen Vorreden nerven.

Aber einige Zeilen sind doch notwendig, und das Wort »Warnung« steht nicht allein deshalb in der Überschrift, um Ihre Neugierde zu wecken, sondern auch, weil es mir ein dringendes Bedürfnis ist, Sie vor der Lektüre von einem wichtigen Umstand in Kenntnis zu setzen: *Der Augenjäger* ist der zweite Roman in einer Reihe (von der ich selbst noch nicht weiß, wie lang sie einmal werden wird).

Das bedeutet *nicht*, dass Sie unbedingt *Der Augensammler* gelesen haben müssen, um zu verstehen, worum es hier geht. Dieser Thriller ist eine eigenständige Geschichte und erfordert keinerlei Vorwissen.

Aber natürlich nimmt der zweite Band häufig und intensiv auf den ersten Bezug. Alles andere wäre auch unnatürlich, denn die Erlebnisse im Fall des Augensammlers haben die Protagonisten Alina und Zorbach verständlicherweise sehr mitgenommen und ihr Leben stark geprägt, wenn nicht gar … Nein, ich will nicht mehr verraten. Nur so viel: Wenn Sie mit dem *Augenjäger* beginnen, wird der *Augensammler* danach nicht mehr ganz so spannend sein. Das ließ sich leider nicht vermeiden.

So, und jetzt sehen Sie mir sicher auch nach, dass ich das gleich mal vorneweg »geposted« habe, wie es auf Neu-

deutsch ja mittlerweile heißt. Das soll jetzt aber um Himmels willen keine Werbung zum Kauf weiterer Bücher von mir sein. Allen, denen es vollkommen gleichgültig ist, was im ersten Teil passierte, sei noch einmal gesagt: Das darf es auch. Dieses Buch steht für sich, mit einer eigenständigen Geschichte. Ich will nur später keine Mails bekommen mit dem Betreff: »Warum haben Sie mich nicht gewarnt?« Das habe ich hiermit, und zwar rechtzeitig. Noch ist es nicht zu spät. Noch können Sie den Thriller zuklappen, ihn wieder ins Regal stellen oder zurückschicken.
Dann allerdings würden Sie verpassen, was auf den folgenden Seiten geschieht. Und wollen Sie das wirklich?

Alles Liebe und auf Wiederlesen
Ihr

Sebastian Fitzek
Berlin, im April 2011

Erschütternde Wende im Fall des Augensammlers
Kinder befreit. Täter gesteht.
Aber das Morden geht weiter.

In den letzten Monaten hat er ein tödliches Versteckspiel gespielt, nun ist die Identität des »Augensammlers« geklärt: Frank Lahmann, ein dreiundzwanzigjähriger Volontär einer großen Berliner Tageszeitung, hat die bestialischen Morde an insgesamt vier Frauen und drei Kindern gestanden.
Bei seinen Taten hielt sich Lahmann an einen ebenso widerwärtigen wie akribischen Ablauf: Erst tötete er die Mutter, dann verschleppte er das Kind und gab dem Vater ein Ultimatum von fünfundvierzig Stunden und sieben Minuten, um das Versteck zu finden. Nach Ablauf dieser Frist erstickten die Opfer automatisch in ihrem Verlies. Seinen schrecklichen Namen erhielt der Augensammler, weil den später aufgefundenen Kinderleichen jeweils das linke Auge fehlte.
Kriminalpsychologen sind der Meinung, dass – wie so häufig – auch im Falle des Augensammlers die Ursache seines krankhaften Verhaltens in der Kindheit zu suchen ist. Erste Recherchen ergaben, dass Lahmann unter schwierigsten Verhältnissen aufwuchs. Die Mutter verließ die Familie, und der Vater empfand seine Kinder nur noch als Last, allen voran Lahmanns krebskranken Bruder, dem ein Tumor das linke Auge zerstört hatte.
Eines Tages versteckten sich die beiden Brüder in einer ausrangierten Kühltruhe, im Vertrauen darauf, dass ihr Vater sich Sorgen um sie machen und sie suchen würde. Doch der so erhoffte Liebesbeweis blieb aus. Während der Vater nichtsahnend durch die Kneipen zog, kämpften die Brüder, die sich mit eigener Kraft nicht mehr befreien konnten, mit dem Erstickungstod in der Kühltruhe. Nur durch Zufall wurden sie

von einem Waldarbeiter gefunden, jedoch zu spät. Nach fünfundvierzig Stunden und sieben Minuten war Frank Lahmanns jüngerer Bruder bereits tot.
Psychologen sehen in diesem Trauma den Auslöser seiner späteren Morde. Lahmann selbst schrieb in einem E-Mail-Geständnis an die Chefredaktion seines Arbeitgebers: »Natürlich, das gebe ich gerne zu, ist es verhaltensauffällig, dass ich *(mit meinen Taten, Anm. d. Red.)* stets die Rahmenbedingungen herstelle, die mir und meinem Bruder damals gegeben waren. Eine Mutter, die für uns gestorben war und die ich deshalb von Anfang an vom Spielfeld verbannen muss. Ein Vater, der sein Kind vernachlässigte. Ein Versteck, dessen Luft fünfundvierzig Stunden und sieben Minuten vorhält, und eine Leiche, der wie meinem Bruder das linke Auge fehlt.«
Nur durch den Einsatz des Polizeireporters Alexander Zorbach war es gestern in sprichwörtlich letzter Sekunde gelungen, die vierte »Spielrunde« des Augensammlers zu vereiteln. Dank Zorbachs Recherchearbeit konnte das Versteck der zuletzt entführten Zwillingskinder gefunden werden. Aber der Journalist musste einen hohen Preis für ihre Rettung bezahlen. Noch während er das Mädchen und den Jungen aus einem Fahrstuhlschacht befreite, hatte sich Frank Lahmann bereits ein neues Opfer gesucht: Zorbachs Sohn Julian, den er verschleppte, nachdem er zuvor bereits dessen Mutter Nicci Zorbach ermordet hatte.
Von Frank Lahmann fehlt seitdem jede Spur. Und das neue Ultimatum, gegen das Alexander Zorbach nun ankämpfen muss, wenn er seinen Sohn lebend wiedersehen will, läuft in wenigen Stunden aus …

Wenn aber Schaden geschieht, so sollst du geben Leben für Leben, Auge für Auge, Zahn für Zahn, Hand für Hand, Fuß für Fuß, Brandmal für Brandmal, Wunde für Wunde, Strieme für Strieme.

Exodus 21, 23–25

Ihr habt gehört, dass den Alten gesagt ist: »Auge um Auge, Zahn um Zahn«. Ich aber sage euch: Leistet dem, der euch etwas Böses antut, keinen Widerstand, sondern wenn dich einer auf die rechte Wange schlägt, dann halt ihm auch die andere hin.

Matthäus 5, 38 f.

Johanna Strom

1. Kapitel

Milde dreizehn Grad, leicht bewölkter Himmel, ein sanfter Septemberwind. Johanna Strom liebte dieses Wetter. Genau das Richtige, um zu sterben.

Der Mann auf der Parkbank neben ihr schien ihren geheimen Wunsch zu spüren, auch wenn er heute noch kein Wort mit ihr gewechselt hatte. Er war auch sonst nicht gesprächig. Einmal am Tag, zwei Stunden nach dem Mittagessen, durfte sie in den umzäunten Park der bei Hamburg gelegenen Klinik, um sich »die Beine zu vertreten«, wie die Oberschwester es nannte. In der Tat musste man auf den holprigen Pfaden, die sich durch den alten Baumbestand der psychiatrischen Anstalt schlängelten, höllisch aufpassen, wo man hintrat. Erst gestern war der alte Wischnewski über eine vom ersten Herbstlaub verdeckte Wurzel gestolpert und hatte sich die Hüfte geprellt. »Wär er mal lieber auf den Kopf geschlagen«, hatte sie die Pfleger über den Demenzkranken spotten hören. »Wär nicht weiter aufgefallen.«

Wie fast jeder Patient hier in der Klinik Sankt Pfarrenhopp (von den Anwohnern der Gegend nur »Sankt Pfeil im Kopp« genannt), fühlte sie sich völlig deplaziert. Nicht weil sie gesund gewesen wäre, *oh nein, weiß Gott, das war sie nicht,* sondern weil sie keinen Wert auf Heilung legte. Wäre es nur der Alkoholismus gewesen, der zuerst ihre Würde und schließlich ihre Gesundheit zerstörte, hätte sie sich eines Tages möglicherweise sogar aufgerappelt und den Dämonen gestellt, die sie mit dem Fusel aus den Tetrapaks von der Tankstelle zu ertränken versuchte. Vielleicht hätte sie, falls sie professionelle Hilfe gehabt hätte, sogar zurückgeschlagen, wenn ihr Mann sie wieder hätte fesseln wollen, um ihre »devote Ader zu bedienen«, wie er es nannte. Zu Beginn ihrer Beziehung hatte sie es noch für eine Art Spiel gehalten, auf das man eingehen konnte, wenn es den Partner denn erfreute.

Sie hatte sich im Bett als Dreilochstute, Ehehure und notgeile Drecksfotze beschimpfen lassen, und anfangs, so musste sie sich verschämt eingestehen, hatte sie eine gewisse Erregung tatsächlich nicht leugnen können, wenn er sie etwas gröber anfasste. Ein Klaps auf den Hintern, die Hand an der Gurgel, so weit, so gut. Sie sah, dass es ihn erregte, und das hatte auch eine Wirkung auf sie selbst; und da sie wusste, wie wütend er werden konnte, wenn sie es einmal ablehnte, sich kurz vor seinem Orgasmus vor ihm hinzuknien, ging sie darauf ein. Sollte er doch seine Träume erfüllt bekommen, die er aus Pornofilmen kannte. War ja nichts dabei.

Hinten, ganz tief unten in einer entfernt liegenden Abstellkammer ihres Bewusstseins, dämmerte ihr der Gedanke, dass es womöglich schon zu spät war. Dass sie die letzte Abzweigung auf der Straße ihres Lebens verpasst hatte, an der es ihr noch möglich gewesen wäre, die Dinge zu korrigieren, bevor sie vollends aus dem Ruder liefen. Sie hatte sich einmal zu oft erniedrigen lassen, hatte einmal zu wenig protestiert. Christian nach all den Ehejahren plötzlich zu gestehen, bestimmte seiner Vorlieben noch nie geteilt zu haben, hätte sie als Lügnerin entlarvt und ihn (zu Recht, wie sie fand) empfindlich verletzt. So schwieg sie weiter und machte sich lange Zeit vor, die Dinge im Griff zu haben.

Diese Hoffnung starb an einem schwülen Sommertag im August, als sie durchgeschwitzt mit den Wochenendeinkäufen nach Hause kam. Ihre Tochter Nicola war auf Klassenfahrt an der Ostsee, sie hatte sich auf einen ruhigen Freitagabend mit Pizza und einer DVD gefreut (*Angel Heart* mit Mickey Rourke, den ihr Mann noch nicht kannte und den sie auf dem Grabbeltisch für drei Euro mitgenommen hatte) und war enttäuscht angesichts der unangekündigten Gäste im Wohnzimmer. Christian fläzte sich mit zweien seiner Kanzleifreunde auf der Couch. Offensichtlich hatten sie schon einige Flaschen Wein geleert. Johanna erwartete keinen Begrüßungskuss, das hatte Christian schon früher nur ungern getan. Meist gab er ihr einen flüchtigen Klaps auf den Po oder zwickte ihr seit neuestem sanft in die Brustwarze, wenn sie nach Hause kam. An diesem Tag war er noch einen Schritt weitergegangen.
Sie konnte sich nicht mehr an alle Ereignisse jenes Abends erinnern, vieles davon hielt ihr Unterbewusstsein gnädigerweise unter Verschluss, aber das, was ihr im Gedächtnis geblieben war, reichte aus, um sie auch heute noch schreiend aufwachen zu lassen.
Christian war aufgestanden und hatte ihr ohne Vorwarnung mit der flachen Hand ins Gesicht geschlagen.
»Du hast uns warten lassen, du kleine Drecksau«, sagte er gespielt vorwurfsvoll und drehte sich zu seinen Freunden um.
»Was meint ihr, wie sollten wir meine Ehehure dafür bestrafen?«
Johanna verzog das Gesicht in dem sinnlosen Versuch, den Gewaltausbruch ihres Mannes mit einem Lächeln als harmlosen Scherz herunterzuspielen. Seine Anwaltsfreunde (beide gut gekleidet in Anzug, Schlips und Einstecktuch; beide

mit Ehering) lachten anzüglich. Erst jetzt bemerkte sie den Porno, der tonlos im Fernsehen lief. Gerade wurde einer nackten Frau eine Lederkapuze über den Kopf gezogen.

»Soll ich euch noch etwas bringen?«, fragte Johanna zitternd, und bis heute ist sie sich nicht sicher, ob das ein Fehler gewesen war. Ob Christian das als Einwilligung zum Rollenspiel verstanden hatte, sie seinen Freunden vorzuführen.

Vorführung. Christians Synonym für häusliche Gewalt. Wie oft hatte er ihr im Bett seine Vergewaltigungsphantasien ins Ohr geflüstert: wie er sie im Wald nackt an einen Baum binden wollte, zufällig vorbeikommenden Joggern wie Freiwild ausgeliefert. Seine Phantasien waren teilweise so lächerlich gewesen (einmal wollte er sie tatsächlich in einem Bordell als Hure arbeiten lassen), dass sie sich nie ernsthaft Sorgen gemacht hatte, er könnte sie in die Tat umsetzen. An jenem Sommerabend im August erkannte sie ihren Irrtum.

Am nächsten Tag begann sie zu trinken. Um sich zu betäuben. Um zu vergessen. Den Tag ihrer bislang größten Schmerzen, der den Grundstein für ihre spätere Einweisung in Sankt Pfarrenhopp legte – vier Jahre später, als sie bereits ihren Beruf, sämtliche Sozialkontakte und einen guten Teil ihres Lebenswillens verloren hatte und Christian ihr am Küchentisch eröffnete, dass er sich scheiden lassen würde. Er hatte sich in eine jüngere, hübschere und intelligentere Frau verliebt, eine Studentin, die sich nicht so gehen lasse wie sie. Und selbstverständlich würde er Nicola mitnehmen, ihre pubertierende Tochter, die man ja wohl kaum bei einer verwahrlosten Trinkerin zurücklassen könnte, die sich jedem x-beliebigen Mann wie ein billiges Flittchen an den Hals warf.

Ihr waren die Tränen heruntergelaufen, und ausnahmsweise zitterten ihre Hände einmal nicht wegen ihres sinkenden Alkoholpegels. »Das kannst du nicht tun«, hatte sie ihn anschreien wollen. »Du kannst mich nicht wie einen zerfetzten Schuhabtreter entsorgen und mir meine Tochter rauben.« Doch alles, was sie hervorbrachte, war ein gequälter Schrei.
Christian schüttelte abfällig den Kopf, in seinen Augen lag nichts als Verachtung. Er wusste, er hatte die Schlacht gewonnen, bevor sie begonnen hatte. Er war Anwalt, sie eine psychisch gebrochene Säuferin. Allein die Videos, die er gefilmt hatte, während sie Freunden, Bekannten und wildfremden Männern zur Verfügung hatte stehen müssen, hätten jede noch so emanzipierte Familienrichterin auf die Seite des Mannes geschlagen. Videos, auf denen Johanna die Einzige war, die keine Maske tragen durfte.
Zwei Monate nach dem Auszug von Nicola und Christian, kurz nachdem ihre Tochter spurlos verschwunden war, versuchte sie zum ersten Mal, sich das Leben zu nehmen. Nach dem dritten Fehlschlag, am Tag, als die Polizei die Suche nach Nicola einstellte, wurde sie eingeliefert.
Jetzt war sie schon ein halbes Jahr hier, und dank des Entzugs ging es zumindest ihrem Körper langsam etwas besser. Die Zähne waren ruiniert, die Leberwerte noch immer eine Katastrophe, aber die Schmerzen beim Wasserlassen wurden Tag für Tag erträglicher. Sie schwitzte nicht mehr so stark, und seitdem die Bürste wieder leichter durch die Haare ging, traute sie sich auch nach draußen. Ihre Psyche jedoch war unverändert zerrissen, sie fühlte sich weiterhin wie Abschaum.
Ein Abschaum im Morgenmantel, der allein durch den Klinikpark schleicht.

Der ältere Mann auf der Bank, der ihr stets freundlich zunickte und sie stumm aufforderte, sich zu ihm zu setzen, schien sich an ihrem verlebten Äußeren nicht zu stören. Dank ihres langen Aufenthalts fühlte sich Johanna fast schon zum Inventar der Klinik gehörig.

Sie kannte die meisten ihrer Mitinsassen wenigstens mit Nachnamen, doch bislang hatte sie nicht herausgefunden, aus welchem Grund ihr schweigsamer Sitznachbar hier eingewiesen worden war. Noch nie hatte sie ihn innerhalb des Klinikgebäudes gesehen, weder zufällig auf den Gängen noch mit den anderen im Speisesaal zur Essensausgabe. Doch wann immer sie sich die Beine im Park vertrat, war der altmodisch wirkende Mann zur Stelle. In kerzengerader Haltung, mit korrekt geschnittenem lichten Haar, den Scheitel so scharf gezogen wie die Bundfalte seiner grauen Flanellhosen, verteilte er Brotkrumen unter den Tauben, Meisen, Staren und Spatzen, die sich zu seinen Füßen tummelten. Hin und wieder schenkte er Johanna ein verschmitztes Lächeln und steckte sich selbst eine Krume in den Mund.

In diesen wenigen Momenten ihrer stummen Kommunikation konnte sie sich kaum von seinen Augen lösen, die um so viel jünger, wacher und geheimnisvoller wirkten als der Mann selbst, dessen Alter sie nur schwer einschätzen konnte, irgendetwas in den späten Fünfzigern.

Heute sprach sie ihn an, nachdem sie eine Weile wie gewohnt still nebeneinandergesessen und dem entfernten Rauschen der Stadtautobahn gelauscht hatten.

»Darf ich Sie etwas fragen?«

»Selbstverständlich.«

Seine Stimme klang freundlich und erinnerte sie an ihren längst verstorbenen Mathematiknachhilfelehrer, der die

Geduld mit ihr auch bei der zwanzigsten Wiederholung nicht verloren hatte.

»Weswegen sind Sie hier?«

Er drehte sich zu ihr, seine außergewöhnlichen Augen sahen sie direkt an. »Ihretwegen.«

Sie lachte auf und erwartete, dass er seine Bemerkung gleich zurücknehmen und damit als Scherz entlarven würde. Aber der Mann blieb ernst.

»Wie darf ich das verstehen?«

»Ich bin kein Patient. Ich bin ein Besucher.«

»Und Sie besuchen …« Sie zögerte. »Sie besuchen *mich?*«

»In der Tat.«

»Weswegen?«

»Um Ihnen etwas zu zeigen.«

»Was?«

»Den Beweis dafür, dass das Leben es bislang sehr gut mit Ihnen meinte.«

Der Mann klang auf einmal gar nicht mehr freundlich. Er sah auch nicht mehr aus wie ein Frührentner, der im Park die Tauben füttert, weil er mit seinem Tag nichts Besseres anzufangen weiß.

»Sehen Sie sich das hier gut an.«

Er reichte ihr ein Foto. Johannas Pupillen weiteten sich, als ihr Blick auf die gestochen scharfe Aufnahme eines jungen Mädchens fiel.

Es dauerte eine Schrecksekunde, die Grausamkeit und Brutalität des Bildes in seiner Gesamtheit zu begreifen, da sich Johannas Gehirn in einer Art Selbstschutz weigern wollte, das Unvorstellbare zu erkennen.

»Sie können es behalten«, sagte der Alte und drückte ihr das Polaroid in die Hand. »Betrachten Sie es als Ihre Strafe für die Schuld, die Sie auf sich geladen haben.«

Er stand auf, richtete sein Jackett und prüfte den Reißverschluss seiner Flanellhose.
»Wenn Sie mich jetzt entschuldigen wollen, die Pflicht ruft. Wie Sie selbst gesehen haben, bin ich mit Ihrer Tochter noch nicht fertig.«
Dann, kurz bevor Johanna schreiend zusammenbrach, schritt der Besucher von dannen. Sein Gang war leicht, federnd und beschwingt. Wie der eines glücklichen und zufriedenen Mannes, der mit sich selbst und seiner Welt im Reinen war.

Fünf Monate später.
Jetzt.

2. Kapitel

Alexander Zorbach (Ich)

Unerwünschte Wachheit. Der schlimmste Horror trägt oft einen harmlosen Namen. Vor langer Zeit, als ich noch so etwas wie ein Leben hatte, führte ich einmal ein Interview mit einer völlig traumatisierten Frau. Obwohl das, was ihr zugestoßen war – *ihre unerwünschte Wachheit* – schon Jahre zurücklag, litt sie noch immer unter Panikattacken. Hatte Lara Weitzmann davor kein Problem mit kleinen Räumen gehabt, hielt sie es danach selbst im Großraumbüro meiner Zeitung nicht mehr aus. Nach zwei erfolglosen Interviewanläufen, in denen wir nicht über die erste Frage nach ihren unvorstellbaren Schmerzen hinausgekommen waren, mussten wir abbrechen und das Gespräch an einen weitläufigeren Ort verlegen. So kam es, dass ich im strahlenden Sonnenschein im Tiergarten den alptraumhaften Schilderungen einer jungen Frau lauschte.
»Es war nur eine Zyste im Unterleib«, begann Lara Weitzmann leise, und noch immer fröstele ich, wenn ich mich an ihre brüchige Stimme auf dem Band meines Diktiergeräts erinnere. Eine Stimme, die so gut zu Laras äußerer Erscheinung passte, als hätte ein Regisseur sie exakt für diesen schwachen Körper ausgesucht. Das Trauma hatte schwere Löcher in ihre Psyche gerissen, und bei näherem Hinsehen konnte man die sogar erkennen. Lara war so dünn, ihre Haut so hell und pergamentartig, dass man befürchten musste, die Sonnenstrahlen würden direkt durch ihren Körper hindurchfallen, sobald sie sich ins Licht stellte.

»Ich wusste nicht, dass es so etwas gibt«, sagte Lara und schüttelte den Kopf, als könne sie es immer noch nicht glauben.
Ihr Chirurg hatte schon Tausende solcher Routineeingriffe hinter sich, und auch bei ihr gab es zunächst keine nennenswerten Komplikationen. Zumindest keine, die die Entfernung ihrer Zyste betrafen.
Alles geschah so wie bei unzähligen Operationen zuvor. Mit nur einem Unterschied: Lara Weitzmann war *nicht* bewusstlos. Bis heute weiß man nicht, ob das Narkosemittel falsch dosiert worden war oder ob sie an einer seltenen Anomalie litt, bei der der Körper generell auf eine Anästhesie nicht anspricht. Die Medikamente hatten lediglich ihre motorischen Fähigkeiten gelähmt. Lara war wach, konnte sich aber nicht bemerkbar machen. Konnte nicht zeigen, dass sie alles spürte: Das Skalpell, das ihre Bauchdecke auftrennte. Die Stahlklammern, die in ihren Körper eingeführt wurden, um die Operationswunde offen zu halten. Und auch nicht die Nadelstiche, mit denen die Wunde nach knapp einer Stunde wieder vernäht wurde. Sie hatte ihren Schmerz den Ärzten und Schwestern entgegenbrüllen wollen, die sich während des Eingriffs über die Schwierigkeiten ausgetauscht hatten, heutzutage einen ausländerfreien Kindergarten in Berlin zu finden. Vergeblich. Niemand konnte ihre innerlichen Schreie hören, die noch heute in ihr tobten.
Unerwünschte Wachheit. Patienten, die während der Operation mit vollem Schmerzbewusstsein aufwachen und sich nicht bemerkbar machen können.
Statistisch gesehen geschieht das so selten, dass wir eine Zahl mit Nullen vor und hinter dem Komma brauchen, um es darzustellen. 0,03 Prozent. So unwahrscheinlich wie ein

Blitzeinschlag bei Sonnenschein. Das klingt beruhigend, zumindest, solange man nicht darüber nachdenkt, dass man auch drei von zehntausend sagen könnte. Dreißig Menschen im ausverkauften Olympiastadion. Selten, aber nicht unvorstellbar.

Seit ich zum Spielball des Augensammlers geworden bin, des Mannes, der meine Frau umgebracht und meinen Sohn verschleppt hat, weiß ich, wie Lara Weitzmann sich damals auf dem OP-Tisch gefühlt haben muss. Als sie bei lebendigem Leib aufgeschnitten wurde und die verabreichten Schmerzmittel so wirksam waren wie ein Pflaster auf einem gebrochenen Rücken.

Wir können noch so oft versuchen, uns mit Statistiken einzulullen, die das Lebensrisiko herunterspielen. Irgendjemand ist immer der traurige Fall, der für das Komma hinter der Null verantwortlich ist. Und manchmal ist man es eben selbst. Dann sieht man mit eigenen Augen, wie der Blitz einschlägt, obwohl die Sonne scheint, so wie heute an diesem bitterkalten Dezembertag, als ich endlich vor dem Versteck stehe, in das der Augensammler meinen Sohn verschleppt hat. Er gab mir fünfundvierzig Stunden und sieben Minuten Zeit, um ihn zu finden. Sollte ich zu spät kommen, nur eine einzige Minute, würde Julian automatisch in seinem Verlies ersticken. So sind die Spielregeln. Genauso pervers wie unabänderlich. Ich weiß daher, was mich erwartet, als ich das Schott öffne und in die Dunkelheit trete.

Sieben Minuten nach Ablauf des Ultimatums.

3. Kapitel

Scheiße«, sagt der Mann hinter mir, der die Taschenlampe hält. Für einen kurzen Moment spüre ich das Verlangen, mich umzudrehen und ihm mit voller Wucht die Faust ins Gesicht zu rammen. Ich will meine Verzweiflung nicht länger in mich hineinfressen, und Stoya scheint mir trotz der Schusswaffe in seiner rechten Hand ein geeigneter Blitzableiter zu sein. Wenigstens für einen Augenblick, nicht länger als ein Wimpernschlag, dann streift der Lichtkegel der Taschenlampe in seiner Linken eine kleine Box auf dem Metallfußboden. Alle meine Bewegungen frieren ein.

»Rückzug«, höre ich den Kommissar in sein Funkgerät sprechen. »Und schickt ein Räumkommando. Hier liegt was.«

Ja, hier liegt was. Und es ist nicht mein Sohn.

Ich knie mich auf den Boden und stütze mich mit den Händen auf einem Lattenrost ab, während ich hinter mir die Stiefel des Spezialeinsatzkommandos über die Stahltreppe nach oben poltern höre.

Den Tipp, hier auf diesem ausrangierten Gastanker nach Julian zu suchen, haben wir von einem Wachmann der Hamburger Werft bekommen. Der Frühpensionär sollte verhindern, dass der stillgelegte Kahn auf dem Trockendock von Altmetallsammlern geplündert wird. Auf seinem Rundgang durch die Frachträume meinte er, ein Kind weinen gehört zu haben, und meldete das seinen Vorgesetzten.

Ich sauge die Luft ein.

Hier, tief im Bauch des alten Schiffes, riecht es nach Öl, Schmiermittel und Schweiß. Nach Staub, Pisse und Angst. Das Schlimmste aber ist: Es riecht nach Julian.
Nach seiner warmen Haut und nach den nassen Haaren, die ihm immer an der Stirn kleben, wenn er atemlos im Hausflur steht, weil er mal wieder die Zeit vergessen hat und den ganzen Weg vom Fußballplatz nach Hause gerannt ist, um nicht zu spät zum Abendessen zu kommen. Diesen süßlich kernigen Eigengeruch eines Zehnjährigen, den man an seinem eigenen Nachwuchs so liebt, bei fremden Kindern aber schnell unerträglich findet, wenn man ihm in geballter Form ausgesetzt ist, etwa nach dem Sport in der Umkleidekabine einer fünften Klasse.
»Hören Sie schlecht?«, fragt Stoya neben mir. Er wirkt gespenstisch in dem fahlen Licht, das von den Metallwänden reflektiert wird. Man sieht ihm den Schlafentzug an, sein eingefallenes Gesicht scheint nur noch aus Sorgenfalten und Tränensäcken zu bestehen und ist meinem damit vermutlich sehr ähnlich.
»Hier unten ist nichts außer diesem Kasten da. Vielleicht eine Bombe. Die kann uns gleich um die Ohren fliegen.«
Ich atme tief ein, ventiliere die Luft durch die Nase und spüre es: Zwischen den Ausdünstungen der Angst und des Schmerzes, die es hier in diesem dunklen Versteck ebenso gibt wie die chemischen Gerüche nach Lack, Reinigungsmitteln und altem Diesel, hängt eine schwache, aber dennoch unverkennbare Essenz von Julian in der Luft. Ich weiß, mein Sohn war hier. Hat hier, in dem Frachtraum des Schiffes, die letzten fünfundvierzig Stunden auf seinen Vater gewartet, in den Fängen eines Monsters, das bereits seine Mutter getötet hat. Er hat die linke hintere Ecke, dort, wo ein zerfasertes Ankertau liegt, als Stelle für seine Not-

durft gewählt. Hat sich vermutlich die Fingernägel in der Dunkelheit an den Metallwänden stumpfgekratzt, um einen Ausweg aus diesem Verlies zu finden.

»Okay, okay. Ich geh ja schon«, sage ich und hebe die Hände. »Bin ja nicht lebensmüde«, lüge ich weiter.

Stoya nickt zufrieden und macht einen schwerwiegenden Fehler. Er legt etwas linkisch den Arm um meine Schulter, um mir sein Mitgefühl zu zeigen. Auf der Fahrt nach Hamburg hat er mir von seiner eigenen Verwandtschaft erzählt. Von seiner anderthalbjährigen Nichte, die immer *Bau* statt *Baum* sagt, obwohl ihr das M bei *Mami* eigentlich ganz flüssig über die Lippen geht.

Stoya will mir damit zu verstehen geben, selbst ein Familienmensch zu sein und nicht nur der Chef der Mordkommission. Dass er es nachvollziehen kann, wie ich mich fühle. Vielleicht kann er das sogar tatsächlich, wer weiß? Doch er irrt sich, wenn er denkt, die Angst vor einer Bombe könnte mich auch nur einen Millimeter weit zurückdrängen. Ich bin angekommen. Hier, an dem letzten Ort, den mein Sohn gesehen hat. Und ich bin, in jedem Sinne des Wortes, am Ziel meiner Alpträume. Es gibt nichts mehr auf der Welt, wohin ich gehen kann. Ich befinde mich in einem ähnlichen Zustand wie Lara Weitzmann. Mein Narkosemittel ist der Schock, der nicht stark genug ist, um mir völlig das Bewusstsein zu nehmen, aber doch ausreichend stark, dass ich mich gegen die Gewalt des Augensammlers nicht länger zur Wehr setzen kann. Ich leide unter unerwünschter Wachheit. Nur dass bei mir, im Unterschied zu Lara Weitzmann, die Operation ewig andauern wird.

All das kann Stoya nicht verstehen, nicht einmal erahnen. Daher ist er nicht darauf vorbereitet, als ich etwas in die Knie gehe, um den Kopf von unten gegen sein Kinn zu

rammen. Er stöhnt auf, strauchelt, fällt aber erst durch die geöffnete Stahltür nach draußen, nachdem ich ihm die Taschenlampe aus den Händen gerissen und ihm einen Fußtritt in den Magen verpasst habe.
Es dauert keine drei Sekunden, da habe ich das Schott von innen geschlossen und den Polizisten ausgesperrt.
In diesem Moment klingelt mein Handy.

4. Kapitel

Das Display zeigt hier unten kaum Empfang, dafür umso deutlicher den Namen des Monsters, das für all meine Qualen verantwortlich ist: Frank Lahmann. Der Augensammler, der seinen Namen der Tatsache verdankt, dass er all seinen Entführungsopfern nach ihrem Tod das linke Auge entfernt.

Ich drücke auf die Sprechtaste und presse mir das Handy ans Ohr.

»Hallo, Alex«, sagt Frank. So hat er mich tausendmal am Telefon und in der Redaktion begrüßt. Seine Stimme klingt neutral, emotionslos und sachlich. Als wären wir nichts als Zeitungskollegen, die einen gemeinsam recherchierten Artikel zu besprechen haben, der in einer Stunde in den Druck muss. Als hätte er nicht meiner Frau das Genick gebrochen und meinen Sohn entführt.

»Ich werde dich finden!«, will ich brüllen. »Ich werde dich finden, und wenn es den Rest meines Lebens dauert. Wobei du dir besser wünschen solltest, dass es eher früher geschieht als später. Denn je länger ich dich suche, umso mehr Zeit habe ich, über die Foltermethode nachzudenken, mit der ich dich töte.«

Doch so viel Durchsetzungskraft lässt der Zustand meiner unerwünschten Wachheit nicht zu, also krächze ich nur ein einziges Wort in den Hörer: »Wo?«

Wo ist Julian? Wo hast du seine Leiche hingebracht?

Es ist ein weiteres Merkmal seines Modus Operandi, dass der Augensammler die Leichen niemals in ihren Verstecken zurücklässt, sondern im Freien aussetzt. In einer ähnlich bewaldeten Umgebung wie der, in der damals auch die Kühltruhe gestanden hatte.

»Du kommst zu spät«, sagt er. Stoya hämmert hinter mir wie ein Verrückter gegen die verschlossene Stahltür, weshalb ich Frank kaum verstehen kann. »Aber ich verzeihe dir.«

»Du verzeihst *mir*?«

»Ja. Obwohl du alle Zeichen falsch gedeutet hast, Alex. Obwohl du deine Zeit damit verschwendet hast, mich zu jagen und eine Zeitungsstory nach der anderen über mich zu schreiben, anstatt den elften Geburtstag deines Sohnes zu feiern. Obwohl du nicht besser bist als all die anderen Väter, die ihr Leben mit Arbeit vergeuden, anstatt sich ihren Kindern zu widmen, erkenne ich die besondere Bindung zwischen uns an.«

Besondere Bindung. Mir wird so übel, dass mir die Luft wegbleibt. Frank ist mein Volontär gewesen. Ich habe ihn bei dem Sensationsblatt, für das ich arbeitete, ausgebildet. Habe ihn eingestellt und mich immer wieder bei der Chefredaktion für ihn eingesetzt, weil ich in seinem vorlauten Wesen und seinem Arbeitseifer einen Teil von mir selbst wiederzuerkennen glaubte. Ich weiß, dass der Gedanke, den Mörder meiner Familie eigenhändig ausgesucht und gefördert zu haben, mich irgendwann, wenn das alles vorbei ist, in den Wahnsinn treiben wird.

»Ich wollte nie, dass wir zu Gegnern werden, Alex. Ich habe in dir wirklich ein Vorbild gesehen. Deshalb habe ich alles getan, damit du dich von meinem Spielfeld fernhältst. Doch du wolltest ja nicht hören. Aber wie gesagt, ich bin kein Unmensch. Ich hab dich wirklich gern. Vielleicht ist es eine dumme Sentimentalität, wenn ich dir in Anerkennung unserer Vergangenheit eine zweite Chance geben will, Julian zu retten.«

Zu retten?

In dieser Sekunde begreife ich, weshalb Menschen gläubig werden. Ich bete zu jedem mir bekannten Gott, dass Franks Sadismus nicht so weit geht, mir unbegründete Hoffnung zu machen.

»Julian lebt?«

»Ja. Aber dieser Zustand ist veränderlich, wie du weißt.«

»Was muss ich tun?«, frage ich und versuche die Rufe hinter der Stahltür zu ignorieren. Stoya ist jetzt nicht mehr alleine und droht, das Schiff evakuieren und mich hier zurückzulassen, wenn ich nicht sofort herauskomme.

In meinem aufgewühlten Zustand bin ich mir plötzlich nicht mehr sicher, ob ich die letzte Frage überhaupt gestellt oder nur gedacht habe, also frage ich noch einmal: »Was muss ich tun, damit du ihn freilässt?«

Franks Antwort ist ebenso knapp wie unverständlich. »Dreizehn. Zehn. Einundsiebzig.«

»Was ist das?«

»Eine Zahl.«

»Wofür brauche ich sie?«

»Um die Kiste zu öffnen.«

Es kostet mich eine unglaubliche Kraftanstrengung, den linken Arm zu heben. Endlich habe ich es geschafft, und der Lichtkegel der Taschenlampe erfasst den Gegenstand, der exakt in der Mitte des quadratförmigen Frachtraums zu meinen Füßen steht.

Die hölzerne Box mit den angelaufenen Messingbeschlägen erinnert an eine in die Jahre gekommene Schmuckschatulle. Nicci besaß ein ähnliches, wenn auch kleineres Modell, das heute noch auf der Ablage am Kopfende unseres

Ehebetts steht, ohne jemals ein einziges Schmuckstück enthalten zu haben. Meine Frau hatte die bauchige, mit rotem Samt ausgeschlagene Schatulle auf dem Flohmarkt an der Straße des 17. Juni entdeckt und wie so viele andere sinnlose Gegenstände in unser Haus am Rudower Dörferblick geschleppt. Allein die Erinnerungen, die diese Box jetzt in mir auslöst, treiben mir die Tränen in die Augen. Was würde ich darum geben, mich ein letztes Mal mit Nicci über die unnützen Staubfänger in unserem Schlafzimmer streiten zu können. Doch diese Möglichkeit hat mir Frank für immer genommen. »Kennst du die Redewendung ›Ich liebe dich mehr als mein Leben‹?«, höre ich ihn fragen. Mein Ohr, gegen das ich das Handy presse, brennt wie Feuer. Ich knie mich nieder und greife nach dem Nummernschloss, mit dem die Box gesichert ist.

»Ich kann dich nicht hören, Alex.«

»Ja. Ja, ich kenne die Redewendung«, antworte ich, während ich die schwergängigen Zahlenräder drehe.

Dreizehn. Zehn. Einundsiebzig.

»Und? Tust du es?«

»Was?«

Die letzte Ziffer rastet ein, und das Schloss springt mit unerwarteter Kraft auf, löst sich von dem Riegel und fällt zu Boden. Ich öffne die Kiste und finde darin exakt das, was ich erwartet habe.

»Liebst du Julian mehr als dein Leben?«

»Ja.«

»Dann beweise es.«

»Ich soll mich erschießen?«, frage ich und nehme die Pistole aus der Schatulle. Sie fühlt sich leicht an wie eine Spielzeugwaffe, doch aus meinem längst vergangenen Leben als Polizist weiß ich, welch verheerende Wirkung ein gezielter

Schuss damit erzielen kann. Das Modell in meiner Hand ist das gleiche, mit dem ich vor Jahren eine psychisch gestörte Frau erschossen habe, die ein Baby ermorden wollte.

»Ja. Aber du musst es richtig machen.«

Richtig?

»Was heißt das?«

»Hörst du dieses Geräusch hier?«

Ich presse das Handy noch dichter ans Ohr, und das Ticken einer Stoppuhr wird lauter. Ich muss mich beherrschen, um Frank nicht anzubrüllen.

Lass deine kranken Spielchen. Gib mir Julian zurück. Und dann versteck dich besser als jedes deiner Opfer. Denn sollte ich oder irgendjemand anderes dich finden, wirst du …

»Du hast noch vier Minuten und sechs Sekunden«, sagt Frank, und das Ticken der Uhr wird leiser. »Setz den Lauf der Waffe auf dein linkes Auge und drück ab. Sobald ich deine Leiche in den Nachrichten sehe, lasse ich Julian frei. Solltest du aber zu lange zögern, hast du deinen Joker verspielt, und ich werde Julian ersticken und ihm das linke Auge entfernen.«

So wie all den anderen Kindern zuvor.

»Ach, und noch was: Sollte ich auch nur das geringste Gefühl haben, dass du bluffst …« Frank macht eine kurze Pause, »… sollte ich aus irgendeinem Grund Zweifel an deinem Tod haben, werde ich Julian hinrichten, und du wirst seine Leiche niemals finden. Dann wirst du nicht deinen Sohn, sondern nur noch seine seelenlose Hülle suchen, und es wird nichts geben, was du begraben kannst. Noch zappelt der Fisch in meinem Netz. Noch kann ich der Polizei Hinweise geben, wie sie Julian finden. Hinweise, die sein Leben retten. Hast du mich verstanden?«

»Ja«, krächze ich.

»Und weshalb höre ich dann immer noch deine Stimme? Ich an deiner Stelle würde endlich die verdammte Waffe ansetzen, so wie ich es dir gesagt habe! Die Zeit rennt dir davon!«

Ich knie immer noch vor der Schatulle. Die Taschenlampe habe ich auf den Boden gelegt, um in der einen Hand das Telefon und in der anderen die Waffe halten zu können. Jetzt stehe ich langsam wieder auf. Hinter der Stahltür ist es still geworden, was darauf schließen lässt, dass Stoya seine Drohung wahr gemacht hat und abgezogen ist.

»Ich will ihn sprechen«, sage ich mit erstaunlich fester Stimme, während mir kalter Schweiß zwischen den Schulterblättern herabrinnt. Mein Atem geht schwer. »Meinen Sohn. Gib ihn mir.«

»Das kränkt mich, Alex. Hast du denn gar kein Vertrauen mehr in mich? So oft, wie ich dir meine Fairness bewiesen habe?«

Es brummt in der Leitung, und ein Störgeräusch überlagert seine letzten Worte. Es klingt, als hätte er einen Rasierapparat eingeschaltet. Vermutlich aber hat Frank nur seinen Standpunkt gewechselt und ist in die Nähe eines technischen Geräts gekommen. Ich nutze die Pause, um mich mit einem Blick auf mein Handy zu vergewissern, dass ich die Aufnahmefunktion eingeschaltet habe und unser Gespräch aufgezeichnet wird.

»Wer hat dir denn die entscheidenden Hinweise gegeben, die zur Rettung der Zwillinge führten?«, fragt er weiter. »Ich hätte die Kinder früher aus dem Versteck führen können, bevor du sie findest, stattdessen habe ich mich an meine Spielregeln gehalten.«

»Ich. Will. Julian. Sprechen«, presse ich hervor. Mit jedem Atemzug, den ich tätige, scheint der Druck auf meine Lungen größer zu werden. Ich weiß, meine wachsende Panik lässt mir kaum noch Zeit. Bald werde ich anfangen zu hyperventilieren.

Eine Zeitlang geschieht gar nichts, nur das Störgeräusch am anderen Ende der Leitung wird lauter. Dann knackt es, und Frank seufzt.

»Also gut, weil du es bist, Alex. Aber mach's kurz. Noch vierzig Sekunden.«

Das Brummen hört auf, und für einen kurzen Moment befürchte ich schon, die Verbindung ist abgerissen, doch dann höre ich ein einziges, geflüstertes Wort, das mir die Tränen in die Augen treibt.

»Papa?«

»Oh Gott, Julian.«

Die Stimme meines Sohnes, die viel kindlicher klingt, als ich sie in Erinnerung habe, ist zugleich Salz und Balsam auf den seelischen Wunden, die Frank aufgerissen hat.

Ich schwanke und knie mich wieder hin, bevor ich das Gleichgewicht verliere. In den letzten Tagen habe ich keine Stunde geschlafen, wurde gefoltert und wäre bei der Rettung zweier Kinder beinahe ertrunken. Ich habe meine ermordete Frau in den Armen gehalten und bin diesem Psychopathen überallhin gefolgt – aber ich bin nicht am Ende. Ich bin am Anfang. Nach all den Strapazen, nach Ablauf aller Ultimaten, die mir gestellt wurden, habe ich es schließlich doch geschafft. Ich stehe kurz davor, Julians elfjähriges Leben zu retten. Den Tausch, den Frank mir anbietet, empfinde ich in dieser Sekunde als erlösendes Geschenk.

»Wann kommst du?«, fragt Julian. Er klingt müde und ängstlich, so wie früher, wenn er an unsere Schlafzimmertür klopfte, weil ihn ein Gewitter aus dem Schlaf gerissen hatte.

»Ich weiß es nicht, mein Schatz«, flüstere ich und setze die Waffe an.
»Noch zehn Sekunden«, höre ich den Psychopathen im Hintergrund rufen. Julian beginnt zu weinen.
»Ich liebe dich, Papa.«
»Ich dich auch.«
Für immer.
Ich atme tief durch und halte die Luft an. Dabei presse ich den Lauf der Pistole auf mein geschlossenes linkes Auge. Als der Atemreflex wieder einsetzen will und meine Lungen zu zerbersten drohen, drücke ich ab.
Es gibt eine grelle Explosion, gefolgt von einem Knall, der auf seinem Höhepunkt, kurz nachdem sich das Geschoss durch meinen Schädel gebohrt hat, plötzlich abreißt – und dann ist alles verschwunden: der Frachtraum, die Pistole in meiner Hand, das Licht und die Explosion. Und dann …
Schwarz.
Die Welt, in der ich die letzten Jahre meines Lebens vergeudet und alles verloren habe, existiert nicht mehr.

Sieben Wochen später

5. Kapitel

Alina Gregoriev

»Soll ich mich ausziehen?«
Zarin Suker hatte eine Stimme, die wie dafür gemacht schien, schlechte Nachrichten zu überbringen. Weich, warm, einfühlsam. Wollte man den Menschen Glauben schenken, die ihn näher kannten, war es die Stimme eines Meisters im Operationssaal, eines mehrfach ausgezeichneten Mitglieds der akademischen Gesellschaft.
Die Stimme eines Vergewaltigers und Mörders.
»Laut unseren Akten zählt er zu den versiertesten Augenchirurgen der Welt«, hatte Hauptkommissar Philipp Stoya sie bei ihrem ersten Gespräch über Suker in seinem Büro gebrieft. *»Spezialisiert auf die schwierigsten Operationen am menschlichen Sehorgan. Jüngster und bester Abiturient seines Jahrgangs. Abschlüsse an vier Universitäten. Er hat Patente auf zahlreiche medizinische Geräte – unter anderem auf ein Skalpell, das seinen Namen trägt. Das Suker-Messer. Er entwickelte es, um genauere Korrekturen am Sehnerv vornehmen zu können. Da war er dreiundzwanzig Jahre alt.«*
»Nur den Oberkörper frei machen, bitte«, antwortete Alina ihrem unheimlichen Patienten.
Zum hundertsten Mal an diesem Tag verfluchte sie Stoya, der sie zu dem Wahnsinnsunterfangen verleitet hatte.
»Bitte, tun Sie mir den Gefallen«, hatte er sie angefleht und dabei so getan, als lägen nicht alle Trümpfe in seiner Hand. Als verfügte der Kommissar nicht über Informationen, mit

denen sie erpressbar war. Informationen, für die sie alles tun würde.

Verdammtes Arschloch, jetzt bin ich hier.

Hier, in diesem Kabuff der geschlossenen Abteilung des Gefängniskrankenhauses, in dem es nach Desinfektionsmittel und gummiertem Fußboden roch, in dem ihre Worte gegen kahle Wände prallten und in dem sie nichts verloren hatte.

»Sie sind doch vorsichtig?«, fragte Suker. »Nicht, dass Sie mir weh tun.« Alina hörte ein unangenehmes, fast obszönes Geräusch, erzeugt durch einen hageren Körper, der sich auf einer Kunstlederpritsche zurücklehnte.

Keines von Sukers Opfern war unmittelbar durch seine Hand gestorben. Die körperliche Folter hatten die Frauen überlebt, nicht aber die seelischen Wunden, die er ihnen während des tagelangen Martyriums beibrachte und die die Ursache für ihren späteren Selbstmord waren. Zwei Frauen hatten sich erhängt, eine war in der warmen Badewanne verblutet. Die letzte und gleichzeitig jüngste hatte sich in Friedrichshain einer Straßenbahn in den Weg gestellt.

»Bitte bleiben Sie zu Beginn meiner Behandlung aufrecht sitzen«, sagte Alina.

Der Chefarzt der Anstalt hatte ursprünglich darauf bestanden, bei der Untersuchung des Häftlings anwesend zu sein, aber Kriminalhauptkommissar Stoya, der für diese ungewöhnliche Behandlung keine Zeugen wünschte, hatte diesen Wunsch ignoriert, und jetzt befand sich Alina alleine mit einem Monster im Behandlungszimmer der Gefängnisklinik. Allein mit einer Bestie, die sie gleich würde berühren müssen.

Der Raum wurde mit versteckten Spezialmikrophonen abgehört, und vor der Tür standen zwei bewaffnete Beamte, die beim kleinsten Verdachtsmoment die Türen aufreißen und ihr binnen Sekunden zur Seite stehen würden. Dennoch war Alina alles andere als wohl bei dem Gedanken, mit einem weder durch Zwangsjacke noch Handschellen gesicherten Psychopathen eingeschlossen zu sein, auch wenn sie wusste, dass Suker noch nie spontan und niemals mit bloßen Händen getötet hatte.

Zarin Suker. Schon der Name klang wie ein Schuldeingeständnis. Klang nach Angst, Schmerz und Qualen. Natürlich war ihr bewusst, dass sie von den Schlagzeilen der Regenbogenpresse beeinflusst war, die den achtundfünfzigjährigen Augenarzt bereits vorverurteilt hatte: als Frauenschänder und bestialischen Folterknecht.

Alina fuhr mit der Hand über die Resopaloberfläche des Besprechungstisches, auf dem sie ihren Rucksack abgestellt hatte. Er fühlte sich an wie die Tische, an denen sie als Kind die Schulbank drücken musste. Sie wunderte sich, wie die tiefen Rillen und Kratzer in die Oberfläche gelangt waren. Ihr hatte man in der Sicherheitsschleuse der Vollzugsanstalt alle spitzen Gegenstände abgenommen.

»Was ist mit Ihren Augen geschehen?«, fragte Suker unvermittelt. Sie hatte die Frage erwartet, da sie eine Sonnenbrille trug, wie immer, wenn sie auf Menschen traf, die sie nicht leiden konnte, unangenehme Patienten zum Beispiel. Bei derartigen Begegnungen empfand sie die Brille wie ein Visier, das sie vor zudringlichen Blicken schützte.

»Meine Augen tun hier nichts zur Sache«, sagte sie und rief sich den Grundriss des quadratischen Raumes ins Gedächtnis. Sie war eine Stunde früher gekommen und hatte ihn studiert, bevor Suker von zwei Wachleuten hereingeführt wurde. Zu diesem Zeitpunkt hatte sie den Abstand zwischen Tisch, Pritsche und Stühlen bereits verinnerlicht.

Sogar die Wände hatte sie mit den Händen abgetastet, bis sie sich buchstäblich blind in dem Raum zurechtfand.
In einer vertrauten Umgebung bewegte sie sich stets so selbstsicher, dass vielen Menschen ihre Sehbehinderung erst nach einer Weile auffiel, was nicht zuletzt an ihrem auffälligen Äußeren lag. Alina war blind und dennoch ein optischer Mensch. Sie musste die Welt, in der sie lebte, nicht mit eigenen Augen sehen, um zu wissen, dass Äußerlichkeiten in ihr wichtiger waren als innere Werte. Die Verpackung definierte den Inhalt. Nur ein Narr konnte diese banale Lebensweisheit bestreiten.
Ging sie in ihren Lieblingsklamotten in die Öffentlichkeit (Lederjeans mit aufgerissenen Knien, knallgrüne Springerstiefel und Abercrombie-Sweatshirt), war sie noch nie besonders zuvorkommend behandelt worden. Mit Businesskostüm, Manolo Blahniks an den Füßen und einem Push-up-BH unter der eng anliegenden Bluse dauerte es keine dreißig Sekunden, bis ihr ein Kaffee angeboten wurde, ganz gleich, ob sie eine Boutique oder ihre Bank betrat. Die meisten wurden zunächst von ihrer ungewöhnlichen Gesamterscheinung abgelenkt, bei der vor allem ihre Haare hervorstachen. Diese waren, je nach Alinas aktueller Gemütslage, mal kurz, mal lang, mal streng gebunden, mal dauergewellt, im strengen Pony oder zu Rasta-Zöpfchen frisiert, und nicht selten wechselte die Farbe sogar mehrfach am Tag. Möglich wurde diese Verwandlungsfähigkeit durch einen schier unerschöpflichen Vorrat an Echthaarperücken, in den sie einen guten Teil ihres Gehalts als Physiotherapeutin investierte.
Heute hatte sie sich aus gegebenem Anlass für eine schlichte Kombination aus einer weißen Jeans, flachen Winterstiefeln und einem grauen Rollkragenpulli entschieden. Die

Haare trug sie lang, schwarz und offen. Es war Wochenende, sie war in den letzten Monaten durch die Hölle gegangen, und eigentlich stand ihr der Sinn nach etwas Wilderem. Nach ihrem Camouflagekleid im Tarnfarbenlook zum Beispiel, in dem sie einer amazonenhaften Kriegerin ähnelte, vor allen Dingen, wenn sie auf künstliche Frisuren verzichtete und sich mit ihrem kahlrasierten Schädel der Außenwelt präsentierte. Abgesehen davon, dass das bei den sibirischen Februar-Temperaturen da draußen keine gesundheitsfördernde Idee gewesen wäre, hätte Suker zu diesem Look wohl auch kein Vertrauen gefasst; daher war sie heute, sehr zu Stoyas Erleichterung, in einem seriösen Outfit vor den Toren der Justizvollzugsanstalt erschienen.

»Ich wollte Ihnen eben nicht zu nahe treten«, sagte der Augenarzt, dem ihre Anspannung aufgefallen sein musste. »Aber Ihre Sonnenbrille ist verrutscht, und da bemerkte ich die charakteristische Trübung, die mir verrät, dass Sie nicht von Geburt an blind sind, habe ich recht?«

Alina nickte und ärgerte sich im gleichen Moment über ihre Reaktion. Der Unfall lag jetzt dreiundzwanzig Jahre zurück, und doch war keine ihrer Erinnerungen deutlicher als die an den Moment der Explosion, die ihre Augen zerstörte.

»Wollen Sie jetzt behandelt werden oder nicht?«, fragte sie den Häftling etwas schroffer als beabsichtigt.

»Warum so unfreundlich, mein Kind?« Suker schüttelte lächelnd den Kopf.

Unfreundlich? Es wäre noch nicht einmal unfreundlich, dir eine Kugel in den Kopf zu jagen für das, was du den Frauen angetan hast. Und wenn du mich noch einmal »mein Kind« nennst, spuck ich dir ins Gesicht.

»Na schön.« Sie nahm die Flasche mit dem Massageöl, das

sie mitgebracht hatte, vom Tisch und verstaute sie wieder in ihrem Rucksack.

»Was haben Sie vor?«

»Wonach sieht's denn aus? Ich gehe.«

Sie zog den Reißverschluss zu und schulterte die Tasche.

»Mir wurde gesagt, Sie hätten sich bei Sportübungen in Ihrer Zelle einen Nerv eingeklemmt und benötigten professionelle Hilfe, doch so wie es aussieht, verschwende ich hier nur meine Zeit.«

»Der Idiot hat sich beim Bauchmuskeltraining irgendwas im Lendenwirbelbereich gezerrt. Bauen Sie ein Vertrauensverhältnis zu ihm auf, überreden Sie ihn zu einer Behandlung. Berühren Sie ihn, und vielleicht …« Stoya hatte bei der Vorbesprechung an dieser Stelle einfach aufgehört zu reden, vermutlich, weil er merkte, wie verrückt es klingen würde, wenn er den Satz vollendet hätte.

»Was soll die Schauspielerei, Alina?«, fragte Suker unvermittelt.

Sie erstarrte, als sie ihren Namen aus seinem Mund hörte. Sie hatte sich ihm als Sabine Schneider vorgestellt.

Verdammt. Ich habe es doch gewusst.

Es war genau das eingetreten, was sie befürchtet hatte. *»Er wird mich erkennen. Mein Bild war in fast allen Zeitungen, mein Name in jeder Zeitschrift.«*

Stoya hatte ihren Protest mit wenigen Worten vom Tisch gewischt.

»Suker sitzt seit fast zwei Monaten in Einzelhaft. Er hat keinen Fernseher, kein Internet, keinen Zugang zu irgendwelchen Medien. Da er laut den psychologischen Gutachten eine Gefahr für andere Mithäftlinge darstellt, hat er keinerlei soziale Kontakte. Seinen Hofgang absolviert er allein, und es gibt noch nicht einmal einen unmittelbaren

Zellennachbarn, mit dem er kommunizieren könnte. Sie, Alina, sind erst seit wenigen Wochen berühmt. Für ihn sind Sie nur eine blinde Physiotherapeutin. Ich denke, wir können das Risiko eingehen.«

»Dachten Sie wirklich, ich weiß nicht, wer Sie sind?«, lachte Suker. Sie hörte, wie er langsam von der Pritsche stieg. »Ihr voller Name lautet Alina Gregoriev, sechsundzwanzig Jahre alt, seit dem dritten Lebensjahr blind«, leierte der Chirurg die Informationen herunter, als hätte er sie auswendig gelernt. »Tochter eines Bauunternehmers und einer Hausfrau, in Kalifornien aufgewachsen, schon früh verhaltensauffällig. Als die Behörden Sie auf eine Behindertenschule schicken wollten, klagten Sie sich in eine öffentliche Highschool ein. Als Ihr Gesuch, Schülerlotsin werden zu wollen, abgelehnt wurde, gingen Sie erneut zum Verwaltungsgericht. Wieder mit Erfolg.«

Hörst du das, Stoya? So viel also zu deiner These, Suker bekäme im Knast keine Informationen. Super. Ganz großes Kino.

Alina hob beide Hände, als würde sie sich ergeben, schaffte es aber nicht, den Redeschwall des Arztes zu unterbrechen. »Im Alter von siebzehn von Polizisten aufgegriffen, als Sie Ihre betrunkenen Freunde mit dem Auto nach Hause fuhren. Zwei Jahre später belegten Sie den dritten Platz bei einem Windsurfwettbewerb, als einzige Blinde unter zweihundert Sehenden. Nach Abschluss Ihrer Ausbildung zur Physiotherapeutin reisten Sie ein Jahr um die Welt, erlernten in China die Techniken des Shiatsu und blieben nach Umwegen über Südafrika, Indien, Neuseeland und Südamerika schließlich in Berlin hängen, wo Sie in der Brunnenstraße in Mitte Ihre Praxis eröffneten.«

»Bravo!« Alina klatschte betont langsam in die Hände.

»Haben Sie Ihren Schulhefter dabei, oder wo kann ich Ihnen ein Sternchen reinkleben, weil Sie Ihre Hausaufgaben so gut gemacht haben?«

»Dann stimmt es also, was über Sie geschrieben wird?« Sukers Stimme hatte ihren altväterlichen Charakter verloren. »Man sagt, Sie seien ein Medium und könnten in die Vergangenheit sehen, ist das wahr? Haben Sie wirklich den Augensammler in Ihrer Praxis behandelt und während der Massage gesehen, was dieser Verbrecher den armen Kindern angetan hat? Es heißt, nur durch Ihre Hinweise sei es dem bedauernswerten Alexander Zorbach gelungen, die Zwillinge aus den Fängen Frank Lahmanns zu befreien.«

Er lachte das Lachen eines Menschen, der keine Freude kennt. Alina hätte ihn am liebsten geohrfeigt, als er mit seiner nächsten Frage den Nagel auf den Kopf traf: »Und jetzt sollen Sie dieses Wunder an mir wiederholen und einen Beweis finden, der meine Freilassung verhindert, richtig? Sie sollen mich berühren und dabei in meine Vergangenheit sehen.« Sie hörte ihn vergnügt kichern. »Das ist es doch, was man von Ihnen erwartet. Dass Sie mich behandeln, um die Beamten danach zu dem von mir versteckten Skalpell zu führen, mit dem ich den Frauen ohne Betäubung die Augenlider abgeschnitten habe …«

6. Kapitel

Während Sukers Frage im Raum zu hängen schien, musste Alina an das allererste Gespräch vor einer Woche denken, als Stoya sie zu diesem wahnwitzigen Unterfangen überredet hatte.
»Ich habe hier ein psychologisches Gutachten, das Zarin Suker schwerste soziopathische Störungen bescheinigt und eine sofortige Unterbringung in psychiatrische Sicherheitsverwahrung empfiehlt, sobald er verurteilt ist«, hatte der Kommissar seinen Monolog begonnen. »Und dieses Gutachten wurde nicht etwa von der Staatsanwaltschaft, sondern von der Verteidigung in Auftrag gegeben. Mir wurde es zugespielt, weil sogar Sukers Anwalt verhindern will, dass wir diese Bestie wieder auf freien Fuß setzen. Am liebsten würde ich Ihnen Fotos seiner Opfer zeigen, aber das geht ja nun mal schlecht. Doch ich denke, hier bekommen Sie auch einen ganz guten Eindruck.«
Alina hatte erst ein Klicken, dann ein Rauschen gehört, so wie sie es von den Kompaktkassetten kannte, die ihr Vater früher im Auto abgespielt hatte. Dann wurde das Rauschen von einem Geräusch zerrissen, das sie erschauern ließ. Am ehesten noch erinnerten die Laute, die aus Stoyas Kassettenrekorder drangen, an einen Schrei. Am wenigsten an eine lebende Kreatur.
Das röchelnde Quieken begann hoch oben in den dünnen Sphären eines Frequenzbereichs kaum oberhalb der Wahrnehmungsschwelle. Nachdem es dort eine Weile verharrt war, stolperte es die Stufen einer kaputten Tonleiter nach

unten, wobei das animalische Brüllen mit jedem Absatz tiefer und voller wurde, bis es schließlich am Fuße angelangt zu einem Urschrei anschwoll, der sich aus den schrecklichsten Alpträumen zu speisen schien. Erst als der Schrei in ein gedehntes Kreischen überging, hatte Alina begriffen, dass hier eine Frau den schlimmsten Qualen ihres Lebens ausgesetzt wurde.

»Großer Gott, was macht er mit ihr?«

»In diesem Moment?« Stoya hatte das Band wieder gestoppt. »Gar nichts. So klingen Sukers Opfer, wenn er längst fertig mit ihnen ist. Die Frau, die sie eben hörten, heißt Tamara Schlier. Sein fünftes Opfer. Wie alle anderen zuvor hat Suker sie entführt und an einen Ort verbracht, den wir nicht kennen. Wir wissen nur, dass er wie ein Operationssaal eingerichtet sein muss.«

Alina hatte abwehrend die Hand gehoben, doch Stoya sprach unbeirrt weiter.

»Tagsüber behandelt er den grauen Star seiner Patienten. Nachts schneidet er seinen Opfern die Augenlider ab. Dann vergewaltigt er sie. Wenn er genug von ihnen hat, setzt er sie am Hintereingang eines Pornokinos, eines Bordells oder in der Nähe eines Straßenstrichs aus. Kein Wunder, dass sich alle das Leben genommen haben, sobald sie dazu körperlich wieder in der Lage waren.«

»Ich will das nicht hören«, hatte Alina gebeten.

»Tamara Schlier hatte Glück, wenn man in diesem Zusammenhang überhaupt von Glück sprechen kann. Sie wurde rechtzeitig gefunden, bevor sie den Abflussreiniger trinken konnte. Sie ist unsere Kronzeugin. Es wird Wochen dauern, bis sie in der Lage ist, eine brauchbare Aussage zu machen.«

Stoya hatte erneut das Band gestartet. Wieder zerrte das

oszillierende Kreischen der Frau an den Lautsprechern, und wieder quoll ein aus Angst und Qualen gewebter Geräuschteppich aus dem Kassettenrekorder.

»So klang Tamara Schlier bei ihrer ersten Befragung«, hatte Stoya gesagt und dabei die Schreie leiser gedreht, als wären sie ein Song im Radio. »Suker ist geschickt. Keine Fingerabdrücke, keine DNA-Spuren, alle Vergewaltigungen mit Kondom. Nach einem anonymen Hinweis haben wir ihn mehrere Monate überwacht, aber nichts vor Gericht Verwertbares gefunden. Nur Indizien, die gegen ihn sprechen, doch mit Tamara haben wir endlich eine überlebende Zeugin, und wir sind uns sicher, dass sie Suker identifizieren wird.«

»Okay, das ist grauenhaft«, hatte Alina gesagt. »Aber ich verstehe nicht, weshalb ich in dieser Sache vorgeladen wurde.«

Bis zu diesem Zeitpunkt hatte sie tatsächlich keine Ahnung gehabt. Dann endlich ließ Stoya die Bombe platzen: »Wir müssen Suker in einer Woche entlassen.«

»Bitte?«

»Tamara Schlier ist verschwunden. Die gesamte Anklage baut auf ihrer Aussage auf. Wir haben ansonsten keine Beweise, die es rechtfertigen würden, Suker auch nur einen Tag länger in U-Haft zu halten. Unsere Kronzeugin ist wie vom Erdboden verschluckt, und darüber hinaus haben wir nichts gegen das Schwein in der Hand.«

Das alles musste Alina sich wieder ins Gedächtnis rufen, um nicht kehrtzumachen und sofort das Behandlungszimmer zu verlassen. Seit Zorbachs Selbstmord hatte sie sich geschworen, nie wieder das Schicksal auf die Probe zu stellen und *ES* zu tun, zumal sie sich selbst nicht im Klaren darüber war, ob sie wirklich über *ES* verfügte. Und wenn doch, hatten die medialen Fähigkeiten, die die Presse ihr zuschrieb, bislang mehr geschadet als genützt: Zorbachs Frau war ermordet worden, er selbst hatte sich den Kopf weggeschossen, und die Polizei suchte noch immer nach Julians Leiche. Doch wenn es irgendwie in ihrer Macht stand, zu verhindern, dass in wenigen Tagen ein gefährlicher Triebtäter wieder auf freien Fuß kam, musste sie über ihren Schatten springen.

»Nein«, beantwortete Alina nach langem Schweigen Sukers Frage.

Nein. Ich kann nicht in Ihre Vergangenheit sehen.

Die Antwort war nicht einmal gelogen, allenfalls eine Halbwahrheit. Um ganz ehrlich zu sein, hätte Alina zugeben müssen, dass sie selbst nicht wusste, was passieren würde, sobald sie Suker massiert.

Früher, vor ihrer Begegnung mit dem Augensammler, hatte sie tatsächlich geglaubt, nein befürchtet, unter bestimmten Voraussetzungen in die Vergangenheit eines Menschen sehen zu können, wenn sie ihn berührte. Die Visionen, die wie schlecht geschnittene Filmausschnitte vor ihrem geistigen Auge aufblitzten, waren zum ersten Mal über sie hereingebrochen, nachdem sie als Kind von einem betrunkenen Autofahrer erfasst worden war. Als der Mann ihr aufhalf und sie sich auf ihr verletztes Bein stützen wollte, mischte sich ein schreckliches Gefühl in den Schmerz, als wechsele sie den Körper und erlebte noch einmal die letzten Sekunden vor dem Unfall, nur diesmal aus der Sicht des Betrunkenen.

Das war nicht die einzige verstörende Erfahrung in ihrer Jugend, die sie sich nicht erklären konnte. Fast war es so, als werde ihr fehlender Sehsinn von einer neuen, bislang unentdeckten Fähigkeit kompensiert, die es ihr ermöglichte, in Ausnahmesituationen mit den Augen eines anderen zu »sehen«. Da Alina sich als Blinde schon genug stigmatisiert fühlte, hatte sie lange über ihre »Gabe« geschwiegen. Sie redete nicht über das unbegreifliche *ES*, das sie stets aus heiterem Himmel, scheinbar ohne erkennbares Muster heimsuchte. Es sollte Jahre dauern, bis ihr Gewissen sie zwang, dieses Schweigen zu brechen, um Alexander Zorbach von den schrecklichen Bildern zu erzählen, die sich während einer Shiatsu-Behandlung in ihren Kopf eingenistet hatten. Es waren die Bilder einer ermordeten Mutter und eines verschleppten Jungen. Damals, vor zwei Monaten, war sie sich sicher gewesen, den Augensammler behandelt und in ihrer Vision dessen letzte Entführung »gesehen« zu haben. Tatsächlich führten Alinas Hinweise erst Zorbach und später die Ermittler zu dem Versteck der entführten Zwillinge. Und das, obwohl sich Alina in Bezug auf ihre Fähigkeiten in einem ganz wesentlichen Punkt geirrt hatte.

Ich kann nicht in deine Vergangenheit sehen, Suker. Wenn überhaupt, dann blicke ich in deine mörderische Zukunft.

»Die Zeitungen schreiben, Sie sind ein Medium«, sagte der Augenarzt.

»Woher wissen Sie das? Ich dachte, gegen Sie ist eine Kontaktsperre verhängt.«

»Nicht zu meinem Anwalt.«

Alina seufzte wie jemand, der sich über seine eigene Naivität ärgert. »Sie sollten nicht alles glauben, was in der Presse steht.«

Er lachte laut auf. »Und das aus Ihrem Mund?«

Ihr Körper spannte sich an. Der herbe Geruch der Kernseife, mit der Suker sich heute Morgen das Gesicht gewaschen haben musste, war intensiver geworden. Er schien von der

Pritsche aufgestanden zu sein und sich ihr genähert zu haben, obwohl sie keine seiner Bewegungen gehört hatte.
»Eine sehr interessante Einstellung für jemanden, der seinerseits die schamlosen Veröffentlichungen über meine Person nicht im Geringsten in Frage stellt.«
»Wer sagt das?«
»Ihr Körper. Er signalisiert mir mit jeder Faser die Antipathie, die Sie gegen mich hegen. Und da ich Ihnen zur Begrüßung weder ins Gesicht gespuckt noch sonst etwas getan habe, was Sie provoziert haben könnte, dürfte diese Antipathie vermutlich durch die Verleumdung in den Medien hervorgerufen worden sein.«
»Sie sind also unschuldig?«, fragte Alina, bemüht tonlos.
»Unschuldig? Wer ist das schon?«
Sie drehte sich in die Richtung, aus der seine Stimme kam. Eben noch hatte er vor ihr gestanden, jetzt musste er rechts neben ihr sein, direkt an der Wand.
Oder an der Tür?
Alinas innere Unruhe wuchs, und sie musste sich eingestehen, in dem kleinen Raum die Orientierung verloren zu haben.
»Fünf Frauen«, sagte sie, um Zeit zu gewinnen, in der sie sich sammeln konnte. »Alle verschwanden zu Zeiten, als Ihre Praxis wegen Betriebsferien geschlossen war. Allen wurden die Augenlider abgeschnitten.«
»Wir leben in einer schrecklichen Welt, nicht wahr?«
Jetzt war Suker hinter ihr.
»Stimmt. Wir leben in einer Welt, in der Psychopathen wieder freigelassen werden müssen, weil sie Kronzeugen aus dem Weg räumen.«
Er kicherte. »Sie glauben, ich habe Tamara Schlier bedroht, damit sie nicht gegen mich aussagt?«

Alina zuckte mit den Achseln. »Jedenfalls ist sie auf einmal wie vom Erdboden verschluckt.«

»Und wie soll mir das gelungen sein? Ich sitze seit Wochen in Untersuchungshaft. Aber davon mal abgesehen, gesetzt den Fall, ich wäre wirklich schuldig ...« Suker atmete tief ein. »Gesetzt den Fall, ich hätte Tamara damals verschleppt und ihr bei vollem Bewusstsein zuerst die oberen und dann die unteren Lider entfernt ...«

Alina blieb stumm und fragte sich, ob jetzt der Zeitpunkt gekommen war, das vereinbarte Codewort zu sagen. Bei dem Stichwort »Kühlschrank« würde Stoya unverzüglich die Sitzung abbrechen und seine Männer hereinschicken.

»Nehmen wir weiter an, rein hypothetisch natürlich, ich hätte die unglückselige Dame als Nächstes in ein verspiegeltes Zimmer gebracht, um sie dort anal zu penetrieren, wieso nur sollte ich die Schnitte, mit denen ich zuvor ihre Lider entfernt hatte, so ungestüm und stümperhaft vorgenommen haben, wie man der Presse entnehmen konnte?«

Alina schluckte. »Taktik? Sie wussten, genau diese Unlogik würde später Zweifel bei den Richtern säen.«

»Ich bitte Sie. Ich wurde drei Mal in Folge vom internationalen Verband der Augenärzte zum besten Chirurgen Europas gewählt. Für meine Leistungen wurde ich mit der Ehrenprofessur der Harvard Medical School ausgezeichnet. Ich weiß nicht, wie ich es formulieren kann, ohne angeberisch zu klingen, aber wenn Lang Lang sich mit Absicht vergreifen würde, klänge sein Klavierspiel noch immer wie ein Meisterwerk. Wahre Kunst lässt sich nicht unterdrücken, mein Kind. Selbst wenn ich eine Woche nicht geschlafen und mich sinnlos betrunken hätte, um absichtlich mit zittrigen Händen im Dunkeln zu operieren, könnten Sie den Eingriff immer noch als Anschauungsfilm für Medizinstudenten verwenden.«

Er berührte sie am Oberarm, und sie zuckte zusammen.

»Schauen Sie, Alina. Wir beide wissen, weshalb Sie hier sind. Es gibt keine Zeugen, keine Beweise. Der Staatsanwalt kann mich nicht länger in Haft halten, und mittlerweile sind die Beamten so verzweifelt, dass sie sich an den letzten lächerlichen Strohhalm klammern. An Sie! Sie sollen mich berühren und die Behörden durch Ihre Visionen, die Sie angeblich überkommen, zu verwertbaren Beweismitteln führen.«

»Und wenn es so wäre? Was spricht dagegen, wenn Sie doch unschuldig sind?« Zu ihrer Verwunderung bekam Alina eine Antwort auf ihre rhetorische Frage.

»Nichts. Sie haben recht.«

»Dann darf ich Sie also behandeln?«

»Ja.«

»Das glaube ich Ihnen nicht«, sagte Alina, erstaunt über die Wendung, die das Gespräch so plötzlich genommen hatte.

»Nur zu, fassen Sie mich an, massieren Sie mich. Stimulieren Sie meine Meridiane. Und dann eilen Sie husch, husch zu Stoya und beschreiben ihm, was Sie gefühlt haben. Wer weiß, vielleicht bin ich ja doch ein ganz schlimmer Finger, und Sie *sehen* ...«, er sprach das Wort aus, als wollte er es in Anführungszeichen setzen, »... *sehen* den Weg zu meiner bislang unentdeckten Folterkammer. Oder Sie erkennen das Bodenbrett, unter dem das Skalpell liegt, das weder bei meiner Haus- noch bei der Praxisdurchsuchung gefunden wurde.«

Alina hörte wieder das Geräusch des knautschenden Kunststoffleders. Suker war zurück zur Liege gegangen und legte sich darauf.

»Ich habe nur eine einzige Bedingung.«

Na klar. Der Teufel schlägt immer einen Pakt vor.

»Und die wäre?«

»Nehmen Sie Ihre Brille ab, mein Kind. Ich will Ihre Augen sehen.«

Sie seufzte. Das alles hier ergab keinen Sinn. Der Irre wollte nur mit ihr spielen. »Sie sind ein selbstgefälliges Arschloch.«

»Nein. Wenn überhaupt, bin ich ein sehr fähiges Arschloch, und ich könnte es Ihnen beweisen. Sehen Sie, ich bin mir sicher, Sie haben die Hälfte Ihrer Kindheit bei Augenärzten verbracht. Und jeder dieser sogenannten Spezialisten hat Ihnen erklärt, dass Sie nie wieder in Ihrem Leben werden sehen können, weil es für Patienten wie Sie, bei denen die komplette Hornhaut zerstört ist, keine Heilungsmöglichkeiten gibt, richtig?«

»Und wenn es so wäre?«

»Dann hätten Sie Ihre Zeit mit Quacksalbern verplempert. Denn diese Ärzte irren. In seltenen Fällen und unter besonderen Umständen kann eine Transplantation von Erfolg gekrönt sein. Und gerade Chemieunfälle wie der Ihre zählen dazu. Es hängt natürlich vom Spendermaterial ab und von der ruhigen Hand des Chirurgen, der in einer zweistufigen Operation zunächst einen Hornhautrand transplantieren müsste, der nur wenige hundertstel Millimeter dick ist. Auf der ganzen Welt sind mir nicht mehr als eine Handvoll Ärzte bekannt, die dazu in der Lage wären. Und nur einer von denen kann Ihnen garantieren, dass es funktioniert.«

»Lassen Sie mich raten«, lachte Alina, etwas weniger höhnisch als beabsichtigt.

»Ja, *ich*«, sagte Suker. »Und glücklicherweise kann ich ab

nächster Woche wieder Termine entgegennehmen, sobald ich diesen unwirtlichen Ort verlassen habe. Als freier Mann.« Er schnalzte selbstzufrieden mit der Zunge. »Ich spüre, Sie können mich nicht leiden, Alina. Aber ich kann Ihnen etwas geben, was Sie sich schon immer gewünscht haben. Stellen Sie sich vor, Sie würden nach dreiundzwanzig Jahren zum ersten Mal Ihre Augen aufschlagen und könnten wieder sehen.«

Seine Stimme klang so weich wie zu Beginn ihres Gesprächs.

»Kommen Sie, geben Sie sich einen Ruck«, rief er Alina hinterher, die sich endgültig zum Gehen entschlossen hatte. Sie stand kurz vor der Tür, die rechte Faust geballt.

»Ich bitte Sie, Alina. Nehmen Sie Ihre Brille ab und lassen Sie mich untersuchen, ob Sie für einen solchen Eingriff überhaupt in Frage kämen.«

Er kicherte, als sie gegen die Stahltür hämmerte. Die Beamten öffneten nicht schnell genug, und so musste sie auch seine letzten Sätze ertragen.

»Ein Blick auf Ihre Augen gegen einen Blick in meine Seele, Alina. Was haben Sie schon zu verlieren?«

7. Kapitel

Zwanzig Minuten später hörte sie immer noch den Nachhall von Sukers Angebot. Angewidert und fasziniert zugleich fiel es ihr schwer, sich auf ihre Umgebung zu konzentrieren.

»Stellen Sie sich vor ... Sie könnten wieder sehen ...«

Die Worte waren wie ein Ohrwurm, den man schon beim ersten Hören unerträglich findet und trotzdem nicht aus dem Kopf bekommt.

»Was haben Sie schon zu verlieren?«

Alina dachte an die weiche Stimme, an den verschwörerischen Unterton, mit dem der sadistische Psychopath versucht hatte, den Keim einer unerfüllbaren Hoffnung in ihr zu säen. In Gedanken versunken, trat sie an die Ampel Brunnenstraße Ecke Bernauer, als plötzlich mehrere Dinge gleichzeitig geschahen. Zuerst vibrierte ihr Handy. Noch bevor sie es aus der Tasche gezogen hatte, um sich die eingegangene SMS vorlesen zu lassen, wurde sie von einer kräftigen Hand gepackt. Der Atem des Mannes ging schwer, sie roch den Tabak, der sich in einem dicken Wintermantel verfangen hatte, und sie spürte den festen Griff am Oberarm, mit dem sie gegen ihren Willen auf die Straße gerissen wurde.

Nein, nicht schon wieder, dachte sie. Dieser Mist passierte ihr nun schon zum zweiten Mal in diesem Winter. Sie stand am Bürgersteig, die Ampel sprang auf Grün, und ein Passant fühlte sich berufen, die Blinde mit dem Langstock über die Straße zu zerren.

Berlin erlebte gerade die härteste Kälteperiode seit Beginn der Wetteraufzeichnungen. In der Nacht sanken die Temperaturen auf minus zwanzig Grad, was den vierten Obdachlosen in Folge das Leben gekostet hatte. Der Stadtreinigung war das Salz ausgegangen, nicht einmal mehr die Hauptverkehrsstraßen wurden gestreut; Bürgersteige machten schon seit Wochen Eislaufbahnen Konkurrenz, und überall türmten sich verdreckte Schneeberge. Der tägliche Arbeitsweg war zum Überlebenstraining geworden, und daher hatte Alina gegen eine helfende Hand grundsätzlich nichts einzuwenden. Wohl aber gegen eine Entführung.
In ihrem blinden Bekanntenkreis gab es keinen, der nicht schon mal »Entführungsopfer« gewesen war. Es mochte ja sein, dass sie einen hilfsbedürftigen Eindruck gemacht hatte, als sie eben auf der vereisten Mittelinsel in ihrem Rucksack nach dem Telefon kramte. Und der Passant wusste sicher nichts von dem Orientierungstraining, dank dem sie sich auch bei schlechtem Wetter in ihrer Umgebung zurechtfand. Aber was für Zeichen sandte sie aus, die einem Sehenden signalisierten, man könne sie wie ein Tier an die Leine legen? Nur einmal hatte ein Kind höflich gefragt, ob Alina sich verlaufen habe. Alle anderen »Helfer« waren vermutlich der Meinung, sie wäre nicht nur blind, sondern auch blöd und daher ohnehin nicht zu einer Unterhaltung fähig.
»Das ist nicht nötig, danke sehr.« Alina versuchte, sich aus der Umklammerung des Mannes zu befreien, der sie zielstrebig über die rutschige Kreuzung führen wollte; immerhin in die richtige Richtung. Nicht selten verschlimmerte der Eifer der ungebetenen Helfer die Orientierungslosigkeit der Blinden, die sich nach dem Übergriff irgendwo ausgesetzt fanden, wo sie nie hingewollt hatten.

»Ich schaffe das alleine, danke sehr.«
Wie befürchtet, zeigte ihr sanfter Protest keine Wirkung. Der Mann blieb stumm, sein Griff wurde stärker, und so blieben ihr nur zwei Möglichkeiten: Entweder sie fügte sich und müsste sich weiter von dem Unbekannten wie eine quengelnde Dreijährige über die eis- und rollsplittverkrustete Straße ziehen lassen. Oder es würde unangenehm werden.
Alina entschied sich für Letzteres und plazierte ihren Langstock. Der Mann ließ sofort von ihr ab und jaulte auf. Vielmehr quiekte er, was ihr ein Lächeln abrang. Sein helles Quieken klang so unmännlich und völlig unpassend für einen Kerl, den Alina anhand seiner voluminösen Atemgeräusche und der Größe seiner Hände auf mindestens hundert Kilo und zirka einen Meter neunzig schätzte.
»Oh, das tut mir aber leid«, heuchelte Alina. Also hatte sie ihn wie beabsichtigt zwischen den Beinen getroffen.
Sehr schön.
»Scheiße, Mann, dir werd ich noch mal helfen!« Sie spürte seinen heißen Atem auf ihrem Gesicht.
Offenbar hatte er seine Stimme wiedergefunden.
Was ein Schlag in die Eier nicht alles bewirken kann.
»Blinde Fotze«, keuchte er heiser, jetzt schon einen Meter entfernt. Alina warf ihm eine Kusshand hinterher und lächelte weiter in die Richtung, aus der sie ihn zuletzt gehört hatte. Neben ihr begann es zu hupen, anscheinend war die Grünphase vorbei, also beeilte sie sich, von der Kreuzung zu gelangen.
Sie kam nicht weit. Plötzlich wurde sie angerempelt, und sie befürchtete schon, der Mann wäre zurückgekehrt, um handgreiflich zu werden, da spürte sie einen warmen Lufthauch am Ohrläppchen. Als Nächstes hörte sie eine Stim-

me. Sie wusste, sie kannte sie von irgendwoher, konnte sie in diesem Moment aber ebenso wenig entschlüsseln, wie sie verstand, was der Mann ihr sagen wollte.
»Dreizehn. Zehn. Einundsiebzig«, flüsterte er.
So schnell er gekommen war, so schnell war er wieder verschwunden, und hätte Alina nicht das feuchte Brennen am Ohrläppchen gespürt, dort, wo der Fremde sie mit der Zunge berührt hatte, hätte sie das merkwürdige Erlebnis als pure Einbildung abgetan.
So aber blieb sie tief verstört mit einem unheimlichen Gefühl im Magen auf der belebten Kreuzung stehen, und das Rauschen in ihren Ohren war lauter als der Lärm der hupenden Autos, die an ihr vorbeidrängten.

8. Kapitel

Man sagt, Augen seien das Fenster zur Seele. Auch wenn es in noch so vielen einfältigen Liebesromanen zu lesen war, hielt Alina dieses Klischee für ebenso kitschig wie falsch. Oder sollten Blinde etwa keine erkennbare Seele besitzen, nur weil ihre Augen stumpf und undurchsichtig waren?

Das wahre Fenster zur Seele, dessen war Alina sicher, öffnete sich beim Weinen. Ihrer Einschätzung nach gab es ebenso viele Varianten des Weinens, wie Menschen auf der Erde weilen. Das Konglomerat aus Wimmern, Schluchzen, Keuchen, Brüllen, Schlucken, Seufzen, Röcheln und Abermillionen anderer Geräusche, die ein verzweifelter Körper beim Atmen hervorpressen kann, sind bei jedem so einzigartig wie ein Fingerabdruck.

Auch die Frau in ihrem Wohnzimmer weinte auf eine Art, wie Alina es niemals zuvor gehört hatte. Still, kaum hörbar, wie die unwillkürlichen Geräusche eines schlafenden Babys, nur unendlich viel trauriger. In ihrer Sanftheit waren die stillen Schluchzer für Alina schwerer zu ertragen, als wenn der ungebetene Gast ein Klagegeheul angestimmt hätte. Aber John hatte sie ja gewarnt.

»*Fuck,* wieso bist du nach Hause gekommen? Ich hatte dir doch eine SMS geschrieben, dass du mich vorher anrufen sollst. Eine halbe Stunde noch, und ich wär die Irre wieder losgeworden.«

Kaum hatte sie die Haustür aufgeschlossen, hatte ihr bester Freund sie schon mit Vorwürfen überhäuft. Typisch John, immer die Flucht nach vorn, wenn er einen Fehler gemacht hatte.

»Ich dachte, sie ist eine Patientin, die sich an der Tür geirrt hat, also hab ich sie reingelassen, so ein *Shit.*«

Alina lebte in einer Maisonette-Wohnung unter dem Dachgeschoss in der Brunnenstraße, wobei die untere Etage ihren Praxisräumen vorbehalten war. John war bei ihr zu Hause geblieben, um auf TomTom aufzupassen, der in letzter Zeit etwas kränkelte. Außerdem waren Hunde in der JVA verboten, und so hatte Alina ihr lebendes Navigationssystem in ihrer Wohnung gelassen und sich auf den Stock verlassen.

»Konnte ja nicht ahnen, dass die nicht ganz rundläuft, *Baby.*«

Fuck, Shit, Baby … John konnte perfekt Deutsch, benutzte aber gerne englische Ausdrücke, besonders, wenn er aufgeregt war. Er war nun mal Amerikaner, und dank seines authentischen Akzents war es nicht ganz so peinlich wie bei vielen Deutschen, die einfach nur cool wirken wollten und dabei alles falsch aussprachen.

»Was will die Frau denn von mir?«, hatte sie ihn gefragt und ihm einen flüchtigen Kuss auf die Narbe gegeben. Die bleistiftlange Einkerbung schlängelte sich wie ein Flusslauf von Johns Stirn abfallend nur wenige Millimeter am linken Auge vorbei bis zum Unterkieferknochen; ein Andenken, das ihm eine Gruppe Schwulenhasser mit einem Messer verpasst hatte, nachdem sie ihn zuvor auf einer Discotoilette halb totgeschlagen hatten.

»Keine Ahnung. *She's crying,* und das, seit ich die Tür aufgemacht habe.«

»Endlich mal eine, die deinem Charme nicht erlegen ist.«

John sah aus wie der heterosexuellste Mann der Welt und

war damit das beste Beispiel dafür, wie sehr man sich täuschen kann. Alina kannte ihn seit dem Kindergarten und hatte über all die Jahre ihrer Freundschaft ein so gutes Bild von ihm gewonnen, dass sie sich nicht mehr auf die Beschreibungen ihrer sehenden Freundinnen verlassen musste, die fast ausnahmslos von einem Techtelmechtel mit John phantasierten, sogar die verheirateten. *Vor allem die verheirateten!*

Während die sich zu Hause schon aufregten, wenn ihre Ehemänner die benutzten Teller nicht in die Spüle stellten, fanden sie bei John nichts daran auszusetzen, wenn er seine filterlose Kippe an der Sohle seiner Bauarbeiterstiefel ausdrückte. Ihr bester Freund verabscheute Duftwässer und Barbra Streisand, er hörte lieber Eminem oder *30 Seconds to Mars*. Und er hasste den Christopher Street Day, die fröhliche Parade, die jährlich im Sommer durch Berlin zog. »Wie sollen wir von den Heten denn ernst genommen werden, wenn wir uns auf Jahrmarktswagen wie Halbirre in Arschfreihosen präsentieren?«, kommentierte er regelmäßig die Fernsehbilder des Umzugs.

Alina hatte ihre eigene Theorie, weshalb der ungehobelte Bursche, der sich redliche Mühe gab, sein markantes Gesicht unter zotteligen Haaren und einem Sechstagebart zu verstecken, so gut bei Frauen ankam. Sie sahen in ihm keine Gefahr. John war wie ein Thriller, den man las, um etwas Spannendes zu erleben, den man aber zuschlagen und weglegen konnte, sobald man genug von ihm hatte. Kein Typ Mann für mehrere Nächte. Man könnte gefahrlos mit ihm aufs Motorrad steigen und die Nacht am See verbringen, und nach zwei, drei Orgasmen wäre das Kapitel am nächsten Tag abgeschlossen. Die Frauen könnten danach nach Hause gehen und weiter darauf achten, dass ihr Gatte beim

Zähneputzen den Hahn nicht laufen ließ. *Hätte, könnte, wäre.* Ein unerfüllbarer Konjunktiv, weil John nun mal schwuler war als der Bürgermeister. Alina wusste das aus eigener Erfahrung. Ein einziges Mal hatte sie ihn überreden können, mit ihr zu schlafen, und es hatte sich angefühlt, als wären sie zwei Grundschüler, die sich nackt aufeinanderlegten, um Sex zu »spielen«. Nach dreißig Sekunden hatte es in einem Lachanfall geendet, und damit war das Experiment ein für alle Mal gestorben.

»Dein Besuch sieht echt krank aus«, hatte John ihr noch gesagt, während sie sich auf den Weg in ihr Wohnzimmer machte, wobei er *krank* wie *kränk* aussprach. »Haare wie Stroh, noch dünner als du und Zähne wie ein Gremlin. Deshalb dachte ich ja, sie braucht Hilfe. Und dann fängt sie auf einmal an zu heulen, die ist *crazy.*«

Das war vor fünf Minuten gewesen, und zu diesem Zeitpunkt hatte man die Frau noch bis auf den Flur gehört. Jetzt, da Alina ihr gegenüber auf der Couch Platz genommen hatte, war der Tränenfluss noch immer nicht versiegt, aber die Begleitgeräusche hatten an Intensität verloren.

»Wer sind Sie?«, fragte Alina, und es dauerte noch eine Weile, bis sie eine Antwort bekam. Endlich, nachdem sie sich bestimmt zum zehnten Mal die Nase geputzt hatte, knüllte die Frau das Taschentuch in den Händen zusammen und sagte:

»Mein Name ist Johanna Strom.«

9. Kapitel

Alinas merkwürdiger Gast sprach so flüsternd und leise, wie sie Sekunden zuvor noch geweint hatte. »Strom, wie Energie, sagte mein Mann immer.«

»Ah ja. Kennen wir uns?«

»Nein, ich glaube nicht?«

Die Unbekannte klang fragend, als wüsste sie es selbst nicht. Alina spürte, dass das Häufchen Elend vor ihr seine gesamte Existenz in Frage stellte. Sich niemals festzulegen, aus Angst vor Zurückweisung, schien der Frau in Fleisch und Blut übergegangen.

Wow, was für eine psychologische Meisterleistung, Alina. Da sitzt eine Fremde heulend auf deinem Sofa und du tippst auf Selbstzweifel. Wahnsinn.

»Und wie kann ich Ihnen helfen?«

»Meine Tochter, ich ... Moment ...«

Alina hörte ein Rascheln. Johanna Strom schien in ihrer Handtasche zu wühlen, und nach einer Weile hatte sie gefunden, wonach sie suchte.

»Hier, ich hab's immer in meinem Portemonnaie, immer bei mir. Da ist sie vierzehn, also vor zwei Jahren. Ich hab meine Maus sehr jung bekommen, als ich selbst gerade mal mein Abitur hatte. Sie heißt Nicola, und sie ...« Die Frau brach abrupt ab und entschuldigte sich hastig. »Oh, tut mir leid, wie dumm von mir.«

»Kein Problem.« Alina winkte ab.

Es machte ihr tatsächlich nichts aus. Es gab schlimmere Fettnäpfchen, in die man treten konnte, als einem Blinden ein Foto zu zeigen. Ihn ungefragt über eine Ampel zu schleifen, zum Beispiel.

»Wirklich dumm«, sagte die Fremde noch einmal. Alina fragte sich, ob ihr die Marotte bewusst war, nahezu jeden Satz mit einer Wiederholung zu beschließen. Ein weiteres Zeichen ihrer Unsicherheit. Sie hatte Angst, falsch verstanden oder gar nicht gehört zu werden.

»Aber ich lass Ihnen das Foto trotzdem da, wenn Sie nichts dagegen haben. Meine Adresse steht auf der Rückseite, und vielleicht können Sie ja etwas tun und mich informieren, ob ...«

»Was ist mit Ihrer Tochter?«, unterbrach sie Alina.

Johanna Strom schneuzte sich, dann sagte sie leise: »Mein Mann Christian und ich, wir leben in Scheidung. Er hat mich verlassen.«

»Hmm.«

»Wir hatten eine, wie soll ich sagen, nun, wir hatten eine problematische Ehe. Problematisch, ja. Das trifft es wohl ganz gut. Trifft es gut.«

»Ich bin keine Psychologin.« Alina glaubte nun, das Missverständnis zu begreifen, dem diese Frau unterlag. Es wäre nicht das erste Mal, dass jemand Physio- mit Psychotherapie verwechselt hätte.

»Ich behandle Sportunfälle, Verspannungen, Haltungsschäden und so weiter. Natürlich geht es dabei auch um die Seele, aber meine Form der Therapie ist manuell. Ich fürchte, Sie benötigen andere Zuwendung, Frau Strom.«

»Das weiß ich doch. Weiß ich.« Die Frau räusperte sich. »Aber es geht nicht um mich.«

Alina öffnete den Klappdeckel ihrer Uhr und tastete nach dem Ziffernblatt. 13.29 Uhr. Ihr erster Patient kam in einer Stunde, und sie musste sich noch ein wenig ausruhen.

»Es geht um Nicola.«
»Ihre Tochter?«
»Ja. Sie ist weg.«
»Weg, also von zu Hause ausgerissen?«
»Nein. Nein, das sagen die nur. Sie sagen es. Aber die irren sich.«
»Wen meinen Sie mit ›die‹?«
»Meinen Mann. Die Polizei. Einfach alle. Alle.«
Alina zögerte. Das Vernünftigste wäre gewesen, die Frau zum Gehen aufzufordern. Aber bevor sie nicht wusste, was überhaupt deren Problem war, konnte sie ihr weder helfen noch eine Abfuhr erteilen. Hinzu kam der mitleiderregende Zustand der Frau, die sich schon wieder schneuzte. Alina wäre sich schäbig vorgekommen, ihr einfach die Tür zu weisen.
»Die Probleme waren groß«, sagte die Fremde. »Besser gesagt, *meine* Probleme waren groß. Sind es vermutlich noch. Deshalb bin ich ja auch in Behandlung. In Behandlung wegen meiner Trunksucht. Tut mir leid, Sie damit zu belästigen. Aber unser Leiter, ich meine unser Sitzungsleiter in Sankt Pfarrenhopp, sagt immer, wir sollen ganz offen damit umgehen. Offen.«
Aha, daher weht der Wind. Alkoholikerin, dachte Alina und begriff noch immer nicht, was sie damit zu tun hatte.
»Obwohl, mein Mann findet es ja nicht so gut. Diese Offenheit, wissen Sie? Er denkt, es schadet seiner Reputation. Reputation, so sagt man doch, nicht wahr? Sagt man das so?«
Alina zuckte mit den Achseln.
»Christian ist Anwalt, müssen Sie wissen. Ein guter. Ein sehr guter. Wenn Sie ihn sehen, würden Sie nie … Oh, tut mir leid. Das ist mir peinlich, ich meine, das mit dem Sehen.

Das können Sie ja nicht. Tut mir leid, das war unhöflich, nur so dahingesagt, weil ich so aufgeregt bin.«

»Sie brauchen sich nicht entschuldigen, Frau Strom. Ich würde Ihnen gerne helfen. Aber dazu müssten Sie mir erst einmal sagen, weshalb Sie bei mir sind. Wenn es nämlich um Eheberatung geht, kann ich Ihnen eine gute Adresse empfehlen …«

»Nein, nein. Sehr freundlich, aber nein. Über den Punkt, also, darüber sind wir hinaus. Ich brauche auch keinen Beistand oder so was, auch wenn ich daran schon gedacht habe. Schließlich hat er Nicola einfach mitgenommen, aber damit hat er gewiss die richtige Entscheidung getroffen, wo er doch Anwalt ist. Ein Anwalt kennt das Recht, oder?«

»Vermutlich.«

Ein weiterer Griff zum Handgelenk. 13.33 Uhr.

»Mit Nicola war es nie leicht. Mit mir ja auch nicht. Sie hat es oft mitbekommen. Meine Ausfälle. Ausfälle, so nannte Christian es immer, wenn ich nicht brav war. Aber er selbst war immer korrekt. Ihr gegenüber, denke ich jedenfalls.«

Alina beugte sich nach vorne. John hatte ihr erklärt, dass diese Geste einem Gesprächspartner Unruhe und Ungeduld signalisierte. Wenn dem so war, schien Johanna Strom nichts davon zu wissen.

»Nicola mag ihren Vater sehr. Mich hat sie am Ende nicht mal mehr begrüßt, nicht mal angeschaut, auch beim Essen nicht, wenn ich ihr Lieblingsgericht gekocht hab. Sie aß immer Ravioli mit Wildragout. Gott, was sag ich denn. Sie isst natürlich Ravioli. Sie lebt ja noch. Lebt noch.«

Die mysteriöse Besucherin redete jetzt ohne Punkt und Komma.

»Eines Tages ist sie nicht mehr nach Hause gekommen. Die Schule rief mich an, weil sie Christian in der Kanzlei nicht erreicht haben. Ich war da. Er ist ja ausgezogen, ich blieb erst mal im Haus. Und ich war nüchtern, zum Glück. Oder zum Pech. Sagt man so, zum Pech? Ist ja auch egal. Vieles ist jetzt egal. Eigentlich alles. Nichts zählt mehr, bis ich endlich weiß, wo sie ist. Bis ich …«

»Also, wenn ich Sie richtig verstanden habe, ist Ihre Tochter von zu Hause weggelaufen, nachdem Sie sich von Ihrem Mann getrennt haben?«, unterbrach Alina. »Das ist sehr traurig, aber ich wüsste wirklich nicht, wie ich Ihnen …«

»Nein, nein. Sie ist nicht weggelaufen. Sie war gerne bei Papa. Sie liebte seine Wohnung, die Freiheit dort. Sie hatte ein viel größeres Zimmer, ihre Freundinnen konnten dort übernachten, er war da nicht so streng, und, ach … nein. Ich versuche, das noch mal besser zu erklären, Entschuldigung. Dumm, das ist wirklich dumm von mir. Ich fasele, stehle Ihnen die Zeit. Dabei ist alles, was ich sagen will, so einfach. Sehen Sie, Nicola kann nicht weggelaufen sein. Nicht ohne ihr Handy. Sie würde niemals ohne Handy weg, das weiß ich. Das hab ich auch der Polizei gesagt, aber die glauben mir nicht. Niemand glaubt mir.«

»Glaubt was nicht?«

»Das mit dem Monster.«

»Monster?«, echote Alina laut, damit John es im Nachbarzimmer hören konnte. Er hielt sich mit TomTom dezent im Hintergrund, aber sie wusste, er wäre zur Stelle, sollte die Unterhaltung noch wirrer werden und sie womöglich Hilfe benötigen.

»Ja, ich wusste es von Anfang an. In der Sekunde, in der die Direktorin mich anrief und sagte: *›Frau Strom? Frau Johanna Strom? Es geht um Ihre Tochter.‹* So wie sie ›Tochter‹ betont hatte, wusste ich, dass etwas Schlimmes passiert war. Etwas Schlimmeres als irgendeine pubertäre Aufsässigkeit. Sie war ja auch gar nicht aufsässig. Eher trotzig. Ja, trotzig. Aber sie ist nicht weggelaufen. Und jetzt habe ich den Beweis.«

»Beweis?«

»Ich hab Probleme, ja, wollte mich schon umbringen, mehrfach. Deshalb war ich ja da drin in der Anstalt. Das sag ich offen, nicht nur weil der Therapieleiter das empfiehlt. Ich hab nichts zu verbergen, wissen Sie. Daran merken Sie, dass ich nicht lüge. Ich hab das Foto wirklich gesehen. Sie war da drauf, ganz allein. Ich hab sie gesehen. Meine Tochter, sie lag nackt auf diesem Bett, und mit ihr war diese, ähm, diese Angst. Meinen Sie nicht auch, dass eine Mutter die Angst ihres Kindes sehen ... Oh, tut mir leid. Schon wieder *sehen.* Das wollte ich nicht.«

Alina winkte ab. Am liebsten wollte sie ihr sagen, sie könne so viele visuelle Begriffe benutzen, wie sie wollte, wenn sie nur endlich zum Punkt käme. Allerdings musste sie zugeben, dass das merkwürdige Puzzlespiel aus Satzfetzen, das Johanna Strom vor ihr ausbreitete, langsam interessant wurde. »Sie haben also ein Foto Ihrer Tochter gesehen?«

Ein Foto, auf dem sie gequält wurde?

»Ja, ja. Da war eine Zeitangabe drauf, der zweiundzwanzigste September. Das kann man sicher fälschen, nicht wahr, aber warum sollte man?«

»Wieso gehen Sie damit zu mir und nicht zur Polizei?«

»Tut mir leid. Sehr leid. Ich wollte nicht Ihre Zeit stehlen. Es war nur, also, ich hab gelesen, Sie hätten mal das gleiche Problem gehabt, nicht wahr? Hat Ihnen doch auch keiner geglaubt, als Sie damals zur Polizei gegangen sind, oder?«

Langsam dämmerte Alina, worauf die verwirrte Person hinauswollte.

Wirklich zu dumm, John. Wieso nur hast du sie hereingelassen?
»Hören Sie, Frau Strom. Ich will nicht unhöflich sein, aber ich kann Ihnen nicht helfen.« Alinas Geduld war erschöpft, und sie wollte in jedem Fall vermeiden, dass ihre Unterhaltung die Wendung nahm, die sie befürchtete. Doch schon beim nächsten Satz war es so weit.
»Ich habe viel über Sie gelesen, Frau Gregoriev. Man sagt, Sie können, also, dass Sie da was können, was andere nicht schaffen. Das mit den vermissten Kindern.«
»Sie irren sich.« Alina stand auf.
»Aber die Zeitungen …«
»Irren sich auch.«
»Ich dachte nur, Sie haben doch auch mit den Zwillingen, also …«
Gott im Himmel.
Zwei Monate war sie allen Reportern aus dem Weg gegangen, hatte sich an der Tür verleugnen lassen und am Telefon immer wieder den gleichen Satz wiederholt: »Kein Kommentar.« Sie hatte sogar überlegt, wieder ihren Namen zu ändern, so wie sie es schon einmal getan hatte, um ungestört weiterleben zu können.
»Ich gebe Ihnen einen Rat, Frau Strom. Gehen Sie zur Polizei.«
»Da war ich doch längst. Aber die haben auch gesagt, Nicola wäre eine Ausreißerin.«
Die Frau hustete, als hätte sie sich verschluckt.
»Aber ich glaube das nicht. Nicola ist sechzehn. Gut, da macht jedes Kind Ärger, gerade wenn es Probleme gibt, also zu Hause, meine ich. Doch sie war ziemlich brav, wenigstens bei ihrem Vater. Wenn Christian sagte: ›Nicola, du bist um Mitternacht zu Hause‹, kam sie immer fünf Minu-

ten früher. Und nie war was mit Jungen, sie ist noch Jungfrau. Glaub ich zumindest, mit mir hat sie ja nie darüber …«

»Haben Sie der Polizei denn nicht das Foto von ihr gezeigt?«, unterbrach Alina.

»Konnte ich nicht.«

»Wieso das?«

»Es ist nicht mehr da. Ja, ja. Ich weiß, wie sich das anhört, ist aber so. Das war ein Polaroid, aber kein echtes. Spezialbehandelt, irgendwie mit einem Trick oder so. Ich kenn mich nicht aus. Hab es nicht so mit Technik, darum hat sich bei uns zu Hause immer Christian gekümmert. Das Bild hat sich selbst verflüchtigt, nur wenige Sekunden, nachdem er fort war.«

»Er?«

Erst jetzt fiel Alina auf, dass sie noch nicht gefragt hatte, wie Johanna Strom überhaupt an dieses ominöse Beweisfoto gekommen sein wollte.

»Der ältere Mann, er gab es mir im Garten der Nervenklinik. Er sah so nett aus, aber das war er nicht. Er war auch kein Patient, sondern böse. Er war ein Monster, denn er war ja mit drauf auf dem Foto. Da war nicht nur Nicola mit diesen Klammern in den Augen, sondern er stand direkt daneben, neben dem Chirurgenbett, an das sie gefesselt war. Nennt man das so? Wie nennt man die Betten, im Operationssaal, meine ich. Chirurgenbetten? Oh Gott, Sie denken, ich bin wirr im Kopf, richtig?«

»Es tut mir leid«, wich Alina aus. »Es tut mir aufrichtig leid, aber ich erwarte gleich einen Patienten.«

Den Geräuschen nach war Johanna Strom nun ebenfalls im Begriff aufzustehen, was sie aber nicht daran hinderte, weiter auf Alina einzureden.

»Ich kannte sein Gesicht ja gar nicht, als er mich im Klinikpark ansprach, woher auch, hab in der Anstalt ja kaum Fernsehen geschaut. Keine Zeitung gelesen. Aber als er Monate später verhaftet wurde, fiel er mir auf. So freundlich, so altmodisch und nett. ›Das ist der Kerl!‹, hab ich geschrien und auf den Fernseher im Aufenthaltsraum gezeigt. Da haben alle nur gelacht. Hat mir ja keiner geglaubt, die Geschichte von dem Mann im Park mit dem Foto. Diesem schrecklichen Foto. Er sagte, das wäre die gerechte Strafe für das, was ich getan hätte. Aber ich weiß überhaupt nicht, was ich mir habe zuschulden kommen lassen. Ich hatte einen Nervenzusammenbruch, nachdem er mir das grässliche Bild gezeigt hat. Einen Zusammenbruch.«

Eine unangenehme Vorahnung beschlich Alina. »Der Mann, der Ihnen das Foto gegeben hat …«

Im Park einer Nervenheilanstalt. Ein Foto, das sich in Luft aufgelöst haben soll.

»… reden wir hier etwa über Zarin Suker?«

Eine Weile war es still in Alinas Wohnzimmer. Nur das Rauschen des Verkehrs von der Brunnenstraße fand seinen Weg in den Altbau unter das Dach, bis Johanna Strom schließlich antwortete, indem sie wieder hemmungslos zu weinen begann.

10. Kapitel

Ich danke Ihnen sehr, mein Kind.«

Derselbe Behandlungsraum, dieselbe Stimme. Nur die Übelkeit, die Alina überfiel, wenn sie daran dachte, was sie gleich zu tun beabsichtigte, war anders. Sie war schlimmer. Sie tastete nach ihrer Sonnenbrille, die sie vor zehn Minuten mit einer hastigen Bewegung abgenommen hatte, und setzte sie wieder auf.

Seltsamerweise hatte Alina keine Probleme damit, sich Fremden nackt zu präsentieren. Jemandem einen so nahen Blick auf ihre trüben, zerstörten Augen zu gewähren, empfand sie hingegen als einen höchst intimen Eingriff. Zu Beginn hatte Suker bedauert, seine Instrumente nicht zur Verfügung zu haben, dann hatte er kein Wort mehr gesprochen, sondern leise gesummt, während er ihre Augen studierte. Jetzt, da er endlich fertig war, fühlte sie sich beschmutzt und wäre am liebsten duschen gegangen.

»Weshalb haben Sie es sich anders überlegt, Alina?«

Ohne es zu wissen, stellte Suker die gleiche Frage, mit der Stoya sie vor einer guten Stunde in seinem Büro empfangen hatte. Allerdings hatte der Leiter der sechsten Mordkommission dabei längst nicht so arrogant und selbstgefällig geklungen wie der inhaftierte Augenarzt. Alina war sofort zur Sache gekommen und hatte Stoya mit einer Gegenfrage geantwortet: »Wie glaubhaft ist die Zeugin Johanna Strom?«

»Strom?« Stoya hatte sich keine Akte kommen lassen müssen, er hatte auch nicht im Computer nachgesehen oder

nach einem Kollegen gerufen. Er wusste sofort, von wem die Rede war.
»Wie kommen Sie ausgerechnet auf *die?*«
»Sie hat mich gestern besucht.«
»Verstehe. Sie sollen ihr helfen. Hätte ich der armen Frau gar nicht zugetraut.«
»Was?«
»So viel Eigeninitiative. Die Strom ist höchst depressiv, noch dazu eine Trinkerin, und, soweit ich weiß, in psychiatrischer Behandlung, jedenfalls war sie es, als sie zu uns kam. Sie hatte einen Nervenzusammenbruch und heulte fast die ganze Vernehmung lang. Scholle hat sie damals befragt, glaube ich, aber ist ja auch egal. Eine Zeitlang, zwei Wochen etwa, tauchte sie fast täglich bei uns auf; am Ende hat sie uns vorgeworfen, wir hätten nichts unternommen. Hätten sie nicht ernst genommen. Aber das war nicht der Fall, obwohl sogar ihr Ehemann uns nahelegte, genau das zu tun und nicht auf eine verwirrte Hausfrau zu hören, die ihre Ehe in den Ruin säuft.«
»Und?«, hatte Alina provozierend gefragt.
»Und was?«
»Haben Sie nach dem Kind gesucht?«
»Nach Nicole oder Nicola oder wie immer sie hieß? Natürlich. Aber nicht im Zusammenhang mit Suker. Das war ein einfacher Vermisstenfall.«
Seit wann sind solche Fälle einfach?, hatte Alina auf der Zunge gelegen, doch diese Bemerkung hätte zu nichts geführt. Also fragte sie: »Woraus haben Sie das geschlossen?«
»Das Kind war erst fünfzehn oder sechzehn, jedenfalls viel zu jung. Sukers Opfer sind alle volljährig, die meisten über dreißig. Außerdem sprach die Vorgeschichte eine eindeutige Sprache: zerrüttete Ehe, Vater zieht aus, pubertierende

Tochter. Sie haben keine Kinder, Alina, aber Sie kennen doch die Gleichung, da gibt es keine Unbekannte. Das ist wie ein Dreisatz: Mutter säuft, Vater packt die Sachen, Kind haut ab. Das kommt in den besten Familien vor.«
Stoya war geräuschvoll hinter seinem Schreibtisch aufgestanden und beim Reden durch sein Büro marschiert. In Alinas Vorstellungswelt hatte er dabei mit beiden Händen gestikuliert.
»Mensch, Alina. Ich könnte Ihnen jetzt wirklich was vom Pferd erzählen, nur damit Sie mir den Gefallen mit Suker tun, was an sich ja schon ein Wahnsinn ist.« Stoya hatte in einem Tonfall geredet, der seine Worte Lügen strafte. Natürlich glaubte er an das Unmögliche. Zumindest war er so verzweifelt, es glauben zu *wollen.* Noch wenige Stunden und der Richter würde Sukers Haftbefehl aufheben und mangels Beweisen eine Bestie auf freien Fuß setzen.
»Vermutlich kommt nichts bei rum, und Sie sehen, fühlen oder spüren rein gar nichts bei ihm. Aber wenn doch, dann werden Sie damit ganz sicher nicht der armen Frau Strom helfen. Deren Tochter ist abgehauen, fragen Sie den Vater. Es gab einen Streit zwischen den beiden, wenn ich mich nicht täusche. Da müsste ich nachsehen, aber soweit ich weiß, haben sich Vater und Tochter am Vorabend gezofft, und am nächsten Tag war die Kleine verschwunden. Also wenn Sie mir einen Gefallen tun, dann gerne, ich freue mich. Aber tun Sie es aus anderen Gründen. Ich will Sie nicht mit einer Lüge motivieren.«
Am Ende war sich Alina nicht sicher, ob es nicht doch genau so gewesen war. Dass eine Lüge sie dazu gebracht hatte, zu Suker zurückzukehren, und zwar eine Lüge der schlimmsten Sorte: die Selbstlüge, sie könne damit einen schrecklichen Fehler wiedergutmachen.

»Was hat man Ihnen versprochen, damit Sie über Ihren Schatten springen?«, fragte der Augenchirurg, als habe er ihre Gedanken erraten. Suker war ohne eine weitere Aufforderung zur Massageliege gegangen und ließ sich nun geräuschvoll auf ihr nieder. »Mit was für einem Köder hat der Staatsapparat Sie gelockt?«

Köder? Wenn du wüsstest, wie nah du an der Wahrheit bist, dachte Alina, und ihr Widerwillen gegen diesen Mann wurde noch größer.

»Wenn ich diese Bestie behandle«, hatte sie Stoya zum Abschied gefragt, »bekomme ich dann endlich das, was Sie mir versprochen haben?«

Geben Sie mir das Tonband?

Der Kommissar hatte schon bejaht, bevor sie den Satz vollendet hatte.

»Um es ein für alle Mal klarzustellen, Herr Suker: Sie haben meine Augen sehen dürfen, und das war's. Ich würde ab sofort gerne auf jede Unterhaltung mit Ihnen verzichten.«

»Wollen Sie denn meine Diagnose gar nicht hören? Ihre Augen zu studieren war wirklich aufschlussreich.«

Alina trat an die Liege. »Nein danke, ich bin nicht interessiert.«

Sie fuhr mit ihrer Hand an der Polsterkante der Pritsche entlang, bis sie am Fußende angelangt war. Dann streifte sie sich den Halbschuh vom rechten Fuß.

»Auch nicht, wenn ich Ihnen einen Handel vorschlage? Halt, nein, sagen Sie bitte nichts, hören Sie mich einfach nur an, ja? Zuhören ist ja keine Unterhaltung.«

Alina seufzte genervt, was Suker offenbar als Zustimmung wertete.

»Sie müssen eines über mich wissen, Alina. Egal, was Stoya sagt, egal, was die Presse schreibt: Ich liebe Augen. Nicht die smaragdfarbenen, funkelnden, oft mit Diamanten oder Sternen verglichenen austauschbaren Dinger, die uns in Werbeprospekten entgegenblitzen. *Gesund* und *hübsch* sind doch nur Synonyme für *langweilig*, finden Sie nicht? Ich bin auf der Jagd nach wahrer Schönheit. Nach dem Außergewöhnlichen, Einmaligen, Seltenen. Und in der Natur bedeutet Einzigartigkeit immer eine Anomalie, haben Sie darüber schon mal nachgedacht, mein Kind?«

»War's das?«

»Jetzt, da ich Ihre wunderschönen, anormalen Augen betrachten durfte, bin ich mir sicher, dass Sie für den Eingriff in Frage kommen. Wenn Sie mögen, Alina, wenn Sie wieder sehen wollen, werde ich Ihnen mit nur zwei Operationen das Augenlicht zurückgeben. Und das, ohne Ihnen eine überteuerte Rechnung zu stellen. Es wird für Sie kostenlos geschehen. Alles, was Sie tun müssen, besteht darin, hier und jetzt auf die Gegenleistung zu verzichten, die ich Ihnen versprochen habe.«

»Ich soll Sie nicht massieren?«

Wie gerne wäre Alina auf den Vorschlag eingegangen, ihn nicht anfassen zu müssen. Aber dann würde Stoya sich auch nicht an seinen Teil der Abmachung halten, und sie würde nie erfahren, was genau in Zorbachs letzten Sekunden auf dem Gastanker geschehen war.

Und ich hätte mich völlig umsonst einem Psychopathen geöffnet.

»Das ist das Angebot.« Suker flüsterte auf einmal.

»Angebot abgelehnt. Bitte setzen Sie sich so, dass Sie die Wand anschauen. Aufrecht und mit dem Rücken zu mir.«

Suker seufzte. »Wie Sie wünschen, Madame.«

Den Geräuschen nach tat der Augenarzt, wie ihm geheißen, was Alina die Möglichkeit verschaffte, sich den Ballen

ihrer linken Hand in den Mund zu stecken, ohne dass Suker dies sehen konnte.
»Es ist Ihre Entscheidung. Ich kann Sie nicht zu Ihrem Glück zwingen, nicht wahr, mein Kind?«
Sie hielt die Luft an, zog das Bein nach hinten und ließ es mit einem Ruck nach vorne schnellen. Ihre eingekrümmten Zehen prallten frontal auf das Metallbein der Liege. Der Schmerz schoss ihr durch das gesamte Bein, und für einen unendlich langen Moment spürte sie nichts anderes mehr. Die Explosion im Fuß, deren Druckwelle durch den gesamten Körper rasen wollte, hätte sie aufschreien lassen, aber die Hand in ihrem Mund ließ nur ein ersticktes Stöhnen zu. Schweiß trat ihr auf die Stirn, und Alina wurde übel. Dann fing sie an zu arbeiten.

11. Kapitel

Geblendet.

Das war jedes Mal Alinas erster, unsinniger Gedanke, wenn es losging und der Kugelblitz von innen gegen ihre Augen rollte. Ein Blitz, der die allgegenwärtige Dunkelheit, in der sie lebte, durch ein helles, gleißendes Licht ersetzte. Meist setzte dieser schmerzhafte Vorgang eine Assoziationskette frei, die mit der Erinnerung an eine Garage begann, in der sie als Dreijährige nach leeren Einweggläsern in den Regalen gesucht hatte, um mit ihrer gleichaltrigen Nachbarsfreundin Matschepampe für eine Sandburg herzustellen. Sie wohnten noch nicht lange in dem Vorort jener kalifornischen Kleinstadt; ihr Vater hatte erst kürzlich eine Stelle als Bauingenieur bei einem Staudammprojekt angetreten, und bislang war noch niemand dazu gekommen, die Garage zu entrümpeln. Niemand wusste daher von dem Kalziumkarbid in den Gläsern des Vorbesitzers, das mit einer lauten Explosion verpuffte, als die kleine Alina Wasser einfüllte.

Geblendet.

Alina unterdrückte ihren natürlichen Instinkt, der ihr befahl, sofort die Hände von Sukers Schultern zurückzuziehen, bevor das Licht wieder so grell wurde wie jenes, das ihr als Kleinkind die gesamte Hornhaut verbrannt hatte. Noch war es viel zu früh, um die Behandlung abzubrechen. Noch sah sie keine Bilder, hörte noch nicht einmal Stimmen, obwohl die akustischen Visionen immer als Erstes einsetzten, sobald es geschah. *Falls* es geschah.

Früher hatte sie gedacht, es passierte nur bei bestimmten Personen. Bei Menschen nämlich, die so angefüllt waren mit negativer, schädlicher Energie, dass sich diese auf sie selbst übertrug, wenn sie mit ihnen eine körperliche Verbindung einging. Später, auf ihrer alptraumhaften Irrfahrt an Zorbachs Seite, hatte sie gelernt, dass es ihr nur dann gelingen konnte, Kontakt mit der inneren Seelenwelt eines fremden Menschen aufzunehmen, wenn sie ihn unter Schmerzen berührte.

Deshalb hatte sie sich eben die Zehen geprellt.

Im Augenblick allerdings sah, hörte oder fühlte sie nichts außer dem dumpfen Pochen in ihrem Fuß und dem beißenden Licht, in dem sie stand. Fast war sie erleichtert, denn all diese Sinneseindrücke waren durch ihre Selbstverletzung zu erklären.

Ich bin sensibel, aber nicht verrückt.

Wie gerne hätte sie daran geglaubt. Wie gerne hätte sie ihre Sachen zusammengepackt, den Vollzugsbeamten ein Zeichen gegeben und Stoya mit achselzuckendem Bedauern mitgeteilt, dass sie nichts »gesehen« habe. Doch dieser Wunsch wurde ihr nicht erfüllt. Denn plötzlich lichtete sich der Nebel vor ihrem inneren Auge, und im gleichen Atemzug hörte sie …

Ich höre Musik?

Sie erkannte die eingängige Melodiefolge bereits nach den ersten Takten.

> Let me take you on a trip
> Around the world and back

Es war eines ihrer Lieblingslieder, und dennoch wollten ihr im Augenblick weder der Titel noch der Name der Band einfallen, was nicht weiter verwunderlich war in Anbetracht all dessen, was als Nächstes passierte. Zuerst kamen

die Löcher. Unsichtbare Hände zerrissen die Lichttapete vor ihrem inneren Auge und legten dahinterliegende Schatten frei. Alina spürte nicht mehr, wie ihre Hände von Sukers Schlüsselbein nach unten zu seiner Wirbelsäule wanderten. Sie war viel zu sehr damit beschäftigt, die Bilder zu beobachten, die sich ihr plötzlich zeigten. Wie damals beim Augensammler schien sie auch jetzt in die Welt ihres Patienten hinüberzugleiten. Eine Welt, die sich ihr erst nach und nach offenbarte und deren Konturen immer mehr Gestalt annahmen, wie bei einem Foto im Entwicklungsbad.
Eine Wand. Weiß. Sie fühlt sich grob an, billig laminiert wie die meines alten Kellerschranks. Und ich höre Musik. Echte, ehrliche Musik, wie John sagen würde, auch wenn sie aus Lautsprechern kommt, die noch billiger sein müssen als die weiße Pressspanwand, gegen die ich lehne.

And you won't have to move
You just sit still

Einen Moment sah sie rote Funken aufstieben wie bei einem Kamin, in dem ein durchgebranntes Stück Holz in sich zusammenfällt, dann konnte Alina ihre Umgebung noch deutlicher ausmachen. Später, wenn sie in Ruhe darüber nachdachte, würde sich ihr logischer, rationaler Verstand weigern, daran zu glauben, sie könne tatsächlich in Sukers Seele vorgestoßen sein und die Welt mit seinen Augen »gesehen« haben.
Ein Psychiater, den sie nach der Nachricht von Zorbachs Tod aufgesucht hatte, hatte von Visionen und Halluzinationen gesprochen. Sie bevorzugte die Bezeichnung Tagträume oder Erinnerungen. Letzteres traf es am besten.
Erinnerungen.
Wie in ihren Träumen konnte sie nie etwas erkennen, das sie in ihrem Gedächtnis noch nicht abgespeichert hatte,

und da sie bereits als Dreijährige erblindet war, gab es nur sehr wenige optische Erinnerungen, die im Laufe der Zeit noch nicht verblasst oder verschwunden waren. Sie hatte noch nie ein Handy, eine Gameshow oder den Eiffelturm gesehen, wohl aber eine Toilettenschüssel, auf deren Rand sie gerade balancierte.

Ich stehe auf einer Toilette und lehne an einer weißen, laminierten Wand. Nein, ich lehne nicht daran. Ich ziehe mich zum Licht. Ich hangele mich nach oben.

Sie hatte das dringende Gefühl, blinzeln zu müssen.

Meine beiden Hände liegen auf der oberen Kante der Wand, meine Füße stemmen sich gegen den Rand der Toilette, und ich sehe …

Die Musik wurde lauter, und gleichzeitig verschwanden ihre Füße …

… nein, nicht meine, sondern …

Die Beine verschwanden aus ihrem Blickfeld. Dafür sah sie … *Haare. Rotblonde, naturgelockte Haare.*

Wie immer waren es die Haare … *meiner Mutter. Verdammt.*

Nach dreiundzwanzig Jahren fast vollständiger Blindheit waren Alina nur noch die Gesichter zweier Menschen im Gedächtnis geblieben. Das ihres Vaters und das ihrer Mutter. Als sie ein Teenager war, hatte sie noch eine ungefähre Vorstellung davon gehabt, wie ihr Bruder einmal ausgesehen haben musste. Aber mit der Zeit war sein Bild vor ihrem inneren Auge verschwommen und hatte sich später vollständig aufgelöst – wie eine Tuschezeichnung, die man in den Regen gelegt hat. Aus diesem Grund trugen alle Menschen, denen Alina in ihren Träumen oder *Erinnerungen* begegnete, das Antlitz ihrer Eltern. Und deshalb starrte sie gerade auf den Kopf ihrer Mutter, als sie sich über die

Wand beugte und von oben herab in eine zweite Toilettenkabine blickte.
Es muss eine öffentliche Toilette sein. Suker spannt auf einer Damentoilette in die Nachbarkabine.
Wie zur Bestätigung sah sie die Hand der Frau unter sich nach dem Spender mit dem Klopapier greifen.

Now let your mind do the walking
And let my body do the talking

Der Gesang endete abrupt, bevor der Refrain beginnen konnte, und fast hätte sich Alina darüber geärgert, wenn die Frau nicht plötzlich zu ihr hochgeschaut hätte …
Zu mir? Nein, zu Suker.
… etwa im gleichen Moment, in dem der Radiomoderator, der gerade das Lied abgewürgt hatte, zu sprechen begann: *»Heute ist der sechzehnte Februar, und hey, ich fürchte, ich muss mal einen Gang runterschalten und weniger Kaffee trinken, denn …«*
Mehr konnte sie nicht verstehen, da die Worte des Moderators von denen der überraschten Frau überlagert wurden. Offensichtlich war sie eine von Sukers ehemaligen Patientinnen, denn sie flehte: *»Nein, bitte nicht schon wieder …«*
Dann stand sie auf.
Nein. Falsch. Sie steht nicht auf. Sie wird hochgerissen. Die Drahtschlinge lässt ihr keine andere Wahl. Die Schlinge, die eben noch in meiner Hand lag und die ich jetzt um den Kopf meines Opfers gelegt habe, zieht sich zu, und deswegen röchelt jetzt die Frau und strampelt mit beiden Beinen, versucht aber gleichzeitig, sich nicht mit ihrem Gewicht dagegenzulehnen, weil sie ja weiß, dass ich ihr sonst das Genick breche. Und deshalb ist sie mir ausgeliefert, das sehe ich an ihren Augen. An den milden, gutmütigen, angstgeweiteten Augen meiner Mutter, in denen nicht nur Panik,

sondern eine mir in dieser Sekunde unverständliche Form des Begreifens liegt, bis ich Sukers Stimme aus meinem Mund kommen höre, und jetzt weiß ich, wen er als Nächstes heimsuchen wird, kurz nachdem er aus der Haft gelassen wird.

Sein nächstes Opfer ist eine ehemalige Patientin, die er schon einmal in seiner Gewalt gehabt haben muss, denn Suker sagt:

»Na, erinnerst du dich an mich? Jetzt ist es so weit. Ich bin zu dir zurückgekommen, um zu beenden, was ich begonnen habe.«

Von dieser Sekunde an dauerte Alinas Vision noch etwa zwanzig Sekunden, bevor sie vollends unerträglich wurde.

12. Kapitel

Es gab drei Menschen, denen sie eine schlimme Krankheit und lebenslanges Siechtum an den Hals wünschte. Einer war der Arzt, wegen dessen Fehldiagnose der Magenkrebs ihres Vaters ein Jahr lang mit Kräutertee behandelt wurde, bis er Blut spuckte und wenig später verstarb. Der zweite hatte sich in ihr Haus geschlichen und, während sie schlief, in ihr Bett gelegt, um sie sexuell zu belästigen. Und der dritte stand gerade neben ihr in der Kälte auf einem Friedhof.

»Wo ist Stoya?«, fragte Alina.

»Dringender Termin beim Staatsanwalt, deshalb hat er mich geschickt.«

»Tja, das ist dann wohl Pech, dass Sie den weiten Weg hier raus ganz umsonst gemacht haben. Ich rede nur mit Stoya und nicht mit seinem Schoßhündchen.«

»Wieso so feindselig?«, fragte Mike Scholokowsky.

»Hm, lassen Sie mich nachdenken.« Alina legte die Stirn in Falten. »Vielleicht, weil Sie das letzte Mal, als ich Ihnen begegnete, einen guten Freund von mir mit dem Gesicht auf eine glühende Herdplatte drücken wollten?«

Sie streifte den Handschuh ab und präsentierte die linke Handfläche. Sie war übersät mit hellroten Wulstnarben, ihr ganz persönliches Andenken an jenen Tag vor knapp zwei Monaten. Zum Glück waren weder Sehnen noch Muskeln zerstört worden, sonst wäre sie heute berufsunfähig.

»Das war eine Stresssituation, Alina. Es tut mir leid.«

»Es tut Ihnen *leid?*«

Für Mike Scholokowsky, der von allen auf dem Revier »Scholle« genannt wurde, hatte es im Falle des Augensammlers von Anfang an offenbar nur einen einzigen Verdächtigen gegeben: Alexander Zorbach. Scholle war sich seiner Sache so sicher gewesen, dass er Zorbach in einer stillgelegten Krankenhauskantine hatte foltern wollen, um von ihm das Versteck der Kinder zu erfahren.

»Sie hatten Frank Lahmann schon verhört, Sie Idiot. Sie haben ihn laufenlassen. Ihre Unfähigkeit hat dazu geführt, dass Zorbach jetzt tot ist und der Augensammler bis heute frei herumläuft. Ich verstehe überhaupt nicht, warum Sie mit Ihrem Fettarsch immer noch auf dem Revier hocken dürfen.«

»Gott, was bin ich froh, dass wir uns so gut verstehen«, lachte der Kommissar. »Ich hatte schon Angst, Sie wären nachtragend.«

Eisiger Wind schnitt in Alinas Hand, sie vergrub sie tief in ihrer Jackentasche. Sie ärgerte sich, dass sie kein genaueres Bild von Scholle hatte. Von Zorbach wusste sie nur, dass er Probleme haben musste, in herkömmlichen Bekleidungshäusern Klamotten in seiner Größe zu finden. *»Scholle sieht aus wie ein ehemaliger Schwergewichtsboxer, der von einem Tag auf den anderen sein Training eingestellt hat, nicht aber die Fressgelage, mit denen er sich sein Kampfgewicht anfutterte«*, hatte Zorbach einmal zu ihr gesagt. *»Einer von der Sorte, der in einem Anzug immer wie ein Rausschmeißer wirkt, der er im Grunde seines gewalttätigen Herzens auch ist. Er profitiert von den Menschen, die vorbehaltlos das Klischee glauben wollen, nach dem Dicke automatisch liebenswürdig und gutmütig sind. Scholle hat kein feistes Gesicht, keine Schweinsaugen, und er schwitzt nicht beim Reden. Er wirkt tatsächlich wie ein gemütlicher*

Teddybär. Runder Kopf, Kugelbauch, Arme und Beine, die seine Klamotten aufblähen, als hätte man einen Föhn hineingehalten.«

Für Alina waren diese Beschreibungen ebenso nichtssagend wie Zorbachs Bemerkung über Scholles Ähnlichkeit mit Obelix. Sie hatte noch nie einen Boxkampf gesehen, keinen Rausschmeißer vor einer Disco beobachtet und nie unter der Bettdecke im Schein einer Taschenlampe in einem Comic geblättert. Die einzige Assoziation, die Zorbach ihr in den Kopf pflanzen konnte, war genau jene, die er eigentlich hatte vermeiden wollen, nämlich die eines Kuschelteddys, wie sie ihn noch aus Kindertagen kannte.

»Kommen Sie, Alina. Es ist arschkalt, mir gefriert langsam die Pisse in der Blase. Jetzt, da die Höflichkeiten ausgetauscht sind, würde ich gerne wissen, ob Ihr Besuch bei Suker was gebracht hat.«

Sie schüttelte den Kopf.

»Nein, Sie wollen nicht mit mir reden, oder nein, es hat nichts gebracht?«

»Es hat nichts gebracht.«

»Nicht der kleinste Hinweis?«

»Nada. Das heißt ...« Alina schlug sich gegen die Stirn. »Oh, doch, jetzt, wo Sie's sagen, ich hab die Telefonnummer seines nächsten Opfers gesehen, ist das wichtig?«

»Sehr witzig.«

Alina fragte sich, ob Scholle gerade ihr Gesicht musterte, und wenn ja, was er darin wohl erkennen würde. Sie war noch nie gut im Lügen gewesen. John witzelte immer, es wäre das Einzige, was sie noch schlechter könne als einparken, und auch jetzt fühlte sie, wie ihr das Blut in die Wangen schoss. Sie hoffte nur, dass der Himmel über ihrem Kopf so war, wie es sich für einen Friedhofsbesuch gehörte: grau,

verhangen, deprimierend. Im Trüben konnte Scholle vielleicht nicht sehen, dass sie rot wurde.
Alina war schon einmal hier gewesen, vor gut fünf Wochen zur Beerdigung. Sie hatte keine offizielle Einladung erhalten, das hatte niemand. Von wem auch? Den Kern der Familie hatte der Augensammler ausgelöscht, Zorbach hatte keine Geschwister, sein Vater war bereits gestorben, und seine Mutter vegetierte seit ihrem Schlaganfall in einem Altersheim dahin. Trotzdem war der Friedhof Marienfelde am Tag der Beisetzung von Menschen belagert, die durch die Medien von dem Begräbnis erfahren hatten. Die Zeitung, bei der Zorbach angestellt gewesen war, hatte die ganze Titelseite im Stile einer Todesanzeige gestaltet. Sie wusste, dass Scholle ihr einen emotionalen Tiefschlag versetzen wollte, indem er ausgerechnet diesen Ort für ihre Unterhaltung ausgesucht hatte. Also wusste er auch von der Gegenleistung, die Stoya ihr für Sukers Behandlung versprochen hatte.
»Verdammt! Dann kommt der Irre also frei.« Der Kommissar seufzte.
»Ach kommen Sie, Scholle. Sie haben mich mal als verrückte Esoteriktante beschimpft und bedauert, dass die Hexenverbrennungen zu früh abgeschafft worden seien. Sie wollen mir doch nicht ernsthaft weismachen, dass ausgerechnet Sie sich etwas von meinem Besuch bei Suker versprochen haben.«
»Ganz ehrlich?« Sie hörte, wie Scholle sich eine Zigarette anzündete. »Nein, ich glaube nicht, dass Sie eine Art Hellseherin oder so was sind. Ich halte das alles für Hokuspokus. Dass wir mit Ihrer Hilfe an weitere Beweise kommen, halte ich für etwa ebenso wahrscheinlich, wie dass Heidi Klum mich heute Abend anruft und zu einem Dreier mit

ihrer besten Freundin überreden will. Aber aus irgendeinem Grund, den ich nicht verstehe, hat es nun mal beim Augensammler funktioniert. Und eines habe ich seit der Sache mit meinem Sohn gelernt: Man muss sich an jeden Strohhalm klammern, sonst macht man sich später auf ewig Vorwürfe, nicht alles versucht zu haben.«

Vor einigen Jahren hatte sich Scholle eine längere Auszeit vom Polizeidienst genommen, um seinen Sohn zu suchen. Der vierjährige Marcus Scholokowsky war von Scholles russischer Ehefrau in einer Nacht-und-Nebel-Aktion in ihr Heimatland entführt worden. Ihre Spur verlor sich irgendwo zwischen Moskau und Jaroslawl. Scholle hatte zu lange gezögert. Als er in Russland eintraf, waren Mutter und Sohn bereits untergetaucht. Scholle hatte Marcus nie wiedergesehen.

»Ich will die Bösen einsperren, Alina. So einfach ist das. Und um das zu erreichen, bin ich mir ebenso wenig wie Stoya zu schade, etwas auszuprobieren, was nicht im Handbuch steht.«

»Wie Folter zum Beispiel.«

»Ja, auch das«, gab er unumwunden zu. »Und was ist daran falsch? Ich stelle Ihnen mal eine ganz einfache Frage, Alina. Nehmen wir zwei Fußballteams. Das eine ist bis an die Zähne bewaffnet, muss sich an keine Regeln halten und darf jeden Spieler, der sich nähert, zusammenschlagen, anschießen oder sogar umbringen. Die andere Mannschaft hingegen wird ständig vom Schiedsrichter überwacht, darf nur mit Sportklamotten aufs Feld und kriegt eine rote Karte, wenn gefoult wird. Was glauben Sie, welches Team gewinnt?«

»Die Guten können das Spiel nicht gewinnen, wenn sie fair spielen?«

»Korrekt.«
»Stammtisch-Bullshit. Aber danke, dass Sie so ehrlich zu mir sind. Da fällt es mir noch leichter, Sie zu hassen.«
Und anzulügen.
Immerhin hatte sie mit der öffentlichen Toilette womöglich einen Anhaltspunkt, wo Suker nach seinem nächsten Opfer suchen würde, sobald er auf freiem Fuß war. Und der Moderator im Radio hatte sogar das konkrete Datum verraten, wann der Augenarzt wieder zuschlagen würde.
»Heute ist der sechzehnte Februar, und hey, ich fürchte, ich muss mal einen Gang runterschalten …«
Der sechzehnte Februar.
Also nur noch fünf Tage – und morgen schon würde Suker entlassen. Aber es war dennoch zu früh, um der Polizei davon zu erzählen.
Sie brauchte Zeit zum Nachdenken. Die Untersuchung im Gefängniskrankenhaus lag erst eine Stunde zurück, und wenn es wirklich stimmte, was sie ganz zum Schluss der Behandlung erfahren hatte, dann war es höchst fraglich, ob sie dieses Wissen mit jemandem teilen durfte. So gesehen konnte sie vielleicht sogar von Glück reden, dass Stoya seinen Assistenten geschickt hatte. Wäre er selbst gekommen, hätte Alina noch schlechter lügen können.
»Also schön.«
Sie hörte, wie Scholle seine Hände, die in dicken Handschuhen steckten, rhythmisch zusammenschlug.
»Aber trotzdem danke, dass Sie es wenigstens versucht haben.« Dem Knirschen nach zu urteilen, trat der Polizist mit der Spitze seines Stiefels in den Kies, mit dem alle Friedhofswege aufgeschüttet waren.
»Man hat ihn übrigens ausgebuddelt«, sagte er und traf sie damit völlig unvorbereitet.

»Bitte?«
»Zorbachs Sarg. Irgendwelche Penner haben ihn gestern Nacht aufgebrochen und Teile der Leiche mitgenommen.«
»Sie verarschen mich?«
»Na klar. Das mach ich am liebsten. Bei minus hundert Grad auf einem Friedhof stehen und Blinde auf den Arm nehmen.«
Irgendwo außerhalb des Friedhofsgeländes schien es ein Leben zu geben, das sich mit einem lautstarken Hupkonzert bemerkbar machte, aber hier, direkt vor Zorbachs Grab, fühlte Alina sich wie auf einem anderen Planeten.
»Das glaube ich nicht.«
»Sie können es ja nicht sehen, aber die Erde hier ist noch ganz frisch, und die herausgerissenen Blumen sind nicht ersetzt.«
»Aber wozu? Das ist doch Irrsinn.«
Scholle grunzte zustimmend. »Kann man wohl sagen. Muss eine viehische Arbeit gewesen sein. Der verdammte Boden ist tiefgefroren.«
Alina hörte in einiger Entfernung die Schritte zweier Menschen. Sie wusste, dass sie in einem relativ verwinkelten Teil des Friedhofs standen, durch eine Hecke und mehrere Bäume von den Blicken anderer Besucher abgeschirmt. Die Schritte entfernten sich, dennoch senkte sie die Stimme. »Warum? Wer tut so was?«
»Wer entfernt Frauen die Augenlider, bevor er sie vergewaltigt?« Scholle trat wieder wütend in das Kiesbett. »Das ist eine kranke Welt, Alina. Ich frag mich nur manchmal, ob wir die Ärzte oder die Patienten darin sind.«
Sie fühlte, wie die Kälte durch die Sohlen ihrer Bauarbeiterstiefel nach oben drang, und stellte sich auf die Hacken, um dem Frost so wenig Angriffsfläche wie möglich zu geben.

Plötzlich griff Scholle nach ihrem Arm und zog ihre Hand aus der Jackentasche.
»Was ist das?«
Die Kälte attackierte jetzt ihre nackten Finger wie ein Raubtier, das auf seine warme Beute gewartet hatte.
»Die Gegenleistung. Sie haben mir zwar nicht helfen können, aber versprochen ist versprochen.«
Alina protestierte: »Stoya wollte mir ein Tonband geben. Keine Visitenkarte.«
Zorbach war so geistesgegenwärtig gewesen, die Aufnahmefunktion seines Handys zu aktivieren, als er mit Frank Lahmann telefonierte. Sein letztes Gespräch mit dem Augensammler, sein letztes Gespräch überhaupt, war Wort für Wort festgehalten worden. Von der Begrüßung bis zum Schuss in den Kopf. Wie die gesamte Öffentlichkeit und die Presse hatte auch Alina es bislang nicht hören dürfen.
»Wieso sind Sie eigentlich so scharf auf das Tape?«, fragte Scholle.
»Das würden Sie nicht verstehen.«
»Warum lassen Sie es nicht auf einen Versuch ankommen? Ich bin gar nicht so begriffsstutzig, wie ich manchmal tue.«
Alina seufzte und schüttelte den Kopf, als führte die Unterhaltung hier ohnehin zu nichts. Dann gab sie sich einen Ruck und versuchte, nicht allzu entnervt zu klingen.
»Julians Leiche wurde nie gefunden?«
»Bis jetzt nicht, nein.«
»Sie lag nicht in dem Frachtraum des Schiffes, in dem Sie mit Zorbach waren?«
»Nein. Aber das taten die anderen Opfer auch nie. Der Augensammler hat sie immer an einen anderen Ort gebracht.«
»Ja, richtig. Aber wie viele Minuten kamen Sie zu spät?«
»Das Ultimatum war seit sieben Minuten abgelaufen.«

»Wie lange, schätzen Sie, braucht ein Mann, um aus dem Bauch des Schiffes nach oben an Deck zu rennen, die Gangway runter bis zu seinem Auto am Pier?«
»Was weiß ich? Zwei, drei Minuten vielleicht.«
»Und mit einem toten Jungen im Arm?«
»Ich verstehe, worauf Sie hinauswollen, Alina.« Scholle imitierte das Geräusch einer aufleuchtenden Glühlampe, wie man es aus Zeichentrickfilmen kennt. »Wir haben das alles durchgerechnet. Frank Lahmann muss Julian schon vor Ablauf der Frist aus dem Versteck geholt haben.«
»Oder er hat das Schiff nie verlassen.«
»Wir haben alles durchsucht. Glauben Sie mir. Weder war Frank an Bord, noch hat er Julian auf dem Schiff ermordet.«
»Was macht Sie so sicher?«
»Unter anderem das Band.«
»Das habe ich mir gedacht. Genau deshalb will ich es haben.«
Alina zog sich die Kapuze ihres Parkas tiefer in die Stirn. Trotz des dicken Lammfutters und ihrer schwarzen Perücke fror sie, als hätte sie den Kopf in Eiswasser getaucht.
»Wieso genügt Ihnen nicht Stoyas Wort?«, fragte Scholle. »Was für einen Unterschied macht es, wenn Sie es mit eigenen Ohren hören?«
»Wieso wollen Angehörige einen letzten Blick auf den Verstorbenen werfen?«, konterte sie. »Ich kann das, was Sie sagen, nur glauben, wenn ich es selbst erlebe.«
Und ich kann von Zorbach nur Abschied nehmen, wenn ich ein letztes Mal seine Stimme höre. Aber das geht dich Penner nichts an.
»Julian wurde nicht auf dem Schiff ermordet, Punkt. Ich weiß nicht, was daran so unglaublich sein soll?«, fragte Scholle.

»Es würde bedeuten, dass wir unser Schicksal verändern können.«

Alina spürte, dass der Kommissar einen abfälligen Kommentar abgeben wollte, und redete schneller. »In einer meiner letzten Visionen, damals, kurz bevor Zorbach die Zwillinge befreite, sah ich Julians Ende. Ich sah ein Schiff. Ich sah einen Frachtraum, vielleicht den, den Zorbach betreten hat. Und ich sah, wie Julian erstickte.«

»Offensichtlich haben Sie sich geirrt.«

Sie lachte freudlos. »Was würde ich darum geben, wenn es so wäre.«

Dann wäre es Zorbach nämlich gelungen, die Kette des Bösen zu durchbrechen. Dann gäbe es keine Vorherbestimmung, und wir könnten die Abfolge der Dinge verändern. Und wenn dem so ist, dann darf ich dir unter gar keinen Umständen von meiner letzten Vision erzählen, Scholle.

»Bitte geben Sie mir das Band«, forderte sie erneut.

»Es ist kein Band, sondern ein USB-Stick. Und den bekommen Sie nicht, das verstehen Sie doch, oder?«

»Nein, tue ich nicht. Ich hatte eine Abmachung mit Stoya.«

»Ach ja, hatten Sie?« Scholle lachte ironisch. »Mein Boss ist vielleicht etwas naiv, aber mich können Sie nicht täuschen, Schätzchen. Glauben Sie wirklich, ich merke nicht, dass Sie mir etwas verheimlichen?«

Verdammt. Alina fühlte, wie ihr Gesicht noch dunkler wurde.

Die Sicherheitsüberwachung. *Wie blöd kann man sein?*

Sie hatte die versteckten Mikrophone vergessen, die jedes Wort im Behandlungszimmer aufgezeichnet hatten. Während Sukers Behandlung war es viel zu lange still gewesen. Wenn sie wirklich nichts gespürt hätte, wieso hatte sie dann nicht sofort abgebrochen?

»Sie haben mir nicht alles gesagt, also bekommen Sie auch nicht das Audiofile, so einfach ist das.«
Der Kies knirschte wieder unter Scholles Gewicht, diesmal, weil der Kommissar sich zum Gehen entschlossen hatte.
»Moment mal, wo wollen Sie hin?«, rief sie ihm hinterher.
»Ins Warme.«
»Und was soll ich hiermit?« Sie wedelte mit der Visitenkarte in der Luft, die Scholle ihr in die Hand gedrückt hatte.
»Ich bin mir sicher, Sie werden es herausfinden, Alina.«
Sie öffnete den Mund und sagte nichts. Stattdessen horchte sie dem Knirschen der Schritte nach, die sich langsam von ihr entfernten, genau wie die Stimme des Polizisten. »Schon sehr bald, da bin ich mir sicher.«

13. Kapitel

Die Wanderung am Waldrand entlang dem See schien ihm gutzutun. TomTom hatte die Nacht schlecht geschlafen. Normalerweise lag er auf dem Läufer neben Alinas Bett, doch gestern hatte er seinen Stammplatz gegen ein Lager direkt unter der Heizung ausgetauscht. Mehrfach war sie durch sein fiebriges Stöhnen geweckt worden, hatte seine trockene Nase gefühlt und ihm eine große Schüssel Wasser gebracht, von dem er aber nur wenige Schlucke nehmen wollte. Es war die verdammte Dauerkälte. Sie machte nicht nur den Menschen zu schaffen, die ihrer Stadt mittlerweile den Namen »Berlingrad« verpasst hatten, sondern allen Lebewesen, die in ihr gefangen waren. Die Vögel fanden unter der dichten Schneedecke kein Futter, die Fische erstickten in den zugefrorenen Seen, und der Tierschutzverein empfahl, Katzen nicht mehr aus den Häusern zu lassen und mit Hunden nur noch die nötigsten Wege zu gehen, auch wenn diese ganz offensichtlich über bessere Regenerationskräfte verfügten als die geschätzten zwölftausend Berliner, die momentan unter der Grippewelle litten. Heute Morgen noch hatte TomTom sein Futter kaum angerührt, aber jetzt zog er munter an seinem Geschirr voran, als könne er es gar nicht erwarten, auf die Insel zu kommen.

Schwanenwerder 7

Das war alles. Mehr hatte die Prägung auf der Vorderseite der Visitenkarte nicht verraten, die Scholle ihr auf dem Friedhof gegeben hatte. Kein Name, keine Postleitzahl, keine weiteren Angaben, wer dort wohnen könnte, wobei *residieren* sicherlich das treffendere Verb gewesen wäre. Alina lebte seit vier Jahren in Berlin. Lang genug, um zu wissen, dass sie sich von dem Moment an, seitdem sie das Strandbad hinter sich gelassen hatten, in der teuersten Wohngegend der Hauptstadt befanden.

Sicher nett für einen Spaziergang, aber definitiv nichts, wo ich mich wohl fühle.

Mit jedem Schritt wuchs ihr Unbehagen. Ihr Magen grummelte, doch sie führte es nicht auf das karge Frühstück zurück, das sie heute zu sich genommen hatte. *Es ist arschkalt, ich krieg Durchfall, und ich weiß nicht, wo ich bin, also was zum Teufel hab ich hier verloren?*

Im Gegensatz zu ihr schien TomTom die Bestimmung ihres Spaziergangs zu kennen, jedenfalls zog er zielsicher voran und stoppte nur hin und wieder, um sie vor einem Schlagloch oder einem in die Straße ragenden Ast zu warnen. Der Wannseeweg hatte keinen Bürgersteig, und sie gingen auf der linken Seite, um von entgegenkommenden Fahrzeugen besser gesehen zu werden. Bislang aber war noch kein Mercedes, Porsche oder Geländewagen an ihnen vorbeigerauscht, die sie hier in den Doppelgaragen der Villen vermutete.

Sie waren nun schon eine Dreiviertelstunde unterwegs, seitdem Alina am S-Bahnhof Wannsee ausgestiegen war. Fünfundvierzig Minuten, von denen sie mindestens vierundvierzig an ihrem Verstand gezweifelt hatte.

Ein Bulle ist sauer, weil du ihm nicht die Zukunft vorhergesagt hast, und gibt dir eine Visitenkarte. Jeder normale Mensch wäre zu Hause im Warmen geblieben, aber du blöde blinde Kuh willst natürlich an deiner Neugier zugrunde gehen.

Sie passierten eine kleine Brücke, die Schwanenwerder mit dem Zehlendorfer Festland verband, was Alina an dem veränderten Wind spürte. Außerdem hörte sie das Knirschen der Eisschollen unter ihr. Ab jetzt mussten sie nicht mehr auf der Straße gehen, sondern konnten einen schmalen Gehweg benutzen.
Die gesamte Insel verfügte nur über wenige Hausnummern, aber da keines der Grundstücke weniger als fünftausend Quadratmeter umschloss, mussten sie jeweils ein halbes Fußballfeld ablaufen, um zur nächsten Gartenpforte zu gelangen. So dauerte es weitere zehn Minuten, bis das akustische GPS-Signal ihres iPhones anschlug. Sie waren da. Schwanenwerder 7, was immer sich hinter dieser Adresse verbergen mochte.
Natürlich hatte Alina alles versucht, um diesen strapaziösen Ausflug zu umgehen, aber weder die telefonische Auskunft noch das Internet hatten ihr helfen können. Schwanenwerder 7 war in keinem öffentlichen Verzeichnis gelistet, wie die meisten Anwesen hier. Die Reichen und Schönen der Insel investierten ihr Geld in alles Mögliche, ganz sicher aber nicht in Klingelschilder, auf denen ihr Name stand. Einen ganzen Tag lang hatte sie mit sich gehadert, dann hatte sie sich heute früh auf den Weg gemacht.
Es dauerte, bis Alina den schmalen Metallpfosten fand, der nur wenige Zentimeter vor dem Grundstückszaun im Boden steckte und in den die Gegensprechanlage integriert war.
Sie drückte die Klingel und ging noch einmal im Geiste durch, was sie sagen wollte, wenn man sie fragte, was sie hier wolle.
»Ich weiß, es klingt etwas merkwürdig, aber ich habe Ihre Adresse von Kriminalhauptkommissar Mike Scholokow-

sky. So wie ich ihn verstanden habe, haben Sie einige Informationen für mich.«

»Ja bitte?«

Alina hatte damit gerechnet, dass es mehrere Minuten dauern würde, bis jemand die sicher endlosen Flure des Anwesens durchschritten haben würde, und war etwas überrascht, so schnell eine Stimme zu hören. Der Mann klang überraschend freundlich.

»Alina Gregoriev, ich würde gerne …«

Der Summer schlug an, und das Tor schnappte einen Spalt auf. Sie musste sich mit beiden Händen dagegenstemmen, um die schwere Eingangspforte aufzudrücken.

Okay, Scholle, offensichtlich war das doch keine Verarsche, und ich werde erwartet, dachte Alina noch, als TomTom sich ihr nach wenigen Schritten plötzlich knurrend in den Weg stellte, doch da war es schon zu spät, um sie zu warnen.

Alina wurde zu Boden gerissen.

14. Kapitel

Es waren zwei, beide sprachen kein Wort. Ihre Bewegungen, mit denen sie Alina gleichzeitig zu Fall brachten, einen Schlag in den Solarplexus versetzten, um ihr in den lautlos aufgerissenen Mund einen Knebel zu stecken und einen Stoffsack überzuziehen, waren fließend und wirkten wie eine einstudierte Choreographie. Sie fühlte ein unwirkliches Gefühl der Schwerelosigkeit, als sie an Armen und Beinen nach oben gerissen wurde. Eigentlich wäre das der Moment gewesen, um in Panik auszubrechen. Wenn nicht schon beim Geräusch des Paketklebebands, das sich schmatzend um ihre Handgelenke schnürte, dann spätestens, als sie das Schaben einer sich öffnenden Schiebetür hörte und auf die Rückbank eines Lieferwagens geworfen wurde. Der gesamte Vorgang hatte weniger als vier Sekunden gedauert, und vermutlich war das der Grund, weshalb sie ihre Lage erst mit einiger Zeitverzögerung realisierte.

Meine Angst kommt nicht hinterher, dachte sie und stellte fest, dass ihre einzige Sorge TomTom galt, der erst wild gebellt und dann erstickt aufgejault hatte und nun nicht mehr bei ihr war. *Wir rasen meiner Angst davon.*

Der Transporter startete durch und jagte dem Neigungswinkel nach einen Abhang hinunter. Alina hatte keine Vorstellung von den Proportionen des Grundstücks, anscheinend aber war es groß genug, um eine Rennstrecke darauf zu unterhalten. Sie rechnete damit, jede Sekunde auf dem Wasser des Wannsees aufzuschlagen, als sich die Fahrtgeräusche veränderten und gleichzeitig lauter und dumpfer wurden, was darauf hindeutete, dass sie in einen Tunnel eingebogen waren.

Die Fahrt endete so abrupt, wie sie begonnen hatte. Hätte einer ihrer beiden Entführer nicht auf ihren Oberschenkeln gesessen, wäre sie nach vorne geschleudert worden, als der Fahrer auf die Bremse trat.

Die Schiebetür flog auf, und Teil zwei der unheimlichen Choreographie begann. Diesmal wurde sie von einem der Männer geschultert. Der andere riss ihr den linken Handschuh herunter und presste ihre Handfläche auf eine kühle, glasartige Oberfläche. Sie begann zu schwitzen, aber immer noch nicht aus Angst, sondern weil die Temperaturen auf einmal um vierzig Grad gestiegen waren. Vor ihrem geistigen Auge baute sich das Bild einer beheizten Garage auf, dann hörte sie den Widerhall, den die Ledersohlen ihrer Entführer erzeugten, und korrigierte ihren ersten Eindruck. Eine Garage war zu klein. Eher befand sie sich in einem Flugzeughangar.

»Was soll das? Wer seid ihr Schweine?«, wollte sie brüllen, doch der Knebel dämpfte ihre Worte zu einem unverständlichen Stöhnen. Sie hatten sie wie eine zusammengeschnürte Teppichrolle an der Wand abgestellt, und Alina spürte, wie einer der Entführer ihr Handy, Schlüssel, Portemonnaie, den Gürtel und die Zigaretten inklusive Feuerzeug abnahm.

Ihr Herz schlug schneller. Die Angst hatte sie noch nicht eingeholt, war aber in Reichweite.

Eine Zeitlang geschah nichts, doch auf einmal piepte es mehrmals, und in einiger Entfernung öffnete sich schon wieder eine Schiebetür. Alina hörte jemanden Klavier spielen und wusste nicht, was sie verstörender fand: die Tatsache, dass sie gerade mit dem Kopf voran in einen Fahrstuhl getragen wurde, der mit klassischer Musik beschallt wurde, oder die verblüffende Erkenntnis, dass der muskulöse Kerl, der sie die ganze Zeit geschultert hatte, eine Frau war.

»Haben Sie kurz Zeit?«, fragte die Entführerin, und da Alina keine Antwort hörte, schloss sie daraus, dass die Muskelfrau ein Telefonat führte. Zu weiteren Schlussfolgerungen war sie von diesem Moment an nicht mehr in der Lage. Ihre Angst hatte den Wettlauf am Ende doch noch gewonnen und es geschafft, in letzter Sekunde zwischen den schließenden Fahrstuhltüren hindurchzuschlüpfen.

»Sehr gut.« Die Frau lachte erleichtert auf. »Ja, es ist so weit.«

Was ist so weit? Wo bin ich hier? Was wollt ihr von mir?

»Der Besuch, auf den Sie so lange gewartet haben, ist endlich eingetroffen.«

15. Kapitel

Ich muss mich für den unangebrachten Empfang entschuldigen, Frau Gregoriev.«

»Ach Quatsch, nicht der Rede wert. Ich lass mich ganz gern mal zusammenschlagen und entführen.«

Alina rubbelte sich die Rückstände von der Haut, die das Paketklebeband auf den Handgelenken hinterlassen hatte. Das Atmen fiel ihr immer noch etwas schwer, aber immerhin hatte man ihr die Fesseln abgenommen und den Sack vom Kopf gezogen, unter dem sie fast erstickt wäre. Und seitdem sie von einer Frau, die über die Kraft einer chinesischen Gewichtheberin zu verfügen schien, in diesem Zimmer abgesetzt worden war, durfte sie auch wieder ohne Knebel sprechen.

»Es tut mir wirklich sehr leid, die Polizeibeamten haben ohne Zweifel überreagiert«, sagte der Unbekannte mit dem unpassend sympathischen Timbre in der Stimme.

»Polizei? Das da eben waren Bullen?« Alina lachte ungläubig auf und beugte sich in dem Ledersessel nach vorne. »Und wer sind Sie? Der Bundespräsident?«

»Mein Name ist Dr. Martin Roth.«

Roth? Irgendwo auf einer entfernt liegenden Nervenbahn glomm eine Synapse auf, doch Alina konnte die Schublade nicht finden, in der sie den Ordner mit diesem Namen abgelegt hatte.

»Sie haben von mir vielleicht schon mal im Zusammenhang mit Zarin Suker gehört«, half er ihr auf die Sprünge.

Das Gutachten, richtig.

»Stoya hat Ihren Namen fallenlassen. Sie sind der Psychofritze, der Tamara Schlier untersucht hat, die Zeugin, hab ich recht?«

Alina wäre am liebsten aufgesprungen, um dem Mann eine Ohrfeige zu verpassen, jetzt, da sie die Identität wenigstens eines der Entführer kannte.

»Ganz genau. Die Staatsanwaltschaft hat ein Gutachten zur Überprüfung ihres Geisteszustands in Auftrag gegeben.«

»Schön für Sie. Aber vielleicht sollten Sie mal lieber Ihren eigenen untersuchen lassen. Wo zum Teufel bin ich hier?«

»Hat Ihnen Herr Stoya das nicht verraten?«

Sie klatschte wütend in die Hände. »Nein. Der liebe gute Herr Stoya ist seit vorgestern nicht mehr für mich zu erreichen. Stattdessen hat mir sein Assistent Mike Scholokowsky eine Visitenkarte mit dieser Adresse hier gegeben und gemeint, ich würde es schon selbst herausfinden. Also entweder Sie alle teilen einen etwas kranken Sinn für Humor, oder Sie kommen jetzt gleich mit etwas ganz Verblüffendem um die Ecke, bevor ich meinen Anwalt anrufe.«

Alina hörte das Knarzen eines entlasteten Drehstuhls. Offenbar war der Arzt aufgestanden.

»Ich verstehe Ihre Erregung.«

»Echt? Mann, Sie sind wirklich gut in Ihrem Job. Hätt ich ja nicht gedacht, dass ein Psychiater nachvollziehen kann, weshalb eine Blinde ausrastet, nur weil man ihr einen Knebel in den Mund rammt.«

Roth ging einige Schritte durch den Raum, den sie nach all den irrsinnigen Eindrücken der letzten halben Stunde nicht visualisieren konnte.

In ihrer Vorstellung saß sie allein im Nichts auf einem ausladenden Ledersessel, der bislang in der Luft zu schweben schien. Nun aber, da sie die Dielen unter Roths Füßen knarren hörte, korrigierte sie diesen Eindruck. Er stand womöglich doch auf sicherem Boden.

»Verstehen Sie mich nicht falsch, ich toleriere diese Form der Gewalt ganz und gar nicht. Aber die Beamten mussten einfach auf Nummer sicher gehen.«

»Worauf?«

»Dass Sie wirklich Alina Gregoriev sind. Sie haben es gewiss nicht bemerkt, aber man ist Ihnen schon seit dem S-Bahnhof gefolgt. Ihrem Beschatter fiel auf, wie selbstsicher Sie sich auch auf widrigstem Gelände bewegten.«

»Mein Beschatter?« Alina musste unwillkürlich blinzeln. *Das wird ja immer besser hier.*

»Ja. Ihm kamen Zweifel, ob Ihre Blindheit vielleicht nur gespielt ist. Die Überwachungskameras am Eingang zeigten zudem, wie zielsicher Sie genau vor der Hausnummer 7 stehen blieben. Schließlich zoomte der Einsatzleiter näher und erkannte, dass Sie eine Perücke tragen. Es tut mir sehr leid, hier steht viel auf dem Spiel, also musste man sichergehen, dass Sie keine Unbefugte sind, die das Gelände ausspionieren will. Deshalb wurde Ihr Ausweis konfisziert, und Ihre Fingerabdrücke wurden überprüft.«

»Moment mal …« Alina erinnerte sich daran, wie ihre Hand auf die Glasscheibe gepresst worden war. »Wollen Sie mich verscheißern oder bin ich bei der Behindertenausgabe von Versteckte Kamera? Ich habe ein GPS in meinem Telefon und taste mich mit einem Blindenhund voran, der darauf trainiert ist, mich zu führen. Apropos …« Ihr wurde kalt. »Was haben Sie mit ihm gemacht. Wo ist TomTom?«

»Keine Sorge, er knurrt ununterbrochen und fletscht die Zähne, aber ansonsten geht es ihm gut. Dank der Haltebügel war er leicht einzufangen. Jetzt wartet er angeleint vorne im Haupthaus auf Sie.«

»Bringen Sie ihn mir, sofort!«

»Das geht nicht. Hunde sind im klinischen Bereich des Gebäudes leider nicht gestattet.«

»Klinik? Ich bin hier in einem Krankenhaus?«

»Unter anderem ja, aber nicht in einem gewöhnlichen.«

Sie lachte höhnisch auf. »Ach ja? Sie meinen wohl, keines von der Sorte, in das man freiwillig geht.«

»Ganz genau«, erwiderte Roth Alinas sarkastische Bemerkung, und auf einmal war ihre Wut wie weggeblasen. Vielleicht lag es an dem Tonfall des Psychiaters, der unverändert ruhig blieb, wie sehr sie ihn auch provozierte. Er hatte sich als Blitzableiter zur Verfügung gestellt, und jetzt, da ihr erster Ausbruch vorbei war, setzte ihr logisches Denkvermögen langsam wieder ein.

Beschatter – Überwachungskameras – Sack über den Kopf – Angst vor Spionen – Stoya – Scholle – Roth – Suker

Das Element, was diese Kette verband, hieß …

»Augenblick mal …« Alina stemmte sich langsam aus dem Sessel hoch. »Die Zeugin ist gar nicht verschwunden.«

»Wie bitte?«

»Tamara Schlier, die Kronzeugin im Fall Suker, ist nicht vom Erdboden verschluckt. Sie ist hier.«

Alina wertete die Pause, in der Roth vermutlich genickt hatte, als Zustimmung.

»Die Klinik ist ein Versteck. Sie haben Tamara hierhergebracht, damit sie vor Suker sicher ist.«

Deshalb ist das Terrain so gesichert. Deshalb werden Sie bei unangemeldeten Besuchern so nervös.

»Schwanenwerder 7 ist ein Hochsicherheitstrakt, den nur sehr wenige Menschen kennen«, bestätigte Roth ihre Vermutung. »Von außen kann man kaum über den zwei Meter hohen Zaun blicken, und sollte doch mal jemand einen

Blick erhaschen, dann sieht er nur das Hauptgebäude, das wie eine schlossartige Villa wirkt. In der Tat war es das sogar einmal. Auf diesem Anwesen befand sich der Sitz der Familie Larenz.«

»Sagt mir nichts.«

»Und tut hier auch nichts zur Sache. Das Vorderhaus ist nur Tarnung. Das Herzstück der Anlage befindet sich uneinsehbar mehrere Meter unterhalb der Villa, direkt am Ufer des Wannsees. Vom Wasser aus betrachtet, sieht man nichts als Bootshäuser und eine verspiegelte Glasfront. Die sicheren Wohnungen, die für den Opfer- wie für den Zeugenschutz eingesetzt werden, wurden größtenteils unterirdisch angelegt, ebenso wie der Teil der Klinik, in dem wir uns gerade befinden.«

»Und wo Sie Tamara Schlier behandeln.«

»Unter anderem, ja.«

»Das verstehe ich nicht, dann haben Sie doch Ihre Zeugin. Wieso haben Sie Suker trotzdem laufenlassen?«

»Weil wir in diesem tragischen Fall nur noch wenig Hoffnung haben, dass Frau Schlier jemals wieder in der Lage sein wird, eine verwertbare Aussage zu machen, aber ich wollte …«

»Was *Sie* wollen, ist mir herzlich egal, Doc.«

Sie kehrte demonstrativ die leeren Hosentaschen ihrer Jeans nach außen.

»Ich will mein Handy und meine Zigaretten zurück und endlich eine Erklärung, was ich hier soll.«

»Das ist etwas kompliziert.«

»Glaub ich sofort.« Alina verschränkte die Hände vor dem Brustkorb. »Am besten, Sie fangen von vorne an.«

»Nein«, sagte Roth. »Am besten ist es, wenn ich es Ihnen zeige.«

16. Kapitel

Sie gingen einen langen Flur entlang, der nach Farbe und staubiger Luft roch, und Roth ermahnte sie, den frisch gestrichenen Wänden nicht zu nahe zu kommen. Der penetrante Lösungsmittelgestank und die wenigen Geräusche um sie herum machten ihr eine Analyse der unbekannten Umgebung nahezu unmöglich. Alina wusste weder, wie hoch der Gang war, noch konnte sie den Abstand der Seitenwände abschätzen. Vor ihrem geistigen Auge entstand das Bild eines typischen Klinikflurs mit Linoleumboden und Holzbanden an den Wänden. Hin und wieder berührte Roth sie sanft am Oberarm, um ihr einen Tisch, eine abgestellte Krankenliege anzuzeigen oder einen entgegenkommenden Menschen, den er knapp und ohne Anrede grüßte. Roth erklärte ihr die Grundzüge der Architektur des Anlagekomplexes. Der größte Teil des Gebäudes war unterirdisch in den Hang hineingebaut, nur ein kleinerer Teil ragte zum Wasser hin aus dem Erdreich hinaus.

Nachdem der Arzt ihr eröffnet hatte, dass sie den unterirdischen Sektor verlassen hatten, schritt er schweigend voran, was Alina die Möglichkeit gab, ihre Gedanken zu sortieren.

Wo zum Teufel bin ich hier nur wieder hineingeraten?

Es war ihr schon schwergefallen, John heute Morgen zu erklären, weshalb sie Scholles mysteriösem Hinweis folgen wollte und sich überhaupt auf den Weg nach Schwanenwerder machte.

Weil der Polizist ein Arsch ist, aber kein Sadist, verstehst du? Zumindest quält er niemanden ohne Grund. Scholle verspricht sich etwas davon, wenn er mich dorthin schickt. Allerdings weiß ich nicht, was es ist …

Nun, anscheinend hatte sie es herausgefunden. Die Kronzeugin hatte den Verstand verloren und saß auf Schwanenwerder in psychiatrischer Schutzhaft.

Doch was habe ich damit zu schaffen? Alina blieb abrupt stehen, ausgebremst von ihren eigenen Gedanken.

Die wollen doch nicht ernsthaft, dass …

»Moment mal, Herr Doktor. Ich werde hier niemanden mehr behandeln.«

Natürlich, das war es. Hätten Stoya oder Scholle sie ganz offiziell gebeten, ihre Gabe noch an einer weiteren Patientin auszuprobieren, hätte sie ihnen den Mittelfinger gezeigt und abgelehnt. So aber war sie ihrer eigenen Neugier in die Falle gegangen.

»Behandeln?«

Alina hätte wetten können, dass Roth, der ebenfalls stehen geblieben war, sie gerade mit einem ähnlich fragenden Gesichtsausdruck ansah, wie ihn ihre Mutter immer aufgesetzt hatte, wenn sie ihr erzählen wollte, was im Kindergarten passiert war. Es gab nicht viele mentale Schnappschüsse, die Alina in ihrem Familienalbum der Erinnerungen abgespeichert hatte, die meisten waren über die Jahre vergilbt wie das Gesicht ihres Bruders Ivan. Doch das Mienenspiel ihrer Mutter, die ihre Schürze zusammenfaltete und ihr aufmerksam zuhörte, zählte noch zu den Schätzen, die sie für immer aufbewahrte.

»Was meinen Sie mit ›behandeln‹?«, fragte der Psychiater.

»Also, ich bin nicht hier, um …?« Alina winkte ab. »Vergessen Sie es!«

»Ach, ich verstehe, natürlich. Sie sind ja Physiotherapeutin. Die Zeitungen schreiben Ihnen sogar mediale Fähigkeiten zu.«
»Die schreiben vieles.«
»In der Tat, aber nein, ich habe Sie nicht wegen Ihrer erlernten oder angeborenen Fähigkeiten gerufen.«
Sie setzten sich erneut in Bewegung, und Alina fiel die Bemerkung der Bodybuilderin im Fahrstuhl wieder ein.
»Der Besuch, auf den Sie so lange gewartet haben, ist endlich eingetroffen.«
»Soweit ich weiß, haben *Sie* mich gar nicht gerufen. Ein Spinner hat mir eine Visitenkarte gegeben, und zwei weitere Spinner haben mich entführt.«
»Das ist Ihre Sichtweise der Dinge, Frau Gregoriev.«
»Ach ja? Wie ist denn Ihre?«
Alina hörte, wie Roth mehrere Schlösser entriegelte, bevor er ihr eine Tür aufhalten konnte, die den renovierten Trakt mit einem älteren Flügel zu verbinden schien, zumindest roch es hier nicht mehr nach Renovierungsarbeiten.
»Ich habe Herrn Stoya bereits vor vier Wochen um Ihre Mithilfe gebeten, doch er hielt es noch für zu früh. Ich bin froh, dass er seine Meinung geändert hat.«
»Mithilfe wobei?«
»Was wissen Sie über multiple Persönlichkeiten, Frau Gregoriev?«
Sie verfielen in einen langsameren Schritt, wie Menschen, die den Punkt schon sehen können, an dem sie getrennte Wege gehen werden, und den Moment des Abschieds hinauszögern wollen. Vermutlich waren sie in der Radiologie angelangt. In einem der hinteren Räume, auf die sie zugingen, musste ein großes elektronisches Gerät stehen, das gerade in Betrieb war. Alina tippte auf einen Kernspin-

tomographen, obwohl das Brummen und Zischen heller klang, als sie es von den Untersuchungen her kannte, bei denen man sie selbst in die Röhre geschoben hatte.

»Ich hab den Film *Identität* gesehen«, beantwortete sie Roths Frage.

»Gesehen?«

»Ja, aber bevor Sie mir gleich wieder eine Kapuze über den Kopf zerren, nur weil Sie denken, ich simuliere, kann ich Sie beruhigen: Viele Blinde gehen ins Kino. Zugegeben, das macht bei dialoglastigen Filmen etwas mehr Spaß als bei Naturdokus.«

»Wieder was gelernt«, bedankte sich Roth und bat Alina, einen Schritt nach links zu treten, um einem Essenswagen auszuweichen. Dem Geruch nach passierten sie eine Küche, und Alinas Magen meldete sich.

Sie hatte Hunger, musste pinkeln und wollte eine Zigarette. Am liebsten alles auf einmal. Langsam kannte sie die Reaktionen ihres Körpers, der nach Stresssituationen, in denen sie sich dem Tode nahe gefühlt hatte, nach Wiederbelebungsmaßnahmen schrie: am besten in Form von Essen, legalen Rauschmitteln oder Sex, wobei Letzteres auf ihrer Prioritätenliste vom ersten auf einen nicht messbaren Platz nach hinten gerutscht war. Früher war es für sie ganz natürlich gewesen, mit jedem zu schlafen, der sie näher interessierte. Egal, ob Mann oder Frau, jung oder alt. Das war ihre bevorzugte Herangehensweise gewesen, sich von den Menschen ein Bild zu machen. Aber seit den Tagen des Augensammlers hatte sich alles verändert. Sie hatte einen Freund verloren, den sie kaum kannte und dennoch jeden Tag vermisste, als wäre ihr mit seinem Tod ein Teil ihrer Seele amputiert worden. Scheinbar war ihre Fähigkeit, Gefühle zuzulassen, mit Zorbach beerdigt worden. Seit seinem Tod hatte sie nicht mehr geweint. Weder an seinem Grab noch in den Tagen nach der Beerdigung. Und erst recht hatte sie seitdem keine Lust mehr auf körperliche Begegnungen, weder im Bett noch beim Shiatsu mit Schwerverbrechern oder geistig verwirrten Zeugen.

Sie blieben stehen, und Roth legte ihr sanft die Hand auf die Schulter. »Also, wenn Ihr Wissensstand über multiple Persönlichkeiten nicht über den eines Hollywood-Drehbuchautors hinausgeht, fürchte ich, wird das, was sich hinter dieser Tür verbirgt, ein Schock für Sie sein, Frau Gregoriev.«

17. Kapitel

Alina hielt die Luft an, weil sie besser hören konnte, wenn sie ihre Atemgeräusche ausblendete, und musste ihren ersten Eindruck über die Lärmquelle im Inneren des Raumes korrigieren. Hinter der Zimmertür stand unter Garantie kein großes technisches Gerät und schon gar kein Kernspintomograph, dafür waren die Laute viel zu konstant.

»Hört sich an, als ob da drinnen jemand sein Radio nicht richtig eingestellt hat«, mutmaßte sie.

»Genauso ist es.«

Roth öffnete die Tür, und es wurde laut. Ein verzerrter Mischmasch unverständlicher Musik- und Wortfetzen überschlug sich unterhalb eines Teppichs atmosphärischer Zisch- und Störgeräusche.

»Der Radioapparat in diesem Zimmer ist auf UKW eingestellt, exakt 105.3 Megahertz, womit er sich zwischen den Sendern 104.6 und 105.5 befindet, also irgendwo im ätherischen Niemandsland.«

»Und wozu?«, fragte Alina verärgert.

»Um den Patienten ruhigzustellen. Das Radio läuft den ganzen Tag und darf niemals verstellt oder gar abgeschaltet werden.«

»Sonst passiert was?«, wollte Alina fragen, doch in diesem Moment fing ihre Nase einen vertrauten Geruch ein.

»Moment mal, sagten Sie eben *den Patienten?*«, flüsterte sie entsetzt.

»Ja, wieso fragen Sie?«

Roth griff nach ihrem Arm. »Ach du meine Güte, jetzt sagen Sie bitte nicht, dass …«
Er begann hilflos zu stottern. »Ich dachte, also, das tut mir sehr leid, aber …«
Alina wehrte die Hand des Arztes ab und betrat das Krankenzimmer.
»Entschuldigung, das wusste ich wirklich nicht«, hörte sie den Psychiater aufgeregt stammeln. Er klang aufrichtig, sein bedauerndes Entsetzen war nicht gespielt. »Ich habe gedacht, Stoyas Geheimniskrämerei bezog sich nur auf den Aufenthaltsort hier. Sie müssen mich für einen völlig gefühllosen Tölpel halten.«
Alina rempelte gegen ein schmales Einzelbett, tastete sich am Edelstahlgeländer entlang auf die Geräuschquelle zu. Sie orientierte sich an einem eisigen Luftzug, der nur von einem geöffneten Fenster kommen konnte und der mit der kalten Seeluft noch etwas anderes transportierte.
Schweiß.
Ein von Angst, Sorgen und Stress genährter Körpergeruch, den kein Bad dieser Welt wegwaschen, kein Parfum übertünchen konnte, so sehr hatte er sich in jede einzelne Pore gefressen. Doch unter den Ausdünstungen dieses kranken Menschen lag ein unverkennbarer, unverwechselbarer Eigengeruch.
Alina kniete sich nieder und griff nach der schlaffen Hand, die seitlich neben dem Stuhl baumelte wie ein nutzloses Gewicht an einem abgestorbenen Arm. Sie stöhnte auf, glaubte, innerlich zerplatzen zu müssen, als ihr Verdacht zur Gewissheit wurde. Er war kaum wahrnehmbar, aber sie vergaß nie den Duft eines Menschen, mit dem sie geschlafen hatte.
Der Schock der Erkenntnis traf sie wie ein Rammbock und

durchbrach ihren emotionalen Panzer. Sie tastete die Gesichtszüge mit den Fingerspitzen nach, fühlte die warme, rissige Haut, die eingefallenen Wangen, die aufgesprungenen, vertrauten Lippen und begann zu weinen.

»Wieso?«, brüllte sie mit einer ihr selbst fremden Stimme.

»Ich kann Ihnen das alles erklären«, versuchte Roth sie zu beschwichtigen, aber seine Worte wurden von Alinas Gebrüll in der Luft zerrissen. »Was macht ihr Schweine hier mit ihm?«

Der Patient auf dem Stuhl bewegte sich derweil keinen Millimeter. Alexander Zorbach starrte regungslos aus dem Fenster auf den vereisten See hinaus und lauschte konzentriert dem unverständlichen Lärm seines Transistorradios.

18. Kapitel

Alexander Zorbach (Ich)

Irgendjemand hat einmal gesagt, das Wesen der Geisteskrankheit bestünde in ihrer Leugnung. Je verwirrter ein Patient sei, desto mehr bestreite er das. So gesehen war ich in psychischer Hinsicht völlig gesund. Ich wusste sehr wohl, dass mit mir etwas nicht stimmte, was angesichts der Tatsache, dass ich mit leerem Blick und stumm vor mich hin sabbernd in einem Rollstuhl saß und 105PunktWahnsinn hörte, keine diagnostische Meisterleistung darstellte. Nicht nur in meinem Transistorradio, sondern auch in meinem Kopf hatten sich einige Frequenzen verdreht. Ich war von der Normalität etwa so weit entfernt wie meine Krankenkasse von der Übernahme der Folgekosten meiner misslungenen Selbsttötung.

An jenem Tag allerdings, als ich Alina zum ersten Mal wiedersah, sieben Wochen nach meiner Verzweiflungstat und nur zehn Tage, nachdem man mich von den Drainageschläuchen entkoppelt hatte, war ich zu dieser nüchternen Selbsteinschätzung freilich nicht in der Lage. Was ganz sicher auch an dem 9-Millimeter-Projektil lag, das mein Gehirn durchschlagen hatte.

Hätte man mir damals einen Stift in die Hand gedrückt und mich gebeten, meine innere Erlebniswelt zu zeichnen, hätte ich vermutlich eher den Schreibblock gegessen, als mit wirren Handbewegungen eine funkensprühende, rot glühende Wolke gekrakelt, die meine Kopfschmerzen symbolisieren sollte. Mein Schädel war der Probenraum der lautesten Rockband der Welt. Wenn ich Glück hatte, hörte ich nur das Dröhnen ihrer Verstärker oder die Rückkoppelung der Mikrophone. Aber meistens warf ein sadistischer Schlagzeuger seine Becken gegen meine Schädeldecke und freute sich, wenn mir ihr Scheppern die Tränen in die Augen trieb – so wie in dem Moment, als Alina plötzlich in mein Krankenzimmer stürmte.

Später sagte man mir, sie habe sich niedergekniet und weinend meine Hand gehalten, was ich selbst dann nicht gespürt hätte, wenn mein Arm nicht völlig taub gewesen wäre. Außerdem hatte die Bandprobe in meinem Kopf gerade erst begonnen, und die Jungs spielten »Sweet pain of mine«.

Ich konnte also nicht hören, wie Alina Dr. Roth anbrüllte, er solle ihr erklären, wie es mir gelungen war, von den Toten aufzuerstehen. Dabei war die Begründung denkbar einfach. Nachdem ich sieben Minuten zu spät in das Versteck des Augensammlers gekommen war, wollte ich gerade Frank Lahmanns Anweisungen befolgen und hatte die Waffe schon auf meinem Auge plaziert, als Stoyas Männer die Tür des Frachtraums aufsprengten, um mich herauszuholen.

Die Explosion ließ mich vor Schreck zusammenzucken, die Waffe verrutschte, und das Geschoss drang nicht durch mein linkes Auge, sondern einige Zentimeter höher, grub sich durch die Knochenschicht meiner Stirn und glitt wie Butter durch Teile des Vorderhirns und Schläfenlappens. Von da an lief die Kugel in fast senkrechter Bahn abwärts am Stammhirn und den großen Arterien vorbei und durchtrennte abschließend das Muskelgewebe meines Nackens, wo sie wieder austrat. Als die Polizisten sich über mich beugten, war ich bereits komatös. Leider trafen die Beam-

ten des Sondereinsatzkommandos einige schwerwiegende Fehlentscheidungen. Die erste war, mich wiederzubeleben, die zweite, mich mit dem Hubschrauber in die Neurochirurgie eines Bundeswehrkrankenhauses zu fliegen. Glücklicherweise hatte Stoya während der ersten Notoperation die Aufzeichnung meines Handys abgehört und begriffen, weshalb ich sterben wollte. Er machte ausnahmsweise das einzig Richtige und ließ mich in den Nachrichten offiziell für tot erklären. Dem Augensammler sollte vorgespiegelt werden, ich hätte meinen Teil der Abmachung eingehalten und er könne Julian freilassen. Um die Täuschung perfekt zu machen, wurde ein öffentliches Begräbnis organisiert, während ich in einer Nacht-und-Nebel-Aktion nach Schwanenwerder überführt wurde.
All das hatte ich nach und nach sowohl von Roth als auch von Stoya erfahren, den einzigen Menschen, die mich besuchten. Ich hätte also Alinas Fragen beantworten können, wenn ich in diesem Augenblick nicht viel zu sehr damit beschäftigt gewesen wäre, meinen Verstand zu verlieren.
Und meinen Sohn zu verjagen.

19. Kapitel

Es ist nicht ganz einfach zu erklären, weshalb ein Patient, der bereits an einer inneren Lärmquelle zugrunde geht, ein verzerrtes Radio auf volle Lautstärke dreht. Aber eine geistige Störung ist nie einfach zu erklären, wie ich gelernt habe. Zumindest keinem, der bei klarem Verstand ist.

Mir selbst erschien mein Verhalten seit dem ersten Besuch meines Sohnes völlig logisch. Wie sonst hätte ich ihn wieder loswerden können?

Es geschah zum ersten Mal an dem Tag, als meine Hirnschwellung so weit zurückgegangen war, dass ich mein Bett verlassen durfte. Weit war ich seitdem nicht gekommen. Der Abstand zwischen meinem Bett und dem Rollstuhl vor der verspiegelten Fensterscheibe betrug nicht einmal zwei Meter. Es war halb sieben Uhr abends, die Visite war gerade durch, Dr. Roth hatte meinen Kopfverband kontrolliert und mir ein neues Medikament gegeben, an dessen Namen ich mich nicht mehr erinnern konnte. Der Arzt war keine Minute weg, als die Pille schon ihre Wirkung tat. Die Band probte ihren Trash-Metal-Song nur noch auf Zimmerlautstärke, meine Schmerzen wurden schwächer.

In dieser Sekunde begann der Alptraum. Julian kletterte zum ersten Mal durch das Fenster.

Bislang hatte ich immer nur seine Stimme gehört, schon eine geraume Zeit lang und in regelmäßigen Abständen. Julian nutzte die wenigen Pausen der Band, um ans Mikrophon zu treten und mich mit hoffnungsvollen Botschaften zu quälen:

»Ich bin nicht tot. Ich lebe nur in einer anderen Welt. Du musst einfach nur einschlafen, Papa. Dann sind wir wieder zusammen. Wieder vereint.«

Schon an seiner Wortwahl merkte ich, dass hier nicht mein Sohn, sondern mein Unterbewusstsein zu mir sprach. Nicht Julian, sondern ein feiger Teil meines Ichs wollte den einfachen Weg gehen und sterben. Mit der Zeit wurde seine Stimme lauter und steigerte sich mitunter zum dominierenden Element meines Schmerzes: *»Wieso hörst du nicht auf mich, Papa? Komm zu mir, oder hast du mich etwa nicht mehr lieb?«*

Zugegeben, seine Bitte war verlockend. Wie gerne hätte ich meinen Widerstand aufgegeben und mich nicht weiter mit beiden Händen an mein Leben geklammert. In einem lichten Moment, kurz vor der zweiten Operation, hatte ich Stoya gefragt, ob der Augensammler sein Wort gehalten habe. Meine Worte mussten geklungen haben, als hätte ich meine Zunge verschluckt. Aber der Kommissar wusste, dass es in meinem Zustand keine andere Frage geben konnte, die mich interessierte, und hatte nur bedauernd den Kopf geschüttelt.

Der Augensammler hatte mich angelogen. Oder meine Tarnung war aufgeflogen. Was es auch war, es war gleichgültig. Alles war gleichgültig, denn Julian war nicht mehr am Leben.

Von diesem Augenblick an wusste ich, dass ich nicht aufgeben durfte. Dass ich der imaginären Stimme meines Sohnes widerstehen musste. Ein Trieb war in mir erwacht, stärker noch als der Wunsch nach einem gnädigen Tod: der Trieb der Rache.

Mein Sprachzentrum war gestört, weite Teile meiner rechten Körperhälfte taub, und ohne fremde Hilfe konnte ich keine zwei Schritte gehen, doch das hielt mich nicht davon ab, einen Plan zu fassen. Der Plan lautete, Frank Lahmann um den halben Erdball zu jagen, um ihn nach einer langen, qualvollen Folter langsam zu töten. Rückblickend betrachtet, hatte die konzentrierte, ungefilterte Wut sicher einen starken Anteil an meiner verblüffend schnellen Regeneration. Über achtzig Prozent aller Menschen sterben an Verletzungen, wie ich sie erlitten hatte. Die wenigen Überlebenden werden schwerste Pflegefälle. Ich war eine Ausnahme von der Regel. Jeder Mensch braucht einen Antrieb, um Höchstleistungen zu vollbringen, und meine Motivation war der Hass.

Diese Motivation allerdings ist sehr schwer aufrechtzuerhalten, wenn man plötzlich in die sanften Augen seines Sohnes blickt, der beinebaumelnd auf dem Fenstersims sitzt und einen mit einer einladenden Bewegung zu sich locken will.

Lass uns gehen, Papi. Nur du und ich, gemeinsam. Dann sind wir wieder zusammen.

Es ist eine Sache, einer imaginären Stimme zu widerstehen, und etwas völlig anderes, wenn dir dein totgeglaubter Sohn die Hand reicht. Natürlich wusste ich, dass die Medikamente daran schuld waren. Je lauter die Band spielte, je stärker meine Schmerzen waren, desto größere Mühe hatte Julian, dagegen anzuschreien. Als die Operationen aber Wirkung zeigten, als die Schwellung zurückging und als Roths Pillen den Schmerz endlich dämpfen konnten, kämpfte sich mein Sohn zurück – wenn auch nur in meine Vorstellungswelt. Eine Welt, die infolge meiner sensorischen Störungen so real war, dass ich meinen Sohn plötzlich hören *und* sehen konnte. Ich spürte seinen Atem auf meiner Haut, wenn er in seinem blassgrauen Lieblings-T-Shirt vor mir stand und sich die feuchten Haare aus dem Gesicht blies.

Großer Gott, ich konnte ihn sogar riechen, diesen leicht süß-säuerlichen Eigengeruch, den ich das letzte Mal im Versteck des Augensammlers wahrgenommen hatte. Damals, als ich zu spät kam.

Du musst keine Schmerzen leiden, Papa. Komm einfach mit mir mit und …

Seine Stimme war weicher als in all meinen Erinnerungen, auch seine Konturen waren schwammig, hin und wieder – dann, wenn die Schmerzen erneut aufflammten – verlor er so stark an Intensität, dass ich durch seine Brust hindurchblicken konnte.

Ich litt also unter einem grausamen Paradoxon. Wann immer meine Schmerzen schwächer wurden, kam mein Sohn zurück. Je besser es mir ging, desto realer wurde sein Trugbild. Am liebsten hätte ich die Tablettenaufnahme verweigert, aber nach den ersten Versuchen waren mir die Wirkstoffe intravenös verabreicht worden. Ich glaubte, vor einem unlösbaren Problem zu stehen. Mir fehlten die Kraft und der Wille, mich Dr. Roth mitzuteilen, und ein winziger Teil meines noch arbeitenden Gehirns sagte mir, dass es vermutlich ein sinnloses Unterfangen war, das Absetzen der Schmerzmittel zu verlangen, um die Wahnvorstellungen zu vertreiben. Schließlich half mir der Zufall. Eine Krankenschwester verstellte aus Versehen beim Bettenmachen das Radio, und Julian verschwand so plötzlich, wie er mich heimgesucht hatte. Er wurde nicht nur löchrig, nicht fadenscheinig und durchsichtig, sondern er löste sich vollständig auf, fast so, als wäre er eine Mücke und das Radio ein mit Hochfrequenz arbeitendes Insektenvertreibungsgerät.

Der Lärm der überlappenden Frequenzen hatte ihn verscheucht.

Von diesem Moment an wachte ich vor dem Fenster in meinem Rollstuhl vor dem Radio und passte auf, dass niemand einen klaren Empfang ein- oder das Gerät gar abstellen konnte. Anfangs versuchten Roth und seine Pfleger gegen den Lärm anzugehen, aber nachdem sie lernen mussten, welch ungewohnte Energien ein geistig verwirrter und rachsüchtiger Mann freisetzen kann, dem eine Kugel das Gehirn durchbohrt hat, gaben sie es schließlich auf. Nur in der Nacht, wenn die Medikamente mich ruhigstellten, wurde das Radio abgeschaltet, und das war auszuhalten. Denn die Sedativa erzeugten einen traumlosen Schlaf, den Julian nicht durchdringen konnte. Und morgens war meine erste Handlung, mich in den Rollstuhl zu wuchten, das Gerät wieder anzuschalten und davor Wache zu halten, so wie heute, als ich Besuch aus meinem früheren Leben bekam.

Es war kurz nach dem Mittagessen, die Beruhigungsmittel der Nacht waren längst aus meinem Körper gespült und die Wirkung der ersten Schmerztabletten meiner Morgenration fast verflogen. Der Schlagzeuger warf wieder mit seinen Crashbecken, und meine Augen schmerzten vor Anstrengung, die Tränen zurückhalten zu wollen. Dennoch kämpfte ich an vorderster Front, aufs äußerste bereit, mein Radio und damit meinen Schutzwall zu verteidigen, den ich um meine Halluzinationen aufgebaut hatte – als sich Alina plötzlich, wie aus dem Nichts, in meiner zerstörten Welt materialisierte.

Ich weiß nicht, wie lange sie schon neben meinem Rollstuhl gehockt hatte, als mir ihre Anwesenheit bewusst wurde. Ich weiß auch nicht, wie lange sie schon auf mich eingeredet hatte, bevor ich aus der Kakophonie der Geräusche, die mich umgaben, einen verständlichen Satz herausfiltern konnte.

»Du musst aufwachen«, brüllte sie mich an. »Wach auf. Ich habe Nachrichten von Julian.«

20. Kapitel

Alina Gregoriev

Jetzt kennen Sie also endlich die ganze Wahrheit«, sagte Roth und stoppte mit einem Mausklick die digitalisierte Sprachaufnahme auf seinem Computer. Sie saßen wieder in dem Büro des Psychiaters, nachdem Alina es im Krankenzimmer nicht länger ausgehalten hatte. Zorbachs reglose, viel zu dünne Hand zu drücken, ohne einen Hauch Lebenskraft darin zu spüren, traf sie fast noch schlimmer als sein Tod. Der hätte zumindest bedeutet, dass seine Qualen ein Ende gefunden hatten. Jetzt musste sie nicht nur seine Wiederauferstehung verarbeiten, sondern auch die Tatsache, dass ihm in den letzten Wochen womöglich Schlimmeres widerfahren war, als zu sterben.

»Können Sie es noch einmal abspielen?«, bat Alina, und Roth tat ihr den Gefallen. Sie hörten sich nun schon zum vierten Mal die Aufzeichnung des Telefonats an, die Roth zu Therapiezwecken von der Polizei zur Verfügung gestellt worden war. Sobald Zorbach dazu in der Lage wäre, sollte er mit Hilfe des Bands die letzten Sekunden im Leben seines Sohnes aufarbeiten können.

Wie schon dreimal zuvor, zuckte Alina an der Stelle zusammen, an der Frank Lahmann ebendie Zahlen sagte, die der Unbekannte ihr auf der Straße ins Ohr geflüstert hatte.

»Dreizehn. Zehn. Einundsiebzig.«

Also war es doch keine Einbildung gewesen, wie sie sich hatte weismachen wollen. Sie fröstelte bei dem Gedanken daran, dass die Stimme des Mannes, die ihr so bekannt vorgekommen war, möglicherweise mit der identisch war, die gerade auf dem Tonband ihre perversen Forderungen stellte:

»Liebst du Julian mehr als dein Leben?«

»Ja.«

»Dann beweise es.«

»Ich soll mich erschießen?«

»Ihr Freund hatte keine andere Wahl«, kommentierte Roth flüsternd, während die Aufnahme weiterlief.

»Setz den Lauf der Waffe auf dein linkes Auge, und drück ab. Sobald ich deine Leiche in den Nachrichten sehe, lasse ich Julian frei. Solltest du aber zu lange zögern, hast du deinen Joker verspielt, und ich werde Julian ersticken und ihm das linke Auge entfernen. Ach, und noch was. Sollte ich auch nur das geringste Gefühl haben, dass du bluffst …«

»Verstehen Sie jetzt unser Täuschungsmanöver?«, fragte der Psychiater in eine Pause hinein, die Frank beim Sprechen gelassen hatte. Alina nickte.

»… sollte ich aus irgendeinem Grund Zweifel an deinem Tod haben, werde ich Julian hinrichten, und du wirst seine Leiche niemals finden. Dann wirst du nicht deinen Sohn, sondern nur noch seine seelenlose Hülle suchen, und es wird nichts geben, was du begraben kannst. Noch zappelt der Fisch in meinem Netz. Noch kann ich der Polizei Hinweise geben, wie sie Julian finden. Hinweise, die sein Leben retten. Hast du mich verstanden?«

Alina begann zu schwitzen und hatte auf einmal das dringende Bedürfnis, sich am ganzen Körper zu kratzen. Sie hob die Hand, und Roth verstand das Signal. Er stoppte die Wiedergabe.

»Sie wissen, dass alles umsonst war, nicht wahr?«, fragte sie.

»Was meinen Sie damit?«

»Die Scharade ist aufgeflogen. Sie müssen Zorbach nicht länger unter Verschluss halten. Jemand hat gestern seinen Sarg aufgebrochen, und wir wissen, wer dieser Jemand war.«

Roth sog hörbar die Luft ein. »Nein, das war mir nicht bekannt. Aber ich habe damit gerechnet. Die Polizei wartet jetzt schon seit sieben Wochen auf ein Lebenszeichen von Julian. Ich persönlich rechne nach so langer Zeit nicht mehr mit einer guten Nachricht. Es wäre ja auch ein Wunder gewesen. Der Kreis der eingeweihten Personen war zwar klein, aber auch die Ärzte im Bundeswehrkrankenhaus und das OP-Personal wussten natürlich, dass Herr Zorbach damals nicht auf ihrem Operationstisch gestorben ist.«

Alina öffnete die rechte Hand, in der sie ein zerknülltes Taschentuch hielt. Dann ballte sie wieder die Faust. »Spulen Sie vor!«

Wieder gehorchte Roth, und wieder schämte sich Alina für das Gefühl der Erleichterung, das sich einstellte, als sie die Stimme des Jungen hörte. Was auch immer mit Julian geschehen sein mochte, er war nicht in seinem Versteck erstickt. Zorbach hatte es geschafft. Es gab kein Schicksal, keine Vorherbestimmung. Und wenn doch, dann hatte er ihren Lauf verändert. Fraglich war nur, ob zum Guten oder zum Schlechteren. Sie hob die Hand, um das Tondokument endgültig zu stoppen, und stand auf, ohne zu wissen, was sie damit bezweckte. Um sitzen zu bleiben, war sie zu aufgewühlt. Wütend und traurig zugleich.

»Wäre mein Gehirn nicht so tierisch überfordert, würde ich Ihnen in die Fresse hauen und die ganze Bude zusammenschreien. Aber was nicht ist, kann ja noch werden. Bis dahin oder bis ich mich wieder beruhigt habe, könnten Sie mir eine ganz einfache Frage beantworten: Wird er je wieder gesund werden?«

Sie ignorierte Roths Bitte, sich zu setzen, und legte eine Hand hinter das Ohr, als habe sie Probleme, den Arzt zu verstehen.

Roth seufzte. »Im Grunde ist Herr Zorbach körperlich in sehr guter Verfassung.«

Alina zeigte ihm einen Vogel. »Soll das ein Witz sein?«

»Nein. Wie gut es ihm geht, können Sie schon daran ablesen, dass ich Psychiater bin und kein Neurochirurg, Frau Gregoriev. Die Probleme Ihres Freundes sind psychischer, nicht physischer Natur.«

»Sagten Sie nicht, Alex habe sich eine 9-Millimeter-Kugel durch den Kopf gejagt?«

»Ja.«

»Das hört sich für mich schon sehr körperlich an.«

Roth lachte zustimmend, dann sagte er: »Vielleicht haben Sie von Paraguays Fußballstar Salvador Cabanas gehört, dem in einer Discothek in Mexico City aus nächster Nähe in den Kopf geschossen wurde. Nach wenigen Monaten schon wurde er in die Reha entlassen, und heute übt er angeblich wieder Kopfbälle – und das, obwohl seine Verletzungen im Vergleich zu denen von Herrn Zorbach viel drastischer waren. Cabanas' Geschossbahn verläuft einmal quer durch sein Hirn, zudem steckt dem Nationalspieler immer noch die Kugel im Schädel. Bei Herrn Zorbach hingegen streifte sie nur minder relevante Teile, bevor sie im Nacken wieder austrat.«

Alina fasste sich unbewusst an den Hinterkopf und setzte sich wieder.

»Er hat keine Blutungen mehr, keine Schwellungen, keine

Hämatome. Die starken Schmerzen, so wie er sie empfindet, und auch seine motorischen Einschränkungen können nach unserer Auffassung nicht auf die Schusswunde zurückzuführen sein, denn bei den verletzten Regionen selbst handelt es sich um schmerzunempfindliches Gewebe, und die Wunde der Eintrittsöffnung ist mittlerweile sehr gut verheilt. Den Kopfverband trägt er nur, weil er sich im Schlaf manchmal kratzt und wir ihm die Hände nicht fixieren wollen. Alle Gehirnscans zeigen uns: Wenn er wollte, könnte Herr Zorbach sprechen, lesen, schreiben und vermutlich sogar ohne fremde Hilfe spazieren gehen.«

»Dann bildet er sich seinen Zustand nur ein?«

»Nein. Herr Zorbach ist durch ein emotionales Minenfeld gegangen und hat seine gesamte Familie verloren. Seine starken Schmerzen sind die Folge einer posttraumatischen Belastungsstörung, wie wir sie zum Beispiel von Kriegsveteranen kennen. Das macht die Schmerzen für den Patienten deshalb nicht weniger real. Auf gut Deutsch: Ihr Freund leidet Höllenqualen. Nur hat sein Leiden keine körperlich lokalisierbare Ursache, weshalb die herkömmlichen Mittel kaum wirken.«

»Sind das Fakten oder Vermutungen?«, fragte Alina.

Roth räusperte sich. »Ich halte meine Diagnose für richtig, ganz sicher kann man aber nicht sein, da er ja nur sehr eingeschränkt mit uns kommuniziert und sein Gehirn offenbar in einen Selbstschutzmodus verfallen ist.«

»Was soll das denn nun schon wieder heißen?«

»Das ist etwas kompliziert zu erklären«, sagte Roth, der seinerseits aufgestanden sein musste. Alina hatte Probleme, Menschen an ihrer Stimme zu erkennen, nahm aber stets die kleinen Nuancen wahr, die sich veränderten, je nachdem, ob die sprechende Person saß, lag oder aufrecht stand.

»Ich hatte Sie doch vorhin gefragt, was Sie über multiple Persönlichkeiten wissen, Frau Gregoriev. Einige Kollegen halten dieses Krankheitsbild noch immer für eine Legende. Sie bezweifeln die Fähigkeit des menschlichen Gehirns, sich in verschiedene Identitäten aufspalten zu können, und halten Patienten, die mal mit kindlicher Stimme sprechen, mal in den asthmatischen Husten eines Rentners verfallen, für begabte Schauspieler.«

Alina nickte ungeduldig.

»Meiner Meinung nach irren diese Skeptiker. Zahlreiche Untersuchungen haben ergeben, dass die Psyche nur bis zu einem ganz bestimmten Punkt belastbar ist, ich nenne ihn den seelischen Siedepunkt. Sobald die Grausamkeit, die man dem Körper oder Geist zufügt, zum Beispiel während einer Folter, diesen Siedepunkt überschreitet, entkoppelt sich der Leidende von der Realität. Er flüchtet in ein anderes Ich, in dem er die Schmerzen nicht mehr ertragen muss.«

»Sie meinen, deshalb ist Zorbach nur noch ein Schatten in einem Rollstuhl? Er ist geflüchtet?«

»Nicht ganz. Ich befürchte, Herr Zorbach ist gerade auf dem Weg in einen anderen Bewusstseinszustand. Noch ist er ansprechbar und reagiert auf Geräusche. So hat er zum Beispiel geblinzelt, als Sie eben eingetreten sind, und manchmal grunzt er zustimmend oder ablehnend, wenn ich mit ihm rede. Meiner Erfahrung nach tobt in ihm ein innerer Kampf, und er hat sich noch nicht entschieden, auf welche Seite er sich schlagen will. Bleibt er bei uns, oder verschwindet er irgendwo in den Untiefen seines Bewusstseins in einen Zustand, aus dem wir ihn im schlimmsten Fall nie wieder herausholen können?«

Während Roths Frage wie eine dunkle Wolke im Raum

schwebte, dachte Alina über die Entfernung nach, die zwischen ihr und Zorbach liegen musste. Sein Körper befand sich nur wenige Meter von hier im Altbautrakt der Anlage, seine Seele war Lichtjahre entfernt.

»Welche Rolle spielt das verdammte Radio?«, wollte sie wissen.

»Das haben wir noch nicht herausgefunden. Paradoxerweise schaltet er es immer ein, wenn die Wirkung seiner Medikamente einsetzt. Da er sich anfangs sogar weigerte, seine Mittel zu nehmen, scheint es fast, als wolle er gar nicht schmerzfrei sein und mit dem Krach des Radios neue Kopfschmerzen provozieren. Es gibt aber auch andere Erklärungsansätze. Möglicherweise hört er in dem Zischen und Rauschen für uns nicht wahrnehmbare Stimmen, die ihn in seinen neuen Bewusstseinszustand locken wollen. Jedenfalls wird er hektisch und aggressiv, wenn wir versuchen, es abzustellen.«

Alina schüttelte fassungslos den Kopf, dann fiel ihr etwas ein, was sie schon die ganze Zeit hatte fragen wollen. »Sie sagten vorhin so etwas wie, Sie hätten auf mich gewartet. Weshalb? Wollten Sie mir sagen: Hey, ich hab eine gute und eine schlechte Nachricht für Sie. Die gute: Ihr Freund ist doch nicht tot. Die schlechte: Er wünschte, er wäre es?«

»Gewiss nicht. Ich warte nun schon seit Wochen auf Sie, damit Sie mir helfen. Besser gesagt, damit Sie Herrn Zorbach helfen.«

»Wie das?«

»Sollte meine Theorie stimmen ...« Roth räusperte sich. »Sollte der Patient tatsächlich dabei sein, vor sich selbst zu flüchten, braucht er einen Anker in der Realität. Sie haben doch sicher von Komapatienten gehört, denen man ihr Lieblingsparfum auf die Haut sprüht oder ein Tuch mit dem Körpergeruch ihres Lebenspartners unter die Nase hält, in der Hoffnung, der Duft weckt alte Erinnerung und nährt in den Patienten den Wunsch, wieder aufzuwachen?«

»Was hat das mit mir zu tun?«

»Zorbach hat keine Angehörigen mehr, die ihm nahestehen. Sie sind die letzte Person, mit der ihn erst kurz zurückliegende, sehr intensive Erlebnisse verbinden. Ich erhoffe mir einen positiven Einfluss auf seinen Zustand, wenn Sie etwas Zeit mit ihm verbringen, Frau Gregoriev. Wenn Sie seine Hand halten, während Sie zu ihm sprechen.«

»Oh Scheiße.«

Alina traten Tränen in die Augen bei dem Gedanken, dass sie schon seit Wochen hätte hier sein können, um Zorbach wachzurütteln. Und dass dies von Stoya verhindert worden war, weil er sonst kein Druckmittel mehr in Händen gehabt hätte, um sie zu Sukers Behandlung zu zwingen.

Sobald sie die Gelegenheit dazu bekam, würde sie dem Kommissar seine schrumpeligen Eier abreißen und Scholle gleich als Nächstem. Die Mistmaden hatten Zorbach wie einen Joker zurückgehalten.

»Ich will Ihnen helfen, nichts lieber als das«, sagte sie, viel weniger wütend, als sie sich fühlte. Der Schock hatte seine aufputschende Wirkung verloren. Jetzt wurde ihr kalt, und sie fühlte sich schläfrig. »Aber möglicherweise wird das, was ich ihm zu sagen habe, seine Lebensgeister eher abtöten als beleben.«

»Sie sprechen von seinem Sohn, richtig?«

Alina nickte.

Bevor sie in Zorbachs Krankenzimmer ihren emotionalen Zusammenbruch gehabt hatte, hatte sie minutenlang völlig wirr auf die leblose Hülle im Rollstuhl eingeredet. Hatte ihn angeschrien, er müsse aufwachen.

»Über was für Nachrichten verfügen Sie denn in Bezug auf Julian?«, fragte Roth.
Alina schüttelte den Kopf. »Das geht Sie nichts an, Doktor. Das geht niemanden etwas an, außer Zorbach selbst. Und ich fürchte, der kann mit dem, was ich ihm zu sagen hätte, gerade nicht sehr viel anfangen.«
»Vermutlich haben Sie recht«, sagte Roth, der plötzlich neben ihr stand und ihr die Hand auf den Unterarm legte. »Aber wieso lassen Sie es nicht auf einen Versuch ankommen?«

21. Kapitel

Eine Stunde später betrat Alina am S-Bahnhof Wannsee eine Kneipe und bestellte ein stilles Wasser, mit dem sie rasch zwei Aspirin hinunterkippen wollte. Ihre Schmerzen waren ganz sicher nicht mit denen Zorbachs zu vergleichen, immerhin hatte ihr niemand in den Kopf geschossen, aber sie waren doch so stark, dass sie sich ärgerte, Roth nicht nach etwas Härterem gefragt zu haben.

Zu Zorbach ins Krankenzimmer zurückzugehen, um ihm von dem zu erzählen, was ihr am Ende von Sukers Behandlung im Gefängnis widerfahren war, hatte sie noch mehr mitgenommen als befürchtet.

»Ich will dir keine falschen Hoffnungen machen, Alex«, hatte sie ihre Schilderung begonnen und ihm dann in allen Einzelheiten von der Vision berichtet, die ihrer Meinung nach einen Zusammenhang zwischen Frank Lahmann, Zarin Suker und Julian aufdeckte.

Es war vorgestern im Behandlungszimmer des Gefängnisses geschehen, nachdem sie die Hände bereits wieder von Sukers Körper gelöst hatte und die optischen Eindrücke sich langsam wieder verflüchtigten. Noch immer aufgewühlt von der Gewaltszene auf der öffentlichen Toilette, hatte sie sich etwas zu ruckartig zur Seite gedreht und das Gleichgewicht verloren.

Zuerst dachte sie, Suker habe sie geschlagen, und sie überlegte kurz, ob sie um Hilfe rufen sollte. Dann wurde ihr bewusst, dass sie zwei Schritte nach hinten gemacht und mit dem Kopf gegen die Metallplatte eines Medikamentenschranks gestoßen sein musste. Sie fasste sich mit beiden Händen an die Schläfen. Wie meist bei Schmerzen am Kopf bewirkte der Gegendruck keine Linderung, sondern eher das Gegenteil: Die Reizimpulse kamen zurück. Alina meinte wieder, mit Sukers Augen zu »sehen«, nur dass diesmal der Film in ihrem Kopf einen Sprung nach vorne gemacht hatte. Anders als in ihrer ersten Vision, befand sie sich nicht mehr in der öffentlichen Toilette, wo Suker in drei Tagen eine ehemalige Patientin entführen würde, während das Radio lief, sondern sie lag in einer nicht näher erkennbaren Umgebung auf dem Fußboden. Sie wusste nicht, ob es im Freien oder in einem abgeschlossenen Raum geschah, als sich plötzlich eine Frau über sie beugte und zu ihr sagte: *»Das war dein gerechter Finderlohn!«*

Dann spürte sie, dass die Person, in der sie steckte, etwas erwidern wollte, dazu aber nicht mehr in der Lage war, weil sie in einer roten Pfütze saß, in die die über sie gebeugte Gestalt nun trat. Sie sah das viele Blut, spürte die Schmerzen im Unterleib – und auf einmal verstand sie, weshalb Suker auf dem Boden lag. Weshalb er so fror. Weshalb die Konturen um ihn herum immer blasser wurden, während er kaum einen klaren Gedanken fassen konnte: Suker lag im Sterben. *»Ich will mein Geld zurück«*, schoss es ihm wirr und zusammenhanglos durch den Kopf. Er starb, und mit ihm versank auch sein letzter Gedanke in vollständiger Dunkelheit: *»Aber vielleicht ist das hier ja wirklich die gerechte Strafe für meine Schuld. Vielleicht hätte ich Julian …«*

An dieser Stelle war Alina wieder in ihren eigenen Körper, in ihr eigenes Leben zurückgeglitten.

Vorhin im Krankenzimmer hatte Zorbach keine Reaktion gezeigt. Weder auf den Namen seines Sohnes noch auf das

Wort »Finderlohn«, das ihrer Meinung nach die – wenn auch geringe – Hoffnung zuließ, Julian könnte womöglich irgendwann doch noch gefunden werden. Wobei Sukers Reflexion über seine mögliche Schuld es unwahrscheinlich erschienen ließ, dass er am Leben war.

Ihr Abschied von Schwanenwerder war ähnlich mysteriös verlaufen wie ihre Begrüßung, wenn auch weitaus weniger brutal. Nachdem sie sich von Zorbach mit einem Kuss auf die Stirn verabschiedet hatte, hatte Roth sie durch einen Hinterausgang hinaus zu einem der Bootshäuser am Ufer des Wannsees geführt. Hier hatte sie ihre persönlichen Gegenstände zurückerhalten und war gemeinsam mit TomTom in das Innere eines fensterlosen Mercedes-Transporters gestiegen, der laut Roth mit der Aufschrift: *Feinkost-Lieferdienst* beschriftet war. »Wir hätten auch *Cashmere-Wäscheservice* draufschreiben können, das ist hier in dieser Gegend genauso unauffällig«, hörte sie Roth noch witzeln, dann schlugen die Türen des Transporters zu, und das Fahrzeug fuhr los. Ursprünglich sollte der Fahrer sie bis zu ihrer Wohnung nach Mitte bringen, aber Alina wurde mit einem Mal schlecht, und sie bat, bei der nächsten Gelegenheit rausgelassen zu werden.

Der Transporter hatte am Straßenrand gestoppt, etwa hundert Meter von der Kneipe entfernt, in der Alina sich gerade ein großes Mineralwasser ohne Kohlensäure bestellte, während sie erwog, Stoya noch heute die Wahrheit zu sagen. Nach dem verstörenden Wiedersehen mit Zorbach zweifelte sie stark daran, dass dieser mit den Informationen, die sie während Sukers Behandlung »erfahren« hatte, etwas würde anfangen können. Möglicherweise aber konnten ihre Wahrnehmungen eine Entführung verhindern und somit das Leben einer ehemaligen Patientin retten.

Sie fasste den Entschluss, Stoya anzurufen. Zuvor bestellte sie noch eine Schale Wasser für TomTom, dem es wieder schlechter zu gehen schien. Dann stieg sie vom Barhocker – etwa zur gleichen Zeit, als Dr. Roth nur wenige Kilometer entfernt ein letztes Mal an diesem Abend bei Alexander Zorbach vorbeisah.

22. Kapitel

Alexander Zorbach (Ich)

Ich mag mich irren, aber der unerwartete Besuch scheint Ihnen gutgetan zu haben«, sagte der ahnungslose Dr. Roth, als er die Spritze mit dem Beruhigungsmittel aufzog. Ich lag wieder im Bett und fühlte mich seit der Begegnung mit Alina, als hätte jedes einzelne ihrer Worte ein weiteres Geschoss durch meine Hirnmasse getrieben. Meine Schmerzen waren wieder so unerträglich wie in dem Moment des Aufwachens nach meiner ersten Operation, als mir bewusst wurde, dass ich überlebt hatte und damit das Todesurteil für meinen Sohn gefällt war.

»Fühlen Sie sich besser?«

»Besser?«, wollte ich grunzen. Mein Mund äußerte einen jener langgezogenen echolotartigen Urlaute, mit denen Gehörlose manchmal ihre Gebärdensprache untermalen. Roth unterlag der Fehldiagnose, ich wolle ihm ein positives Zeichen senden, und lächelte.

Besser? Na klar, Mann.

Meine Band spielte fast wieder auf voller Lautstärke, konnte er denn nicht spüren, wie meine Schädeldecke vibrierte? Das einzig Positive an meinem Zustand war, dass der Krach in meinem Kopf die bösen Geister abhielt. Julian würde mich heute garantiert nicht heimsuchen wollen.

»Sie wirken wacher, Ihr Blick ist klarer, wenn ich mich nicht täusche.«

Ich schnaubte abfällig, was Roth ebenfalls missverstand. »Gestatten Sie mir einen Test?«

Ich wollte lachen, wusste aber nicht mehr, wie das ging. Roth sprach mit mir, als hätte ich eine Wahl. Als würde er mir nicht sofort eine Spritze verpassen, wenn ich wieder randalierte.

Er ging zum Radio und drehte den Krach leiser, gegen den er die ganze Zeit über angeredet hatte. Als er merkte, dass ich mich weder aufbäumte noch eine Grimasse zog, wagte er es sogar, die Frequenz zu verstellen.

Mach, was du willst, dachte ich erschöpft. *Meine Schmerzen sind intensiv genug. Heute brauche ich den Kasten nicht, um mir meine Dämonen vom Leib zu halten.*

Er beobachtete mich eine Zeitlang, während das kleine Krankenzimmer von ungewohnt klarer, melancholischer Popmusik ausgefüllt wurde. Ich fühlte seinen starren Blick auf meinem Gesicht, der jede noch so winzige Veränderung registrieren wollte, und trotz meines Schmerzes, trotz meiner eingeschränkten Wahrnehmungsfähigkeit bemerkte ich tatsächlich eine Veränderung in mir. Seitdem Roth das Radio verstellt hatte, verspürte ich ein Gefühl, von dem ich geglaubt hatte, es wäre gemeinsam mit meinem Lebenswillen gestorben: das Gefühl der Angst.

Ich begann mich zu fürchten und wusste nicht, wovor.

Now let your mind do the walking
And let my body do the talking

Der Gesang endete abrupt, bevor der Refrain begann, und meine Furcht wuchs. Ich wusste nicht, weshalb mir plötzlich so kalt war, denn Roth hatte das Fenster bereits geschlossen. Am liebsten wäre ich aufgestanden und hätte den lächelnden Arzt vor einer drohenden Gefahr gewarnt, aber mir war nicht klar, vor welcher.

»Hilfe«, murmelte ich schwach, und es schien mir in diesem Moment das einzig Richtige, ohne zu wissen, weshalb.

Denn irgendetwas an dem Moderator, der so fröhlich vor sich hin plapperte, verdrängte meine Schmerzen und versetzte mich gleichzeitig in Panik. Seine Worte erinnerten mich an Alina und an einen Satz, den sie zu mir gesagt hatte, kurz bevor sie gegangen war, aber sosehr es mich auch ängstigte, sowenig konnte ich es im ersten Moment zuordnen:

»Heute ist der sechzehnte Februar, und hey, ich fürchte, ich muss mal einen Gang runterschalten und weniger Kaffee trinken, denn ...«

23. Kapitel

Alina Gregoriev

»*... denn heute ist natürlich erst der dreizehnte Februar, sorry, Jungs. Freudsche Fehlleistung, am sechzehnten, also in drei Tagen, steigt die große Senderparty in der O2 World, und davon wollte ich eigentlich berichten ...*«
Es war ein Reflex. Alina hörte die Geräusche über sich und drehte den Kopf instinktiv nach oben.
»Nein, bitte nicht schon wieder ...«, sagte sie laut, als ihr der Fehler bewusst wurde. *Ich habe mich schon wieder geirrt.*
Dann spürte sie die Schlinge um ihren Hals und wurde hochgerissen. Der Radiosender, mit dem der Besitzer der Gaststätte am S-Bahnhof Wannsee sämtliche Räume inklusive der Toiletten beschallte, rückte in den Hintergrund ihrer Wahrnehmung.
»Na, erinnerst du dich an mich?«
Alina versuchte, dem Druck der Stahlschlinge nachzugeben, die sich ihr um den Hals schnürte und ihr die Luft nahm. Ihre Blase entleerte sich unwillentlich, und sie fühlte, wie der Urin ihr an den Schenkeln herunterlief.
»Jetzt ist es so weit.«
Ihre Füße suchten verzweifelt einen Halt, rutschten immer wieder von der Klobrille ab und schlugen gegen die laminierte Wand der Toilettenkabine.
»Ich bin zu dir zurückgekommen, um zu beenden, was ich begonnen habe«, war das Letzte, was Alina von Zarin Suker hörte, bevor sie das Bewusstsein verlor.

Hat er aber gemordet, so muss er sterben.

Immanuel Kant,
Metaphysik der Sitten

Auge um Auge – und die ganze Welt wird blind sein.

Mahatma Gandhi

24. Kapitel

Alexander Zorbach

Schläft er?« Stoya.
»Hört er uns überhaupt? Kann er uns verstehen?« Scholle.
»Ja, sehr gut sogar. Aber erwarten Sie besser keine Antworten.« Roth.

Es war kurz vor Mitternacht, und ich war nicht länger allein mit meinen Schmerzen. Mit mir im Zimmer befanden sich noch zwei Polizisten und ein Arzt, und alle redeten über mich hinweg, als wäre ich gar nicht anwesend, was ich ihnen bei dem Anblick, den ich bot, kaum verübeln konnte. Ich hätte auch nicht versucht, eine Unterhaltung mit jemandem zu führen, der in Embryonalhaltung gekrümmt auf einem durchgeschwitzten Laken lag und mit weit aufgerissenen Augen in Richtung Heizkörper starrte.
Was weder Scholle noch Stoya wissen und Roth nur ahnen konnte, war, dass meine Kopfschmerzen in dieser Position etwas leichter zu ertragen waren. Überhaupt schien sich mein Zustand gebessert zu haben, seitdem Roth das Radio verstellt hatte. Die innere Unruhe, die mich vor etwa drei Stunden gepackt hatte, als ich den Radiomoderator hörte, hatte das stechende Ziehen unter meiner Schädeldecke etwas in den Hintergrund geschoben, und das, obwohl Roth bislang nicht dazu gekommen war, mir die abendliche Beruhigungsspritze zu setzen.
»Okay, Zorbach«, sagte Stoya und trat an mein Bett, so

dass ich seine für die Jahreszeit viel zu dünnen Schnürschuhe sehen konnte, von deren Senkeln Schmelzwasser zu Boden tropfte. »Wie wir alle wissen, bist du momentan nicht der Gesprächigste. Aber ich muss dir jetzt ein paar Fragen stellen. Der Doktor sagt, dass Kopfschütteln oder Nicken dir eventuell weh tut, also bitte ich dich, einfach nur zu blinzeln, okay? Einmal für ein Ja, zweimal für ein Nein. Geht das?«

Ich blinzelte einmal, und Stoya begann mit der Befragung.

»Als Alina bei dir war, hat sie da über einen gewissen Zarin Suker geredet?«

Ich signalisierte ihm ein Ja.

»Hat sie dir erzählt, was sie während der Shiatsu-Massage in Erfahrung gebracht hat?«

Meine Augenlider zuckten einmal, und Scholle stieß irgendwo außerhalb meines Gesichtsfelds einen Triumphlaut aus. »Siehst du, es hat funktioniert.«

Stoya stöhnte, und sein Kopf verschwand aus meinem Blick.

»Kannst du bitte kurz den Mund halten oder rausgehen?«, zischte er. »Nichts hat funktioniert.«

»Aber wieso? Ich hab doch gewusst, dass sie weich wird, wenn sie Zorbach sieht.«

»Erzähl keinen Scheiß. Das war pure Boshaftigkeit von dir, keine Strategie.«

»Quatsch.«

»Quatsch? Ich sag dir, was Quatsch ist«, flüsterte Stoya wütend, und ich war erstaunt, wie gut meine Sinne auf einmal funktionierten. Hass hatte meine Lebensflamme am Köcheln gehalten. Angst und Gefahr brachten sie offenbar zum Lodern. Ich konnte fast jedes Wort von Stoya verstehen.

»Quatsch ist, dass keiner von uns dabei war, als sie mit Zorbach gesprochen hat. Du kannst Alina nicht leiden und hast sie völlig unvorbereitet hierher gelotst, nur um sie zu schocken. Damit hast du nicht nur Zorbachs Tarnung aufs Spiel gesetzt, sondern dafür gesorgt, dass ihre Zeugenaussage jetzt in seinem durchlöcherten Kopf steckt. Also tu mir bitte den Gefallen und halt die Schnauze und unterbrich mich nicht noch mal. Das Ganze ist schon schwierig genug hier.«

»Wasschischpaschiiert?«

Ich konnte erkennen, wie alle Anwesenden zusammenzuckten. Offensichtlich hatte niemand damit gerechnet, dass ich mich von alleine im Bett aufrichten und sprechen würde. Am wenigsten ich selbst.

»Sehr gut, sehr gut«, sagte Dr. Roth und trat rasch an mein Bett, um mir den Puls zu fühlen. »Wie geht es Ihnen?«

Beschissen, dachte ich, wollte meine Energie aber nicht mit Kraftausdrücken verschwenden und sagte daher nur: »Alina?«

Stoya und Scholle sahen sich kurz an, als wüssten sie nicht, wer mir die schlechte Nachricht überbringen sollte, dann trat Stoya vor. »Vor drei Stunden ging ein merkwürdiger Anruf in der Zentrale ein. Ein Wirt meldet, ein Gast sei aus seiner Kneipe verschwunden. Wir vermuten eine harmlose Zechprellerei, aber als die Beamten eintreffen, erzählt ihnen der Wirt, dass die Frau blind war, noch gar nichts getrunken und ihren Hund allein an der Theke zurückgelassen hatte. Der Wirt wundert sich nach einer Weile, weshalb die Blinde nicht wieder vom Klo zurückkommt. Als er nachsehen geht, entdeckt er den aufgebrochenen Hinterausgang. Und damit fängt die Story erst an, denn als er in den Kneipenraum zurückgeht, um die Polizei anzurufen, ist plötzlich auch der Hund verschwunden. Die Spurensicherung kommt, untersucht die Toilettenkabine und findet Kampfspuren. Und bei der Vernehmung sagt der Wirt, die Blinde hätte ihren Hund TomTom genannt.« Stoya atmete schwer aus. »Es tut mir leid, aber wir müssen davon ausgehen, dass deine Freundin entführt wurde.«

Ich wusste es zu schätzen, dass der Chefermittler nicht lange um den heißen Brei herumredete. Einmal, weil ich nicht abschätzen konnte, wie lange ich noch zur Aufmerksamkeit fähig sein würde, bis mir wieder schwarz vor Augen wurde oder der Schmerz zurückkam. Zum anderen, weil sich eine Entführung in den ersten vierundzwanzig Stunden entscheidet. Aus meiner Zeit als Polizeipsychologe wusste ich, dass in dieser ersten Phase die Täter-Opfer-Situation noch chaotisch und desorganisiert ist. Beide Parteien müssen sich aufeinander einstimmen, das Opfer muss erst noch an den finalen Bestimmungsort verbracht werden. Hier geschehen die meisten Fehler, die man ausnutzen kann, um den Täter zu finden und seine Geisel zu befreien.

»Das alles geschah, kurz nachdem sie dich besucht hat, Zorbach.« Stoya sah mich an. »Und deshalb muss ich dich jetzt fragen: Hat sie dir gesagt, dass sie sich von Zarin Suker bedroht fühlt?«

Nein, nicht direkt. Ich überlegte, wie ich am besten antworten sollte. Alina hatte von der Entführung einer Frau gesprochen, die auf einer öffentlichen Toilette stattfinden sollte, während das Radio lief. Aber der Moderator hatte sich versprochen, und daher war Alina von einem falschen Datum ausgegangen. Außerdem hatte sie geglaubt, dass das Opfer eine ehemalige Patientin dieses Suker sein würde. Doch das half in Anbetracht der gegenwärtigen Umstände alles nicht weiter, also blinzelte ich ein Ja. Dann versuchte

ich einen Satz mit meinen trockenen Lippen zu formen, scheiterte aber schon nach den ersten beiden Worten.
»Wiekonn ...?«
»Wie das passieren konnte?«, hörte ich Scholle einwerfen. »Suker, der Dreckskerl, ist gestern entlassen worden. Die Zivilfahnder haben seine Spur vor sechs Stunden auf dem Bahnhof Alexanderplatz verloren, als er am Ende des Bahnsteigs direkt vor einen einfahrenden Zug sprang und in den U-Bahnschacht lief.«
»Die Presse wird uns schlachten«, ergänzte Stoya. »Aber du weißt ja selbst am besten, dass wir nicht die Mittel und das Personal dazu haben, um jeden Irren in Berlin zu beschatten. Seitdem die nachträgliche Sicherheitsverwahrung verboten wurde, müssten wir uns allein um vier Pädophile kümmern, von denen wir *wissen*, dass sie wieder rückfällig werden.«
Ich öffnete meinen Mund, um zustimmend zu grunzen, aber alles, was ich hervorbrachte, war ein Speichelfaden, der mir das Kinn herablief.
»Ich fürchte, Sie müssen zum Schluss kommen, meine Herren«, hörte ich Roth sagen, und erst jetzt fiel mir auf, dass ich meine Augen mittlerweile geschlossen hatte. Erstaunlicherweise schien die Unterhaltung mich nicht aufzuregen, sondern zu ermüden.
»Weißt du, weshalb Alina ihre Informationen über Suker vor uns zurückhalten wollte?«, fragte Stoya.
Ich blinzelte einmal und ließ die Lider geschlossen. Das meiste von dem, was Alina mir erzählt hatte, hatte ich im ersten Moment ihrer Schilderung gar nicht verstanden. Erst als ich später den Radiomoderator hörte, fielen mir ihre Worte wieder ein, und da ergaben sie plötzlich einen schrecklichen Sinn.

»Weshalb?«, fragte Scholle. »Wieso wollte Alina nicht mit uns reden?«

Weil sie eine Verbindung zwischen Suker und Julian aufgetan hat, dachte ich und hielt nun aus demselben Grund den Mund.

Alina war der Meinung, der Augenarzt wüsste etwas über meinen Sohn, trüge sich angeblich mit Schuldvorwürfen.

»Das mit Julian ist meine Schuld«, oder so ähnlich seien seine letzten Gedanken gewesen, die sie bei seiner Behandlung gespürt hatte.

Zudem sollte sich, wenn ich Alina richtig verstanden hatte, eine Frau über den sterbenden Arzt gebeugt und das Wort »Finderlohn« benutzt haben, das Alinas Meinung nach darauf hindeuten könnte, dass Julian noch lebte.

Oder dass seine Leiche gefunden worden ist, hätte ich eingewandt, wenn ich zu diesem Zeitpunkt in der Lage gewesen wäre, meine Überzeugung zu artikulieren.

Wie ich später herausfinden sollte, war Alina hin- und hergerissen gewesen, ob sie Stoya die Informationen weitergeben durfte, weil sie Angst gehabt hatte, die Kette der zukünftigen Ereignisse zu durchbrechen. Eine Verhaftung Sukers würde ein weiteres Opfer vor Schaden bewahren, könnte aber dazu führen, dass der Chirurg die Polizei niemals zu der Finderlohn-Frau führte, die, ebenso wie der Augenarzt selbst, etwas über Julians Schicksal zu wissen schien.

»Ischmuschjetschtschlafen«, log ich und drehte mich zur Seite.

Mein Schmerzpegel war gefallen, und wenn ich nicht aufpasste, würde ich womöglich erstmals seit Wochen ohne die Einnahme von Sedativa wegdämmern. Um das zu verhindern, musste ich nur an Alina denken und daran, was

ihr in diesem Augenblick womöglich angetan wurde. Allein diese Vorstellung hielt mich wach.
Ich stellte mich also schlafend und kämpfte gegen den Sog der Erschöpfung an, der mich nach unten in einen anderen Bewusstseinszustand ziehen wollte, bis die Polizisten es aufgaben, mir weitere Fragen zu stellen, und schließlich von Dr. Roth aus dem Zimmer begleitet wurden.
Dann wartete ich eine halbe Stunde, bis ich vor Ungeduld platzend die Bettdecke zurückschlug und meinen Rollstuhl zurechtrückte.

25. Kapitel

Nur drei Minuten, und ich war bereits schweißgebadet, dabei hatte ich es gerade mal bis zur Zimmermitte geschafft. Der Rollstuhl war leicht und wendig, dennoch kam ich nur quälend langsam voran. Mein Respekt für Querschnittsgelähmte wuchs mit jedem Zentimeter. Da ich nur eine Hand zur Verfügung hatte, driftete ich ungewollt zur Seite und musste die Richtung korrigieren, indem ich mein Gewicht auf die nutzlose rechte Hälfte verlagerte. Mein Arm war schwer, mein Kopf dagegen erstaunlich leistungsbereit. Obwohl mir die ungewohnte Anstrengung das Blut viel zu schnell durch die Adern jagte, verstärkten sich meine Schmerzen nicht, sondern änderten nur ihren Aggregatzustand. Waren sie die Tage zuvor schrill und nebelartig gewesen, verdichteten sie sich jetzt zu einem dumpfen und dickflüssigen Brei, der mit jeder Kopfbewegung in meinem Schädel umherschwappte. Eigentümlicherweise waren sie dadurch leichter zu ertragen, da ich mir einbildete, die Schmerzen besser kontrollieren zu können. Ihre Intensität nahm ab, sobald ich eine Ruhepause einlegte.

Auf halber Strecke, ich hatte gerade erst mein Bett und einen nutzlosen Besuchertisch umrundet, erinnerte ich mich an den Schneefall, den ich die letzten Tage vom Fenster aus beobachtet hatte, und mir wurde klar, dass ich für mein Vorhaben etwas unpassend bekleidet war: barfuß, im zweiteiligen Pyjama.

»*Wo willst du hin?*«, hörte ich eine leise Stimme. Es war

kein Flüstern, eher wie ein Schrei, der nur schwach zu einem durchdringt, weil man gerade mit dem Kopf unter Wasser steckt. Mein imaginärer Sohn nutzte die Gunst des sinkenden Schmerzpegels, um sich wieder in mein Bewusstsein zu kämpfen.

Wenn ich mich an jene Stunden vor der endgültigen Katastrophe zurückerinnere, neige ich dazu, meine Gedanken und Eindrücke chronologisch und geordnet darzustellen. In Wahrheit aber hingen in meinem Gehirn Abermillionen von Gedanken an losen Fäden, und mein Bewusstsein war wie eine verspielte Katze, die mit ihren krallenbewehrten Pfoten an ihnen zog und zerrte. Die meisten Fäden waren hoffnungslos verheddert, nur wenige nicht abgerissen, und so ergab mein Gedankenchaos nur selten einen Sinn. Ich dachte über Regenwürmer nach, die betrunken in einem Schnapsglas lagen, fragte mich nach der Uhrzeit in Chile und ob jemand daran gedacht hatte, mein Aquarium in meinem Kinderzimmer zu säubern, bis mir wieder einfiel, weshalb ich auf einem Rollstuhl sitzend durchs Krankenzimmer rollte. Verwirrte Momente folgten lichten Augenblicken, in denen ich erstaunlich klare Entschlüsse fassen konnte, bis sich entweder der Schmerz oder das Chaos zurückmeldete. Oder mein toter Sohn.

»Bleib bei mir, Papi. Bitte!«

Ich durchschaute Julians verzweifelten Versuch, mich von meinem Plan abzuhalten, wobei »Plan« eine viel zu hochtrabende Bezeichnung für meine lächerlichen Anstrengungen war. Ich wollte einfach nur hier raus, ohne genau zu wissen, wo ›hier‹ überhaupt war und wie ich als Schwerstbehinderter die zu erwartenden Sicherheitsvorkehrungen dieser Anstalt überwinden sollte. Immerhin kannte ich wenigstens mein Ziel, wenn auch nicht den Weg dorthin. Ich wollte zurück in meine Wohnung in Kreuzkölln, zu meinem Computer und meinem Handy. Ich musste endlich mit dem beginnen, was ich viel zu lange aufgeschoben hatte: mit der Suche nach Frank. Waren die meisten meiner Gedanken wirr und ungeordnet, ragte dieser eine fest und unverrückbar wie ein Granitfelsen aus dem dunklen Ozean meiner Seele hervor: *Ich werde Frank, den Mörder meines Sohnes, finden und töten.*

»Aber ich bin nicht tot, Papi. Verlass mich nicht, bitte«, flehte Julians Stimme, obwohl ich mir die Ohren zuhielt.

»Doch, das bist du. Leider.«

Ich wusste nicht, ob ich ernsthaft darüber nachgedacht hatte, aber ich spürte die unumstößliche Wahrheit. Mein Sohn lebte nicht mehr. Wenn es Alinas Absicht gewesen war, mir Hoffnung zu machen, so war es ihr nicht gelungen. Meine Tragödie hatte mich zum Realisten werden lassen, ich glaubte nicht mehr an ihre besonderen Fähigkeiten. Und selbst wenn. Sukers letzte Gedanken, die sie angeblich in ihren Visionen empfangen hatte – *Aber vielleicht ist das hier ja wirklich die gerechte Strafe für meine Schuld. Vielleicht hätte ich Julian …* –, bestätigten nur meine Gewissheit, dass mein Sohn schon lange ermordet und seine Leiche nur noch nicht gefunden worden war, genau so, wie Frank es für den Fall vorhergesagt hatte, dass wir versuchen würden, meinen Tod vorzutäuschen. Aber in welcher Verbindung stand Suker mit dem Augensammler?

Ich bekam einen Krampf in der linken Hand und musste eine Pause einlegen, bevor ich den widerspenstigen Rollstuhl weiter vorantreiben konnte.

Rückblickend betrachtet, benahm ich mich wie einst, als ich noch ein Junge gewesen war und meine Eltern damit hatte überraschen wollen, die neu gelieferte Wäschetruhe ganz alleine in den Keller gewuchtet zu haben. Ich war zwölf und hatte die Lieferung entgegengenommen, während Papa und Mama arbeiten waren. Als sie abends nach Hause kamen, war die Überraschung gelungen, wenn auch anders, als von mir beabsichtigt. Das Parkett, über das ich in völliger Selbstüberschätzung meiner Kräfte die Truhe gezerrt hatte, war aufgerissen und zersplittert, und das Ungetüm hatte es nicht bis in die Waschküche geschafft, sondern klemmte unverrückbar im Rahmen einer Durchgangstür.

Heute war ich zwar älter, aber nicht klüger geworden. Ich verausgabte mich nicht mehr mit einer Truhe, wohl aber mit einem anderen sperrigen Gegenstand, der schon lange nicht mehr so wollte wie ich: meinem Körper.

Der Wille versetzt Berge, dachte ich und spürte den Schweiß an meinem Haaransatz, als ich das Gummirad des Rollstuhls wieder nach vorne drückte, ... *und der Wahnsinn Rollstühle.*

Ich wollte Frank töten, und dieser Rachewille war vermutlich durch eine weitere negative Emotion ausgelöst worden: meine Sorge um Alina. Ich wollte es mir in dieser Sekunde noch nicht eingestehen, dass es nach dem Tod meines Sohnes irgendetwas auf der Welt geben könnte, was mir wichtig wäre. Ich hätte es als Verrat an Julian empfunden. So war es wohl mein Unterbewusstsein, das entschieden hatte, nach meiner Freundin zu suchen, auch weil ich ahnte, dass sie und jener ominöse Suker die Schnittstelle bildeten, an der sich die Pfade des Bösen kreuzten.

»Nein, Papi, du irrst dich«, beschwor mich die Stimme meines Sohnes. *»Ich lebe noch, nur in einer anderen Welt. Geh nicht weg, und ich zeige dir, wie du zu mir kommst, damit ...«*

Ich beugte den Kopf nach vorne, und eine Schmerzwelle

wischte Julians unvollendeten Satz von der Tafel meines Bewusstseins. Als ich wieder aufsah, wunderte ich mich einen kurzen Moment über meine Umgebung. Aus dieser Perspektive hatte ich mein Krankenzimmer noch nie betrachtet.

Seit meiner Verletzung fehlte mir jegliches Zeitempfinden; es mochten Wochen vergangen sein, in denen ich auf meinem Bett gelegen und meiner näheren Umgebung keine Aufmerksamkeit geschenkt hatte, weil ich viel zu sehr mit meiner inneren Welt beschäftigt gewesen war. Die Außenwelt hatte hinter einer schallgedämpften Milchglasscheibe gelegen. Vermutlich gehörte es zum Selbstschutzmechanismus meines Gehirns, nirgends genauer hinzusehen. Hätte ich etwa über die Kunstblumen auf meinem Beistelltisch oder über die gestärkte Bettwäsche reflektiert, hätte ich mich auch der Tatsache stellen müssen, dass ich bis vorgestern meine Notdurft regelmäßig unter dem prüfenden Blick einer Schwester verrichten musste, die im Anschluss an die beschwerliche Prozedur erst meinen Hintern und dann meinen Penis mit Flüssigseife säuberte.

So kam es, dass ich den Kleiderschrank an der Wand zwar oft gesehen, aber noch nie bewusst zur Kenntnis genommen hatte. Als ich ihn jetzt zum ersten Mal öffnete, erwartete ich allenfalls einen Bademantel nebst Frotteeschlappen darin vorzufinden und war völlig verblüfft über die sorgsam verstauten Anziehsachen, die ich am Tage meines missglückten Selbstmords getragen hatte: die ausgebeulte Jeans, der armeegrüne Rollkragenpulli, die gefütterte Fliegerjacke und meine alten Timberland-Stiefel. Hemd und Hose hingen ordentlich aufgereiht auf Metallbügeln unter einer durchsichtigen Kunststofffolie; irgendjemand hatte sich die Mühe gemacht, sie zur Reinigung zu bringen.

Wenn Teile meines Gehirns oder des Schädelknochens darauf gelandet waren, ließ sich das jetzt nicht mehr feststellen.
Ich griff mir die Jacke und legte sie mir über die Knie. Die Stiefel stellte ich mir auf den Schoß. Den Pullover konnte ich vergessen. Allein die Vorstellung, meinen Kopf im Wundverband durch den engen Rollkragen zu zwängen, trieb mir Schweißperlen auf die Stirn.
Eine gefühlte Ewigkeit und etliche wirre Gedanken später hatte ich die Zimmertür geöffnet und schob mich rückwärts auf den Flur.
Der Gang lag im Halbdunkel und wurde lediglich von einigen Nachtlichtern beleuchtet, die in regelmäßigen Abständen in die Scheuerleisten eingelassen waren. Wenn es einen Bewegungsmelder gab, hatte ich mit meinem Rollstuhl bislang noch keine Lichtschranke überquert. Ich hörte ein Brummen, ähnlich dem eines alten Kühlschranks, und das Rauschen einer Belüftungsanlage.
Ich riskierte ein mittleres Beben unter meiner Schädeldecke, als ich nach oben sah, um nach Kameras Ausschau zu halten, doch alles, was ich bemerkte, waren unverkleidete Heizungsrohre und ein offenliegender Kabelstrang.
Keine Kamera, kein Glück, sinnierte ich bedeutungsfrei und rollte los. Die Entscheidung, nach links zu fahren, traf ich instinktiv, vielleicht, weil der schmale Gang in dieser Richtung kürzer schien. Ein Exit-Schild war nirgends zu erkennen, nicht einmal das Piktogramm für einen Notausgang.
Wie komme ich Kranker raus aus diesem kranken Haus?, dachte ich und machte den Satz zu einer Art Abzählreim, den ich stoisch vor mich hin murmelte, während sich meine linke Hand immer mehr verkrampfte. In den letzten Ta-

gen war ich höchstens mal vom Bett zum Fenster gerollt, jetzt musste ich das Gefährt unter meinem Hintern dazu bewegen, eine enge Rechtskurve zu nehmen, weil der Gang vor mir im rechten Winkel abbog.

Ich verlagerte mein Gewicht und fuhr um die Ecke. Die Gummiräder des Rollis quietschten wie neue Turnschuhe auf dem Boden einer Sporthalle. Ich hatte höchstens zehn, fünfzehn Meter hinter mich gebracht, freute mich aber, als wäre ich gerade als Erster beim New-York-Marathon durchs Ziel gegangen.

Zehn Meter und kein Peter, dachte ich, was wohl *Zehn Meter und niemand hat dich erwischt* bedeuten sollte. Kurz darauf kämpfte sich ein bedrohlicher Gedanke durch das Dickicht meiner sinnlosen Reflexionen: *Was zum Teufel ist das?*

Zwei von drei Nachtlichtern waren in diesem Abschnitt des Flurs ausgefallen, so dass ich das Hindernis, auf das ich zurollte, nicht sofort wahrgenommen hatte, doch jetzt war es nicht mehr zu übersehen. Mitten in den Gang hinein ragte eine dunkle, schwach flimmernde Wand.

Ich war so verblüfft, dass ich vergaß, langsamer zu werden. Der Boden verlief hier leicht abschüssig, weshalb ich immer mehr an Tempo zulegte. Meine Kombinationsfähigkeit hingegen schien ausgebremst zu sein, jedenfalls erkannte ich den Breitbildfernseher erst, als ich unmittelbar vor ihm anhielt.

Das Gerät war schwarz, aber nicht ausgeschaltet. Dafür war die Dunkelheit auf seiner Oberfläche zu hell und zu ungleichmäßig.

Ich rollte so nah heran, dass ich die Hände auf die staubfreie Oberfläche legen konnte. Es knisterte elektrostatisch unter meinen Fingerspitzen, und ich musste blinzeln.

Für einen Moment fragte ich mich, ob ich halluzinierte und mein Krankenzimmer womöglich nie verlassen hatte, doch genau dieser Gedanke war es, der mich wissen ließ, dass ich mich nicht in einer Scheinwelt befand.

Irre reflektieren nicht über ihren Zustand.

Ich beugte mich nach vorne und versuchte, die Schatten im Fernseher zu deuten. Es dauerte eine Weile, bis ich die unterschiedlichen Grau- und Schwarzabstufungen zu einem Bett zusammengesetzt hatte.

Welcher Spinner filmt ein Zimmer?, fragte mein Gehirn, dem es momentan offenbar gefiel, in Reimen zu denken.

Der Raum auf dem Bildschirm wirkte leer, ich konnte niemanden darin erkennen, sosehr ich mich auch anstrengte. Trotzdem konnte ich meinen Blick nicht von dem Fernseher abwenden. Ich glotzte wie jemand, der in das endlose Nichts des Universums starrt und auf eine Sternschnuppe wartet, ohne zu wissen, welchen Punkt seine Augen eigentlich fixieren sollen, damit ihnen nichts entgeht. Ereignislose Sekunden flossen vorüber, in denen mein Geist für einen kurzen Moment wieder abzudriften drohte, als plötzlich der Blitz einschlug.

Der Bildschirm flammte auf, als wäre in dem Zimmer eine Napalmbombe explodiert, und ich riss instinktiv meine Ellbogen vor die Augen. Gleichzeitig bettelte ein waidwundes Tier hinter der Wand kreischend um Erlösung von seinen Qualen.

Nur eine halbe Sekunde, länger hatte es nicht gedauert, bis es wieder dunkel wurde und der Schrei abriss, doch diese kurze Ewigkeit hatte ausgereicht, um mich völlig zu verstören. Ich begann vor Schreck zu lachen und wollte gleichzeitig meine Blase entleeren. Nicht nur meine Gedanken, auch meine Körperreaktionen ergaben keinen Sinn mehr.

Aber wie sollte ich das Bild der Frau auch verkraften, das sich plötzlich und ohne Vorwarnung in diesem grellen Licht direkt auf dem Bildschirm materialisiert hatte, um sich für immer in meine Netzhaut einzubrennen? Das Bild der Frau mit den weit aufgerissenen, blutenden Augen unter einer eng anliegenden Taucherbrille, die wie irre lachend die Zähne bleckte?

Das ist kein Traum, dachte ich. *Das ist die schreckliche Wirklichkeit, und sie brüllt dich an. Sie schreit dir ins Gesicht und zeigt dir den Ursprung aller Schmerzen.*

Fast gleichzeitig gab mir Scholles Stimme in meinem Rücken zu denken, der mich lächelnd fragte, ob ich Tamara Schlier noch einmal sehen wolle.

26. Kapitel

Einen Tag nach ihrer Geburt hatten sich die Eltern von Tamara Schlier gesorgt, ob ihre bildhübsche Tochter wohl jemals die Augen öffnen würde. Ob sie schlief, schrie oder ihre ersten Saugversuche an der Brust ihrer Mutter unternahm – Tamara hielt die Lider bis auf wenige Ausnahmen fest zusammengepresst. Es schien, als wollte das Baby die kalte Welt, in die es so unsanft gepresst worden war (unter dem Einsatz einer Hebamme und einer Kinderärztin, die sich während der letzten Wehen unterstützend auf den Bauch der Mutter geworfen hatte), nicht mit eigenen Augen sehen. Natürlich war diese Sorge, wie so viele Befürchtungen junger Eltern, lächerlich unbegründet, denn schon wenige Stunden später hatte sie unter heftigem Wutgezeter beim Wickeln endlich die Augen aufgerissen und ihren Eltern einen vorwurfsvollen Blick geschenkt, der diese zu Freudentränen rührte.

Damals vor zweiunddreißig Jahren hatte niemand ahnen können, dass tatsächlich einmal der Tag kommen würde, an dem Tamara sich wünschte, nie das Licht der Welt erblickt zu haben; und zwar im Wortsinn, weil ihre Qualen jegliches Maß des Vorstellbaren sprengten.

Wie ich später erfahren sollte, hatte ihr Zarin Sukers Martyrium nicht nur den Lebenswillen und einen beachtlichen Teil ihres Verstands geraubt; der Augenarzt hatte ihr auch die Fähigkeit genommen, die Welt auszublenden, indem er ihr die Augenlider entfernte, bevor er sie stundenlang vergewaltigte.

»Sie kann nicht blinzeln«, sagte Scholle und tippte gegen den Bildschirm, auf dem Tamaras entstelltes Gesicht vor wenigen Sekunden wieder in der Dunkelheit verschwunden war. Zuvor hatte er mir erklärt, dass wir für die nächsten Stunden »ungestört« sein würden, da er die Nachtwache, die sonst auf diesem Flur postiert war, in die Pause geschickt hatte.

»Ihr Name ist Tamara Schlier. Sie verträgt kein Licht, wie du eben an ihrem Schrei gehört hast. Deshalb sitzt sie Tag und Nacht in der Dunkelheit ihres Patientenzimmers und wird von den Ärzten über eine hochauflösende Überwachungskamera beobachtet.«

Scholle hatte beim Reden das Licht im Flur wieder angemacht und drehte meinen Rollstuhl so zu sich, dass er mir mitleidig grinsend ins Gesicht sehen konnte.

»Deswegen muss sie auch ununterbrochen eine Taucherbrille tragen, um Staub und andere Dreckpartikel abzuhalten. Kein schöner Anblick, was?« Er grinste wieder. »Aber wenn ich ehrlich bin, du siehst auch nicht sehr viel besser aus, Zorbach.«

»Willschtduvonmir?«, nuschelte ich, unfähig, mich deutlicher zu artikulieren.

»Ich stelle hier die Fragen, Kumpel.«

Sein Blick blieb auf den Anziehsachen auf meinem Schoß haften.

»Wie ich sehe, scheinst du noch genügend Kraft in dir zu haben, von hier abhauen zu wollen. Hätt ich dir gar nicht zugetraut, aber danke dafür, dass du mir in die Arme gelaufen bist. Erspart mir einen Weg, denn ich wollte dich gerade noch einmal besuchen kommen.«

Er suchte meinen Blick.

»Allein, ohne Stoya und deinen Dr. Roth.«

Ich wollte verständnislos die Stirn runzeln, aber plötzlich flammten meine Kopfschmerzen derart stark auf, dass sich mein gesamter Körper verkrampfte.
»Ach komm, Zorbach. Hör endlich auf, den unzurechnungsfähigen Spasti zu spielen. Die Rolle steht dir nicht.«
Ich schüttelte den Kopf, was meine Schmerzen noch verschlimmerte.
»Tu nicht so. Ich hab genau gemerkt, dass du uns vorhin auf deinem Zimmer etwas vorgemacht hast. Und anscheinend …«, er hob einen Stiefel an und ließ ihn wieder in meinen Schoß fallen, »… lag ich mal wieder goldrichtig mit meinem Verdacht. Wohin soll die Reise denn gehen?«
»Weischnicht«, sagte ich wahrheitsgemäß, und ein Teil meines Verstands fragte sich, was diese merkwürdige Unterredung zu bedeuten hatte. Bei unserem letzten Zusammentreffen hatte Scholle versucht, meinen Kopf auf eine glühende Herdplatte zu drücken, weil er glaubte, ich wäre der Augensammler.
»Was hat Alina dir gesteckt, dass du mitten in der Nacht türmen willst?«
Die Schmerzen waren jetzt so stark, dass ich die Augen schließen musste.
»Spar dir die Faxen«, protestierte Scholle. »Ich bin mir sicher, dass viel mehr von meinen Worten in deinem Schädel ankommt, als du zugeben willst. Also hör mir jetzt mal ganz genau zu. Ich weiß, du denkst, ich bin ein Arschloch. Aber auch wenn es so aussieht, diesmal bin ich nicht zurückgekommen, um dich zu schikanieren. Ich bin Polizist.«
Ich kniff die Augen zusammen.
»Das heißt, mein Job ist es, die Bösen zu fangen. Ja, ich gebe es zu, nicht jedem gefällt die Wahl meiner Mittel. Aber

für mich zählt nur das Ergebnis. Wenn ich das Gefühl habe, ich kann einem Unschuldigen das Leben retten, dann prügele ich einem Verdächtigen auch mal die Scheiße aus dem Leib …«

Oder du verbrühst ihm das Gesicht.

»… auch auf die Gefahr hin, dass er unschuldig ist«, bestätigte er meinen unausgesprochenen Gedanken. »Ein blauer Fleck verheilt. Aber das hier …«, er patschte mit der fleischigen Hand auf den Überwachungsbildschirm neben uns, »… diese Wunden der Frau da werden niemals wieder gut.«

Erst jetzt registrierte ich die Fernbedienung in seiner Hand, mit der er die Auflösung des Bildschirms veränderte. Das Bild auf dem Monitor bekam mehr Kontrast, und ich konnte Tamara erkennen, wie sie, den Rücken zur Kamera gewandt, vor der Wand am Kopfende ihres Zimmers stand.

»Tamara Schlier kann ihre Tränenflüssigkeit nicht auf der Pupille verteilen, Zorbach. Weißt du, was das bedeutet?«

Ich musste reflexartig blinzeln.

»Alle zwei Stunden kommt ein Pfleger und muss ihre Augen tropfen. Alle zwei Stunden!« Scholle hielt mir die entsprechende Anzahl Finger direkt vors Gesicht.

»Der Mistkerl hat die Muskeln ihrer Augenpartie so zerschnitten, dass man ihr keine künstlichen Lider implantieren kann. Sie wird nie wieder eine Nacht durchschlafen können, und vermutlich sind die zwei Stunden nicht mal ausreichend, um sie auf Dauer vor dem Erblinden zu bewahren. Verstehst du jetzt, weshalb ich mit dir reden muss?«

Er suchte meinen Blick.

»Vergiss einfach alles, was zwischen uns vorgefallen ist, und sieh dir das da noch mal an.«

Scholle drehte mich wieder zum Bildschirm.
»Alina ist jetzt vermutlich in den Fängen der Bestie, die das Leid dieser Frau zu verantworten hat, begreifst du das? Wenn es irgendetwas gibt, was du weißt, dann sag es mir. Und wenn du nicht sprechen kannst, dann schreib es auf oder mal es meinetwegen mit den Füßen, nur tu was, damit wir das Schwein endlich zur Strecke bringen können. Geht das in deinen durchlöcherten Schädel?«
Ich nickte langsam, ohne Tamaras Silhouette aus den Augen zu lassen. Ihr Körper schien völlig reglos, als wäre sie eine Schaufensterpuppe, nur ihr rechter Arm schwebte in Kopfhöhe und schien etwas von der Wand wischen zu wollen.
»Waschmaschtschieda?«, fragte ich.
»Tja, das ist schwer zu erklären. Am besten, du siehst es dir selbst an.«
Scholle löschte wieder das Licht im Flur und rollte mich direkt vor den Bildschirm. Es dauerte eine Weile, bis ich den Gegenstand erkannte, den Tamara in der Hand hielt.
»Pinschel?«, fragte ich, weiterhin unfähig, mehr als ein Wort am Stück zu artikulieren.
»Ein Filzstift«, korrigierte Scholle. »Sie kritzelt ihre Wände voll. Statt ihre Aussage zu machen, mit der wir Suker einbuchten könnten, beschäftigt sie sich den ganzen Tag mit Höhlenmalerei.«
»Wasch?«
»Du willst wissen, was sie zeichnet?«
Scholle schob mich wieder ein Stück näher an den Bildschirm.
»Wir haben keine Ahnung, Kumpel.«
Wieder drückte er die Fernbedienung, und die typische Oberfläche eines Computerdesktops erschien. Offensicht-

lich war es den Ärzten möglich, sich sämtliche Krankenakten über den Monitor anzeigen zu lassen. Scholle öffnete einen Ordner, der mit »Tamara_Schlier_Pics« beschriftet war, und vergrößerte den Bildschirmausschnitt.

Als ich erkannte, was er mir zeigen wollte, war mein erster Impuls, mich abzuwenden. Stattdessen tat ich das Gegenteil. Ich fühlte mich wie der Beobachter eines Unfalls, der sich wünscht, an einem anderen Ort zu sein, und dennoch so sehr von dem Grauen fasziniert ist, dass er die Augen nicht losreißen kann.

»Sieht aus wie eine Kinderzeichnung«, erklärte Scholle unnötigerweise. Ich sah auf den ersten Blick, was die ungelenken Striche auf dem weißen Putz darstellen sollten. Das zweistöckige Haus mit den sechs Fenstern war so typisch falsch proportioniert, wie man es von Bildern kennt, die bei Familien mit kleinen Kindern an den Kühlschränken hängen. Eine naive Zeichnung mit einer viel zu großen strahlenden Sonne über dem Schrägdach und einer Haustür, die der dreiköpfigen Familie auf dem angedeuteten Rasen nicht mal bis zur Brust reichte.

»Sie malt fast ununterbrochen an dem Bild. Ist sie mit einem Haus fertig, fängt sie mit einem neuen an, die Wände sind voll davon. Wir dachten erst, sie pinselt das Gebäude, in dem Suker sie gefoltert hat, aber …«

»Kennesch«, unterbrach ich ihn und versuchte gleichzeitig, den Würgereiz zu unterdrücken.

»Du kennst es?«

Ich nickte, während sich Scholle misstrauisch zu mir beugte.

»Wir haben alle uns zur Verfügung stehenden Bild- und Videodaten über Berlin abgeglichen und konnten keinen Treffer finden.«

»Ischkenneschaber.«
»Okay. Und wo steht es?« Scholle sah so aus, als wollte er mich schütteln. »Kannst du uns die Adresse sagen?«
Ja, und weiß Gott, ich wünschte, es wäre nicht so.
Das Bild, das Tamara in der Dunkelheit auf die Wand ihres Krankenzimmers kritzelte, hatte ich schon unzählige Male in meinem Leben gesehen.

27. Kapitel

Alina Gregoriev

Als Alina erwachte, glaubte sie für einen Moment, bereits gestorben zu sein. Wie jeden Morgen schlug sie die Augen auf, um in das grenzenlose Nichts zu starren, das ihre Welt definierte, nur dass sie heute dabei ihren Körper nicht mehr spürte. Normalerweise blieb sie vor dem Aufstehen immer noch einige Minuten liegen, um das eigene Gewicht zu fühlen, mit dem sie sich in die weiche Boxspring-Matratze ihres Bettes drückte. Erst nach und nach, während sie mit der Hand über das traumfeuchte Laken strich, wurde sie von den Reizen ihrer Umgebung geweckt. Sie roch die staubig-holzige Luft unter dem Dach, hörte das Rauschen des Verkehrs unten auf der Brunnenstraße, schmeckte den schlechten Morgenatem auf der Zunge. Doch heute war alles anders.

Heute hatte sie die schwarze Leere vollständig verschluckt. Sie konnte weder hören noch riechen, spürte weder Hitze noch Kälte, und obwohl sie es noch nicht ausprobiert hatte, ging sie davon aus, dass auch ihre Stimme versagen würde.

Fühlt es sich etwa so an, wenn man nicht mehr lebt?

Alles, was ihr im Augenblick blieb, war eine diffuse Erinnerung an einen grellen Schmerz, der ihr vom Hals abwärts die Wirbelsäule hinabgeschossen war, bevor sie das Bewusstsein verlor. Dieser Schmerz wurde von anderen, unwirklich anmutenden Erinnerungen flankiert, in denen eine Damentoilette, ein Radiomoderator und Alexander Zorbach eine Rolle spielten, aber diese Eindrücke waren so schwer fassbar wie die Sequenzen eines Traumes kurz nach dem Aufwachen, was ebenfalls darauf hindeutete, dass sie das, was mit ihr geschehen sein mochte, nicht überlebt hatte.

Aber wieso bin ich dann immer noch blind?

Bei dem Gedanken wurde sie traurig. Aus irgendeinem irrationalen Grund war sie immer davon ausgegangen, dass sie nach dem Tod nicht mehr unter ihrer Behinderung leiden würde.

In der Absicht, sich den Puls zu fühlen, versuchte sie die Arme zu bewegen, aber es gelang ihr nicht.

Atme ich?, fragte sie sich, ohne zu wissen, wie sie es herausfinden sollte, als sie plötzlich zur Seite kippte. Sie verlor das Gleichgewicht, ruderte mit Armen und Beinen auf der Suche nach einem Halt, der sie daran hindern würde, in den gähnenden Abgrund unter ihr zu fallen. Das war der Moment, in dem ihr klarwurde, dass sie noch schlief. Dass sich ihr Bewusstsein bislang geweigert hatte, die Traumwelt zu verlassen. Doch nun war etwas in der Realität geschehen, was es ihr unmöglich machte, weiter in dem gnädigen Zustand der Schwere- und Empfindungslosigkeit zu schweben. Hatte sie sich eben noch vor dem Tod gefürchtet, wurde sie nun von einem viel größeren Grauen gepackt, als sie ihre Fußknöchel spürte, die in harten Metallmanschetten steckten. Als sie das Klappern der Ketten hörte, mit der ihre Hände hinter dem Kopf gefesselt waren. Und als sie Zarin Sukers Zunge am Ohrläppchen spürte, während er mit heiserer Stimme sagte: »Willkommen in meinem Zuhause.«

28. Kapitel

Binden Sie mich los.«

Ihre Stimme klang so schwach, wie sie sich fühlte, was kein Wunder war, wenn man bedachte, dass die Betäubungsmittel, mit denen er sie ruhiggestellt hatte, sich zu einem Großteil noch immer in ihrer Blutbahn befanden. Sie war unendlich müde, jeder Atemzug verlangte ihr eine äußerste Kraftanstrengung ab. Ohne die furchtgenährte Wut, die ihren Puls beschleunigte, wäre sie vermutlich wieder weggedämmert.

»Suker, Sie krankes Arschloch«, sagte sie. »Ich rede mit Ihnen.«

Der Augenarzt lachte über ihre vorgetäuschte Unerschrockenheit.

»Ich verstehe, dass Sie sauer sind, Alina. Wäre ich auch, wenn ich an Ihrer Stelle auf dem Seziertisch liegen würde. Aber denken Sie, es ist eine gute Idee, den Mann mit dem Skalpell zu beleidigen?«

Seziertisch? Skalpell? Sie zwang sich zur Ruhe. *Nein, denk nicht darüber nach. Er benutzt diese Worte, um sich an deinem Entsetzen aufzugeilen.*

»Was wollen Sie von mir?«, fragte sie und würgte.

Zu allem Übel dröhnte ihr nicht nur der Schädel, sondern sie musste auch noch gegen einen starken Brechreiz ankämpfen. Sie konnte sich nicht erinnern, ob Suker ihr das Barbiturat gespritzt oder einen getränkten Schwamm auf ihren Mund gepresst hatte. In jedem Fall hatten die Drogen ihr nicht nur das Bewusstsein, sondern auch das Zeitempfinden geraubt. Gut möglich, dass sie hier schon seit Stunden, vielleicht sogar seit Tagen lag, wobei Alina keine Ahnung hatte, wo sich *hier* überhaupt befand. Alles, was sie spürte, war das Fehlen jeglicher Schallreflexion in diesem Raum, dessen Größe sie daher nicht abschätzen konnte.

John hatte ihr einmal eindrücklich die Bilder seines Lieblingshorrorfilms beschrieben, in dem ein gefliestes Schlachthaus eine wesentliche Rolle gespielt hatte, wo Rinderbauchhälften neben kürzlich ausgeweideten Menschenopfern hingen. In ihren Alpträumen war sie immer davon ausgegangen, in einer derartigen Umgebung aufzuwachen, sollte es einmal zum Schlimmsten kommen.

Doch ihr momentaner Aufenthaltsort roch nicht nach Blut und Kadavern, und ihre Stimme erzeugte auch nicht den typischen Widerhall, der gekachelten Räumen eigen ist. Trotzdem war sie sich mit einem Mal aus unerfindlichen Gründen sicher, dass sie sich in einem Schlachthaus befand.

In Sukers Schlachthaus, eingerichtet nach seinem perversen Geschmack.

»Was haben Sie mit mir vor?«

»Wonach fühlt es sich denn an?«, beantwortete Suker ihre Frage und strich ihr mit der Hand über den flachen Bauch. Hätte er sie mit einem Elektroschocker berührt, wäre ihre Reaktion nicht weniger heftig ausgefallen. Sie zuckte zusammen, drückte den Oberkörper durch und verkrampfte danach auf der harten Liege, die nur mit einer dünnen Matratze gepolstert war.

»Schhh, … entspannen Sie sich.«

Alina keuchte heftig, spürte seine weichen Finger um ihren Bauchnabel kreisen, und erst in dieser Sekunde wurde ihr bewusst …

… ich bin nackt!
Es war der Moment, in dem sie die völlige Aussichtslosigkeit ihrer Lage begriff. Die Chance, diese Sache hier einigermaßen schmerzfrei und womöglich lebend durchzustehen, war auf ein Minimum gesunken. Sie zwang sich, nicht zu weinen, zumindest nicht jetzt, zu diesem Zeitpunkt, wobei sie selbst nicht wusste, was für einen Unterschied es machen sollte, ob sie sich jetzt oder erst später unter Schmerzen die Augen ausheulte. Ihre Verzweiflung, ihre im wahrsten Sinne des Wortes nackte Angst … *kann unmöglich noch größer werden,* dachte sie noch, um im gleichen Atemzug ihren Irrtum zu erkennen.
Doch, sie kann. Die Angst kann immer noch wachsen. Sie ist wie der Schmerz. Es gibt keine Grenze, dachte sie, als Suker so dicht an sie herantrat, dass sie seine Körperwärme spüren konnte, und das war schlimmer als alles, was sie bisher gefühlt hatte. Denn sie war nicht die Einzige, die nackt war. Auch Suker hatte sich entblößt.

29. Kapitel

Alexander Zorbach

Ich presste mein Gesicht gegen das Fenster der Beifahrerseite und genoss die Kälte der Scheibe. Sie klärte meine Sinne und kühlte meinen fiebrigen Kopf, und am liebsten hätte ich das Fenster heruntergelassen, wenn ich denn fähig gewesen wäre, den verdammten Druckknopf zu finden. Schon nach wenigen Minuten passierten wir das Strandbad Wannsee, und ich schloss die Augen. Die Kugel in meinem Kopf hatte vieles verändert, nicht jedoch meine Sicht auf die Stadt, in der ich lebte. Die meisten Berliner erinnern sich beim Anblick des Strandbads an vergangene Sommertage, laute Musik, lachende Kinder, überfüllte Mülleimer oder den Geruch von Sonnencreme.

Ich hingegen sah den Parkplatz vor dem Eingang und erinnerte mich an den Tag vor neun Jahren, als wir hier hinter den öffentlichen Toiletten eine Kinderleiche in einem Umzugskarton gefunden hatten. Damals arbeitete ich noch für die Polizei und begleitete nur zufällig einen Kollegen, der während eines gemeinsamen Kinobesuchs angepiepst worden war. Der Mörder hatte das Opfer gemeinsam mit seinem Sperrmüll entsorgt. Wir fanden den braunen Pappkarton neben einem ausrangierten Fernseher und zwei Abfallsäcken, über deren Inhalt wir schließlich den Täter identifizieren konnten: einen vierundvierzigjährigen Musikschullehrer, der seine beste Schülerin nach dem Geigenunterricht abgefangen und in eine Laube am Rande Berlins verschleppt hatte. Bevor er das siebenjährige Mädchen vergewaltigte, hatte er sie mit einer Technik gefesselt, die sich »chinesische Schaukel« nennt und bei der sich das Opfer immer stärker selbst drosselt, je heftiger es sich zu befreien versucht.

Als ich in jener klaren Nacht in den geöffneten Karton starrte, gelangte ich zu einer Erkenntnis, so stark und unumstößlich wie ein Naturgesetz: Sollte irgendjemand *meinem* Kind so etwas antun, würde ich ihn nicht anzeigen. Ich würde nicht zur Polizei gehen, um den Täter verhaften zu lassen. Ich würde meine Zeit nicht damit verschwenden, auf einen Gerichtsprozess zu warten, in dem es dem Staatsanwalt misslingen würde, den Tötungsvorsatz nachzuweisen, und die Richter nur auf ein Strafmaß von dreieinhalb Jahren wegen fahrlässiger Tötung erkannten, weil sie – im Zweifel für den Angeklagten – davon ausgingen, dass der Vergewaltiger nur aus Versehen die Fesseln zu eng angelegt hatte.

Stattdessen würde ich in den Keller meines Hauses gehen und die Oberlichter mit blickdichter Folie abkleben. Ich würde den Raum mit den Schallschutzmatten aus dem Baumarkt abdichten und mir eine Metallfräse, einen Akkuschrauber, mehrere Flaschen Natronlauge, meinen Wasserkocher und einen gut gefüllten Presslufttacker zurechtlegen.

Der Erste-Hilfe-Koffer stünde griffbereit neben dem Metallbett, ebenso würde ich sichergehen, dass der Defibrillator aufgeladen ist, damit ich das Schwein wieder zurückholen kann, wenn er mir zu früh wegbleibt. Dann würde ich den Täter suchen, ich würde ihn finden und in meinen Keller bringen, um die Sache selbst in die Hand zu nehmen.

Natürlich wusste ich, dass meine Einstellung sämtlichen Rechtsstaatsprinzipien widersprach. Und auch wenn ich selbst heute noch, nachdem der Augensammler meine Frau ermordet, mein Kind entführt und mich mit einer Schusswunde im Kopf zurückgelassen hatte, die Gutmenschen verstehen konnte, die mit kopfgesteuerten, theoretischen Argumenten gegen die Todesstrafe wetterten, lebte ich nun, da mein Sohn vermutlich längst verrottete, in einer anderen Welt. In dieser gab es nur noch eine Regel, an die ich mich zu halten hatte: Ich musste so lange überleben, bis ich Frank gefunden und getötet hatte.

Meine radikalen Ansichten unterschieden sich vermutlich nicht groß von denen Scholles, der sich ebenfalls über Recht und Ordnung hinwegsetzte, wenn er das Gefühl hatte, *das Richtige* zu tun.

Ich konnte mir zum Beispiel nicht vorstellen, dass Dr. Roth damit einverstanden war, dass Scholle mich vor einer halben Stunde, ohne seine Erlaubnis einzuholen, einfach von Schwanenwerder weggebracht hatte. Auch wenn es mir im Augenblick besser ging und ich bis auf einen dumpfen Druck hinter den Augen kaum Schmerzen fühlte, war ich in meinem Zustand sicher nicht transportfähig, noch dazu ohne Rollstuhl. Den hatte Scholle auf dem Parkplatz stehen lassen, nach zwei vergeblichen Anläufen, ihn in den Kofferraum zu wuchten. Zudem musste ich in spätestens vier Stunden meine Medikamente bekommen, was Scholle aber nicht davon abgehalten hatte, meine Entlassungspapiere zu unterzeichnen und mich aus dem Krankenhaus zu schieben. Ich hatte ihm nämlich eröffnet, das Bild zu kennen, das Tamara Schlier in mehrfacher Ausfertigung an ihre Zimmerwand kritzelte. Das war Grund genug.

»Du fragst dich sicher, warum ich das hier tue?«, fragte Scholle und warf mir einen prüfenden Blick zu, bevor er wieder auf die menschenleere Straße achtete.

Soweit ich mich erinnern konnte, waren es die ersten Worte, die er an mich richtete, seit er mich auf den Beifahrersitz gehievt und angeschnallt hatte. Möglich war aber auch, dass ich mich irrte und wir schon eine Zeitlang über den Weltfrieden oder das Wetter diskutierten. Auch wenn es mir besser ging, seit ich meinen Kopf gegen die Scheibe drückte, fiel es mir schwer, mich zu konzentrieren. Vielleicht konnte ich mir viele Einzelheiten gerade deshalb nicht merken, *weil* es mir auf einmal besserging. Der Schmerz in meinem Kopf wich nach und nach einer bleiernen Müdigkeit, die anders war als die medikamentös erzeugte Schwere der letzten Wochen. Intensiver und weniger oberflächlich.

»Schön, ich will dir eins sagen, auch wenn ich mir nicht sicher bin, was da oben bei dir ankommt.« Scholle lachte kurz auf. »Vielleicht sage ich es dir auch nur deshalb, *weil* du dich momentan in diesem Ballaballa-Zustand befindest und ich hinterher, wenn du wieder zurechnungsfähig bist, alles abstreiten kann.« Scholle machte eine Pause und setzte den Blinker.

»Ich will mich entschuldigen«, murmelte er.

Wie bitte?

Mir gelang es, den Kopf zu ihm zu drehen, ohne zur Seite zu kippen.

Du lauerst mir im Dunkeln auf dem Flur auf, zeigst mir die grauenhafte Fratze eines Folteropfers, zerrst mich aus dem Krankenhaus in die Kälte und nennst das eine Entschuldigung?

»Ich hab überreagiert damals, beim Augensammler«, sagte er. »Ich dachte wirklich, du bist es. Oder steckst zumindest mit ihm unter einer Decke. Und als uns die Zeit weglief, hab ich dich etwas zu grob angefasst, ich weiß. Aber du warst selbst mal Polizist, Zorbach. Du weißt, wie die Dinge laufen. Manchmal muss man etwas tun, was später nicht im Protokoll auftauchen darf, wenn man den Abschaum erwischen will. Das ist wie in Afghanistan, Mann. Kollateralschäden. Und wenn wir gegen diese Irren da draußen kämpfen, die unsere Kinder verschleppen und töten, befinden wir uns im Krieg, oder? Da sind zivile Opfer manchmal unvermeidlich, wenn wir den Frieden sichern wollen.«

Hätte ich die Kraft gehabt, hätte ich erwidert, dass es eine feine, aber entscheidende Linie gab, die unsere Ansichten trennte. Es war eine Sache, sich an einem überführten Mörder zu rächen, so wie an Frank, der mir seine Taten persönlich gestanden hatte. Eine ganz andere Sache war es, einen Menschen auf Verdacht zu quälen.

Mein Blick streifte den Zündschlüssel unter Scholles Lenkrad. Passend zu dem subtilen Humor des Polizisten baumelte an ihm ein Plastikmännchen in Sträflingskleidung, mit einem Galgenstrick um den Hals. Wir fuhren über ein Schlagloch, und der Gehenkte schaukelte wie ein Pendel an seinem Strick.

»Wie du weißt, hab ich selbst meinen Sohn verloren«, sagte Scholle, immer noch in seinem von Pathos getragenen »Ich hatte doch keine andere Wahl«-Ton. Ich nickte wissend, damit er mir nicht noch einmal die Geschichte von seiner russischen Ex-Frau erzählte. Er hatte sie als Prostituierte kennengelernt und nicht nur aus dem illegalen Bordell befreit, sondern auch noch geheiratet. Zum Dank hatte sie später seinen Sohn nach Jaroslawl entführt. Weil er damals sein Bauchgefühl ignoriert und sie allein in ihr Heimatdorf hatte reisen lassen, zögerte Scholle heute keine Sekunde, auf seine Instinkte zu hören.

»Damals ging es um meinen Sohn, Zorbach. Heute um deinen. Ich geb's offen zu: Alina und Suker sind mir scheißegal. Aber weil ich es verbockt habe, weil ich Frank schon auf dem Servierteller hatte und ihn laufenließ, muss ich es wiedergutmachen, verstehst du? Ich will dir helfen, den Mörder deines Sohnes zur Strecke zu bringen.«
Er sah mich an und suchte in meinem Gesicht nach einer Regung des Verstehens.
»Ich war nicht untätig, während du am Tropf hingst«, fuhr Scholle fort. »Zwar hat Stoya jetzt dem Fall Zarin Suker oberste Priorität eingeräumt, weil er glaubt, hier schneller mit einem Erfolg auftrumpfen zu können. Du kennst doch den Sesselpupser. Er ist ein guter Bulle, aber er denkt nur an seine Karriere. Und im Falle Sukers hatten wir den Täter ja schon in U-Haft, während es von Frank weiterhin keine Spur gibt. Eine Zeugenaussage von Tamara, und unser Versagen beim Augensammler wäre Schnee von gestern, wenn du verstehst, was ich meine.«
Ich schloss die Augen in der Hoffnung, damit die Übelkeit, die mit der letzten Kurve hochgekommen war, beeinflussen zu können.
»Aber ich hab Überstunden geschoben und nicht lockergelassen, was den Augensammler betrifft. Und willst du wissen, was ich herausgefunden habe?«
Ich blinzelte kurz, was Scholle als Zustimmung fehlinterpretierte.
»Was immer Alina dir gesteckt hat, ich vermute, sie hat recht. Es gibt eine Verbindung.«
Ich zwang mich, die Augen wieder zu öffnen.
»Ich spiel's dir vor. Hör gut zu.«
Scholle fingerte eine Kompaktkassette aus der Innenseite seiner Jacke hervor und legte sie ein. Der Klang war von

schlechter, verzerrter Qualität; es rauschte und knisterte wie bei einer mehrfach überspielten Aufnahme, was das Grauen, das mich beim Hören der brüchigen Stimme überfiel, noch verstärkte.

30. Kapitel

Schuld«, sagte sie, und es sollte das Wort sein, das sie während der folgenden Minuten am häufigsten benutzte. Während die völlig verängstigte Frau ansonsten sehr leise sprach, mit einer sanften, leicht fiebrig wirkenden Stimme, presste sie das Wort *»Schuld«* manchmal wütend, oft verzweifelt, aber immer laut und deutlich hervor.

»Er will den Menschen die Augen öffnen. Das hat er mir mehrfach gesagt und dabei gelacht.«

»Deswegen hat er Ihnen das angetan, Tamara?«, fragte ein Mann, den ich als Stoya identifizierte, obwohl er sich während dieser Vernehmung viel behutsamer als sonst artikulierte. *»Deshalb hat er Ihnen die Lider entfernt?«*

»Ja. Ich sollte meine Augen nie wieder vor meiner Schuld verschließen können. Vor dem Leid, das ich den Menschen angetan habe.«

»Hat Suker gesagt, was er damit meint?«

»Was ich verschuldet haben soll?«

»Ja.«

Das Rauschen auf dem Band wurde lauter und erst nach einer langen Pause von Tamaras Worten wieder übertönt.

»Ja. Ja, ich weiß, woran ich schuld bin.«

»Was ist es?«

Pause. Für eine längere Zeit war nur noch das Geräusch des Blinkers zu hören, den Scholle gesetzt hatte.

»Woran sind Sie nach Sukers Meinung schuld, Tamara?«

»Nicht nur nach seiner Meinung.«

»Wie meinen Sie das?«

»Suker hat recht. Ich habe tatsächlich etwas Schlimmes getan. Ich habe vermeidbares Leid über andere Menschen gebracht.«

»Wodurch? Was haben Sie getan?«

Wieder eine Pause, in der das Rauschen nur von kehligen Schluchzern unterbrochen wurde. Ich schloss die Augen und konnte mir bildhaft vorstellen, wie Tamara, im Halbdunkeln sitzend mit einer Taucherbrille über den verheulten Augen, verzweifelt den Kopf schüttelte.

»Ich will nicht darüber reden«, schluchzte sie.

»Weshalb nicht?«

»Ich habe Angst.«

»Wovor? Suker, der Mann, der Ihnen das angetan hat, sitzt in Haft, Tamara. Er ist weggesperrt. Er kann Ihnen nichts mehr tun.«

Stoya schien etwas vom Mikrophon abzurücken, vermutlich war er aufgestanden, um Tamara beruhigend die Hand auf die Schulter zu legen. Ich glaubte nicht, dass er so weit gegangen war, sie zu umarmen; so viel Einfühlungsvermögen war ihm nicht gegeben, auch wenn die Zeugin das in dieser Sekunde bitter nötig gehabt hätte. Es dauerte nicht lang, dann war Tamara wieder zu hören. Sie klang eine Spur gefasster.

»Nicht vor ihm.«

»Wie bitte?«

»Suker ist mit mir fertig. Ich habe keine Angst mehr vor ihm.«

»Sondern?«

»Er ist nicht allein.«

Ich schlug die Augen auf und sah zu Scholle, der mir ebenfalls einen wissenden Blick zuwarf, als wolle er mir sagen, dass wir uns jetzt der Pointe der Geschichte näherten.

»Wie bitte? Habe ich Sie richtig verstanden?«, fragte Stoya aufgeregt. *»Hatte er einen Komplizen?«*
Pause. Rauschen. Danach war wieder der Ermittler zu hören.
»Tamara, bitte. Das ist jetzt ganz wichtig. Nur noch die eine Frage für heute: Wer hat Suker geholfen?«
»Nein, das darf ich nicht sagen. Ich kann es nicht.«
»Tamara, wie sollen wir Sie schützen, wenn wir nicht wissen, …«
»Ich kann es nicht«, wiederholte die Zeugin, mit jedem Wort lauter werdend. Am Ende schrie sie: *»Aus! Machen Sie das Ding da aus! Sofort …«*
Dann stoppte das Band.

Scholle nahm die Kassette aus dem Autoradio und hielt sie zwischen Daumen und Zeigefinger in Augenhöhe.
»Die Aufnahme entstand, wenige Tage nachdem wir Tamara Schlier aufgegriffen hatten. Wie alle Opfer hatte Suker sie an einem Ort ausgesetzt, den unsere Profiler ›sexualbezogen‹ nennen. Die erste Frau fanden wir auf dem Hof eines ehemaligen, jetzt leerstehenden Bordells. Eine andere war an die Mülltonne auf einem von Strichern bevorzugten Parkplatz gekettet. Tamara konnte sich befreien und wurde entdeckt, als sie völlig verstört durch das Treppenhaus eines Fabrikgebäudes irrte, in dem sich mehrere Pornofilmproduktionen eingemietet hatten.«
Gewalt als Ersatzbefriedigung, schoss es mir durch den Kopf. Der Bereich in meinem Gehirn, der für die nüchterne Faktenanalyse zuständig war, funktionierte ganz offensichtlich besser als meine für Emotionen verantwortlichen Areale. *Der Täter verstümmelt die Frauen, um seine sexuelle Gier abzubauen. Vermutlich bekommt er einen Orgas-*

mus, sobald er das Skalpell ansetzt. Die Vergewaltigung ist nur das Nachspiel.

»Wie du hörst, hatte sie anfangs große Angst, versprach aber, eine detaillierte Aussage zu machen und diese auch vor Gericht zu beeiden, wenn wir für ihren Schutz sorgen würden. Also brachten wir sie nach Schwanenwerder, wo sie langsam auftaute.«

»Wer?«, fragte ich mit belegter Stimme.

»Du willst wissen, wer Sukers Komplize ist?«

Er verstaute die Kassette wieder in seiner Jackentasche und griff das Lenkrad fest mit beiden Händen.

»Den Namen hat sie uns nie verraten. Sie stand kurz davor, doch dann kam der Riss. Von einem Tag auf den anderen wurde sie verrückt, schrie nur noch und fing an, ihre Wände vollzukritzeln. Und weißt du, wann dieser Psychoumschwung einsetzte?« Er beschleunigte ohne erkennbaren Grund. »Genau an dem Tag, an dem du nach Schwanenwerder verlegt wurdest.«

Ich runzelte die Stirn, und Scholle hob beschwichtigend die Hand. »Ja, ich weiß, das ist noch lange kein Beweis, dass es einen Zusammenhang zwischen Suker und deinem Fall gibt. Aber irgendwie ist es schon komisch, oder? Kaum bist du in unserem sicheren Haus, zieht sie ihre Aussage zurück und schottet sich ab.«

»Wie?«, setzte ich die Reihe meiner Einwortfragen fort, dankbar, dass Scholle mich trotzdem verstand.

»Wie sie von dir erfahren haben soll? Keine Ahnung, ehrlich. Roth ist integer, er wird ihr nichts von deiner Einlieferung erzählt haben. Das Personal wird strenger gecheckt als die Mitarbeiter vom Secret Service, ich kann für jeden vor Ort die Hand ins Feuer legen. Da gibt es keinen Maulwurf. Aber wie gesagt, es ist schon sehr merkwürdig. Ebenso merkwürdig wie die Sache mit Suker, der auch über geheime Informationsquellen im Knast zu verfügen scheint. Obwohl er weder Fernsehen noch Zeitungen oder Internet hatte und auf der Isolierstation lag, wusste er bestens über deinen Fall Bescheid, als Alina ihn besuchte.«

Mir gelang es, vorsichtig zu nicken, ohne dass mir wieder übel wurde. Langsam verstand ich Scholles Indizienkette.

Tamara hat Angst vor Sukers Helfer. Vor seinem Assistenten. Ihre Angst wächst mit meiner Einlieferung. Suker kennt alle Fakten über mich, Alina und Julian. Und Alina hatte die Verbindung zwischen Julian und Suker in ihrer Vision »gesehen«.

Trotzdem erschien es mir in diesem Augenblick zu weit hergeholt, aus diesem Mischmasch aus Indizien, Zufällen, esoterischen Spinnereien und Mutmaßungen den Verdacht abzuleiten, Frank Lahmann könnte die Person sein, vor der Tamara solche Angst hatte.

Das passt nicht zusammen. Schön, Frank hat seinen Opfern das linke Auge entfernt, mit einer Fingerfertigkeit, die er irgendwo gelernt haben muss. Aber er war jahrelang Praktikant bei einem Tierarzt. Nicht bei Suker … Oder doch?

»Wenn ich mich in deinem glasigen Blick nicht täusche, bist du immer noch skeptisch«, sagte Scholle. Beim Aufsehen bemerkte ich, dass wir die Gegend erreicht hatten, die ich Scholle als Fahrziel genannt hatte.

»Kann ich gut verstehen, Zorbach. Aber ich hab dir doch gesagt, ich habe meine Hausaufgaben gemacht. Wusstest du, dass Frank Kontaktlinsen trägt?«

»Und?«

»Und dreimal darfst du raten, wer sie ihm vor Jahren das erste Mal verschrieben hat«, sagte Scholle und bog in unsere Straße. Mir wurde kalt.

Er hielt vor dem Haus, das einst mein Zuhause gewesen war und das jetzt leer und dunkel wie ein Grabstein aus dem Friedhof meiner Träume ragte. Wenn man von den perspektivischen Fehlern und dem einen Stockwerk zu viel absah, hatte Tamara Schlier unser Haus am Rudower Dörferblick einigermaßen gut getroffen. Selbst der Geräteschuppen neben dem Rasen, auf dem ich meine ermordete Frau gefunden hatte, stand auf ihrer Zeichnung an der richtigen Stelle.

»Ich glaub's ja nicht«, sagte Scholle und aktivierte das Fernlicht, um das verlassene Haus besser anzuleuchten. Er pfiff anerkennend durch die Zähne.

»Kannst du mir bitte sagen, weshalb Tamara euer Haus auf ihre Zimmerwände malt?«

Ich schüttelte den Kopf. Nein, konnte ich nicht. Ich hatte auch keine Ahnung, weshalb exakt das gleiche Bild seit Jahren über dem Bett meines Sohnes hing. Ebenso wenig, wie ich mir erklären konnte, weshalb in Julians Schlafzimmer das Fenster offen stand.

31. Kapitel

Alina Gregoriev

Seitdem Zarin Suker zu ihr auf die Liege gestiegen und seine Knie in ihre Armbeugen gepresst hatte, um sie vollends bewegungsunfähig zu machen, versuchte Alina sich zu entspannen; vor allem, um die zu erwartenden Schmerzen nicht noch schlimmer werden zu lassen. Zwar hatte sie einmal gelesen, dass fehlender Widerstand von den Anwälten der Verteidigung als Einwilligung in den Geschlechtsverkehr ausgelegt werden könnte und damit die Anklage wegen Vergewaltigung hinfällig wäre. Aber das war ihr vollkommen gleichgültig, zumal sie, seitdem sie Sukers Geschlechtsteile auf ihrem Bauch spürte, nicht mehr davon ausging, jemals in ihrem Leben wieder eine Aussage machen zu können.

»Warum tun Sie das?«, fragte sie. »Wieso ich?«

Es war eine von Dutzenden Fragen, mit denen sie es bislang geschafft hatte, das Unvermeidliche hinauszuzögern. Wann immer Suker redete, hörte er auf, sie zu betatschen.

»Das habe ich Ihnen doch schon auf der Damentoilette gesagt, als ich Sie abholte, meine Liebe. Ich will zu Ende bringen, was ich begonnen habe.«

Er legte ihr die Hand auf die rechte Brust.

»Aber das passt gar nicht zu Ihnen!«

»Nein?« Er lachte schallend auf. »Sie selbst haben mir bei unserem ersten Treffen doch eröffnet, was für ein skrupelloser Vergewaltiger ich sei.«

»Das meine ich nicht.« Alina stöhnte auf, als er den Piercingstift in ihrer Brustwarze verdrehte. »Es passt nicht, dass Sie von Ihrer Methode abweichen.«

»So, was ist denn *meine Methode?*« Belustigt betonte er die letzten beiden Worte.

»Es beginnt …« Alina unterdrückte einen Schrei, als seine Hand zwischen ihre Beine glitt. »Ich meine, so fängt es nicht an.«

»Sie sind ein kluges Kind, Alina.« Er zog die Hand zurück. »Und Sie haben recht.«

»Womit?«

»Ich werde Sie nicht vergewaltigen.«

Erleichtert spürte Alina, wie das Gewicht auf ihrem Oberkörper von einem Moment auf den anderen verschwand. Auch die Geräusche ließen keinen Zweifel aufkommen: Suker war von der Liege gestiegen.

»Auch wenn Sie es womöglich bedauern, Alina. Aber ich habe nicht vor, mit Ihnen zu schlafen.«

»Nicht?«, fragte sie, flehender als beabsichtigt.

»Nein. Noch nicht, zumindest.« Er kicherte, und Alina rechnete fest damit, dass er gleich sagen würde: *»Zuerst schneide ich Ihnen die Augenlider ab.«*

Doch das würde keinen Sinn ergeben. Nicht bei ihr. Nicht bei einer Blinden.

Nichts ergibt hier einen Sinn. Ich dürfte nicht in seinen Fängen sein. Wenn er sich an der Furcht in den Augen seiner Opfer weidet, dann kann er mit mir nichts anfangen.

»Was wollen Sie dann von mir?«

»Zuerst will ich Sie operieren, Alina. Sie erinnern sich doch daran, was ich Ihnen im Gefängnis eröffnet habe. Und ich stehe zu meinem Wort. Ich werde dafür sorgen, dass Sie wieder sehen können.«

Obwohl vergewaltigt zu werden in der Reihenfolge ihrer

schlimmsten Alpträume mit großem Abstand den ersten Platz einnahm, erschien ihr in diesem Moment die Vorstellung unerträglich, Suker könne seine unvorstellbare Drohung tatsächlich wahrmachen, nur damit sie den Horror, in dem sie gefangen war, nicht nur *fühlen*, sondern auch *sehen* müsste.

»Das eben war nur ein kurzer Vorgeschmack, ein Ausblick auf das, was kommen mag. Entschuldigen Sie bitte die kleine Spielerei, aber ich konnte mich nicht beherrschen.«

Suker stand jetzt hinter ihr und legte ihr die Hand auf die Stirn.

Dann spreizte er mit Daumen und Zeigefinger die Lider ihres rechten Auges.

»Nein, bitte …«

»Schhh … Ich sagte doch, Sie müssen sich entspannen.« Alina hörte ein metallisches Klappern. »Sonst kann ich die Klammern nicht richtig setzen.«

»Neeeiiiin!« Alina verkrampfte am gesamten Körper. »Nicht, ich will das nicht. Lassen Sie mich in Ruhe, Sie Wichser.«

»Aber, aber, was sollen denn die Beleidigungen? Ich will Ihnen ein Geschenk machen, und Sie wehren sich wie eine widerspenstige Katze.« Suker klang jetzt genervt. »Außerdem müssen Sie einsehen, dass es notwendig ist. Ich kann Sie nicht weiter durchs Leben gehen lassen, ohne dass Sie Ihre Augen öffnen und sich Ihrer Schuld stellen.«

Schuld?

»Der Einzige, der sich hier was zuschulden kommen lässt, sind Sie, Sie Arsch. Und glauben Sie mir, wenn Sie auch nur einen Fehler machen, wenn ich auch nur den Hauch einer Chance bekomme, mich zu befreien, ich schwöre bei Gott, dann bringe ich Sie um.«

Alina machte eine kurze Pause, um Luft in ihre Lungen zu pumpen, doch bevor sie weiter ihre Angst in den Operationssaal des Wahnsinnigen schreien konnte, irritierte sie ein Geräusch, nur wenige Schritte von ihr entfernt.

Was ist das?

Zuerst war es kaum wahrnehmbar, doch je länger Alina sich darauf konzentrierte, desto lauter wurde das Wimmern, bis es schließlich in ein gutturales Stöhnen überging, das eindeutig aus der Kehle einer leidenden Frau kam.

Himmel, ich bin nicht allein, dachte sie, während der Arzt die erste Metallklammer setzte, und im ersten Moment spendete ihr diese Erkenntnis sogar ein wenig Trost, bis Suker tadelnd mit der Zunge schnalzte.

»Nun sehen Sie mal, was Sie angerichtet haben, Alina. Durch Ihr Geschrei haben Sie die Organspenderin geweckt, die ich für Ihre Operation doch so dringend benötige.«

32. Kapitel

Alexander Zorbach

Mit jedem Meter, den ich auf das Haus zuhumpelte, fühlte ich meine Seelenverwandtschaft mit dem Gebäude wachsen.

So wie ich selbst nur als Schatten unter den Lebenden weilte, wirkte das brachliegende Einfamilienhaus wie eine Erinnerung an bessere Zeiten. Die Gemäuer, die einst meine Familie – mein Leben – beherbergt hatten, hatten schon lange aufgehört zu atmen. Es war eine sternklare Nacht, der Mond tauchte mein Haus samt Garten in ein kaltes Scheinwerferlicht. Wo früher Nicci und Julian auf mich gewartet hatten, wohnte heute allein der Verfall. Er war noch nicht sehr weit fortgeschritten, es gab keine eingeworfenen Fensterscheiben oder Graffiti an den Wänden, aber die leere Sektflasche auf dem verschneiten Rasen und die ausgebrannten Pappschachteln daneben sprachen Bände. Silvester war zwei Monate her, und niemand hatte den Müll der Feier, den die Nachbarskinder auf unserem Grundstück hinterlassen hatten, weggeräumt.

Auf Scholle gestützt, näherte ich mich der Terrasse unseres Hauses – *meines Hauses. Es gibt niemanden mehr, mit dem ich es teilen kann* –, und Tränen traten mir in die Augen. Ich schob es auf meinen Kopfschmerz und auf die schneidende Kälte, obwohl ich beides kaum spürte.

»Zentrale? Hier Scholokowsky. Ich bin gerade in Rudow Nähe Dörferblick am Wohnsitz der Zorbachs«, hörte ich ihn über Funk unseren Standort durchgeben.

Das offen stehende Fenster hatte ihn ebenso beunruhigt wie mich. Scholle bat darum, dass sich ein Einsatzwagen bereithielt, den er zur Not abrufen konnte, gleichzeitig entzog er mir den Arm, und ich musste mich am Geländer der zum Eingang führenden Treppe festhalten.
Verdammt, dachte ich, und jetzt gab es keinen Zweifel mehr an der Ursache meiner Tränen. *Hier habe ich Julian gezeigt, wie man sich die Schuhe zubindet. Hier habe ich seine Fahrradkette aufgezogen, wann immer sie ihm herausgesprungen war.*
Wenn mich meine Erinnerungen schon beim Anblick einer vereisten Treppe übermannten, so fragte ich mich, was würde erst geschehen, wenn ich in wenigen Sekunden das Wohnzimmer betrat?
Ich drehte mich um, sah über unseren Vorgarten zu den gegenüberliegenden Häusern, in denen ebenfalls kein Licht brannte und die dennoch heller strahlten als das Haus in meinem Rücken.
Es war, wie Alina mir einmal erklärt hatte: Es sind nicht die Augen, mit denen wir die Welt erkennen. Es sind unsere Gefühle, die uns sehen lassen. Und meine Gefühle spürten in diesem Moment die Anwesenheit des Todes.
»Warte hier«, hörte ich Scholle sagen, dem es mit Hilfe eines Dietrichs und einer Taschenlampe gelungen war, die Haustür zu öffnen. Ich hatte mir fest vorgenommen, unser Heim irgendwann einmal einbruchsicher zu machen; meine Kontakte bei der Polizei zu nutzen und jemanden kommen zu lassen, der die offensichtlichen Schwachstellen an Fenstern und Türen beseitigte. Aber ich Idiot hatte es jahrelang vor mir hergeschoben und darauf vertraut, dass das Böse wie ein Lottogewinn war; etwas, was nur den anderen widerfuhr.

Wie sehr man sich irren kann.
Letztlich war es kein Trost zu wissen, dass keine Alarmanlage dieser Welt die Zerstörung meiner Familie hätte aufhalten können. Frank waren alle Schlösser von mir persönlich geöffnet worden.
»Hast du deine Stromrechnungen gezahlt?«, hörte ich Scholle aus dem Inneren des Hauses rufen.
Bevor ich eine Antwort geben konnte, ging im Flur das Deckenlicht an. Nicci war schon immer sehr umweltbewusst gewesen und hatte, lange bevor es üblich wurde, unser Heim mit Energiesparlampen ausgestattet; matt und in einer unbehaglichen Gelbfärbung dämmerte das Licht zu mir nach draußen.
Ich setzte den Fuß auf die erste schneeverkrustete Treppenstufe und wollte mich am Geländer nach oben ziehen, als mich ein Geräusch in der Bewegung erstarren ließ.
Großer Gott, was ist das?
»Scholle?«
Keine Antwort.
Zuerst dachte ich, ihm wäre schlecht geworden, und fragte mich, was in aller Welt derartige Würgegeräusche provoziert haben mochte. Dann wurde mir klar, dass die hellen, kehligen Laute nicht zu Scholles Brustvolumen passten.
Als das Röcheln anschwoll, und der Ermittler vor Anstrengung brüllte, wusste ich, dass er auf einen Eindringling gestoßen sein musste.
Himmel, was hat das nun wieder zu bedeuten?
Die Kampfgeräusche wurden von einem lauten Poltern beendet, das sich anhörte, als werfe jemand ein Regal um. Es folgte ein heftiges Rumsen, dessen Erschütterung ich auch hier draußen noch spüren konnte, dann brüllte Scholle schmerzerfüllt auf.

Als Nächstes geschah etwas noch viel Verstörenderes: Es wurde ruhig.
Schlagartig.
So abrupt, als hätte das Haus jegliches Leben in seinem Inneren mit einem einzigen Atemzug verschluckt.

33. Kapitel

»Scholle?«

Totenstille. Das Haus wirkte wieder so verlassen wie bei unserer Ankunft, als wäre der Kommissar niemals hineingegangen.

Ich sog die kalte Luft ein und begann mit den Zähnen zu klappern.

Was geht hier vor?

Am liebsten hätte ich mich auf die kalten Stufen gesetzt, so erschöpft fühlte ich mich mit einem Mal. Alinas Besuch, Tamaras Augen, die Fahrt zum Dörferblick – nicht zum ersten Mal fragte ich mich, ob diese bizarren Ereignisse heute Nacht Wirklichkeit waren. Womöglich lag ich irgendwo sediert und unter medizinischer Intensivbetreuung in einem Krankenhaus, und mein Gehirn verarbeitete die chemischen Keulen, die mir die Ärzte verabreichten, zu wirren Alpträumen.

Und deswegen kann dir Scholle auch nicht antworten. Denn er ist nie in deiner Nähe gewesen …

Die kalte, klare Luft, die ich atmete, sprach zwar gegen eine Sinnestäuschung, zumindest konnte ich mich nicht erinnern, in meinen Träumen jemals so reale Empfindungen gehabt zu haben – allerdings hatte die Rockband schon eine geraume Zeit nicht mehr in meinem Kopf geprobt, was nur zwei Möglichkeiten zuließ: Entweder ich träumte einen schmerzmittelbetäubten Schlaf, oder die Aufregung half mir mit neuen spektakulären Erinnerungen, mein Schmerzgedächtnis zu überschreiben.

»Scholle, was ist los?«
Ich schleppte mich langsam, Schritt für Schritt, die kurze Treppe nach oben, ohne eine Antwort zu erhalten, wobei mit jeder Stufe sowohl meine Erschöpfung als auch das Gefühl einer unsichtbaren Bedrohung wuchsen.
Drinnen war es erstaunlich warm, zumindest konnte ich meinen Atem nicht mehr sehen. Dafür erzeugten der kleine Regenmantel an der Garderobe und die gerahmten Familienfotos an den Wänden eine andere Form der Kälte. Auf einem der Porträts lachten Julian und Nicci gemeinsam in die Kamera, was ihren Anblick noch unerträglicher machte. Wo war die Rockband, wenn man sie brauchte? Warum hämmerte sie nicht so laut in meinem Kopf herum, dass ich zu keiner Empfindung mehr fähig war? Stattdessen war ich, von dem dumpfen Ziehen hinter den Augen abgesehen, zum ersten Mal seit Wochen fast völlig schmerzfrei und hatte meine Sprache wiedergefunden.
»Scholle, verdammt, wo bist du?«
Meine rechte Körperhälfte fühlte sich immer noch an wie aus Gummi, weshalb ich mich nur schrittweise vorantasten konnte, vorbei an einer umgestürzten Kommode, deren Inhalt über den Fußboden verteilt lag. Ich stieg über einen Berg Tischdecken und trat auf die Scherben eines zerstörten Setzkastens, stumme Zeugen eines Kampfes, dessen Beteiligte wie vom Erdboden verschwunden schienen. Das Chaos erstreckte sich von der Diele bis zum Treppenhaus. Die Kellertür stand offen. Ich spürte, wie sich mein Magen zusammenzog, und ignorierte den Köder. Schon einmal war ich in die Dunkelheit eines Kellers hinabgestiegen und hatte nichts als den Tod vorgefunden. Ein zweites Mal würde mir dieser Fehler nicht unterlaufen.
»Scholle?«, rief ich weiter vergeblich und hangelte mich

mit pochendem Herzen zum Fuß der Holztreppe, die in den ersten Stock führte und an der immer noch »die Leine« hing, ein von Nicci gebastelter Adventskalender. Von den vierundzwanzig in Weihnachtspapier eingewickelten und unterschiedlich großen Geschenken, die sie für Julian an den Streben des Geländers angeleint hatte, waren noch nicht viele ausgepackt.
Ich griff nach der größten Überraschung, die für Heiligabend vorgesehen gewesen war, und versuchte, den Inhalt des Päckchens zu ertasten.
Das ist keine gute Idee, Zorro, hörte ich in Gedanken die Stimme meiner toten Frau. *Du solltest nicht hier sein. Verschwinde besser. So wie Scholle …*
Ich schüttelte den Kopf, um mit dem so provozierten Schmerz ihre Stimme zu vertreiben, und nachdem es mir gelungen war, wünschte ich mir die typischen Geräusche zurück, die das Haus früher von sich gegeben hatte, wenn ich wieder einmal spät in der Nacht von einem Einsatz heimgekommen war und barfuß die Stufen nach oben schleichen wollte, um niemanden aufzuwecken. Es war mir zur Routine geworden, vor dem Aufstieg noch eine Zeitlang mit angehaltenem Atem in die Stille zu lauschen. Dann freute ich mich, wenn draußen der Wind heulte und ich mich und meine Lieben im Warmen wusste, geschützt von doppelverglasten Wärmefenstern, eingemummelt in dicke Daunendecken. Ich liebte die Sekunden, in denen das Summen des Kühlschranks, das leise Knacken unserer alten Heizungsrohre und das undefinierbare Grundrauschen, das jedem bewohnten Haus innewohnt, zu einer melancholischen Melodie verschmolzen, die mich daran erinnerte, viel zu viel Zeit mit den falschen Dingen im Leben zu verbringen. Leider hatte ich es nie geschafft, auf sie zu hö-

ren; selbst später nicht, als Nicci und ich uns trennten, weil sie mit meiner Einstellung, der Arbeit im Zweifel den Vorrang zu geben, nicht mehr klarkam.

Und heute?

Kein Knacken, kein Rauschen. Nichts. Heute war die Melodie des Hauses verstummt, nur die Geister meiner Erinnerungen hallten als Echo in meinem Kopf umher.

Die Anspannung, die ich in diesem Augenblick spürte, war elektrisierend. Meine Haut brannte, als würde sie mit unzähligen mikroskopisch kleinen Nadeln bearbeitet. Die Stiche ließen mich an Alina und ihre Tätowierung am Halsansatz denken. Würde ich sie jemals wiedersehen? Würde ich ihr einmal wieder so nahe sein, dass ich die Hand ausstrecken und die eingravierten Buchstaben mit der Fingerspitze streicheln könnte? *Fate – Luck,* die leicht erhabenen Buchstaben auf ihrer Haut, die ich nur ein einziges Mal hatte küssen dürfen. Die Erinnerung an jene Nacht verdrängte meine Wehmut und ersetzte sie durch Scham. Auf einmal fühlte ich mich schuldig, mit Alina geschlafen zu haben, nur wenige Stunden bevor meine Frau ermordet und Julian verschleppt worden war. Und ich schämte mich, auch nur für Sekunden an jemand anderes als an meinen Sohn gedacht zu haben.

Bevor ich mich in Trauer, Furcht und Selbstmitleid verlor, rief ich mir Franks Gesicht in Erinnerung. Hass loderte in mir auf, und das ließ mich die Zähne zusammenbeißen. Ich versuchte, mich am Treppengeländer nach oben zu ziehen, und nahm mir vor, mich mit jeder Stufe mehr auf das Wesentliche zu konzentrieren.

Auf die wesentlichen Fragen!

Erste Stufe: *Wieso wurde Alina entführt?*

Zweite Stufe: *Hat sie etwas mit Sukers Opfern gemein?*

Dritte Stufe: *Wenn ja, was verbindet sie mit Tamara?*
Vierte Stufe: *Weshalb verweigert Tamara die Aussage?*
Fünfte Stufe: *Hat es etwas mit mir zu tun?*
Sechste Stufe: *Oder mit unserem Haus, dessen Bild sie an ihre Zimmerwände krakelt?*
Siebte Stufe: *Oder mit Julian, der schon Jahre zuvor so ein Bild gemalt hatte, das immer noch über seinem Bett hängt?*
Auf der achten Stufe hielt ich schweißgebadet und mit klopfendem Herzen inne, bevor ich mir die nächste und vielleicht im Moment drängendste Frage stellte:
Was zum Teufel haben die gequälten Laute zu bedeuten, die aus Julians Zimmer dringen?

34. Kapitel

Natürlich war es nicht real. So wie manche Patienten mit Hirnschädigungen plötzlich den Geruch von Leberwurst oder verbranntem Plastik in der Nase haben, hörte ich ein weinendes Kind, das es in Wahrheit nicht gab und nur auf einen Kurzschluss in meinen Synapsen zurückzuführen war.

Doch zu diesem Zeitpunkt war mir diese rationale Erkenntnis nicht möglich. Obwohl mein Gehirn schon lange nicht mehr in Reimen dachte und die wenigen Worte, die ich bislang gesagt hatte, mittlerweile ohne verfälschende Zischlaute aus meinem Mund kamen, war ich zu einer nüchternen Selbsteinschätzung in etwa so fähig wie ein Schlafwandler zum Smalltalk. In jenen Stunden agierte ich ausschließlich instinktgetrieben. Und so wie eine Mutter ihr hungriges Baby nicht lange schreien lassen kann, konnte ich mich nicht den Geräuschen entziehen, die durch das Schlüsselloch drangen.

»Julian?«, fragte ich zögernd, weil ich glaubte, ihn an der Abfolge von Schluchzen, Luftanhalten und stoßartigem Weinen wiederzuerkennen.

Kaum hatte ich den Namen meines Sohnes ausgesprochen, wurde es still.

Ich weiß noch genau, wie dankbar ich in dieser Sekunde war, dass die Halluzination nur so kurz währte und so leicht vertrieben werden konnte, als ich seine Stimme wieder hörte.

»Papa?«

Anders als auf Schwanenwerder war mein imaginärer Sohn diesmal weiter entfernt und wirkte daher auf erschreckende Art realer. War er zuvor direkt in meinem Kopf umhergespukt, hörte ich ihn jetzt tatsächlich so, als trenne uns nur eine Wand voneinander. Er klang schwach, kaum verständlich, als hielte ihm jemand eine Hand vor den Mund. Julians Zimmer lag dem Treppenende, das ich mittlerweile erreicht hatte, direkt gegenüber.

»Wo bist du?«, fragte ich laut, für einen kurzen Moment sogar froh darüber, dass Scholle verschwunden war und nicht mit ansah, wie ich mit einem Geist redete. Die Antwort meines Sohnes klang verzweifelt.

»Hilf mir!«, rief er erstickt. Plötzlich war ich mir nicht länger sicher, wo mein Gehirn diesen Laut räumlich verorten wollte. Mir kam es so vor, als hörte ich Julian nicht länger *vor*, sondern *über* mir.

Ich überlegte, ob ich es wagen könnte, den Pfosten der Treppe loszulassen, um mich die letzten Meter zur Zimmertür frei über den Flur zu bewegen, ohne die Möglichkeit, mich irgendwo festzuhalten. Ich war mir sicher, sofort auf den Teppich hinzuschlagen, aber Julians tränenersticktes Flehen ließ mir keine Wahl.

»Tu, was er sagt«, rief er. »Oder er bringt uns um!«

Uns?

Während ich wie in Zeitlupe immer näher an das Zimmer heranrückte, entfernte sich Julians Stimme mit jedem Wort.

Wie kann das sein?

Der Raum hinter der Tür war klein und quadratisch, ohne weitere Zugänge oder Rückzugsmöglichkeiten. Wie konnte Julians Stimme langsam aus dem Raum verschwinden?

Weil es ihn nicht gibt, du Idiot, gab ich mir selbst zur Antwort. *Dein Sohn ist schon lange tot.*

Oder weil seine Stimme gar nicht aus dem Zimmer kam, dessen Tür ich endlich erreicht hatte. Ich legte die Hand auf die Klinke, drückte sie nach unten und spürte einen Widerstand.

Ein weiteres Rätsel. Es gab keinen Schlüssel zu Julians Reich. Nicci hatte immer eine Philosophie der offenen Tür vertreten, verschlossene Räume waren ihrer weltoffenen Lebenseinstellung zuwider gewesen, weshalb sie (sehr zu Julians Leidwesen, der schon früh seine Privatsphäre gegen elterliche Einblicke hatte verteidigen wollen) alle Schlüssel entfernt hatte. Doch jetzt stand ich im Flur der ersten Etage und konnte die Tür nicht öffnen.

»Julian?«, fragte ich und ließ die Hand von der Klinke gleiten.

Ich fröstelte, als sie von dem eisigen Lufthauch erfasst wurde, der durchs Schlüsselloch wehte und mich an das offen stehende Fenster erinnerte.

Ha, ha, du Hirni, lachte ich mich selbst aus. *Wolltest du ernsthaft eine Vision bitten, dir aufzumachen?*

Die Antwort blieb aus.

Selbstverständlich antwortet dir niemand mehr. Es ist ja auch keiner da.

Mein Entschluss, mich niederzuknien, war weniger einer bewussten Entscheidung als meinem Zustand völliger Kraftlosigkeit zu verdanken. Ich musste mich ausruhen, und das ging hier unten auf dem Teppich besser als im Stehen. Ich blieb nicht lange auf den Knien, was vermutlich daran lag, dass mir die eisige Luft nun direkt ins Gesicht wehte, als sich mein Kopf in Höhe des Schlüssellochs befand. Ich blinzelte und wollte mich abwenden, doch wieder war es Julians Stimme, die mich davon abhielt.

»Papa, hilf mir«, hörte ich ihn kreischen, nun endlos weit

von mir entfernt, so als wäre das Trugbild meines Sohnes dabei, das Haus zu verlassen.

Eine Sekunde später schlug ich die Augen auf und starrte auf einem Bett liegend gegen die Zimmerdecke, während mir ein feines Blutrinnsal aus der Nase lief.

35. Kapitel

Eine Sekunde?

Natürlich konnte es mir nicht gelungen sein, in dieser kurzen Zeit die Tür aufzubrechen, das Licht anzumachen, das Fenster zu schließen und mich auf Julians Bett zu legen, zumal ich dazu über einen umgekippten Kleiderschrank hätte steigen müssen. Aber ich konnte mich weder daran erinnern, bewusstlos geworden zu sein, noch hatte ich eine Vorstellung von der Dauer meines Blackouts.

Ich hob den Kopf, hielt mir die Nase zu und sah mich um. Julian war nie sehr ordentlich gewesen, aber jetzt machte sein Zimmer den Eindruck, als wäre es von einer Horde Drogensüchtiger nach Rauschmitteln durchsucht worden. Sein kleiner Schülerschreibtisch stand kopf, die Schublade war herausgerissen, und ihr Inhalt (ein Comic, zwei DVDs, ein PlayStation-Spiel, Eintrittskarten längst vergangener Kinobesuche, Abziehbilder von Fußballern und ein Taschenmesser) lag verstreut auf dem Boden. Das Wandregal hing noch, wenn auch schief und nur von wenigen Schrauben gehalten. Die Plastikkästen für Julians Spielzeug, die in den unteren Reihen gestanden hatten, entdeckte ich leer neben der Heizung. Alles in allem entsprach der Zustand des Zimmers exakt dem meines Geistes. Verwirrt, ungeordnet, zerstört.

Ich hob den Kopf, drehte mich um und fand meine Vermutung bestätigt. Julian hatte das Bild unseres Hauses als Hausaufgabe in der Grundschule gemalt und Nicci zuliebe aufgehängt. Nun hing es nicht länger an seinem Platz. Es

war abgerissen. Ich konnte die Papierreste unter den Reißzwecken erkennen, die noch in der Wand steckten.
Ich setzte mich auf und blickte auf den Nachttisch, der neben dem Bett der einzige Gegenstand im Zimmer zu sein schien, der noch an seinem Platz stand. Julians Wecker lag umgekippt auf einem aufgeklappten Notizbuch. Er war um kurz nach halb zehn stehengeblieben.
Das ergibt doch alles keinen Sinn, dachte ich und musste gegen eine Welle der Müdigkeit ankämpfen, die mich zurück auf das Bett ziehen wollte.
Julians Stimme, das Chaos im Raum, das fehlende Bild – *wo ist da der Zusammenhang?*
Wieder empfand ich meine gegenwärtige Lage als vollkommen irreal, was womöglich dadurch verstärkt wurde, dass ich das Geräusch rauschenden Wassers im Ohr hatte, seit meine Nase nicht mehr blutete.
Roths Stimme war während seiner Visiten nur bruchstückhaft zu mir vorgedrungen, aber ich meinte mich daran zu erinnern, wie er mir einmal zu erklären versuchte, dass meine eingebildeten Schmerzen von einer Sekunde auf die andere verblassen könnten. Den Teil mit den anschließenden schizophrenen Schüben hatte er ausgelassen.
Ich wog den Wecker in meiner Hand, zog ihn auf und fragte mich, während ich seinem Ticken lauschte, ob das Geräusch meiner verrinnenden Zeit *realer* war als die Stimmen in meinem Kopf.
Oder realer als die Notizen auf dem Block, der auf dem Nachttisch lag?
Das Gefühl der Trauer kam schneller als die Erkenntnis, *was* ich da gerade flüchtig betrachtet hatte.
Julian hatte sein Tagebuch immer unter Verschluss gehalten. Jetzt war er tot, und seine intimsten Geheimnisse lagen

offen auf seinem Nachttisch, was sich – wie alles hier im Haus – nicht richtig anfühlte.
Ich nahm den Band mit dem hölzernen Buchrücken in die Hand und ließ die Finger zitternd über den Eintrag gleiten, den mein Sohn am Tag seiner Entführung geschrieben hatte:

Cool, heute ist mein Geburtstag. Ich freu mich so auf Papa. Er will mir etwas ganz Besonderes schenken. Hoffentlich die Uhr. Die hab ich mir sooo gewünscht. Mama hat gestern wieder viel geweint. Weil ich krank war, dieses bescheuerte Fieber, das nicht weggehen will. Aber ich glaub auch, sie ist mal wieder wütend auf Papa. Sie denkt, er kommt zu spät zu meinem Geburtstag wie letztes Jahr. Doch ich weiß es ganz sicher. Wir haben telefoniert, mitten in der Nacht, das war stark. Und wenn Papa mir etwas verspricht, dann hält er es auch. Ich muss Schluss machen. Mama will mit mir Verstecken spielen, bis Papa kommt. Sie ruft unten schon. Ich schreib nachher weiter …

Nachher …
Meine Tränen tropften von der Nasenspitze auf die kindliche Schrift, ohne sie zu verwischen.
Zu wissen, dass es kein *nachher* mehr gab, war unerträglich. Das Einzige, was mich davon abhielt, in einem Ausbruch rasender Verzweiflung das Tagebuch zu zerreißen, war der Respekt vor den letzten Worten meines Sohnes. Und die fehlende Kraft in meinen zitternden Fingern. Ich blätterte weiter durch die Seiten. Bereits beim vorletzten Eintrag, verfasst in Julians unverkennbar ungelenker Handschrift, blieb ich wieder hängen.

Gestern habe ich ihn wieder getroffen. Ich habe ein bisschen Angst vor ihm, aber Papa kennt ihn von der Arbeit, und deshalb mache ich mir nicht solche Sorgen. Und irgendwie ist er ja auch ganz nett. Er hat mir erklärt, weshalb Papa immer so viel arbeitet. Sie sind wohl gemeinsam hinter einem bösen Menschen her. Irgendwas mit Augen und so, voll abgefahrenes Zeugs. Jedenfalls hat er mir gesagt, ich brauch keine Angst haben, weil er mich beschützen würde und so. Ich müsste ihn nur anrufen, und er versteckt mich dann vor dem Bösen …

Ich weiß nicht, was passiert wäre, wenn ich das nicht getan hätte. Wenn ich nicht weitergeblättert, sondern das Tagebuch zugeklappt, auf den Nachttisch zurückgelegt und abgewartet hätte. Aber vermutlich hätte das nichts an der schrecklichen Abfolge der Dinge geändert.

Hätte, hätte, Herrentoilette schoss mir die hohle Phrase meiner Chefredakteurin durch den Kopf, die sie gern benutzt hatte, wenn jemand ihr erklären wollte, wie gut die Story hätte werden können, wenn da nicht diese oder jene Panne passiert wäre.

Und *hätte* ich das Schicksal verändern können, wenn mir beim Blättern nicht die lose Seite mit dem kryptischen Eintrag entgegengefallen wäre?

SAFRAN WECKT HIRN

Drei Worte, in Druckbuchstaben quer über die ansonsten fast leere Doppelseite geschrieben.

Drei Worte, auf die ich mir ebenso wenig einen Reim machen konnte wie auf die Ziffernfolge, die mein Sohn daruntergekritzelt hatte. Und wieso hatte er sie doppelt unterstrichen?

In diesem Moment dachte ich darüber nicht nach, ich war nur froh, dass ich Julians Handy in seiner Nachttischschublade fand. Ich wunderte mich noch nicht einmal darüber, dass es noch zu einem Viertel aufgeladen war. Hauptsache, ich konnte die Telefonnummer wählen, die mein Sohn auf dem Papier in meinen Händen hinterlassen hatte.

SAFRAN WECKT HIRN

Gefolgt von einer Nummer, versehen mit einem weiteren Kommentar:

NUR IM NOTFALL ANRUFEN!!!

Es läutete zweimal schnell hintereinander, dann knackte es in der Leitung. Ich erkannte meinen Gesprächspartner am Atmen. Bevor ich sein erstes Wort hörte, wusste ich bereits, mit wem ich telefonierte.

»Frank?«

»Hallo, Zorbach«, sagte der Augensammler. »Was für eine Überraschung. Ich dachte, du bist tot.«

36. Kapitel

»Wo ist mein Sohn?«, fragte ich und hasste mich für die Hoffnung, die ich aus meiner eigenen Stimme heraushörte.

Ich krallte die Hand so fest um das Handy, dass es knackte.

»Was hast du mit ihm gemacht?«

»Das wirst du nie erfahren. So hatten wir es abgemacht, erinnerst du dich?«

»Du weißt, ich werde dich töten.«

Frank lachte aufgekratzt. Überhaupt wirkte er wie auf Drogen.

»Warum bist du immer so wütend auf mich, wo ich von uns der Einzige bin, der sich an die Abmachungen hält? Wer von uns beiden hat denn gelogen und mir seinen Tod vorgespielt?«

Zum Teil nuschelte er die Worte schnell herunter, dann machte er wieder große Pausen zwischen den Sätzen, in denen er nachzudenken schien, was er als Nächstes sagen wollte. Mittlerweile meinte ich ihm seinen psychischen Verfall anzuhören.

»Verdammt, du hast sogar dein eigenes Begräbnis organisieren lassen. Ja, dachtest du denn, ich bin blöd? Ich hab schon vorher geschnallt, was los war. Den leeren Sarg zu öffnen war nur noch eine Bestätigung.«

»Wo bist du?«, fragte ich und starrte zur Tür, die, wie ich jetzt merkte, nie verschlossen gewesen, sondern nur durch den umgestürzten Schrank verkeilt gewesen war. Hatte ich wirklich die Kraft aufgebracht, ihn ganz allein, nur mit

dem Einsatz meines Körpergewichts, zur Seite zu wuchten?
Oder, schoss mir ein furchterregender Gedanke durch den Kopf, *hatte jemand nachgeholfen und mich auf das Bett gelegt, während ich bewusstlos gewesen war?*
»In welchem Loch hast du dich verkrochen?«, wiederholte ich meine Frage. »Versteck dich nicht länger hinter deinem Telefon. Ich will dich sehen.« Das Wasserrauschen schien noch lauter geworden zu sein und dauerte für eine meiner akustischen Fehldeutungen nun schon ziemlich lange an.
»Eins nach dem anderen«, lachte Frank. »Erst mal ist hier jemand, der mit dir sprechen will.«
Die Leitung flatterte, als würde jeden Moment die Verbindung abreißen, dann hörte ich einen Mann husten.
»Sie müssen schon in den Hörer sprechen, sonst kann er Sie nicht verstehen«, sagte Frank in einem Tonfall, den man sonst nur gegenüber begriffsstutzigen Kleinkindern anschlägt. Der Husten ging in ein schweres Atmen über, erst nach einer quälend langen Weile hörte ich das erste Wort der Person, an die Frank übergeben hatte.
»Falle …«
Ich schloss die Augen.
Verdammt, das darf nicht sein.
»Es tut mir leid, Zorbach. Er hat uns in die Falle gelockt.«
»Scholle, wo bist du?«, fragte ich, doch Frank hatte ihm bereits wieder den Hörer entrissen.
»Ach, wie es mich freut, dass wir alle endlich wieder im Spiel sind.«
»Das hier ist kein Spiel, du Wichser.« Ich kletterte über das Bett näher zur Tür.
»Oh doch, das ist es. Und ich finde es erstaunlich, wie schnell wir alle gemeinsam aufs Feld zurückgefunden ha-

ben. Du, ich, Scholle, und diesmal sogar ohne die lästige Alina, die immer alles besser weiß.«

»Du irrst dich, Frank. Das Spiel ist aus. Du hast mir bereits alles genommen, was mir lieb war.«

Jetzt gab es keinen Zweifel mehr. Das Rauschen war nicht in meinen Ohren, sondern drang vom Flur aus in mein Zimmer. Ich machte den Fehler, das rechte Bein zu belasten, als ich vom Bett steigen wollte, und knickte ein.

»Du kannst mich zu nichts mehr zwingen, Frank.«

»Oh, das sehe ich aber anders. Ich weiß ja, wie schwer dir das Gehen momentan fällt, aber würdest du bitte mal ins Badezimmer kommen?«

Ich hatte mich gerade mit einem von Julians Hockeyschlägern, den ich unter dem Bett hervorgeangelt hatte, wieder aufgerappelt, doch jetzt versetzten mich Franks Worte in eine Art Schockstarre.

Ins Badezimmer?

»Woher zum Teufel weißt du, wo im Haus ich mich gerade aufhalte?«

Pause. Dann, nach einer Weile, sagte er tonlos: »Weiß ich nicht, Zorbach. Aber ich weiß, wo du *nicht* bist. Im Badezimmer läuft gerade die Wanne über, und da ich es nicht rauschen höre, musst du woanders sein.«

Dann lachte er wieder, erneut eine Spur hysterischer als zuvor. »Ach Mann, Zorbach. Immer noch der Profi, der alles hinterfragt. Der Mann, der erkennt, wenn er einen großen Fisch an der Angel hat, und die Kleinen laufenlässt, richtig?«

»Ich weiß nicht, worauf du hinauswillst«, sagte ich, bemüht, mein Gleichgewicht auf dem Hockeyschläger zu halten, mit dessen Hilfe ich mich schon fast wieder bis zur Tür vorangetastet hatte.

»Ich will, dass du endlich zu diesem Scheißbadezimmer kommst«, brüllte Frank. Zum ersten Mal, seit ich ihn kannte, schien er die Fassung zu verlieren, und ich wusste nicht, ob das ein gutes oder ein schlechtes Zeichen war. In jedem Fall stand er gehörig unter Stress. Und während mir das Adrenalin dabei half, klarer zu denken (und sogar ganze Sätze zu formulieren), schien es den Mörder meiner Frau immer mehr zu verwirren.

»Frank?«, fragte ich, als er längere Zeit nichts mehr gesagt hatte und ich schon befürchtete, er habe wieder aufgelegt.

»Bist du da?«, antwortete er. »Ich kann es immer noch nicht rauschen hören.«

Aber ich, du kranker Psychopath. Ich hatte mich zum Türrahmen gekämpft und starrte schweißgebadet den Flur hinunter. Zwischen mir und der letzten Tür am Ende des Ganges lag eine Strecke, die für mich einem Marathon gleichkam.

»Ich schaffe das nicht«, keuchte ich in das Handy, den Blick zu Boden gerichtet.

»Oh doch, Zorbach. Du hast schon ganz andere Dinge gepackt. Glaub mir.« Franks Lachen klang wie ein Schluckauf. »Oder willst du dir nicht ansehen, was da in deiner Badewanne liegt?«

37. Kapitel

Alina Gregoriev

Er hatte das Licht ausgemacht. Bewusst. Der perverse Dreckskerl hatte gewusst, wie wichtig es ihr war, zwischen Hell und Dunkel unterscheiden zu können, die einzige Differenzierung, die ihren blinden Augen noch möglich war. Während Suker vorgetäuscht hatte, sie vergewaltigen zu wollen, hatte eine Lampe über ihrem Kopf gebrannt. Der Strahl war nicht nur licht-, sondern auch wärmeintensiv gewesen, weshalb sie seine Abwesenheit jetzt doppelt bedauerte.

Licht ist Leben. Dunkelheit der Tod.

Sie lag nackt in einer alles beherrschenden Dunkelheit und spürte, wie ihr die Kälte die Beine hochkroch. Ihre Füße waren wie taub. Wenigstens steckten ihr die Metallklammern nicht mehr zwischen den Lidern. Suker hatte sie entfernt, nachdem er ihre Augen gründlich untersucht und zum Abschluss mit einer brennenden Lösung betropft hatte.

Niemals zuvor hatte sie sich so einsam gefühlt wie in diesem Moment, auch wenn sie wusste, dass sie nicht die einzige Person im Raum war.

»Wer bist du?«, hörte sie die Stimme der jungen Frau, die sie geweckt hatte, kurz bevor Suker sie auf unbestimmte Zeit mit dem Kommentar allein gelassen hatte: *»Ich gebe den Damen jetzt die Gelegenheit, sich auszutauschen, bevor die Operation beginnt.«*

Die Frau befand sich etwa einen Meter rechts neben ihr. Ihr

Atem rasselte, und sie klang, als würde sie einen Hustenreiz unterdrücken. Eine Zeitlang überlegte Alina, ob sie antworten sollte. Ihr gesamter Körper war auf Flucht, ihre Sinne auf Gefahrenabwehr programmiert. Solange sie nicht wusste, wie sie sich aus ihrer Gefangenschaft befreien konnte, stellten unbekannte Menschen eine potenzielle Bedrohung dar, selbst wenn sie klangen, als litten sie unter einer Bronchitis und wären kaum älter als achtzehn Jahre. Andererseits, was hatte sie durch eine Unterhaltung schon zu verlieren? Schlimmstenfalls verstieß sie damit gegen irgendwelche Regeln des Wahnsinnigen, der sie garantiert mit einer Nachtbildkamera filmte, um sich an ihrer verwundbaren Blöße zu weiden.

»Mein Name ist Alina Gregoriev«, begann sie sachlich. Wie ein Läufer auf seinen Atem achtet, so konzentrierte Alina sich auf jedes einzelne Wort. Am liebsten hätte sie ebenso laut geschluchzt wie die Frau neben ihr. Aber wenn das Schwein ihr zuhörte, wollte sie ihm nicht den leisesten Hauch ihrer unerträglichen Angst zeigen.

»Und du, wie heißt du?«

»Ich, ich …« Die Frau machte eine Pause, als könne sie sich nicht an ihren eigenen Namen erinnern. Dann sagte sie: »Nicola« und begann zu weinen.

Nicola. Nicola? Nicola, wiederholte Alina den Namen im Geiste, jeweils mit unterschiedlichen Betonungen, mal fragend, mal zweifelnd. Sie kannte niemanden dieses Namens, war sich aber sicher, ihn erst vor kurzem irgendwo gehört zu haben.

»Tut mir leid, es ist nur so, ich …« Nicola schien sich wieder zu fangen.

»Ich hab seit einem halben Jahr mit niemandem mehr gesprochen.«

»So lange hält er dich schon fest?«

»Ja.«

Alina drehte den Kopf zu der Stimme.

»Wozu?«

Sie traute sich nicht, die Frage zu formulieren, die sie eigentlich im Kopf hatte: *Weshalb behält er dich so lange hier? Seine anderen Opfer hat er binnen weniger Tage entführt, gequält und wieder freigelassen.*

»Ich habe keine Ahnung. Er liebt meine Augen.«

Das verstehe ich nicht, dachte Alina. *Aber wahrscheinlich gibt es hier auch nichts, was ich mit meinem gesunden Geist verstehen könnte.*

»Er kommt ständig, um sie anzusehen. Sagt, er hat sie sich für etwas Besonderes aufgehoben.«

Krank. Einfach nur krank.

Früher hatte sie sich gerne über die Psychothriller lustig gemacht, die John so mochte und in denen es meist eine rationale Erklärung für das scheinbar unbegreiflich Böse gab. Aus irgendeinem Grund ist es für die Menschen leichter, die Existenz eines Kinderschänders in ihrer Mitte zu akzeptieren, wenn man ein traumatisierendes Ereignis in seiner Jugend findet, als sich mit der Vorstellung abfinden zu müssen, dass manche widerwärtigen Subjekte schlicht von Natur aus böse sind. Man will es nicht wahrhaben, dass einer Kreatur die Lust am Foltern und Morden angeboren ist wie ihre Augenfarbe oder die Eigenschaft, Rechtshänder zu sein.

Menschen suchen immer nach dem Wechselspiel zwischen Ursache und Wirkung, selbst bei Schicksalsschlägen und Krankheiten. Thrombose? – *Kein Wunder, bei dem wenigen Sport.* Vergewaltigt? – *Musste ja mal so kommen, so wie die sich anzog.* Verschleppt und an den Operationstisch eines psychopathischen Augenarztes gefesselt? – *Na klar, er liebt deine Augen!*

»Weißt du, was er damit gemeint haben kann?«, fragte Alina.

Sie hörte das Rasseln einer Kette auf Metall, vermutlich, weil ihre Schicksalsgenossin ratlos die gefesselten Arme gehoben hatte.

»Tut mir leid, Nicola. Du musst mir schon mit Worten antworten, wenn ich dich verstehen soll. Ich bin blind.«

»Oh, tut mir leid«, sagte Nicola mit einem Bedauern in der Stimme, als sei ihre Sehbehinderung viel schlimmer als die Gefangenschaft, in der sie sich gerade befanden. »Jetzt verstehe ich.«

»Verstehst du *was?*«

»Was Suker gesagt hat, als ich aufwachte.«

»Nun sehen Sie mal, was Sie angerichtet haben, Alina. Durch Ihr Geschrei haben Sie die Organspenderin geweckt, die ich für Ihre Operation doch so dringend benötige.«

Kein Wunder, dass Nicola wieder anfing zu weinen.

Alina überlegte sich, ob es irgendetwas gab, womit sie die junge Frau beruhigen konnte, aber sie fand ja noch nicht einmal einen Ansatz, um ihre eigene Panik zu unterdrücken. Wenn Suker seine Drohungen wahrmachte, dann würde er Nicolas Hornhaut entfernen, um sie bei ihr zu transplantieren. Es gab keine Worte, die dieses Horrorszenario erträglicher machen könnten. Alina wusste das. Und Nicola, deren Weinkrampf gerade in einen Hustenanfall übergegangen war, wusste es auch.

»Nicola? Hör mir zu. Welches Fach in der Schule hast du früher am meisten gehasst?« Alina fragte nicht aus Interesse, sondern um Nicola mit einer unerwarteten Frage abzulenken.

»Was?«, fragte Nicola gepresst. Sie hustete mehrmals hintereinander, aber sie war tatsächlich aus dem Konzept gebracht.

»In der Schule. Welches Fach …«

»Ja, ja, ich hab schon verstanden, aber was soll das? Ich hasse alle Fächer.«

»Ich ›hasse‹«, dachte Alina. *Sie spricht in der Gegenwart.*

»Wie alt bist du denn?«

»Sechzehn.«

Nicola. Sechzehn.

Auf einmal hörte Alina jemanden weinen, doch diesmal geschah das nur in ihrer Erinnerung, und jetzt wusste sie, mit wem sie sich unterhielt.

»Nicola Strom?«

»Wo…, woher kennst du …?«

Das Mädchen schnappte nach Luft, und Alina stieg ein feiner, unangenehmer Duft in die Nase. Der unverkennbare Geruch der Angst. Sie ging davon aus, dass er schon die gesamte Zeit über in dem Raum gehangen hatte und von ihrem eigenen Angstschweiß überdeckt gewesen war. Jetzt aber strömte er Nicola aus allen Poren, seitdem ihr Nachname gefallen war.

»Ich habe mich mit deiner Mutter getroffen«, erklärte Alina. »Sie sucht dich. Sie ist zu mir gekommen.«

»Du lügst.«

»Wieso sollte ich?«

»Keine Ahnung. Vielleicht, weil du mit dem Schwein unter einer Decke steckst?«

»Tu ich nicht. Verdammt, ich hab genauso viel Angst wie du.«

»Dann erzähl keine Scheiße. Meine Mutter würde nie nach mir suchen. Kann die gar nicht. Sie ist ’ne verdammte

Schnapsleiche, schon morgens zugedröhnt. Da würde ja eher noch mein Vater etwas unternehmen, aber der ist sicher ganz froh, dass ich weg bin. So kann ich wenigstens keinem erzählen, wie er mich befingert hat, kaum dass ich bei ihm eingezogen war.« Nicola hustete verächtlich. »So viel zu deiner Familie Sonnenschein, die sich um die kleine Nicola sorgt.«

Alina seufzte. »Hör zu, deinen Vater kenn ich nicht.«

»Ist auch besser so.«

»Und deine Mutter ist vielleicht etwas angeknackst, setzt aber gerade Himmel und Hölle in Bewegung, um dich wiederzufinden; im Gegensatz übrigens zur Polizei, die glaubt, du wärst nur ausgerissen. Aber lass uns keine Zeit verlieren. Suker kann jeden Moment zurückkommen, und ich würde mich gerne darauf vorbereiten.«

»Vorbereiten? Worauf denn?«

»Auf unsere Flucht. Dazu muss ich wissen, wo ich bin.«

»Das weiß ich doch selbst nicht.«

»Nicola, reiß dich zusammen. Ich habe keine Augen, also brauch ich deine. Beschreib mir den Raum hier.«

»Der ist ziemlich dunkel.«

»Was hast du gesehen, bevor das Licht ausging?«

»Nichts. Da war ich betäubt. Ich hab von einem OOMPH!-Video geträumt.«

»Oomph? Was ist das?«

»Eine Band. Mann, wie alt bist *du* denn?«

»Sechsundzwanzig. Wo warst du, bevor er dich betäubt hat?«

»In meiner Zelle.«

»Deine Zelle? Wo ist die?«

»Was weiß denn ich.«

Das Mädchen musste wieder husten.

»Nicola, konzentrier dich. Deine Zelle, hat die Fenster?«
»Nein, nicht mehr.«
»Was heißt, *nicht mehr?*«
»Ich hatte mal Fenster. Kleine Dinger, in Sichtweite von dem Käfig, in dem sie uns hielten. Die Scheibe war abgeklebt, aber links oben schimmerte tagsüber etwas durch, weißt du. Das hat mir Hoffnung gegeben. Solange dieser kleine Punkt morgens leuchtete, wusste ich, dass es eine Welt da draußen gibt. Ich hab den Käfig gemocht, der war besser als die enge Zelle hier. Hier ist immer nur alles dunkel und kalt. Verdammt, erst seitdem ich hier bin, hab ich diese Dreckserkältung.«
»Also hat Suker dich an einen anderen Ort gebracht?«, fragte Alina verwirrt.
»Ja. Er hat mich betäubt, um mich zu transportieren, meinte das Schwein. Das war etwa vor einem Monat. Ich weiß nicht mehr so genau, wie viel Zeit seitdem vergangen ist. In meinem Käfig habe ich damals eine Strichliste geführt, wann immer die Sonne kam und ging, weißt du. Hier ist das nicht möglich. Hier ist nichts außer diesem Rauschen.«
»Was für ein Rauschen? Ich höre nichts.«
»Im Moment ist es auch nicht da. Aber in den Zellen steckt es in den Wänden. Wenn du deinen Kopf an den Beton drückst. Es nimmt ab und zu, schwillt an und manchmal pausiert es, aber meistens kommt es von überall her. Als würde ein Wasserfall direkt durch das Gebäude strömen.«
»Okay, das ist gut. Das ist sehr gut«, sagte Alina, obwohl sie in Wahrheit nicht wusste, wie diese Informationen ihr weiterhelfen sollten.
»Kannst du hier irgendetwas erkennen, Nicola?«
»Hier?«
»Ja, hier. Wo wir gerade sind. Siehst du was?«

»Ein wenig. Meine Augen haben sich langsam an die Dunkelheit gewöhnt.«

»Beschreib mir bitte den Raum.«

Alina hörte wieder ein metallisches Rasseln. Sie vermutete, dass Nicola versuchte, sich auf ihrem Tisch zu drehen, und von ihren Fesseln zurückgehalten wurde.

»Es ist kein Raum.«

»Wie bitte? Was soll das heißen? Wir können unmöglich im Freien sein.«

»Nein, natürlich sind wir nicht *im Freien*«, sagte Nicola und betonte die beiden letzten Worte verächtlich. »Wir werden nie wieder *im Freien* sein.« Wütend riss sie an ihren Fesseln.

»Hey, hey, beruhig dich!«

»Beruhigen? Du hast gut reden, Alte. Du bist erst seit einigen Stunden hier.«

»Und du seit Monaten, ich weiß. Und ich will das hier beenden, aber noch mal: Das schaffe ich nicht ohne dich, okay?«

Sie hörte, wie Nicola die Nase hochzog, und wertete ihr anschließendes Schweigen als stumme Einwilligung.

»Komm schon, lass uns nicht noch mehr Zeit vergeuden. Wo sind wir hier, wenn nicht in einem Raum?«

»Keine Ahnung, sieht eher aus wie ein Zelt.«

Okay, das ergibt schon mehr Sinn.

»Überall um uns herum hängen so dicke, halb durchsichtige Planen.«

»Oh nein«, rutschte es ihr heraus.

»Was hast du?«

»Nichts, gar nichts. Nur ein Krampf«, log Alina, die ihre Schicksalsgenossin nicht darüber aufklären wollte, dass Suker sich mit den Planen ein provisorisches Operationszelt aufgebaut hatte, um möglichst sterile Bedingungen herstellen zu können.

»Wie hat er uns angekettet?«, fragte sie schnell und musste einen heftigen Hustenanfall Nicolas abwarten, bevor sie eine Antwort bekam.

»Da sind Löcher in unseren Metalltischen. Da hat er die Fußketten durchgezogen für die Manschetten.«

»Und die Hände? Bist du auch vollständig gefesselt?«

»Ja. Aber meine Arme liegen seitlich neben meiner Hüfte. Ich kann sie keinen Zentimeter bewegen.«

»Und bei mir?«

»Bei dir sind sie hinter dem Kopf zusammengebunden, merkst du das denn nicht?«

»Doch. Ich will wissen, *wie* sie befestigt sind. Oder woran.«

»Na ja, die stecken in Handschellen, soweit ich es erkennen kann. Von den Handschellen geht eine Kette direkt zur Wand hinter deinem Kopf. Keine Ahnung, ob sie dort festgeschraubt ist oder so was. Dazu ist es hier zu dunkel, kann ich nicht sehen. Außerdem breche ich mir jetzt schon fast das Genick, um mich zu dir zu drehen.«

Die letzten Worte kamen wieder wütend und trotzig aus dem Mund der Sechzehnjährigen, die sich erstaunlich gut artikulierte, für jemanden, der seit Monaten keinen Kontakt mehr mit der Außenwelt hatte.

»Gibt es sonst irgendetwas Auffälliges hier?«

»Was meinst du? Diese fette Zahnarztlampe über uns? Der Reißverschluss in der Plane da vorne. Sieht aus, als ob man damit eine Tür im Zelt öffnen kann.«

Die Schleuse, dachte Alina. *Durch sie wird Suker seinen Operationssaal betreten.*

»Was ist mit dieser Tür? Wie weit ist sie entfernt?«

»Zwei, drei Meter vor uns. Was weiß ich.« Sie hustete wieder.
»Gibt es nur innen einen Reißverschluss oder auch außen?«
»Kacke, wie soll ich das denn erkennen?«
»Nicola, bitte. Reiß dich zusammen. Willst du hier raus?«
»Ja. Scheiße, ja. Aber das geht nicht. Wir werden hier verrecken.« Sie schluchzte auf, als habe ihr jemand in den Magen geschlagen. Nicht mehr lange, ahnte Alina, und das Mädchen würde hysterisch werden.
»Hey, hey. Hör auf damit. Hör mir zu, Nicola!«
»Was?«, rief sie weinend.
»Selbstmitleid bringt uns nicht weiter.«
»Blöde Sprüche auch nicht, du Mistkuh. Glaubst du nicht, ich hab alles versucht, um hier rauszukommen? Das klappt aber nicht, denn wir sind die ganze Zeit gefesselt. Beim Schlafen, beim Essen, wenn wir uns mit diesem Pisseimer waschen müssen und auch beim Kacken, verstehst du?«
»Ja, das verstehe ich. Aber unser Kopf ist frei. Den hat er nicht in Ketten gelegt.« *Zumindest noch nicht.* Das würde erst mit der Anästhesie geschehen. »Also nutze die einzige Waffe, die dir noch geblieben ist, deinen Verstand ...«
Gott, jetzt höre ich mich schon wie ein Freiheitskämpfer an.
»... und nenn mir jedes Detail, jede Kleinigkeit. Ganz gleich, ob du glaubst, dass es wichtig ist oder nicht.«
Nicola stöhnte auf. »Ich sag doch, hier ist nichts. Wir liegen auf verdammten Edelstahltischen mit einer dünnen Auflage. Die Tische sehen aus wie das Ding, auf dem mein Tierarzt Freddy eingeschläfert hat.«
»Sind da Rollen dran?«
»Weiß nicht.« Alina hörte wieder das Rasseln von Nicolas Fesseln. »Ja, glaub schon. Und da gibt es einen Hebel. Glaub, unsere Tische sind höhenverstellbar.«

»Okay, wie weit liegen wir beide entfernt?«
»Bin ich ein Landvermesser? Zwanzig, dreißig, vierzig Zentimeter. Wozu ist das wichtig? Zwischen uns steht so ein Rolltisch mit mehreren Schubladen, wie im Krankenhaus, wenn dir das weiterhilft. Ist aber nichts drauf.«
Noch nicht.
Bald würde Suker dort seine Instrumente plazieren. Allen voran das Skalpell, das nach ihm benannt war.
»Moment mal«, hörte sie Nicola plötzlich sagen.
»Was?«
»Ich glaub, da ist doch was. Ich bin mir nicht sicher.«
»Was? Was siehst du?«
»Ich glaube, da drüben hängt ein Waschbecken.«
Wo er seine Hände vor dem Eingriff säubern wird.
»Nicola, ich kann mit ›da drüben‹ herzlich wenig anfangen. Zur Erinnerung, ich bin blind.«
»Ach so, ja. Sorry. Ich meine, hinter der Plane.«
»Dahinter?«
»Ja, sagte ich doch. Die Dinger sind halb durchsichtig, soweit ich das im Halbdunkel hier sehen kann. Aber ich bin mir fast sicher. Da draußen hängt ein Waschbecken. Und daneben ist ein Knopf an der Wand.«
»Was für ein Knopf?«
»Keine Ahnung, vielleicht täusche ich mich auch. Das Ding sieht aus wie ein Feuerknopf.«
Ein Knopf für Feuer?
»Was zum Teufel soll das sein?«
»Mann, so ein rotes Teil hinter Glas, wie bei uns in der Schule. Du weißt doch, was ich meine.«
»Feueralarm?«
»Richtig.«
Alina war wie elektrisiert.

Konnte es möglich sein? Hatte Suker bei der Ausgestaltung seines Operationssaals einen Fehler gemacht? Oder ging er ohnehin davon aus, dass es den Frauen niemals gelingen würde, auch nur in die Nähe des Alarmknopfes zu kommen, sollte er überhaupt funktionieren.

»Was kannst du noch alles hinter der Plane erkennen?«, wollte Alina wissen, doch in diesem Moment fiel ihr eine viel dringlichere Frage ein, die sie schon längst hätte stellen müssen und von deren Beantwortung ihre Chancen, diesen Ort lebend zu verlassen, entscheidend abhingen.

»Du hast eben von den Käfigen gesprochen, in denen *sie* euch hielten, bevor du verlegt wurdest.«

»Ja?«

»Was hast du damit gemeint? Arbeitet Suker etwa nicht allein?«, fragte Alina in Nicolas Richtung, aber da war es schon zu spät.

Sie hörte, wie ein Reißverschluss nach oben gezogen wurde. Der Augenarzt kam zurück.

38. Kapitel

Alexander Zorbach

Ich hatte meinen toten Punkt überschritten. Nicht in Bezug auf die Müdigkeit, die mich, seit ich aus der Bewusstlosigkeit erwacht war, wie ein schwerer Kokon einhüllte. Es war der tote Punkt meines Schmerzbewusstseins, den ich hinter mir gelassen hatte. Während ich mich durch den Flur schleppte, war mein Geist von einer längst vergessen geglaubten Klarheit erfüllt, als hätte das Grauen, durch das ich wanderte, eine klärende Funktion; ein Anästhetikum, dessen Wirkungsweise darin bestand, meine Qualen durch gezielt gesetzte Schockmomente zu vertreiben. Meine Kopfschmerzen waren verschwunden, und selbst die rechte Körperhälfte wollte mir wieder besser gehorchen, auch wenn ich auf meinem Weg dem rauschenden Wasser entgegen hin und wieder einknickte. Leider dämpfte der Schrecken, dem ich mich ausgesetzt sah, nur meine körperlichen Leiden und ließ die seelischen Wunden unberührt. So kam es, dass ich einerseits klar denkend, andererseits von einer tiefen, mit Angst vermischten Wut erfüllt, die Tür zum Badezimmer aufstieß, in das Frank mich befehligt hatte.

Als ich eintrat, konnte ich nichts sehen. Heißer Wasserdampf hatte das Badezimmer in eine dichte Nebellandschaft verwandelt, in der es mir schwerfiel zu atmen. Ich wedelte mit den Armen, als wollte ich ein lästiges Insekt vertreiben, und nach und nach lichtete sich der Vorhang vor meinen Augen. Was ich bedauerte, als ich die Badewanne sah.

Bitte, lieber Gott, mach, dass ich mich irre ...

Ich fühlte mich wie eine Comicfigur, die einen Schritt über den Abgrund getreten ist und nun in der Luft schwebend darüber nachdenkt, welchen Fehler sie wohl begangen hat, bevor es sie in den Abgrund reißt. Nur dass sich vor mir leider kein Krater auftat, in den ich hätte versinken können.

Lass mich einer optischen Täuschung erliegen. Lieber Gott, mach, dass mein durchlöchertes Gehirn mir einen Streich spielt ...

Unsere Badewanne war ein auf antik getrimmtes Monstrum, das auf Messingfüßen thronend in der Mitte des Raumes stand. Groß genug, um zwei Menschen aufzunehmen, die sich beim Baden nur dann berühren mussten, wenn sie es auch wollten. Weil Nicci auf einen wassersparenden Zulauf bestanden hatte, dauerte es mindestens eine halbe Stunde, bis der »Swimmingpool vollgetankt« war, wie Julian es scherzhaft ausgedrückt hatte. Aktuell fehlten noch etwa zwei Zentimeter, bis die Wanne überlief. Zwei Zentimeter, die im Augenblick über Leben und Tod entschieden. Ich stürzte zum Wannenrand und rüttelte an den Ketten, mit denen die geschundene Kreatur darin gefesselt war. Frank hatte ganze Arbeit geleistet. TomTom hatte weder die Chance, aus der Wanne zu springen, noch seine Schnauze über den Rand zu halten. Er wirkte wie weggetreten, war vermutlich sediert, was erklärte, warum er nicht winselte oder gar bellte.

Das Geschirr, in dem der Blindenhund steckte, damit Alina ihn mit einem starren Haltegriff führen konnte, war dem armen Tier nun zum Verhängnis geworden. Es bot genug Ösen und Schlaufen, durch die der Augensammler mehrere dünne Ketten hatte ziehen können, um TomTom komplett bewegungsunfähig zu machen. Der Hund war an Hals, Torso und Hüfte an die Armaturen der Badewanne gekettet worden. Die Schnauze des Golden Retrievers hing bereits mit der Unterkante im Wasser. Nach oben hin war kaum noch Spielraum. Die Wanne, ein amerikanisches Modell ohne Überlauf, füllte sich langsam, aber stetig. Ein, vielleicht zwei Minuten noch, und TomTom würde untertauchen, und ich konnte nichts dagegen tun, denn die Drehventile des Zulaufs waren ebenso abgeschraubt wie der Hebel, um den Abfluss zu öffnen.

»Siehst du, unser Spiel geht weiter«, hörte ich Frank über das Telefon frohlocken, das ich mir zwischen Ohr und Schulter geklemmt hatte, um mit den Händen TomToms Kopf über Wasser zu halten. Der Hund zitterte am ganzen Körper, wirkte ansonsten aber völlig apathisch.

»Was willst du von mir?«

»Eine Entscheidung. Hast du das nicht kapiert? Bei allem hier geht es um Entscheidungen.«

»Wieso ich?«, wollte ich brüllen. *»Weshalb hast du ausgerechnet mich für deine Folter ausgesucht?«*

Der Augensammler hatte mich in dunkle Keller geführt und mich vor die Wahl gestellt, eine kranke Frau zu töten oder selbst zu sterben. Er hatte meinen Tod für das Leben Julians gefordert. Und nun stand ich wohl wieder unter dem Zwang, mich zwischen Leben und Tod entscheiden zu müssen.

TomTom, der bislang die Augen geschlossen hatte, öffnete sie kurz und schleckte mir gutmütig über die Hand. Er war müde und schien wieder wegdämmern zu wollen. *Nicht zu früh, nicht zu spät,* dachte ich. Der Wahnsinnige wollte, dass der Hund erst im letztmöglichen Moment ersoff.

»Also, triff deine Wahl«, sagte Frank.

»Was für eine Wahl?«
Ich prüfte, ob ich das Lederhalsband öffnen konnte, an dem die Kette am Hals befestigt war, und stieß auf ein Zahlenschloss unter TomToms Kehlkopf. Er öffnete hechelnd die Schnauze, schloss sie aber sofort wieder, als Wasser eindrang.
Dreizehn. Zehn. Einundsiebzig. Mir schoss die Kombination durch den Kopf, die Frank mir vor meiner letzten tödlichen Prüfung genannt hatte.
»Wer soll weiterleben?«, fragte er. »TomTom oder dein alter Kumpel hier, der Kommissar.«
Im Hintergrund hörte ich Scholle stöhnen. Gleichzeitig begann TomTom zum ersten Mal zu winseln. Es klang gedämpft, da der größte Teil seines Kopfes bereits untergetaucht war. Er versuchte vergeblich, durch wildes Blinzeln das Wasser von den Augen zu vertreiben. Mittlerweile stachen von der großen Fellnase nur noch die Löcher hervor.
»Sobald du sagst, ich soll den Bullen erschießen, gebe ich dir die Kombination, mit der du das Schloss öffnen kannst.«
»Du perverses Schwein.«
Er kicherte hysterisch.
»Oder du siehst TomTom beim Sterben zu.«
Nein. Nein, das werde ich nicht.
Ich legte das Handy auf den Fußboden und griff mit beiden Händen in die Wanne, obwohl ich wusste, dass ich den Abfluss nicht ohne den Hebel öffnen konnte. Meine Fingernägel schoben sich zwischen die Kante des Stöpsels und die Emaille, rutschten aber immer wieder ab.
Wenigstens hatte ich etwas Wasser aus der Wanne verdrängt und TomTom damit neuen Spielraum verschafft. Aber ich konnte hier nicht ewig stehen bleiben und Wasser schöpfen, das würde Frank nicht zulassen. Mir blieb ver-

mutlich nicht einmal genug Zeit, um die Zahlenkombination auszuprobieren. Mit nassen Händen griff ich wieder nach dem Handy.

»Zorbach?«, hörte ich Frank, der nochmals eine Spur abgedrehter klang als zuvor. Entweder hatte er ein weiteres Aufputschmittel eingeworfen, oder die beruhigende Wirkung seiner Drogen ließ rapide nach.

»Was willst du?«

»Entscheide dich, und zwar schnell.«

»Warum? Warum tust du mir das an?«

Nicht nur seine Stimme klang immer wahnsinniger, auch sein Verhalten war nicht mehr nachvollziehbar.

»TomTom oder Scholle?«, fragte er.

Hund oder Mensch?

An sich eine einfache Wahl. Doch es war eine Sache, theoretisch zu wissen, dass das Leben eines Menschen höher einzustufen ist als das eines Tieres, aber eine völlig andere, nach dieser Einsicht zu handeln, vor allem, wenn der Mann, den es zu retten galt, mich vor kurzem noch hatte foltern wollen, während das Tier Alinas wertvollster Besitz war. Die meisten Menschen haben das Glück, in ihrem Leben nie in eine solche Ausnahmesituation zu geraten, weswegen sie Entscheidungen in Gefahrensituationen immer nur theoretisch und aus der Vergangenheitsperspektive diskutieren können.

Aus einer sicheren Position heraus, während man gemütlich mit Freunden beim Bier sitzt oder die Schlagzeilen der Sonntagszeitung beim Frühstück mit seiner Frau diskutiert, fällt es leicht zu kritisieren. Natürlich würde man sich nicht wehren, wenn man von einer Bande Jugendlicher in der U-Bahn ausgeraubt würde. Selbstverständlich hätte man als Pilot das Kerosin abgelassen und die Notlandung nicht mit vollen Tanks versucht. Zweifellos würde man eher das Kind aus dem brennenden Auto retten als den alten Mann, der sein Leben doch schon hinter sich hat. Leider erscheinen derartige Abwägungen immer erst im Nachhinein so klar und eindeutig, nämlich dann, wenn man die Ruhe hat, darüber nachzudenken. Steht man aber mitten auf dem Schlachtfeld, ist das Gehirn ausgeschaltet. Man trifft keine Entscheidungen mehr, man handelt nur noch. Und so war auch ich schon längst kein vernunftgetriebenes Wesen mehr. Daher gab es für meinen Versuch, TomTom das Leben zu retten, keine rationale Erklärung, die einer Überprüfung durch Besserwisser am Stammtisch standgehalten hätte.

»Noch dreißig Sekunden.«

Ich überlegte, ob ich die Handbrause abreißen sollte, um den Schlauch als Überlaufventil zu nutzen, doch dazu fehlten mir Kraft und Zeit. Aus diesen Gründen war es mir ebenso unmöglich, in den Keller zu rennen, um den Haupthahn zu schließen. In meinem Zustand hätte ich dafür mindestens zehn Minuten benötigt und nicht …

»Zwanzig Sekunden.«

Am Ende waren es die schlichten Zeitangaben Franks, die meine Gedanken auf eine andere Flugbahn setzten und damit die Wendung herbeiführten.

Ich habe noch zwanzig Sekunden, um die Kombination zu erfragen.

In spätestens dreißig Sekunden kriegt TomTom keine Luft mehr.

Aber wie, so fragte ich mich, wollte Frank das kontrollieren?

»Oder du siehst TomTom beim Sterben zu«, hörte ich ihn in meiner Erinnerung kichern. Nur, woher wusste er, wie

lange ich dazu noch warten musste? Es gab nur eine einzige Erklärung:

Er kann nicht weit sein.

Vermutlich ist er noch ganz in der Nähe.

Die Vorstellung ließ mich schwindeln. Ich hatte das Gefühl, als drehe sich auf einmal das gesamte Zimmer um mich herum und ich sei der einzige Fixpunkt im Raum.

»Zehn Sekunden, Zorbach.«

Ich sah nach oben zu der weiß gestrichenen Zimmerdecke, und als ich dort nichts Verdächtiges erkennen konnte, humpelte ich zu der einzig sinnvollen Stelle im Bad, die noch blieb. An der es Strom und einen Verschlag gab, um die Installation zu verstecken.

Ich öffnete die linke, bereits etwas angelehnte Tür des Spiegelschranks über dem Waschbecken und starrte in die Linse einer rot blinkenden Miniaturkamera.

Im gleichen Moment wurde über mir auf dem Dachboden eine Schusswaffe abgefeuert.

39. Kapitel

Wenn man in unserem Haus auf den Dachboden wollte, benötigte man zunächst einen Holzstock mit einem Haken am Ende. Mit ihm ließ sich eine Falltreppe herunterziehen, die sich hinter einer quadratischen Klappe in der Decke befand, etwa in der Mitte des Flurs. Auf meinem Hinweg war die Klappe fest verschlossen gewesen. Jetzt, als ich nach dem Schuss rückwärts aus dem Badezimmer taumelte, stand sie offen. Die Falltreppe hing halb ausgefahren nach unten, wie eine Zunge aus dem Mund eines Riesen, dem ein fahles, kaltes Licht aus dem Rachen strahlte. Was immer dort oben geschah, es geschah bei voller Beleuchtung.

Ich sah zurück zur Wanne, in der TomToms Schnauze gerade vollständig untertauchte. Dann hörte ich die Kampfgeräusche über meinem Kopf und erkannte, dass Frank soeben den Spieleinsatz verändert hatte.

Es ging nicht länger um TomTom oder Scholle. Jetzt ging es nur noch um Frank oder mich.

Ich hörte jemanden meinen Namen brüllen, so schmerzerfüllt und verzweifelt, dass ich die Stimme des Polizisten kaum wiedererkennen konnte. Als Scholle mich laut um Hilfe anflehte, war ich bereits in Griffweite der Treppe. Von Adrenalin und Rachegedanken getrieben, bewegte ich mich mit einer unvermuteten Selbstverständlichkeit durchs Haus, als wäre meine Motorik nie durch die Schusswunde beeinträchtigt gewesen.

Ich packte die unterste Stufe und wollte die Treppe nach

unten ziehen, als es über meinem Kopf dunkel wurde. Dann spürte ich etwas Warmes im Gesicht.

»Hiiiiiilffeeee!« Ich hoffte, dass es Speichel war, den Scholle mir ins Gesicht schrie, rechnete wegen des metallischen Geruchs aber mit dem Schlimmsten.

Scholles massiger Körper passte kaum durch die Luke. Panisch versuchte er, die halb ausgefahrene Treppe mit dem Kopf voran nach unten zu krabbeln, wobei es schien, als strampelte er auf der Stelle. Entweder, weil er seine Fluchtbewegungen nicht mehr sinnvoll koordinieren konnte.

Oder weil Frank ihn dort oben an den Beinen zurückhält.

Der Flur wurde weiterhin nur von dem Licht aus Julians Zimmer gespeist, weswegen Scholles Körper in einem diffusen Halbdunkel vor mir in der Luft baumelte. Das Blut schoss ihm ins Gesicht.

»Nein«, korrigierte ich mich. Es schoss ihm *aus dem* Gesicht.

Sein einst weißes Hemd war blutgetränkt. Dicke, dunkle Tropfen perlten ihm von dem faltigen Hals, dem Doppelkinn und der Hand, die er hilfesuchend nach mir ausstreckte.

Ich packte sie und rutschte ab, weil sie so glitschig war. Erst als ich mit beiden Händen zugriff und mich mit meinem gesamten Gewicht nach hinten lehnte, gelang es mir, Scholle nach unten zu ziehen. Es knackte laut, als wäre eine Stufe unter seiner Last gebrochen … *oder eine verkeilte Schulter …*, dann gehorchte sein massiger Körper wieder den Gesetzen der Schwerkraft. Scholle schrie gequält auf und rutschte wie in Zeitlupe auf mich zu. Stufe für Stufe schob er sich nach unten, langsam wie dickflüssiger Honig von einem Teelöffel. Ich hätte alle Zeit der Welt gehabt, zur Seite zu treten. Stattdessen bewegte ich mich keinen Milli-

meter und dachte aus unerfindlichen Gründen an den Karikaturenzeichner, der auf dem Breitscheidplatz vor der Gedächtniskirche die Gesichter zahlender Touristen malt, indem er ihre prägenden Gesichtszüge übertrieben hervorhebt.
Auch Scholles Anblick wirkte auf unheimliche Art vertraut und gleichzeitig entstellt. Die Wangen waren noch aufgedunsener, die Lippen schmaler, die ohnehin schon kleinen Augen wirkten jetzt winzig, da der Stirnwulst, unter dem sie lagen, viel stärker als sonst hervortrat.
Ich begriff selbst nicht, weshalb ich die Zeit ungenutzt verstreichen ließ. Erst später wurde mir klar, dass alle Ereignisse – von dem Moment an, als ich den Schuss gehört hatte, bis zu der Sekunde, in der ich an Scholles Arm zog – in Sekundenbruchteilen geschehen waren. Wie oft in Momenten drohender Todesgefahr schien die Zeit wie eingefroren. Die Welt, in der ich mich befand, glich einem Videofilm, bei dem mein Gehirn auf Standbild geschaltet hatte, kurz bevor in der nächsten Sequenz die Katastrophe passierte. Ich konnte das drohende Unglück endlos lange betrachten, den Lauf der Dinge aber nicht beeinflussen. Und daher wurde ich von Scholles Körper im wahrsten Sinne des Wortes begraben, als mein Gehirn wieder auf Play drückte.
Ich schlug mit dem Hinterkopf auf den Teppich und spürte, wie die Luft unter der Last aus meinem Körper gedrückt wurde. Scholle schrie, als würde ihm jemand ein Messer in den Magen rammen. Ich schaffte es, mich unter ihm hervorzurappeln, drehte ihn mit einiger Anstrengung auf den Rücken und sah die Eintrittswunde. Ein glatter Bauchschuss.
Eine der schmerzhaftesten Verletzungen, die man sich vor-

stellen kann. Und eine der tödlichsten, wenn – was sehr wahrscheinlich war – innere Organe zerstört waren. Immerhin schien die Wirbelsäule nicht zerschmettert, denn Scholle konnte die Beine bewegen und atmen. Aber der Blutverlust war heftig, zudem wirkte das Blut unglaublich dickflüssig und dunkel. Mir war klar, dass Scholle ohne medizinische Hilfe in den nächsten Minuten unter Höllenqualen entweder verbluten oder an Blutvergiftung sterben würde.

Wahrscheinlich beides.

Ich riss mir meinen Druckverband vom Kopf und presste ihn mit beiden Händen auf die Schusswunde. Scholle schrie auf, wollte meine Hände wegreißen, doch ich drückte dagegen, auch wenn ich wusste, dass meine Bemühungen die Situation womöglich sogar verschlimmern würden.

»Nicht, du musst Frank …« Scholle krümmte sich schreiend zusammen, zog die Beine an. Dann keuchte er etwas, was ich zuerst missverstand.

»Nimm ihn, bitte …«

Ich sah ihn nach dem Gurt unter seinem nach oben gerutschten Hosenbein tasten, in dem ein kleiner Revolver steckte. Eine Waffe, die Frank entgangen sein musste.

»Er. Haut. Ab.« Scholle presste die Worte einzeln hervor, jeweils von Schreien unterbrochen.

Ich nickte, stand auf und riss mit einem Ruck die Leiter herunter. Als ich mit dem Fuß auf der ersten Stufe stand, hielt Scholle mich mit letzter Kraft zurück, indem er meinen Knöchel umklammerte.

»Nicht oben!«, stöhnte er. »Durchs Fenster.«

Ich nickte. Frank war sicher schon längst nicht mehr auf dem Dachboden. Nach dem Schuss war er durch die Dachluke geklettert und hangelte sich aller Wahrscheinlichkeit nach an der Hinterfront des Hauses hinunter, um dann über einen angrenzenden Wirtschaftsweg im Wald zu verschwinden.

Das ist der einzig logische Fluchtweg. So würde ich es machen.

Ohne eine weitere Sekunde zu verlieren, stolperte ich ins Bad, dessen Fenster ebenfalls zum Hintergarten hinausging. Das Wasser bedeckte jetzt den gesamten Fußboden, und ich musste abbremsen, um nicht der Länge nach hinzuschlagen.

Ich richtete die Waffe nach vorne, um das Milchglasfenster in der Wand zu zerschießen, doch dann tat ich etwas, von dem ich mir bis heute nicht sicher bin, ob es der alles entscheidende Fehler gewesen war: Ich warf einen Blick in die Badewanne.

TomTom zuckte im Todeskampf unter Wasser.

Vermutlich vergeudete ich wichtige Sekunden und Munition, indem ich die Pistole direkt auf die Kette ansetzte und mit einem gezielten Schuss sowohl TomToms Fesseln als auch die Mischbatterie zerstörte, an die er gefesselt war. Aber ich konnte nicht anders. Ich handelte instinktiv und riss ihn an der Kette nach oben aus der Wanne, was mir nicht vollständig gelang, da seine Hüfte immer noch fixiert war. Aber wenigstens hatte ich ihn mit der Schnauze über den Wannenrand gezerrt.

Das alles geschah quasi im Vorübergehen, während ich zum Fenster spurtete, dessen Scheibe ich nun mit meinem zweiten Schuss zum Zerplatzen brachte.

Der Lärm hatte die Nachbarn geweckt. Als ich im Fenster stand, sah ich die Lichter in den Schlafzimmern der angrenzenden Häuser angehen. Die alte, alleinstehende Dame neben mir hatte ihre Terrassenbeleuchtung eingeschaltet, um nach vermeintlichen Einbrechern Ausschau zu halten. Zudem hatten die Bewegungsmelder einige Gartenlampen aktiviert, weshalb es mir überhaupt erst möglich war zu sehen, wie Frank in der Dunkelheit des Waldes hinter dem Zaun verschwand.

Ich legte trotzdem an, feuerte in die Richtung, in der ich ihn vermutete. Einmal. Zweimal.

Dann setzte ich einen Fuß auf die Brüstung, um aus dem Fenster zu springen. Die Beete unter mir waren aufgrund des Dauerfrosts hart wie Beton, doch das war mir gleich. Vor meinen Augen war gerade der Mörder meiner Familie verschwunden, und selbst ein gebrochener Fuß hätte mich nicht von der Verfolgung abgehalten.

In einiger Entfernung hörte ich mehrere sich überlagernde Polizeisirenen. Einer der Nachbarn hatte die Kavallerie gerufen, aber die kam für mich in jeder Hinsicht zu spät.

Ich brauche eure Hilfe nicht, dachte ich noch. *Das hier geht euch nichts an. Das ist privat.*

Dann aber, als ich springen wollte, geschah etwas, womit ich am wenigsten gerechnet hatte und was meinen Verstand komplett überforderte: Frank kam zurück.

40. Kapitel

Er kann nicht aufhören zu spielen, dachte ich. *Selbst auf der Flucht fordert er mich heraus.*

Frank ging langsam – wie ein Mensch, der sich auf jeden seiner Schritte konzentrieren muss – den schneebedeckten Weg zurück, der von der hinteren Gartenpforte zu unserem Wintergarten führte.

Nach wenigen Metern blieb er stehen, etwa auf halber Strecke zwischen dem Haus und der Grundstücksgrenze. Nah genug, dass ich die Konturen seines so unpassend jungenhaften Gesichtes sehen konnte.

Seine Haare wirkten länger, der helle Jogginganzug war dreckig und zerschlissen, soweit ich das von hier oben beurteilen konnte. Der Kampf mit Scholle hatte seine Spuren hinterlassen. Er hielt die Arme dicht an sich gepresst wie ein Junge, der mit den Füßen voran das erste Mal vom Zehnmeterbrett springen will, nur dass er in der rechten Hand eine Pistole hielt.

Sein Atem ging schwer, er keuchte dicke Schwaden in die kalte Winterluft.

Auf einmal begann der Himmel über mir zu flackern. Blaue Lichtblitze zuckten vor meinen Augen, und ich befürchtete schon, meine Halluzinationen hätten sich den ungünstigsten Moment ausgesucht, um zurückzukehren. Dann hörte ich die dazu passenden Sirenen. Mehrere Einsatzfahrzeuge bogen in unsere Straße.

Frank ließ sich von den nahenden Polizisten ebenso wenig beirren wie ich.

Er stand seelenruhig in meinem Garten, machte keine Anstalten zu fliehen. Die einzige Veränderung seiner Körperhaltung bestand darin, dass er den unbewaffneten Arm hob und mir zuwinkte, als wollte er mir höhnisch zurufen: »Schieß doch, alter Mann. Aber dann wirst du nie erfahren, was ich mit deinem Sohn gemacht habe.«

Im Nachhinein betrachtet wäre es sicher vernünftiger gewesen, auf die Beamten zu warten, die jeden Augenblick das Treppenhaus stürmen mussten, aber es gibt nichts Persönlicheres als Rache.

Das kann dir niemand abnehmen, dachte ich und hob meine Waffe, um sie auf den Augensammler auszurichten.

Frank schüttelte den Kopf. »Das schaffst du nie, alter Mann«, sprach aus seiner Körperhaltung.

Es war nicht das erste Mal, dass er sich irrte.

Mit dem ersten Schuss traf ich ihn in der Schulter. Die Wucht des Einschlags war so groß, dass es ihn umriss. Ich wollte ihn nicht töten. Nicht jetzt. Nicht bevor er mir gesagt hatte, was mit meinem Sohn passiert war. Der zweite Schuss sollte ihn in den Oberschenkel treffen, ins Knie oder an irgendeiner anderen Stelle, die ihn bewegungsunfähig machte. Stattdessen traf sie ihn gar nicht. Ich schoss. Und schoss. Und schoss … und kein einziges Projektil traf sein Ziel. Denn ich hatte keine Patronen mehr. Alle verbraucht.

Für das Fenster. Für die Nacht. Für die Schulter. Für den Hund, der hinter mir in der Wanne jaulte.

Verdammt.

Ich hatte sie alle vergeudet, und so blieb mir nichts anderes übrig, als Frank dabei zuzusehen, wie er vor meinen Augen wieder aufstand und zum zweiten Mal durch die Gartenpforte in den Wald hineinrannte. Diesmal ohne zurückzukehren und ohne dass ich ihm folgen konnte, denn gerade, als ich ansetzte, aus dem Fenster zu springen, wurde ich von mehreren Händen zurückgerissen.

Die Polizei, mein Freund und Helfer, war endlich eingetroffen.

41. Kapitel

John

Haben Sie meine Tochter gefunden?«

Johanna Stroms Körpersprache zeichnete deutlich das Bild ihrer inneren Zerrissenheit. Die Augen hoffnungsvoll aufgerissen, die Hände zu einem verzweifelten Gebet vor dem Bauch verschränkt. Sie bemühte sich, Haltung zu bewahren, aber John meinte die seelische Last spüren zu können, unter der die Frau vor ihm zusammenzubrechen drohte.

Er schüttelte bedauernd den Kopf und wurde sich der Doppeldeutigkeit dieser Geste bewusst, als Johanna sich eine Hand vor den Mund presste.

»Oh *sorry*, nein, *Mam.* Ich weiß nichts Neues über Nicola.«

Johanna ließ die Hand langsam wieder sinken. Sie wirkte verwirrt und tastete hilfesuchend nach dem Rahmen ihrer Haustür. Ein eisiger Wind stieß in Johns Rücken, doch Nicolas Mutter schien die Kälte nicht zu spüren. Sie machte keine Anstalten, ihn hereinzubitten.

Erschöpft fragte sie: »Aber weshalb, ich meine … weswegen sind Sie denn dann zu mir hier raus gekommen, bitte?«

Offen gestanden war sich John dessen selbst nicht so sicher. Seitdem die Polizei ihm die schreckliche Nachricht von Alinas Verschwinden überbracht hatte, hatte ihn die Sorge um seine Freundin nicht schlafen lassen. Und weil er nicht hilflos zu Hause auf einen Anruf warten wollte, hatte er sich zu der einzigen Person aufgemacht, von der er wusste, dass sie dem möglichen Entführer einmal persönlich begegnet war. Die Adresse hatte auf dem Zettel gestanden, den Johanna Alina bei ihrem Besuch noch in die Hand gedrückt hatte. Ein Farbdruck im Flugblattformat, nicht zu groß, damit man das Gesicht des müde lächelnden Teenagers gut sehen konnte, wenn es an einem Laternenmast klebte. VERMISST prangte in Druckbuchstaben über Nicolas Stirn. Die Aufnahme zeigte Johannas Tochter mit schwarz gefärbten Haaren, ungeschminkt und ohne Schmuck, damit mögliche Zeugen nicht durch veränderliche Merkmale abgelenkt werden konnten. »Auf der Rückseite steht, wo Sie mich finden können.« Mit diesen Worten hatte Johanna sich von Alina verabschiedet. Als sie ihren Fauxpas bemerkte, hatte sie sich wortreich entschuldigt und John ein zweites Flugblatt gegeben.

Und nun stehe ich hier und suche selbst jemanden, den ich liebe.

Im Inneren des Hauses piepte eine Mikrowelle, was Johanna offenbar daran erinnerte, dass ihr ungebetener Gast nun schon seit mehreren Minuten vor dem Eingang in der Kälte fror.

»Es tut mir leid, wie unhöflich. Bitte, kommen Sie doch herein.«

John sah ihr nach, wie sie in Richtung Küche eilte, und folgte ihr.

Drinnen war es warm, aber noch ungemütlicher, als er befürchtet hatte. Die Reihenhaussiedlung am Zehlendorfer Stadtrand wurde von Maklern überschwenglich als »Town-Villen im Bauhaus-Stil« angepriesen. Für John waren es Schuhkartons mit Flachdach, deren einziger Vorteil darin bestand, dass man sich das Radio sparen konnte, weil man wegen der dünnen Wände ohnehin alles vom Nachbarn mitbekam. Alina hatte in einer Phase ihres Lebens, in der es ihr psychisch sehr schlechtging, mit dem Gedanken gespielt, aus der Innenstadt weg und raus ins Grüne zu ziehen, doch John hatte ihr die »zweckmäßig gestalteten Räume« (sprich: »einfallsloser, quadratischer Grundriss«) nicht lange ausreden müssen.

»Es tut mir leid wegen der Unordnung, aber ...« Johanna deutete auf eine ungeöffnete Umzugskiste vor dem Fenster, als John die Küche betrat. Er hatte zwei weitere bereits in der Diele und im Wohnzimmer gesehen. Alle verschlossen. Im gesamten Haus gab es weder Teppiche noch Bilder oder persönliche Gegenstände.

»Ich will hier nicht lange ... Ich meine ... Sie verstehen schon.«

John nickte. Niemand, der sein Kind vermisst, lässt sich in einer fremden Stadt häuslich nieder. Johanna lebte hier nicht, sie schlief hier nur, und angesichts ihrer übernächtigten Augen war er sich selbst dessen nicht mal sicher.

»Also schön, was kann ich für Sie tun?«, fragte sie erneut und trug den Teller aus der Mikrowelle zum Mülleimer. Sollte sie tatsächlich Appetit auf Salamipizza zum Frühstück gehabt haben, so war ihr der mit Johns Besuch offenbar vergangen.

»Weshalb, ich meine ... Wieso sind Sie zu mir gekommen, wenn es nicht um Nicola geht?«.

»Um Ihnen genau die gleiche Frage zu stellen. Weshalb haben Sie Alina besucht?«

»Ich verstehe nicht.« Johanna rieb ihre Hände vor dem Bauch, als wollte sie sie an einer Schürze abtrocknen.

»Sie waren doch dabei, oder nicht?«

»Doch«, nickte John. »*Right next door*, hab alles mitgehört. Aber ich glaube, Sie haben meiner Freundin nicht die ganze Wahrheit gesagt.«

»Wie kommen Sie darauf?«

Er zuckte mit den Achseln. *»Just a feeling.«*

Alina war an jenem Nachmittag sehr angespannt und sogar etwas brüsk gewesen, als sie versucht hatte, die verzweifelte Mutter so schnell wie möglich aus ihrem Wohnzimmer hinauszukomplimentieren. Johanna Strom hatte beim Abschied noch eingeschüchterter als bei ihrer Ankunft gewirkt, und John, der sich einiges auf sein Einfühlungsvermögen einbildete, meinte gespürt zu haben, dass Johanna ihnen nicht ihr ganzes Herz ausgeschüttet hatte. Selbstverständlich hatte er auch der Polizei von dem merkwürdigen Treffen erzählt, aber Kriminalhauptkommissar Stoya war von Alina bereits über Johannas Besuch unterrichtet gewesen und versprach sich von der »verwirrten Trinkerin«, wie er sie nannte, keine brauchbaren Hinweise.

»Haben Sie Alina etwas verschwiegen?«, fragte John direkt. »Etwas über Suker?«

Johanna schüttelte den Kopf. »Nein, ich war ganz offen zu Ihnen, das war ich wirklich. Ich meine, Alina ist doch meine letzte Hoffnung. Ich wollte, dass sie mir hilft, Nicola zu finden. Wissen Sie, sie hat doch diese …«, Johanna beendete den Satz flüsternd, während sie auf ihre Hände starrte, »… diese übernatürlichen Fähigkeiten.«

John schüttelte ärgerlich den Kopf. »*Shit.* Alina kann nicht hellsehen.«

Sonst wäre sie jetzt ja wohl kaum in der Klemme.

»Aber die Presse …«

»… die schreibt auch, dass der Krieg im Irak vorbei ist und der Euro nichts teurer gemacht hat.«

Er spürte, wie sich die Sorge und der Schlafmangel zu Wut wandelten. »Das mit Alina ist alles andere als *supernatural.*«

»Sondern?«
»Reine Mathematik.«
»Das verstehe ich nicht.«
Johanna ging zur Spüle und griff sich einen Plastikbecher von der Arbeitsplatte. Instinktiv suchte John die Regale nach Flaschen ab, aber anscheinend ertränkte die Mutter ihren Schmerz momentan nicht in Alkohol.
»Ich bin Informatiker«, erklärte er und lehnte dankend den Becher ab, den Johanna mit Leitungswasser gefüllt hatte. »Ich programmiere Computersoftware für die Vorhersage von *weather reports.* Meistens stimmen die Berichte nicht, dabei könnten wir heute schon perfekte Vorhersagen liefern, nur leider steht uns die beste Hardware der Welt für unsere Prognosen nicht zur Verfügung.« John tippte sich an den Kopf. *»Our brain.«*
Er bemerkte, dass Johanna Schwierigkeiten hatte, ihm zu folgen, und überlegte, ob es sinnvoll war, ihr seine Theorie in Bezug auf Alina erläutern zu wollen. Als Wissenschaftler war er davon überzeugt, jedes Phänomen naturwissenschaftlich erklären zu können. Wenn nicht heute, dann in naher Zukunft. Gerade die Gehirnforschung steckte noch in den Kinderschuhen. Fakt war, dass man das menschliche Gehirn als biochemischen Hochleistungscomputer bezeichnen konnte, dessen Leistungsfähigkeit die meisten Menschen nicht mal zu zehn Prozent ausnutzen. Würden sie es zu hundert Prozent tun, so Johns Überzeugung, wäre jeder Mensch ein intellektueller Superman und dank seiner unvorstellbaren Kapazitäten in der Lage, ultragenaue Prognosen auf der Basis von Wahrscheinlichkeiten zu errechnen. Mit den richtigen Informationen gefüttert, könnte er zum Beispiel das Wetter in den nächsten Jahren auf den Punkt genau vorhersagen. Natürlich konnte er diese Theo-

rie nicht beweisen, aber er ging davon aus, dass Alina in der Lage war, ihr Gehirn effektiver als andere zu nutzen. Der Schmerz war dabei der Schalter, der den Turborechner in Gang setzte. Der Fakt, dass sie regelmäßig ohnmächtig wurde, wenn sie ihre »Bilder« sah, untermauerte seine Theorie; sprach das doch dafür, dass der Rest ihres Körpers auf Standby geschaltet wurde, während die biochemischen Prozesse in ihrem Kopf auf Hochtouren liefen.

»Jeder Mensch kann die Zukunft vorhersagen, *Mam.* Sogar ich schaffe das. Ich wusste zum Beispiel, dass Sie mir die Tür aufmachen, wenn Sie zu Hause sind. Ich ahnte, dass Sie mich reinlassen, und ich bin mir sicher, dass wir gleich über Alina und Ihre Tochter reden werden. *Action* provoziert *reaction.* Je zeitnaher die Abfolge, desto konkreter die Vorhersage. Alinas Gehirn arbeitet einfach nur besser als unseres. Sie ist in der Lage, *billions* von Möglichkeiten durchzuchecken und auf Basis der ihr bekannten *facts* die wahrscheinlichste Entwicklung vorherzusagen.«

Johanna sah ihn ungläubig an, dann schüttelte sie energisch den Kopf. Sie klang enttäuscht, als habe ihr Johns Erklärung ein tragendes Element aus ihrem Kartenhaus der Hoffnung gezogen. »Aber beim Augensammler, ich meine, sie machte doch so konkrete Angaben …«

»*Bullshit.* Das waren keine *visions,* sondern Prognosen, viele davon widersprüchlich. *And she made mistakes!* Viele Fehler. Der größte davon trieb sie gestern in die Arme von Mister Suker.«

Johanna sah ihn bestürzt an. »Moment mal. Wollen Sie mir etwa sagen, dass …«

»*Right.* Alina wurde ebenfalls entführt. Und die Polizei denkt, es war der Augenarzt.« John seufzte. »Und daher, *please,* ich muss wissen, ob es noch irgendetwas gibt, was

Sie Alina erzählen wollten. Etwas, was Sie vielleicht auf dem Polaroid entdeckt haben. Eine *location,* ein Zeichen. Irgendwas, das mir helfen könnte, meine Freundin zu finden.«

Johanna nickte und schwankte dabei sanft mit dem Oberkörper nach vorne und wieder zurück. Plötzlich begann sie zaghaft zu lächeln.

»Was haben Sie?«, fragte John verwirrt. Johannas ungeschminkte Reaktion ließ kaum Spielraum für Interpretationen. »Finden Sie das etwa lustig?«

»Was? Oh, bitte verzeihen Sie, bitte.« Sie wandte sich verlegen ab. »Es tut mir leid. Ich fürchte, ich bin, was Schreckensmeldungen anbelangt, etwas abgestumpft. Ich habe nur gerade, also … wie soll ich es sagen, ich hab nur gedacht, dass das eigentlich gar keine so schlechte Entwicklung ist.«

»Bitte?« John schluckte, aber er konnte den schlechten Geschmack nicht vertreiben, der sich in seinem Mund ausbreitete.

Er wurde sogar noch intensiver, als Johanna mit Tränen in den Augen sagte: »Schauen Sie, meine Tochter war nur eine Ausreißerin, aber Ihre Freundin … Alina ist berühmt.«

»Was zum Teufel …?« John starrte sie fassungslos an. Dann streckte er ihr den Zeigefinger entgegen, als wolle er sie damit erdolchen. »*You made it up.* Sie haben es geplant.«

»Was? Nein, so ist es nicht.«

Johanna nahm eine Abwehrhaltung ein, als fürchte sie, von John geschlagen zu werden.

»*Shit.* Sie *wollten,* dass Alina zu Suker geht, weil Sie wussten, der Augenarzt würde auf sie anspringen.«

Auf sie und auf ihre blinden Augen!

»Nein. Ich wusste es nicht. Aber ich hoffte es. Das war meine Prognose. Meine Hoffnung.«

»Aber ... *Why?*« John streckte beide Arme von sich. Seine Finger schlossen sich langsam zur Faust, als würde er einen Schwamm auspressen. »Wieso nur?«

»Weil ich eine Mutter bin.«

Die Antwort traf ihn wie eine Ohrfeige. Kurz. Schmerzhaft. Sie war von einer erbarmungslosen Logik.

Natürlich, sie ist verzweifelt. Sie will ...

»Ich will mein Baby zurück«, schrie Johanna und schlug sich mit der Faust auf die Brust. »Ich spüre, dass sie noch lebt. Nicola ist da draußen, irgendwo in den Fängen einer Bestie, und niemand sucht sie.«

Jedes Wort war wie ein Peitschenschlag. John wich rückwärts zurück.

»Doch jetzt ist es anders«, schrie sie ihm nach, als er langsam die Küche verließ. Ihre Stimme überschlug sich. »Jetzt, wo Suker eine berühmte Geisel hat.«

Er erreichte die Haustür, riss sie auf und stolperte in die kalte Morgenluft, zurück zu seinem Auto, doch er entkam ihrer Stimme nicht.

»Jetzt können sie nicht mehr die Augen verschließen. Jetzt müssen sie nach Sukers Versteck suchen. Und wenn sie Alina dort finden«, hörte er die hysterische Mutter noch Stunden später in seinem Kopf brüllen, »dann werde ich endlich mein Baby wieder zurückbekommen!«

42. Kapitel

Alina Gregoriev

»Das Verfahren, das ich bei Ihnen anwenden werde, nennt sich hornhautepitheliale Stammzellentransplantation.«
Suker sprach im Duktus eines Chefarztes, der einen Patienten über die möglichen Risiken eines Eingriffs aufklärt – als säße Alina bei ihm im Sprechzimmer und läge nicht mit gefesselten Händen nackt auf einem OP-Tisch.
»Bei der chemischen Verpuffung, die Sie erblinden ließ, wurde die komplette Hornhaut zerstört, inklusive der Ränder. Früher versuchte man einfach, eine neue Hornhaut zu transplantieren, und wunderte sich, weshalb der Patient danach immer noch nichts sehen konnte.«
Rechts von ihr hustete Nicola aus tiefster Kehle und spuckte röchelnd aus. Suker schnalzte mit der Zunge, als weise er einen störenden Studenten im Hörsaal zurecht. Er sprach erst weiter, als Nicolas Atemgeräusche in ein leises Wimmern übergegangen waren.
»Sie müssen sich die Hornhaut wie die Windschutzscheibe eines Autos vorstellen. Sie darf nicht dreckig werden, sonst können Sie da irgendwann nicht mehr hindurchsehen und fahren gegen einen Baum. Wenn beim Auge die Scheibe blind wird, heißt das Eintrübung.«
»Hören Sie auf mit dem Mist.« Alina schüttelte den Kopf. »Ich will das nicht hören.«
Sofort bereute sie die Bewegung.
Ein stechender Schmerz schoss ihr die Nackenwirbelsäule

abwärts. Sie hatte schon viel zu lange in dieser unnatürlichen Haltung gelegen, mit hinter dem Kopf angeketteten Händen.

»Um die Eintrübung zu verhindern, benötigt man die Hornhautränder, genauer gesagt die Stammzellen dieser Ränder, die den lieben langen Tag nichts anderes tun, als Millionen von Tochterzellen zu produzieren, die über das Auge wandern und es versiegeln, ähnlich wie das Heißwachs in der Autowaschanlage.«

»Sie können sich Ihre bescheuerte Autoanalogie in Ihren verdammten Auspuff stecken, Sie Arschloch.«

Suker fuhr ungerührt fort. »Wenn nun aber, wie in Ihrem Falle, diese Ränder komplett zerstört sind, kann keine Schutzschicht mehr produziert werden. Die Versiegelung fehlt. Eine simple Hornhauttransplantation bringt daher nichts. Die vorderste Schicht Ihrer Augen würde immer wieder zerkratzen wie ein mit den falschen Mitteln geputztes Cerankochfeld.«

Alina spürte, wie es heller um sie herum wurde, vermutlich weil Suker die Operationslampe über ihrem Kopf wieder angeschaltet und zu ihr herangezogen hatte. Tränen traten ihr in die Augen. Sie wollte sie wegblinzeln, aber sie wusste nicht, ob ihr das gelang. Ihre Lider fühlten sich schwer und träge an, vermutlich von den Tropfen, die Suker ihr vorhin verabreicht hatte.

»Will man es richtig machen, muss man zunächst nur den Rand und erst danach die komplette Hornhaut ersetzen.« Auch Sukers Stimme klang jetzt näher. Sie konnte den warmen Kaffeeatem des Arztes riechen, der sich zu ihr nach unten gebeugt hatte.

»Ich werde Sie also zweimal operieren müssen, Alina, in einem Abstand von etwa vier Monaten.«

Vier Monate? Sechzehn Wochen? Hundertundzwölf Tage in Gefangenschaft des Irren?

Nicolas Wimmern neben ihr wurde lauter. Das Mädchen stand kurz davor, in Tränen auszubrechen.

»So viel Zeit bleibt Ihnen nicht«, protestierte Alina, ohne selbst an das zu glauben, was sie sagte. »Sie werden doch jetzt schon gejagt. Man wird mich finden, und dann sind Sie erledigt.«

»Ach ja?«

Suker legte ihr die Hand auf den Kopf, und zu ihrem Entsetzen fühlte sie den Latexüberzug an seinen Fingern.

Er trägt bereits die Operationshandschuhe!

Suker ließ die Hand eine Weile auf ihrer Stirn ruhen, bevor sein Zeigefinger mit einer widerlichen Streichelbewegung langsam über ihren rasierten Schädel nach hinten glitt.

»Abgesehen davon, dass an diesem Ort keine Menschenseele jemals nach uns suchen wird, fände ich das sehr bedauerlich für beide von uns, Alina. Immerhin stehe ich kurz davor, Ihnen das Augenlicht zu schenken, und da wollen wir doch nicht gestört werden, oder?«

»ICH WILL NICHTS GESCHENKT BEKOMMEN!«, brüllte sie und bäumte sich auf der Liege auf, so weit es die Fesseln ihr erlaubten. Sie ignorierte den eingeklemmten Nerv in ihrem Hals.

»Na, na, na, wir werden doch jetzt keine Torschlusspanik bekommen«, lachte Suker und drückte ihren Kopf mit festem Griff zurück. »Allerdings verstehe ich Ihre Bedenken, wenn man die Risiken dieses Eingriffs bedenkt, die ich Ihnen selbstverständlich nicht verschweigen darf.«

Herr im Himmel, lass das ein Traum sein. Lass TomTom auf mein Bett springen und mich aufwecken.

»Auch wenn ich das nicht zum ersten Mal mache, ist es

doch eine außergewöhnliche, wenn nicht gar artistische Leistung, einen mikroskopisch kleinen Kringel mit Ihrem Augapfel zu vernähen. Ich muss den Hornhautrand während der Operation auf einen Drittelmillimeter abschleifen.«

»Sie müssen sich nur Ihr krankes Gehirn abschleifen, sonst gar nichts.« Alina bemühte sich, möglichst gleichmäßig zu atmen und so ihren angespannten Körper zu entkrampfen. Lange, so spürte sie, konnte ihre Wut nicht mehr vorhalten. Es war nur noch eine Frage der Zeit, bis die Erschöpfung sie übermannen würde.

»Sie sind aufgewühlt, mein Kind, das ist nur zu verständlich.«

Alina hörte, wie Suker sich beim Reden von ihr abwandte. »Schließlich stehen Sie kurz vor einer der umwälzendsten Erfahrungen Ihres Lebens.«

Wie auf ein Stichwort schrie Nicola neben ihr laut auf.

»Was machen Sie mit ihr?«, wollte Alina wissen.

»Die Kleine mag keine Spritzen.« Suker stand nun einige Schritte von ihr entfernt und sprach zu Nicola. »Aber da führt leider kein Weg daran vorbei, meine Hübsche. Ich hab dir doch gesagt, deine Augen sind etwas Besonderes.«

»Nicht, bitte nicht. Ich flehe Sie an.«

Der Augenarzt seufzte glückerfüllt.

»Sie müssen nämlich wissen, Alina, dass Nicolas Augen eine ganz ungewöhnliche Pigmentstörung aufweisen. Sie sind bicolor, also zweifarbig. Wenn Sie sich die Iris wie einen Tortenkranz vorstellen, dann ist ein kleines, dreieckiges Stück davon blau eingefärbt. Der Rest ist braun, ist das nicht unvorstellbar herrlich?«

Das Geräusch klappernden Bestecks füllte den planenverhangenen Raum.

»Oh, tut mir leid. Farben sagen Ihnen ja nichts, Alina. Na ja, aber daran arbeiten wir, nicht wahr?«
Er lachte selbstzufrieden, während Nicola für Alina völlig unerwartet dazu übergegangen war, leise murmelnd ein Gebet aufzusagen:
»Ich stehe hier in der Fremde, ich stehe hier in den Nöten, ich stehe hier in den Schmerzen, ich stehe hier in der Gefahr, und – ich stehe hier allein ...«
Ihr Selbstgespräch war so leise, dass Suker mühelos darüber hinwegreden konnte. »Erinnern Sie sich daran, was ich Ihnen im Gefängnis gesagt habe? Dass nur die Anomalien der Natur die wahre Schönheit verkörpern?«
»... Gott, guter Vater, Du bist heute der, der Du gestern warst und morgen sein wirst ...«
Suker wandte sich von Alina ab und sprach wieder zu Nicola. »So, und jetzt ist der Tag gekommen, an dem du deine besondere Schönheit mit einer ganz besonderen Person teilen wirst, Nicola.«
Das Mädchen schien den Wahnsinnigen, der seine Instrumente sortierte, nicht zu hören, war nur mit sich selbst im Zwiegespräch gefangen. Ihre Stimme wurde mit jedem Wort leiser und schläfriger, bis sie den letzten Satz schließlich unvollendet lassen musste: »... Du Gott, guter Vater, steh bei mir und ...«
»Und da dämmert sie weg«, sagte Suker zufrieden.
»Tun Sie das nicht, Suker. Bitte.«
Alina hatte jeglichen Selbstrespekt verloren und flehte jetzt genauso bitterlich wie Nicola zuvor. »Um Himmels willen, hören Sie auf. Das Mädchen ist erst sechzehn!«
»Oh, machen Sie sich da mal keine Sorgen, das Alter des Spenders ist völlig egal. Aber um sicherzugehen, werde ich zunächst einmal nur eine einzige Stammzellentransplanta-

tion auf dem linken Auge vornehmen, um zu sehen, wie das Spenderorgan von Ihnen akzeptiert wird.«
Alina hörte wieder das Klappern von Besteck auf einer metallischen Unterlage. Dann begann Suker leise und konzentriert zu summen, ein Mann, der sich mit freudiger Erregung an eine lang ersehnte Arbeit macht.

43. Kapitel

Alexander Zorbach

Die Patrone in meiner Hand fühlte sich warm an, sicher deswegen, weil Dr. Roth sie schon eine geraume Weile in den Fingern gedreht hatte, bevor er sie mir in die Hand legte.

»Nur zur Erinnerung«, sagte er, wobei er sich keine Mühe gab, seine Wut zu unterdrücken. »So ein Ding da haben Sie sich vor zwei Monaten durch den Kopf gefeuert. Und auch wenn Sie heute mal wieder Ihren Dickschädel unter Beweis gestellt haben, ist dieser dennoch nicht so hart, als dass er das 9-Millimeter-Geschoss hätte aufhalten können.«

Er stand direkt vor mir und sah auf mich in meinem Rollstuhl herab. Seine Unterlippe bebte, was mich aus irgendeinem Grund peinlich berührte. Vermutlich, weil ich spürte, wie schwer es dem ansonsten so gutmütigen Arzt fiel, mit mir ins Gericht zu gehen.

»Es zerschmetterte Ihre Knochen, Ihr Gehirn und lebenswichtige Gefäße.«

Wir kannten uns schon lange. Roth hatte mich bereits vor meinem missglückten Selbstmordversuch wegen psychischer Probleme behandelt, die der Polizeiberuf fast unweigerlich mit sich bringt. Ich drehte den Kopf zur Seite, in der festen Erwartung, dass meine gewohnten Schmerzen wieder auflodern würden, doch die waren seit der tödlichen Auseinandersetzung in meinem Haus wie weggeblasen. Das Einzige, was ich spürte, war ein dumpfer Druck unter dem neuen Verband, der mir angelegt worden war,

als der Krankenwagen mich nach Schwanenwerder zurückgebracht hatte.
»Verdammt, Zorbach. Was ist nur los mit Ihnen? Hauen hier ab in einer Nacht-und-Nebel-Aktion.«
Mein Blick wanderte über eine kahle Wand, frei von den sonst obligatorischen Urkunden und Auszeichnungen, mit denen Ärzte so gerne ihre Praxis schmücken. Auch das Fehlen jeglicher Kunst verdeutlichte den provisorischen Charakter dieser Einrichtung. Schwanenwerder war kein Krankenhaus, sondern eine Auffangstation. Ein sicheres Haus für den Zeugen- und Opferschutz. Kein Ort, an dem man sich auf Dauer einrichten wollte, weder als Personal noch als Gast.
»Mit so einer kritischen Verletzung spaziert man doch nicht in der Weltgeschichte umher.«
Es war das erste Mal, dass ich mich in Dr. Roths Sprechzimmer befand. Bislang hatte der Psychiater mich immer an meinem Krankenbett besucht.
»Sie irren sich«, sagte ich. Es war auch das erste Mal seit Wochen, dass ich eine Unterhaltung mit ihm führte oder zumindest den Versuch dazu unternahm.
»Bitte?«
Ich hob die Hand und zeigte ihm die Patrone, die er mir gegeben hatte. »So etwas hab ich mir nicht durchs Hirn gejagt.«
»Sondern?«
»Nur die Kugel, die da drinnen steckt. Gängiger Anfängerfehler. Hab früher auch immer Projektil mit Patrone verwechselt.«
»Klugscheißer«, sagte Roth, musste aber grinsen. Er schüttelte den Kopf und stemmte die Hände in die Hüfte. »Na, immerhin haben Sie Ihre Sprache wiedergefunden.«

Er kniete sich zu mir herunter und zog eine Kugelschreibertaschenlampe aus seinem Kittel. Ich wehrte ab, als er mir damit in die Augen leuchten wollte. Es war jetzt sieben Uhr früh, ich war bereits mehrfach untersucht worden und hatte alle Reflextests bestanden. Abgesehen von meiner Müdigkeit fühlte ich mich körperlich so gut wie lange nicht mehr.

»Was ist mit Frank?«, wollte ich wissen.

Roth hob die Augenbrauen, ohne dabei die Stirn krauszuziehen. Nicht zum ersten Mal fielen mir seine jugendlichen, fast jungenhaften Gesichtszüge auf; ein Mann, dem man seine Erfahrung nicht ansah. In Turnschuhen und Jogginghose hätte es ihm passieren können, dass er in einer Kneipe nach seinem Ausweis gefragt wurde.

»Sie meinen den Kerl, auf den Sie geschossen haben?«, fragte er und richtete sich wieder auf.

Ich nickte.

»Ich habe eben mit Kommissar Stoya telefoniert, und er ist sich sicher, dass sie ihn bald fassen werden. Immerhin haben Sie ihm eine schwere Verletzung beigebracht. Er muss sich im Wald versteckt haben. Weit kann er nicht gekommen sein, und sie suchen mit Hunden.«

»Na klar.« Ich zog verächtlich die Mundwinkel herab.

Sie werden ihn bald haben. Das sagen sie jedes Mal und jagen ihm nun schon seit Monaten hinterher.

»Und wie geht es Scholle?«

»Dem Polizisten, der gegen etwa einhundert Dienstvorschriften verstieß, als er Sie von hier wegbrachte?«

Er sah mich traurig an, als bedauerte er seine Worte bereits. Ganz gleich, wie aufgebracht Roth über das eigenwillige Verhalten des Polizisten war, so eine Bestrafung hatte der Mann nicht verdient.

»Das kann man noch nicht sagen. Er wird gerade notoperiert.«
»Hier?« Wir waren in zwei verschiedenen Krankenwagen abtransportiert worden.
»Nein. Für so etwas sind wir auf Schwanenwerder nicht eingerichtet. Das hier ist mehr eine Reha-Station, von einem voll funktionsfähigen Krankenhaus weit entfernt. Die Behandlung lebensgefährlicher, vielleicht auch tödlicher Schusswunden können wir schon gar nicht leisten.«
Tödlich …
Ich musste an Julian denken, an Nicci und an Alina, und ich fragte mich, ob es ein Naturgesetz war, dass all die Menschen, die ich liebte, früher oder später das gleiche Schicksal teilen mussten. Als wäre der gewaltsame Tod ein Virus und ich sein infektiöser Träger, bereit, ihn an jeden weiterzugeben, der mir nahestand.
Ich merkte, wie ich in Gedanken wegdriftete, ähnlich wie ein Autofahrer in den Sekundenschlaf, daher schreckte ich zusammen, als Roth weiterredete.
»Wie Sie sich denken können, hat die Polizei eine Million Fragen an Sie, Herr Zorbach, und ehrlich gesagt wüsste ich auch gerne, was genau da bei Ihnen zu Hause vorgefallen ist. Herrgott noch mal, ein Polizist mit Bauchschuss, ein verletzter Mörder, und wie ich hörte, musste sogar ein Hund zur Tierrettungsstelle nach Düppel transportiert werden.«
»Ich kann jetzt nicht mit denen reden«, antwortete ich und stützte erschöpft den Kopf in die Hände.
Roth tätschelte mir sanft die Schulter. »Ob Sie es glauben oder nicht, aber das ist heute das erste Mal, dass ich Ihre Meinung teile. Ich hab Herrn Stoya schon gesagt, dass Sie sich nach dem Stress erst einmal ausruhen müssen und frü-

hestens morgen Nachmittag für eine erste Vernehmung zur Verfügung stehen.«

Roth ging zu seinem Schreibtisch und drückte auf den Knopf der Gegensprechanlage. »Schwester? Herr Zorbach muss wieder zurück auf die Station.«

»Nein, Sie irren sich schon wieder.«

Roth sah mich entgeistert an. »Was zum Teufel machen Sie da? Setzen Sie sich wieder in Ihren Rollstuhl!«

»Nein.« Ich bewegte mich einen Schritt auf ihn zu, um ihm zu beweisen, dass ich mich nicht länger von ihm oder irgendjemand anderem hier herumkommandieren lassen würde.

»Wie Sie schon sagten, Doc. Das hier ist kein Krankenhaus, und ich bin nicht länger Ihr Patient. Es ging mir, nebenbei bemerkt, schon lange nicht mehr so gut.«

Roth schüttelte entsetzt den Kopf. »Machen Sie keinen Quatsch. Ihre körperlichen Verletzungen waren nie die Ursache für Ihren labilen Zustand. Ich wusste, es bedurfte nur eines ausreichend starken Impulses, um Ihre Selbstheilungskräfte wieder zu aktivieren, daher wollte ich ja unbedingt, dass Frau Gregoriev Sie besucht. Dennoch hat Ihre momentane Blitzverwandlung nichts mit einer gesunden Regeneration zu tun. Im Gegenteil, Sie befinden sich in einer paradoxen Phase. Davon haben Sie doch sicher schon mal gehört. Menschen, todkranke Menschen, die sich besser fühlen, kurz bevor der Krankheitsverlauf wieder schlimmer wird. Ihr Körper bäumt sich gerade mit den letzten Reserven auf. Wenn Sie ihm jetzt nicht Ruhe gönnen, kann es sein, dass Sie sich nie wieder davon erholen.«

Ich werde mich ohnehin nie wieder davon erholen, Doc. Ganz gleich, was ich als Nächstes tun werde.

»Danke sehr. Ich weiß Ihre Fürsorge wirklich zu schätzen.

Aber glauben Sie ernsthaft, ich bleibe hier seelenruhig liegen, während da draußen zwei Bestien rumlaufen, von denen die eine meinen Sohn getötet und die andere meine Freundin verschleppt hat?«

Zwei Bestien, die irgendwie miteinander in Verbindung stehen, ohne dass ich sagen könnte, in welcher.

»Gegen mich liegt weder ein Haftbefehl vor, noch gibt es sonst eine Handhabe, die es Ihnen erlaubt, mich länger einzusperren.«

»Wer redet denn von einsperren? Sie sind …«

»… ein freier Mann, genau. Und als solcher werde ich mich jetzt dankend verabschieden. Wenn es irgendwelche Entlassungspapiere gibt, die ich unterschreiben muss, dann her damit. Aber ich vergeude keine weitere Sekunde bei Ihnen.«

Hinter mir öffnete sich die Tür, aber Roth gab der Schwester ein Handzeichen, besser wieder zu verschwinden.

»Okay, lassen Sie uns einen Deal machen«, sagte er, als wir wieder alleine waren.

»Einen Deal?«

»Bleiben Sie noch eine Nacht. Morgen machen wir ein CT, und dann, nachdem ich Sie medikamentös neu eingestellt habe, dürfen Sie mit einer Liste von Ärzten, die Sie im Notfall kontaktieren können, Schwanenwerder gleich nach dem Frühstück verlassen – mit meinem Segen, aber auf eigene Gefahr.«

»Morgen früh ist Frank wieder über alle Berge, und Alina könnte bereits tot sein.«

»So wie Sie, wenn Sie nicht Vernunft annehmen.«

Für eine Weile war nichts weiter als das leise Ticken einer Wanduhr zu hören, deren Zeiger sich mit schnappenden Bewegungen vorwärtsfraß.

»Okay«, willigte ich in den Vorschlag ein. »Ich bleibe, unter einer Bedingung.«

Roth verschränkte abwehrend die Hände vor seiner Brust. »Und die wäre?«

»Bringen Sie mich zu Tamara Schlier. Ich muss mit ihr reden.«

44. Kapitel

Alina Gregoriev

Sie krallte sich fest. Wehrte sich mit aller Kraft, doch am Ende war die verzweifelte Mühe vergeblich. Der Schlaf riss sich wütend von ihr los, zusammen mit den diffusen Bildern eines Alptraums, die sich ebenso schnell verflüchtigten, wie Alina erwachte.
Im ersten Moment war sie orientierungslos; wusste nicht, wohin es sie verschlagen hatte und weshalb ihr Körper sich wie ein einziger Muskelkater anfühlte. Dann erinnerte sie sich an den Einstich im rechten Arm; an die Spritze, die Suker ihr verabreicht hatte, als sie vorhin mit dem Schreien nicht hatte aufhören wollen. Nicht hatte aufhören *können!* Hilflos mit anhören zu müssen, wie auf dem Operationstisch neben ihr ein junges Mädchen ihr Augenlicht verlor, nur weil Suker diese sinnlose Transplantation vorbereitete, hatte Alina nicht ertragen können. Eine Zeitlang hatte sie zu einem namenlosen Gott gebetet, er möge ein Sondereinsatzkommando die Tür eintreten und die Planen des Operationszeltes herunterreißen lassen. Sie hatte auf Zorbach gehofft – *Scheiße, Zorbach, wenn du wüsstest, wie ich dich vermisse* –, dem es trotz seiner Verletzungen irgendwie gelungen wäre, ihre Folterkammer ausfindig zu machen und den Chirurgen in letzter Sekunde zu erschießen, bevor sich dessen Skalpell in Nicolas Auge grub. Aber niemand war gekommen, um den Augenarzt von seinem Teufelswerk abzuhalten. Der Einzige, der letztlich ausgeschaltet und zum Schweigen gebracht worden war, war sie selbst; und

zwar mit einem stark dosierten Narkotikum, das noch lange nach dem Aufwachen ihre Gedanken ausbremste. Erst als ihr übel wurde und sie sich zur Seite drehte, um neben den Operationstisch zu erbrechen, merkte Alina, dass sie nur noch an einer Hand gefesselt war. Die Linke war wieder frei.

Er will nicht, dass ich sterbe, dachte sie und wusste nicht, ob der Gedanke ihr Trost spenden oder ihre Verzweiflung steigern sollte. Nachdem sie nun schon zum zweiten Mal innerhalb kurzer Zeit narkotisiert worden war, hatte Suker offenbar Vorsichtsmaßnahmen getroffen und ihr genügend Bewegungsspielraum eingeräumt, damit sie nicht an ihrem Erbrochenen erstickte, bevor er mit ihr fertig war.

Sie ballte die Hand zur Faust und musste an einen Bericht über einen Kriegsgefangenen denken, dessen Körper sich während der Schmerzen, die er zu erdulden hatte, von seinem Geist abgespalten hatte. Nur so war es dem Mann möglich gewesen, die Qualen zu ertragen. Dadurch waren es nicht länger *seine* Finger, denen man die Nägel herausdrehte; nicht *seine* Zähne, die man bis zum Kieferknochen aufbohrte, sondern die eines seelenlosen Fremden.

Damals hatte sich Alina eine solche Ausnahmesituation nicht vorstellen können. Jetzt bekam sie eine erste Vorahnung, als sie die Hand über ihren nackten Körper gleiten ließ. Ihre Finger, mit denen sie sich berührte, fühlten sich an wie die einer Fremden. Alina tastete nach ihrem Oberschenkel, zeichnete mit den Fingern ihren Hüftknochen nach, presste die flache Hand auf den Bauch, wanderte über die Brüste nach oben, verharrte kurz am Kinn, bis sie zaghaft und ängstlich die geschlossenen Augen berührte. Hier angekommen, konnte sie den Weg, den sie zurückgelegt hatte, immer noch spüren, so als hätte sie sich mit den

Fingern eine glühende Furche in die Haut gezogen. Es erinnerte sie an einen schlimmen Sonnenbrand, den sie als kleines Mädchen nach einem langen Tag am Strand von Santa Barbara einmal gehabt hatte. Sie war mit Freunden unterwegs gewesen und hatte die Ermahnungen ihrer Mutter in den Wind geschlagen, sie müsse sich auch bei dichter Bewölkung eincremen. Nach jenem Nachmittag hatte es drei Tage gedauert, bis sie nicht mehr weinen musste, wenn sie ein T-Shirt überstreifte.

Und wie lange wird es diesmal dauern?, fragte sie sich, während sie die Augen öffnete.

Drei Wochen? Drei Monate? Wann wird es diesmal nicht mehr weh tun?

Tief in ihrem Innersten fühlte sie die Antwort: *Niemals. Es wird niemals wieder gut werden.*

Doch sie durfte diesen Gedanken nicht zur Überzeugung werden lassen. Sie musste ihn in einem hinteren Winkel ihres Bewusstseins vergraben, bevor er jede Hoffnung in ihr vergiftete.

»Negative Gedanken sind wie Bakterien«, hatte John ihr einmal erklärt. »Haben sie sich einmal in dir festgesetzt, vermehren sie sich und töten jeden Lebensmut in dir.«

»Und welches Antibiotikum empfiehlst du dagegen?«, hatte sie ihn scherzhaft gefragt, und er hatte, ohne zu zögern, eine ernsthafte Antwort darauf gegeben: »Da gibt es nur ein Gegenmittel: Freundschaft.«

Freundschaft, erinnerte sich Alina bei ihrem toten Blick in die Dunkelheit. John hatte nicht *Liebe* gesagt, denn *Liebe* war seiner Meinung nach, wie jedes euphorische Gefühl, vergänglich, nur Freundschaft war etwas Dauerhaftes. *Ach John, wo sind jetzt die Freunde, wenn man sie braucht?*

Alina tastete nach der Metallfessel, in der ihre rechte Hand steckte, und riss an der Kette, mit dem einzigen Erfolg, dass sie sich die Handgelenke wundscheuerte.

Scheiße, John, du bist nicht da. Und Zorbach auch nicht. Niemand ist hier, um mich zu retten.

Sie schrie verzweifelt auf, strampelte mit den Beinen, trat mit den Füßen nach unten und wurde ob der Sinnlosigkeit ihrer Übersprunghandlungen noch wütender.

Sie brüllte, als läge sie in Wehen, mit denen sie die Angst und Verzweiflung aus ihrem Körper pressen könnte.

Es dauerte eine Weile, bis sie sich so sehr verausgabt hatte, dass ihr die Luft zum Schreien fehlte. Mehrere Minuten vergingen, bis ihr Verstand wieder die Kontrolle übernahm und sie sich fragte, ob Suker ihren Nervenzusammenbruch gehört hatte.

Oder ein Nachbar?, dachte sie und musste wieder an John denken, der ihr sicher freundschaftlich zugenickt hätte, weil sie jetzt wieder auf dem Pfad der positiven Gedanken wandelte.

Vielleicht muss ich einfach nur genug Lärm machen, und ein Passant wird auf mich aufmerksam. Auf mich und auf …

Sie schrak auf, als ihr klarwurde, dass ihre Mitgefangene noch keinen Ton von sich gegeben hatte, seitdem sie aufgewacht war.

»Nicola?«

Keine Antwort. Neben ihr war es ruhig, nicht mal mehr die rasselnden Atemgeräusche des Mädchens waren zu hören.

»Nicola, bist du noch hier?«

Lebst du noch?

Sie drehte sich nach rechts und streckte den freien Arm, so weit es ging, nach vorne.

Nichts.

Sie hatte nicht erwartet, etwas zu berühren. Dreißig, vierzig Zentimeter Abstand lagen zwischen ihnen, hatte Nicola gesagt; zu lang für ihren Arm, mit dem sie in der Dunkelheit herumtastete.
Erneut flammte der Zorn in ihr auf, erneut riss sie an der Kette, und diesmal trat zu ihrer Verblüffung eine Veränderung ein. Zuerst glaubte sie, sie habe so stark gezogen, dass ihr Körper auf der Liege nach hinten gerutscht wäre, aber da sie auch mit den Füßen an ihre Unterlage gefesselt war, konnte das nicht der Fall sein. Ihre Bewegung, wenn sie denn keine Einbildung war, ließ nur eine Schlussfolgerung zu:
Ich habe den Tisch bewegt.
Alina lachte laut auf.
Verdammt, ich habe mich selbst mitsamt dem Operationstisch durch den Raum gezogen.
Wenn auch nur wenige Zentimeter und ohne zu wissen, ob sich ihre Lage dadurch zum Positiven oder zum Negativen verändert hatte. Aber wenn man den absoluten Tiefpunkt erreicht hatte, war jede Veränderung ein Fortschritt.
Nicht wahr, John? So würdest du doch auch denken, oder?
Diese neue Entwicklung brachte zumindest in zwei Punkten Licht in die Dunkelheit ihres ansonsten ungewissen Schicksals: Zum einen wusste sie jetzt, dass ihre rechte Hand über die Kette an einem festen, unbeweglichen Gegenstand fixiert war, vermutlich an einer Wand hinter ihr. Zum anderen hatte sie die Bestätigung dafür, dass ihr Operationstisch auf beweglichen Rollen stand.
Sie fasste einen Plan, der zunächst nur darin bestehen sollte, so lange an der Kette zu ziehen, bis sie die Wand hinter sich erreicht hatte. Doch schon nach wenigen schweißtreibenden Zentimetern wich sie von ihrem Vorhaben ab, als

sie merkte, wie der Tisch mit dem Fußende nach rechts driftete und gegen einen anderen, ebenfalls beweglichen Gegenstand schlug.

»Zwischen uns steht so ein Rolltisch mit mehreren Schubladen, wie im Krankenhaus, wenn dir das weiterhilft«, erinnerte sie sich an Nicolas Beschreibung.

Das sanfte, metallische Klirren bestätigte ihre Vermutung, womit sie zusammengestoßen war, wobei *stoßen* das falsche Wort war. Ihre OP-Liege hatte den Beistelltisch nur leicht berührt, aber das hatte ausgereicht, um das darauf abgelegte Operationsbesteck durcheinanderzubringen.

Alina wagte einen zweiten Anlauf, drehte sich noch einmal, so weit sie es konnte, um die eigene Achse nach rechts und streckte den linken Arm in die Richtung aus, in der sie den Beistelltisch vermutete.

Sie wollte schon aufgeben, da traf die Spitze ihres Mittelfingers auf eine kalte, glatte Kante. Sie riskierte es, erneut an der Fessel zu ziehen, in der Hoffnung, dass ihre jetzt schräg gestellte OP-Liege den Beistelltisch näher zu ihr heranrücken würde, und tatsächlich …

Bingo! Aus dem Wutschrei, den sie gerade hatte ausstoßen wollen, wäre um ein Haar ein Freudenschrei geworden, denn der Tisch war in Reichweite, und das, was sie berührte, stellte sich nicht länger als eine Kante dar, sondern als …

… als ein Griff! Scheiße, ist das geil, ich hab den Griff einer Schublade in der Hand!

Warum sie das so glücklich machte, konnte sie sich selbst nicht erklären, sie war auch weit davon entfernt, darüber nachzudenken. Sie freute sich ganz einfach, *etwas* tun zu können, auch wenn *etwas* schlicht und allein darin bestand, den Beistelltisch an dem Griff der obersten, verschlossenen Schublade näher zu sich heranzuziehen. Als sie es endlich geschafft hatte und sie mit ihrer linken, sich immer noch fremd anfühlenden Hand die glatte Oberfläche berührte, hätte sie jubeln können.

Jetzt hab ich dich!, dachte sie im Überschwang der Emotionen. *Das war dein Fehler, du Affenarsch, und den wirst du büßen. Du hättest hier besser aufräumen sollen.*

Alina griff in die Nierenschale, die sie auf dem Tisch ertastet hatte, und hörte selbst dann nicht auf, sich zu freuen, als das darin abgelegte Skalpell ihr in den Daumen schnitt. Alles, woran sie denken konnte, war die Waffe, die sie gefunden hatte.

Etwas langsamer und vorsichtiger, um keine weiteren Verletzungen zu provozieren, tastete sie nun Stück für Stück den Tisch ab, so dass es eine Zeitlang dauerte, bis sie zuerst die Plastikschüssel und danach den Bindfaden berührte.

Eine Schnur, perfekt. Ihr Hochgefühl wuchs weiter. *Vermutlich eine Naht für einen Verband.*

Wenn er lang genug war, konnte sie ihn um Sukers Hals ziehen, während sie ihm das Messer ins Auge rammte.

In der Euphorie entging ihr zunächst die seltsame Konsistenz dieses Fadens, der einerseits feucht und andererseits elastisch zu sein schien. Dann aber merkte sie, dass an der Schnur ein Gewicht hing, wenn auch ein sehr filigranes.

Was zum Teufel ist das?

Sie zog so lange an dem Faden, bis er sich vollständig aus der Schüssel gelöst hatte und sein Ende in ihren Fingern lag.

Wenig später musste sie sich übergeben. Ihr war klargeworden, worum es sich bei dem Objekt am Ende des Fadenstrangs handelte. Es fühlte sich wie eine geschälte Weintraube an, die etwa die Größe eines menschlichen Auges besaß.

45. Kapitel

Alexander Zorbach

Als Julian zur Welt kam, legte ihn mir die Hebamme im Kreißsaal mit den Worten in den Arm: »Es heißt, so wie man kurz nach der Entbindung ausschaut, wird man auch zum Zeitpunkt seines Todes aussehen.«

Und tatsächlich hatten mich Julians zahnloser Mund, seine dünnen Knochen, der faltige Hals und die lichten, wirr vom Nacken abstehenden Haare an meinen Vater im Krankenhaus erinnert, kurz bevor er beschloss, das Atmen einzustellen.

Der Gedanke, im Augenblick der Geburt bereits den Tod im Spiegel zu sehen, hatte mich seither nie wieder losgelassen, auch wenn ich die tiefere Bedeutung, die ich in ihm vermutete, nicht in Worte fassen konnte.

Auch heute, als ich in einem abgedunkelten Zimmer auf einem Holzstuhl saß und darauf wartete, dass Tamara Schlier endlich Notiz von mir nahm, musste ich an die Worte der Hebamme denken. Wenn sie mit ihrer These recht hatte und sterbende Menschen wieder die Züge eines Säuglings annehmen, dann musste Tamara mit weit aufgerissenen, blutgeränderten Augen und einer von Neurodermitis überzogenen Gesichtshaut geboren worden sein.

»Nur fünf Minuten«, hatte Roth mir nach anfänglichen Protesten zugestanden. »Und auch nur, wenn Sie einen OP-Overall tragen, damit meine Patientin nicht noch mehr Staub-Partikeln ausgesetzt ist als ohnehin schon.«

Seit ich in diesem Aufzug ihr Krankenzimmer betreten

hatte, war Tamaras Körperhaltung unverändert. Ich hatte damit gerechnet, dass sie wegen meines unangekündigten Besuchs mit einer Angstattacke reagieren würde. Aber vermutlich hielt sie mich in meinem Aufzug für einen Arzt. Sukers Opfer saß friedlich, beide Hände vor der Brust verschränkt, in sich versunken auf ihrem Bett. Das Laken war abgezogen und lag zusammengeknüllt auf dem Boden unter ihren nackten Füßen. Die dürren Schultern stachen wie Eiszapfen unter dem Krankenhausnachthemd hervor. Bei einem anderen Menschen wären mir sicher zuerst die ungewaschenen, strähnigen Haare aufgefallen, deren Farbe sich in dem blauen Zwielicht der Nachtbeleuchtung nicht genau identifizieren ließ; oder vielleicht ihr gekrümmter Rundrücken, bei dem ich unweigerlich an meine Oma denken musste: Immer hatte sie mir mit einem »Kind, sitz doch gerade« einen Klaps verpasst, wenn sie mich irgendwo rumlümmeln sah. Doch selbst wenn Tamara zwei Nasen und drei Ohren gehabt hätte – von dem grausigen Blickfang in ihrem Gesicht hätte es nicht ablenken können.
»Es tut mir sehr leid, was Ihnen passiert ist«, sagte ich. Es gelang mir nicht, meinen Blick von den beiden Wunden unter ihrer Taucherbrille zu lösen. Ohne Lider sah es so aus, als drohten ihre angeschwollenen Augen aus den Höhlen zu quellen. Obwohl Tamara in meine Richtung glotzte, war ich mir nicht sicher, ob ihr meine Gegenwart überhaupt bewusst war.
»Wussten Sie, dass Zarin Suker wieder auf freiem Fuß ist?« Ich beobachtete, ob die Erwähnung des Namens bei ihr eine Regung hervorrief, konnte aber keine feststellen. Dabei wurde mir bewusst, dass Tamara einmal sehr attraktiv gewesen sein musste. Symmetrische Gesichtszüge, die Nase weder zu groß noch zu klein, volle, sanft geschwun-

gene Lippen ohne künstliche Nachhilfe. Ein dichter Haaransatz, eine hohe Stirn und gerade, ebenmäßige Zähne. Die Anlagen ihrer Schönheit waren noch erkennbar, was die Verstümmelung noch abstoßender hervortreten ließ.

»Suker hat, so wie es aussieht, eine sehr gute Freundin von mir verschleppt«, sagte ich. »Sie heißt Alina Gregoriev und ist blind. Sie können sich sicher vorstellen, wie sie sich in dieser Sekunde fühlen muss, ohne Augenlicht dieser Bestie ausgeliefert zu sein.«

Ich meinte ein Zucken in Tamaras Mundwinkeln gesehen zu haben, war mir dessen aber nicht sicher.

»Ich weiß, Sie wollen nicht über den Mann reden, der Ihnen das angetan hat. Glauben Sie, ich bin der Erste, der das verstehen kann. Auch mein Leben wurde zerstört.«

Jetzt waren es meine Mundwinkel, die zuckten, und ich konnte nichts dagegen tun. Trauer ist wie ein Erdbeben. Sie übermannt einen ohne Vorwarnung mit unkontrollierbaren Auswirkungen. »Meine Frau wurde ermordet, mein Kind verschleppt und getötet. Und so wie es aussieht, steht die Bestie, die mir das angetan hat, in irgendeiner Verbindung zu Suker.«

Ich stand auf und ging zu der Wand gegenüber ihrem Bett. Sie war mit Zeichnungen übersät.

Meine Augen hatten sich mittlerweile an das Schummerlicht gewöhnt. Ich konnte erkennen, dass einige Zeichnungen noch unfertig waren, ungelenk und mitten im Strich abgebrochen. Andere waren eine nahezu identische Kopie des Bildes, das im Zimmer meines Sohnes hätte hängen müssen: das Haus im Dörferblick, unser ehemaliges Familienanwesen aus dem Blickwinkel eines damals Neunjährigen gemalt. Ich zählte mindestens ein Dutzend DIN-A4-große Ausfertigungen.

»Warum?«

Ich war völlig unvorbereitet in dieses Gespräch gegangen, aber jetzt wusste ich genau, worauf ich hinauswollte. Zwar gab es Tausende von Fragen, die ich Tamara hätte stellen können, aber ich konnte von Glück sagen, wenn ihr Geisteszustand es ihr erlaubte, nur eine einzige davon zu beantworten. Und die musste ich daher sorgsam auswählen.

»Warum haben Sie das gemalt?«

Draußen, hinter den jalousieverhangenen Fenstern, ratterte in einiger Entfernung ein Güterzug vorbei, und ich ertappte mich bei dem Gedanken, dass ich wünschte, er würde mich mitnehmen.

»Ich will keine Zeugenaussage von Ihnen, Tamara. Ich will keine Details Ihres Martyriums erfahren. Beantworten Sie mir nur diese eine Frage, und ich verschwinde sofort wieder aus Ihrem Leben. Dieses Motiv hier«, ich tippte wahllos auf eine der Zeichnungen, »hat mein Sohn Julian gemalt. Und ich würde gerne wissen, weshalb Sie ...«

»Julian?«, fragte sie.

Ich erstarrte.

»Wie bitte?«

Tamara saß immer noch teilnahmslos auf ihrer Bettkante. Hätte der Brustkorb sich unter ihrem Nachthemd nicht so deutlich bewegt, hätte man denken können, sie wäre eine Puppe.

Oder tot.

»Julian Zorbach?«

Ihre Zunge schnellte wie eine Schlange aus dem Mund, benetzte die brüchigen Lippen und verschwand wieder. Hätte ich das nicht gesehen, hätte ich ihre Worte vermutlich als akustische Halluzination abgetan.

»Ja. Sie kennen ihn?«, fragte ich und setzte mich wieder auf den Stuhl, diesmal rittlings, damit ich mich auf die Lehne stützen konnte.

»Dann müssen Sie Alexander sein.«

Ich bejahte erneut, verstört über die Wendung, die das Gespräch so plötzlich genommen hatte. Doch es sollte noch verwirrender werden.

»Gott sei Dank, Sie sind gekommen«, sagte sie erleichtert. »Ich hatte schon nicht mehr mit Ihnen gerechnet.«

»Woher kennen Sie mich?«

Sie schüttelte den Kopf, als dürfe sie mir das nicht sagen. Dann streckte sie die Hand vor: »Geben Sie mir erst die Nachricht!«

»Nachricht? Was denn für eine Nachricht?«

Kaum hatte ich das gefragt, wanderte ein Ausdruck kompletten Entsetzens über Tamaras ohnehin schon gequältes Gesicht.

»Dann ... dann haben Sie den Zettel nicht dabei?«

Tränen traten ihr aus den aufgeschnittenen Augen. Ich überlegte, ob ich nach ihren Händen greifen sollte oder ob eine intime Berührung den plötzlichen Gefühlsausbruch noch verschlimmern würde. Im Augenblick bestand eine unsichtbare emotionale Grenze zwischen uns, die ich nicht zu überschreiten wagte.

»Es tut mir leid, ich weiß nicht, wovon Sie sprechen, Tamara.«

»Dann ist alles verloren«, sagte sie erstickt wie jemand, der sich in sein Schicksal fügt. »Dann war alles vergebens.«

Ich setzte an, um ihr zu sagen, dass ich ihr nicht helfen konnte, wenn sie in Rätseln sprach, entschied mich aber schließlich für eine andere Strategie.

»Okay, Tamara, vielleicht ist wirklich alles verloren, doch dann müssen Sie sich hier auch nicht mehr verstecken, oder? Denn wenn ohnehin alles vergebens ist, besteht kein Grund mehr zum Schweigen, und Sie können sich mir anvertrauen.«

Ich bewegte mich auf einem schmalen Grat, ohne zu wissen, ob meine Logik innerhalb ihrer wirren, vielleicht sogar wahnhaften Erlebniswelt überhaupt einen Sinn ergab; aber Tamara nickte mir tatsächlich zu, als könne sie, im Gegensatz zu mir, verstehen, was ich meinte.

»Ich denke, da haben Sie recht.«

Sie sah hoch zu der Nachtsichtkamera in der Zimmerdecke, mit der sie beobachtet werden konnte, ohne dass man das Licht anmachen musste. Roth hatte mir versichert, dass sie im Augenblick nicht aktiv war.

»Ich denke, ich kann damit aufhören, diese Bilder zu malen«, sagte sie leise.

Ich deutete an die Wand. »Was haben Sie sich denn davon versprochen?«

»Mein Leben. Meine Freiheit.« Sie zog die Nase hoch. »Aber das ist jetzt vorbei.« Sie drehte sich wieder zu mir. »Das ist alles vorbei.«

Der Gummirand ihrer Taucherbrille bildete einen Staudamm über ihrem Jochbein, der sich immer mehr mit Tränen füllte.

»Ich fürchte, ich verstehe es noch nicht, Tamara. Wie sollten diese Wandmalereien hier Ihnen die Freiheit schenken können?«

Sie schluchzte. »Das war unsere Abmachung. Ich sollte die Wände meines Zimmers vollkrakeln, damit alle denken, ich sei geisteskrank geworden …«

»… und könnten deshalb nicht mehr gegen Suker aussagen?«

»Ja.«

Sie presste trotzig die Lippen aufeinander. »Mein Befehl lautete, so lange zu malen, bis Sie eines Tages kommen würden.«

»Ich?«

»Ja, deshalb habe ich mich doch so gefreut, dass Sie endlich da sind. Sie würden kommen und mir die Nachricht überbringen, und damit wäre ich erlöst. Dann könnte ich aufhören zu zeichnen und würde für immer in Ruhe gelassen. Das war unsere Vereinbarung, verstehen Sie?«

Ja, das tat ich sogar. Innerhalb des Strudels aus Wahnsinn, an dessen Rändern wir uns beide vergeblich festzuhalten suchten, ergaben Tamaras Sätze tatsächlich einen morbiden Sinn.

»Wie sollte die Nachricht denn lauten?«, fragte ich.

»Drei Wörter. Sie sollten mir eine Tagebuchseite übergeben, auf der drei Wörter stehen.«

»Welche?«

Sie beugte sich zu mir und zog die Brauen hoch, was ihre blutgeräderten Augen noch mehr hervorquellen ließ.

»Safran weckt Hirn«, sagte sie.

Mir wurde kalt.

»Safran weckt Hirn« – was hat das zu bedeuten? Woher kennt sie diese sinnlose Wortkombination aus dem Tagebuch meines Sohnes? Und weshalb hätte ich ihr diese unverständliche Nachricht überbringen sollen?

»Ich verstehe das nicht«, stammelte ich wahrheitsgemäß.

Suker hatte im Gefängnis gesessen, als sie anfing, ihre Wände zu bemalen. *Wie hatte er Zugang zu dem Bild meines Sohnes haben können? Weshalb hat er es sich ausgesucht? Und wie war es ihm gelungen, es Tamara zu geben?*

»Wie konnte Suker Sie aus der Untersuchungshaft heraus so unter Druck setzen, dass Sie eine Geisteskrankheit vortäuschten und Ihre Aussage verweigerten?«, wählte ich aus all meinen Gedanken die drängendste Frage. Als Antwort schenkte mir Tamara ein verzweifeltes Lachen.

»Sie haben wirklich keine Ahnung, was?« Es klang wie eine Frage, war aber eine Feststellung. »Hier geht es doch nicht um Suker. Der Mann hat längst bekommen, was er von mir wollte. Er hat mich zerstört und ist fertig mit mir. Vor ihm habe ich meine Ruhe.«

Ich sah sie an und fühlte mich wie ein Autofahrer im Nebel, der mit eingeschalteten Scheinwerfern durch eine undurchsichtige Schleierwelt fährt. Noch konnte ich in dem Dickicht des Irrsinns keine Hindernisse erkennen, ahnte aber, dass der tödliche Aufprall unmittelbar bevorstand, wenn es mir nicht gelang, die nächste Ausfahrt zu nehmen.

»Aber wenn nicht Suker …«, fragte ich zögernd, »wer ist es dann, der Ihnen so große Angst einjagt?«

Tamara atmete aus und sackte dabei noch mehr in sich zusammen. Die Antwort, die sie mir gab, ließ den Schrecken, den wir alle durchleiden mussten, in noch hoffnungsloserem Licht erscheinen.

46. Kapitel

Alina Gregoriev

»Nicola?«

Vielleicht war es der Nervenzusammenbruch, der das Mädchen geweckt hatte, aber Alina war sich da nicht so sicher. Vielleicht hatte auch einfach nur die Wirkung ihres Betäubungsmittels nachgelassen, und es war reiner Zufall, dass Nicola zu stöhnen begann, gerade als Alina mit dem Schreien aufhörte.

»Hmmm ...«

Sie schämte sich im ersten Moment bei dem Gedanken, die Laute, die Nicola auf dem Operationstisch neben ihr äußerte, klängen irgendwie *behindert.* Auf ihrer Schule in den USA hatte es neben ihr noch einen weiteren Schwerbehinderten in der Klasse gegeben: Luther, dessen Taubheit zu spät diagnostiziert worden war und der deshalb nie richtig sprechen gelernt hatte. Wann immer Luther sich artikulierte, hatte er es mit ähnlich gutturalen Lauten getan, wie sie jetzt aus Nicolas Mund kamen.

»Hey, Kleine, kannst du mich hören?«, fragte Alina.

Keine Reaktion, jedenfalls nicht sofort. Es dauerte eine Weile, bis Alina das erste Wort aus dem Gebrabbel heraushören konnte.

»Wo ...?« Nicola machte eine lange Atempause und setzte neu an. »Was ist passiert?«

Ihre Stimme klang fiebrig und unsagbar müde. Sie nuschelte mit zischenden S-Lauten, als wäre sie betrunken.

»Ich weiß es nicht«, log Alina.

Sicher war es ein Zeichen von Schwäche, ihr nicht die Wahrheit zu sagen, aber Himmel noch mal, *sie war schwach,* und außerdem hoffte sie darauf, dass sie sich geirrt hatte; dass es doch kein menschliches Auge gewesen war, das ihr eben gemeinsam mit dem Skalpell aus den Händen geglitten war.

Nicolas Fragen machten diese Hoffnung allerdings zunichte: »Weshalb tut das so weh? Warum tut mir der Kopf so weh?«

Weil es darauf keine barmherzige Antwort gab, beschränkte sich Alina auf die verbrauchteste aller Floskeln, wenn es darum geht, das Unaussprechliche in Worte zu kleiden: »Es tut mir so leid.«

Nicola neben ihr schluchzte erbärmlich. »Scheiße, was hat er mit mir gemacht? Ich kann mein linkes Auge nicht mehr spüren.«

Ihre Stimme zitterte, sie sprach etwas langsamer, und man konnte erahnen, wie sie sich beim Reden wieder daran erinnerte, was in den Minuten vor ihrer Operation vorgefallen war.

Wie Suker die Zweifarbigkeit ihrer Iris gelobt hatte. Wie er das Skalpell in die Hand nahm. Wie er ihr erklärt hatte, wofür er ihre Hornhaut benötigte …

Reflexartig berührte Alina noch einmal ihre eigenen Augen, um erneut festzustellen, dass bei ihr noch alles in Ordnung war. Kein Pflaster, keine Nähte. Nur der stumpfe Druck unter den Lidern war größer geworden, was sie auf ihre allgemeine Überanstrengung zurückführte. Wieder schämte sie sich, diesmal, weil sie so erleichtert war.

»Scheiße, Scheiße, Scheiße …« Nicolas letzter Fluch ging in ein schrilles Gekreische über.

»Schhhhh … Kleine, bitte beruhige dich.«

Sonst kommt Suker zurück, und das wäre zu früh. Ich habe noch keinen Plan.
»Beruhigen? Hast du eben ›beruhigen‹ gesagt, du verdammte Schlampe?«
»Hör zu, ich verstehe …«
»Du VERSTEHST, dass dieses Arschloch mir meine Augen zerschnitten hat?«
Augen?
Alina verlagerte ihr Gewicht auf die rechte Schulter und drehte sich zum Nachbartisch.
»Kannst du denn gar nichts mehr sehen, Nicola?«
Das Mädchen seufzte. »Fuck, nein. Hier ist es dunkel, er hat alle Lichter ausgemacht.«
»Aber du spürst noch, wie du blinzelst.«
»Was …? Ja, Kacke, aber nur noch mit dem rechten Auge.«
Nicola presste ihren Atem in kurzen, intensiven Stößen durch die Nase, als wollte sie eine Lokomotive nachahmen.
»Dreh den Kopf bitte mal in meine Richtung.«
»Wozu soll das …?« Das Mädchen stöhnte und ließ den Satz unvollendet, während sie sich, dem Klappern ihrer Ketten nach, zu bewegen versuchte.
»Kannst du das hier sehen?«
»Nein, ich kann … doch, ich kann deine Hand erkennen. Du winkst mir zu«, sagte Nicola.
»Das ist gut, sehr gut.«
»Gut? Gar nichts ist gut. Ich liege gefesselt auf einem Operationstisch, und mir FEHLT EIN AUGE!« Die letzten Worte schrie sie wieder, hysterisch. Nicola hätte sicher noch länger wie am Spieß gebrüllt, wenn ein Hustenanfall ihr nicht die Luft abgeschnitten hätte.
»Verdammt, wer bist du?«, röchelte sie eine Weile später. »Und wieso bist du nicht mehr angekettet?«

Alina hatte oft von Menschen gehört, deren Haare nach einem Schicksalsschlag spontan ergrauten. Obwohl ihr Farben nichts bedeuteten, hatte sie das Gefühl, als wäre auch aus der Stimme des Mädchens jegliche Farbe gewichen. Sie klang auf einmal abgestumpft, leblos und um Jahre gealtert.
»Sechs Monate lang hat er mir nichts getan«, sagte sie. »Und dann kommst du. Du, du, …« Nicola hörte sich an, als wollte sie am liebsten vor Alina auf den Boden spucken. »Du bist noch schlimmer als sie.«
Möglicherweise waren die seelischen Schäden, die Suker dem Mädchen zugefügt hatte, schon jetzt irreparabel. Sie würden es aber ganz gewiss werden, wenn Nicola kein Ventil für ihren Schmerz fand und ihre Ängste in sich hineinschrie. Daher hatte Alina sich vorgenommen, Nicola ausreden zu lassen, ganz gleich, wie schlimm sie von ihr beschimpft wurde.
Ihr letzter Satz jedoch ließ ihr keine Ruhe. Sie musste das Mädchen unterbrechen.
»Schlimmer als *sie?*«, fragte Alina verwirrt. »Wer, außer Suker, hält uns hier noch gefangen?«

47. Kapitel

Alexander Zorbach

Eine Frau? Suker hat eine Assistentin?«, fragte ich.

»Ja, und sie nennt sich Iris, was natürlich nicht ihr richtiger Name ist.«

Die Art, wie Tamara die Hände im Schoß faltete, ließ sie wie ein Schulmädchen im Rektorenzimmer wirken. »Das ist ein doppeldeutiger Scherz, mit dem sie ihre Opfer zusätzlich verhöhnen will. Iris wie Auge, wenn Sie verstehen, was ich meine.«

Ich nickte. »Und diese Iris hilft Suker bei seinen Taten?«

»Helfen?« Tamara schüttelte den Kopf. »Oh nein, nein. *Helfen* ist das falsche Wort.«

Tamara tippte mit beiden Zeigefingern auf das Plexiglas ihrer Taucherbrille. »Denken Sie, das hier ist grausam?«

Ich sah ihr direkt in die Augen und nickte.

»Dann haben Sie keine Ahnung von Iris.«

Ich stand auf, einfach nur, weil ich das Gefühl hatte, irgendetwas tun zu müssen. Jeder Satz von Tamara elektrisierte mich mehr, und in diesem Moment war meine eigene Verletzung vergessen.

»Was hat Iris Ihnen angetan?«, fragte ich.

Ein Schauder durchlief Tamaras Körper. »Ich werde es Ihnen erzählen, jetzt, da es ohnehin nichts mehr ändert. Aber zuvor müsste ich etwas trinken, bitte. Könnten Sie so nett sein, mir ein Glas Wasser zu bringen?«

Ich drehte mich zu der zweiten Tür, rechts neben dem Eingang. »Lassen Sie es etwas laufen, bitte, ich mag es kalt«, rief sie mir hinterher, als ich das Badezimmer betrat. Da auch hier nur die Notbeleuchtung brannte, fiel es mir zunächst schwer, mich zu orientieren. Wie in Krankenhäusern üblich, wirkte es steril und anonym, trotz Tamaras persönlicher Habseligkeiten. Rechts eine Duschzelle, daneben das Toilettenbecken, über beiden baumelte eine rote Schnur, an der man im Notfall ziehen konnte. Während ich an das Waschbecken trat, sprach Tamara draußen weiter.

»Es war Iris, die mir die Augen zerschnitten hat.«

Ich nickte unbewusst.

Deswegen die groben Narben, die so gar nicht zu Sukers Fingerfertigkeit passten.

Langsam fügte es sich. Ich fühlte mich wie beim Zusammenfügen eines Modellbausatzes, bei dem man mit einigen Kleinteilen beginnt, ohne zu wissen, welchen Platz sie später im Gesamtobjekt einnehmen werden.

»Sie bereitete mich als Opfer für ihren Meister vor, indem sie mir ohne Betäubung die Lider entfernte. Dabei trug sie eine Maske, damit ich sie nicht sehen konnte.«

Das Waschbecken war groß und geschwungen, verfügte aber über keinerlei seitliche Ablagemöglichkeit. Tamaras Zahnbürste lag direkt auf der Emaille neben einer halb ausgedrückten Tube Colgate, ein Zahnputzbecher war nicht vorhanden.

»Iris war es auch, die mich in dem Spiegelzimmer ankettete, in dem ich von Suker vergewaltigt wurde.«

Ich sah hoch in den Spiegel über dem Waschbecken und erschrak über meinen Anblick, der bei voller Beleuchtung bestimmt noch hässlicher ausgefallen wäre. Ich sah aus wie ein einst übergewichtiger alter Mann, der viel zu schnell an Gewicht verloren hat. Die Wangen waren eingefallen, das Gesicht wirkte schwach und ausgemergelt, als würde es

auseinanderklappen, wenn mein Kopfverband es nicht länger zusammenhielt.
»Gibt es hier irgendwo Gläser?«, fragte ich.
»Gegenüber von der Dusche.«
Ich drehte mich um, öffnete die Tür eines kleinen Schränkchens und entdeckte auf den ersten Blick auch hier nur Hygieneartikel, doch dann sah ich im obersten Fach einen Plastikbecher. Als ich ihn herausangeln wollte, machte ich eine ungeschickte Bewegung, und eine Kosmetiktasche fiel zu Boden. Ich hob sie auf, und weil sie so leicht war, vermutete ich zunächst, sie wäre leer, dann aber entdeckte ich in der halbgeöffneten Tasche die Briefe.
Heute wünschte ich, ich hätte sie nie gesehen.
»Ist etwas passiert?«, rief Tamara von draußen, während ich auf die Kuverts starrte. Es waren insgesamt vier Stück, allesamt cremefarben, in dick gefütterten Umschlägen, wie sie teure Anwaltssozietäten benutzen.

Für meinen Bruder – Für meine Schwester – Für Papa …

Tamara hatte sie ausschließlich an Familienmitglieder adressiert. Und jeder von ihnen war mit dem gut sichtbaren Vermerk

Mein Letzter Wille

versehen.
»Alles okay«, erwiderte ich und ging zum Waschbecken, wo ich den Hahn aufdrehte. »Hab einen Becher gefunden.«
Die Briefe waren nicht zugeklebt, der Falz steckte nur lose im Umschlag.

»Ich komme gleich«, rief ich, während ich wahllos einen davon öffnete und hastig die ersten Zeilen überflog.

Liebster Papa,
wenn Du das hier liest, habe ich großen Kummer über Dich gebracht und werde freiwillig aus einem Leben geschieden sein, das ich nicht länger ertragen konnte …

Ich war zu nervös, um weiterzulesen, sah lediglich Schlagwörter aufblitzen wie

Suker – Skalpell – Schuld – Vergewaltigung

und entdeckte auf den ersten Blick nichts von dem, was ich mir erhofft hatte. Keine Adresse des Verstecks, in dem sie gefoltert worden war. Kein Hinweis auf Frank Lahmann.
»Alles okay?«
Ich fuhr zusammen. Tamara stand hinter mir in der Tür, doch ich konnte mich nicht zu ihr umdrehen, solange ich noch ihr Testament in Händen hielt, also steckte ich mir den Brief hastig vorne in den Hosenbund, zog mein Hemd darüber und drehte den Wasserhahn zu.
»Voilà«, sagte ich und ging auf sie zu. »Kalt, wie Sie es wünschten.«
Sie sah mich lange schweigend an, und da sie nicht blinzelte, fühlte ich mich, als würde sie mich einem Verhör unterziehen. Schließlich nickte Tamara, nahm den Becher, und wir gingen gemeinsam zu ihrem Bett zurück, wo sie sich wieder auf die Kante setzte.
»Sie sagten eben, die Verletzung Ihrer Augen wäre nicht das Schlimmste gewesen?«, griff ich unsere Unterhaltung wieder auf. Ich musste mich beeilen. Die Zeit, die Roth mir

zugestanden hatte, war schon lange aufgebraucht, und ich musste jeden Moment damit rechnen, dass der Psychiater in unsere Unterhaltung platzte.

»Hm.« Bevor Tamara weitersprach, trank sie ihr Wasser in mehreren langen Zügen bis auf einen kleinen Rest aus. »Ahh, danke sehr, das hab ich gebraucht.«

Sie leckte sich über die Lippen. »Die körperlichen Qualen waren schlimm. Sie sind es noch immer. Aber Iris beschränkte sich nicht darauf, Gewebe, Muskeln oder Knochen zu verletzen. Sie wollte die vollständige Zerstörung von Körper und Geist.«

»Wie hat sie das angestellt?«

»Indem sie meine Freundin wurde.«

Ich zuckte mit den Augenbrauen. »Wie meinen Sie das?«

»So, wie ich es sagte. Iris ist pervers, eine Sadistin. Eines Tages hörte ich Geräusche in dem Raum mit den Tierkäfigen, in denen Suker uns gefangen hielt. Röchelnd, krank. Ein Mädchen oder eine Frau, ich konnte es nicht genau sagen, weil sie so erkältet war. Sie hustete. Und ich konnte sie nicht sehen, weil ihr Käfig hinter einer Säule stand.«

Tamara trank hastig den letzten Schluck aus dem Becher. »Sie sagte, sie wäre auch eine Gefangene. Weinte bitterlich, ich tröstete sie, und gleichzeitig schenkte sie mir Hoffnung, weil ich glaubte, eine Leidensgenossin gefunden zu haben, der ich all meine Ängste anvertrauen konnte.«

»Aber so war es nicht?«

»Nein.« Tamara knüllte den Becher zusammen. »Man sagt, ein Feind kann einen verletzen, doch zerstört wird man nur durch einen Freund. Durch Iris lernte ich den Wahrheitsgehalt dieser Weisheit kennen. Das Mädchen in dem Käfig neben mir war nie eine Gefangene, verstehen Sie? Iris hat die ganze Zeit nur so getan.«

48. Kapitel

Alina Gregoriev

»Wie viele Helfer hat Suker?«, fragte Alina ihre Mitgefangene, während sie die Metallöse hinter ihrem Kopf abtastete. In den letzten Minuten war es ihr gelungen, sich und ihre Liege Zug um Zug zurückzuziehen, bis sie die Wand erreicht hatte, an der die Kette ihrer Handfessel befestigt war. Wenn ihre Orientierung stimmte, befand sie sich am Kopfende des Raumes, genau gegenüber der Ausgangstür.

Sie tastete mit der freien Hand nach hinten. Die Plastikfolie, mit der Suker sein provisorisches Operationszelt gebastelt hatte, lag hier direkt auf dem Putz, nur die Stelle für die Öse, durch die die Kette geschlungen war, hatte er ausgespart.

»Gibt es noch mehr Assistenten außer Iris?«

Es war wichtig zu wissen, gegen wie viele Gegner sie kämpfen mussten, wenn sich die Möglichkeit zur Flucht ergab.

»Nein, nur sie und Suker«, antwortete Nicola. »Andere hab ich jedenfalls nie gesehen.«

»Und wie oft lässt sie sich blicken? In den letzten Stunden war sie noch nicht hier, oder?«

»Nein. Sie kommt schon lange nicht mehr. Ich hab sie seit unserem Kampf nicht mehr gesehen.«

Nicola schluchzte, wahrscheinlich war ihr gerade in den Sinn gekommen, dass sie in Zukunft möglicherweise niemals wieder irgendetwas *sehen* würde.

»Was für ein Kampf?«, fragte Alina. Ihre Finger waren auf

eine Einkerbung in dem letzten Glied der Kette gestoßen, das direkt mit der Öse verbunden war.

»Das ist schon einige Wochen her. Da dachte ich, jetzt bin ich erledigt. Iris brachte mir wie immer das Essen und stolperte aus Versehen über meinen Toiletteneimer. Ich wollte die Gelegenheit nutzen, um ihr die Strumpfmaske vom Kopf zu reißen. Zuvor hatte ich sie ja noch nie gesehen.«

»Hast du es geschafft?«

»Ja, leider. Ich werde nie ihren erstaunten Gesichtsausdruck vergessen. Ich meine, sie sah so …« Nicola suchte nach Worten, »… so *normal* aus. Wie eine Frau, die bei der Post am Schalter sitzt oder so. Ich hätte ein Monster erwartet, mit Hasenscharte, Pickeln und Damenbart, aber da war nichts Abstoßendes in ihrem Gesicht. Sie war sogar geschminkt, kannst du das glauben? Lidschatten, hellbrauner Lippenstift und so, aber nicht wie bei einer Wahnsinnigen gezogen, sondern sorgfältig. Ich dachte noch: ›Scheiße, die Alte macht sich hübsch, bevor sie in den Folterkeller geht, und vielleicht war das mein Fehler. Vielleicht hätt ich einfach nicht so beschissen viel nachdenken und einfach mal losrennen sollen. Mann, das wäre die Gelegenheit gewesen, und ich hab es versaut.«

Vielleicht bekommst du heute noch eine zweite Chance, dachte Alina, von einem plötzlichen Glücksgefühl beseelt. Ihr Verdacht hatte sich bestätigt. Die Einkerbung in dem Haken am Ende der Kette war beweglich. Es handelte sich um einen Karabiner!

»Iris flippte jedenfalls völlig aus, hieb mir mit der Handkante gegen den Kehlkopf, dass ich dachte, ich ersticke«, fuhr Nicola fort. »Sie schlug mich mit der Stirn immer wieder gegen die Käfiggitter, so lange, bis ich für eine Weile das Bewusstsein verlor. Ich schwebte irgendwo zwischen

Himmel und Hölle, spürte nur noch, wie sie mich an den Haaren über die Kellerfliesen in ein komplett verspiegeltes Zimmer zerrte und dort auf einer Liege festband. Ob du es glaubst oder nicht, aber wenn Suker mir nicht geholfen hätte, wäre ich jetzt tot.«

Nicolas gereizte Stimme wurde vom vielen Sprechen immer rauher, hin und wieder unterbrach ein Hustenanfall ihre Schilderung.

»Iris war wie eine Tollwütige. Sie hat die ganze Zeit auf Suker eingebrüllt: ›Sie hat mich gesehen! Sie hat mein Gesicht gesehen, Zarin! Wir müssen sie töten!‹«

»Wie hat er reagiert?«, fragte Alina. Ihr Herz schlug, als würde sie eine Treppe hinaufrennen. Bislang war es ihr nicht gelungen, den Karabinerhaken so weit nach unten zu drücken, dass er sich von der Öse in der Wand lösen konnte. Sie hatte nur eine freie Hand, ausgerechnet die linke, und ihre klammen Finger rutschten immer wieder an dem Haken ab.

»Suker hat versucht, Iris zu beruhigen. Hat ihr erklärt, dass man etwas so Seltenes wie mich nicht sinnlos opfern darf. Doch Iris hörte gar nicht zu. Sie hatte plötzlich ein Messer in der Hand und brüllte: ›Dann mache ich es eben alleine!‹ Sie hielt das Messer mit beiden Händen, so wie eine Axt, und ich weiß noch, dass ich mich einpisste, weil ich dachte, jetzt ist es aus.

Aber dann schlug er zu. Ich dachte noch ›krass‹, weil es echt richtig laut knackte, als seine Faust gegen ihre Schläfe donnerte. Iris hielt sich beim Fallen an meinem Arm fest und hätte mich mit runtergerissen, wenn ich nicht gefesselt gewesen wäre. Sie sagte kein Wort mehr, keinen Mucks, als hätte er sie mit einer Fernbedienung ausgeschaltet, und ich erinnere mich, wie gut ich mich plötzlich fühlte, als ich in die verdammten Spiegel sah, die da ja überall waren, und Iris mit dem Kopf auf dem Boden neben meiner Liege lag.« Nicolas Stimme wurde brüchig. »Mann, ich schäme mich so, aber ich kann nicht anders. Seitdem kann ich Suker einfach nicht mehr so sehr hassen wie zuvor, verstehst du das?«

Alina nickte. »Ja, nur zu gut.«

Es liegt in der Natur des Menschen, bis in den Tod hinein an die Kraft des Guten zu glauben, selbst dann, wenn er dem Bösen in seiner reinsten Form begegnet. Indem Suker Iris geschlagen hatte, hatte er bei seinem jungen Opfer die unbegründete Hoffnung genährt, er könnte doch menschliche Züge in sich tragen. Dabei hatte Suker sie nicht verschont, sondern nur gefügig gemacht, aber das konnte Nicola in ihrem traumatisierten Zustand natürlich nicht begreifen.

Wieder versuchte Alina, den Karabinerhaken auszuklinken. Wieder rutschte sie ab.

»Ich meine, ich lag da, gefesselt und eingepisst, aber ich war echt glücklich und dachte die ganze Zeit nur: ›Gott, lass sie tot sein. Bitte lieber Gott, mach, dass Iris tot ist.‹«

»Aber das war sie nicht?«, fragte Alina, wütend darüber, dass sie ein Krampf in ihrer Hand zu einer Pause zwang.

»Ich weiß es nicht. Suker gab mir ein Betäubungsmittel, und als ich aufwachte, war ich nicht mehr in dem Käfig, sondern in einer richtigen Zelle gefangen. Er kam und sagte mir, ich müsse jetzt keine Angst mehr haben. Ich wäre doch seine Ausnahme. Daher habe er mich schon die ganze Zeit über nicht wie die anderen behandelt.«

Behandelt, dachte Alina. Wieder ein Synonym für Schmerzen, Qualen und unvorstellbare Ängste. Sie spürte die Wut in ihr weiter wachsen, und das war gut, denn diese Wut mobilisierte ungeahnte Kräfte.

Verdammt, Zorbach, du dummer Hund, das hier ist alles deine Schuld. Wieso mussten wir nur aufeinandertreffen? Alina nahm sich vor, ihm mit Anlauf gegen das Schienbein zu treten, wenn sie jemals wieder die Gelegenheit dazu erhalten sollte. *Ich werde dich treten, dir ins Gesicht schlagen, deine Haut zerkratzen und dann …*, sie bemerkte, wie sich ein Druck in ihren Augen aufbaute, während sie weiter den Karabinerhaken bearbeitete, … *und dann werde ich mir überlegen, ob ich dir die Zunge abbeiße, während ich dich küsse, du alter Hurensohn.*

Erschrocken stellte sie fest, dass sie gerade an den *alten* Zorbach gedacht hatte. An den Mann, der nicht hilflos im Rollstuhl saß, dessen Frau nicht ermordet worden war und dessen Sohn noch lebte. An den einzigen Mann, der ihr so nahegekommen war, dass sie sich gewünscht hätte, irgendwann einmal sein Gesicht sehen zu können. Wobei das ein Gedanke war, den sie nicht zulassen durfte. Es wäre das Eingeständnis gewesen, ein Teil von ihr könnte sich wünschen, Suker würde tatsächlich die Operation an ihr vornehmen.

»Was geschah dann?«, versuchte Alina sich abzulenken, indem sie das Gespräch wieder anschob.

»Suker streichelte mir über den Kopf, sagte wieder, ich sei etwas Besonderes, und deshalb würde er nicht zulassen, dass man mich tötet. Und dass Iris nicht länger seine Assistentin sei. Er habe sich von ihr getrennt und mich an einen Ort geschafft, wo ich vor ihr sicher sei und sie mich niemals finden könne.«

»Und seitdem hast du Iris nicht mehr gesehen?«

»Nein. Es gab sogar eine Zeit, da war auch Suker verschwunden. Er sagte, er wäre nur kurz mal weg, und ich dachte, er sei verreist übers Wochenende oder so. Aber aus den Tagen wurden Wochen, und bis gestern dachte ich noch, ich müsste in meinem Loch hier verrecken. Wäre ich auch, hätte er mir nicht genügend Wasser und Zwieback in meiner Zelle zurückgelassen.«

Das musste die Zeit gewesen sein, in der er in Untersuchungshaft gewesen war, dachte Alina. Das war gleichzeitig eine gute und eine schlechte Nachricht: Einerseits arbeitete Suker wieder allein, es gab also nur einen Gegner. Andererseits würde es der Polizei nichts bringen, nach dem alten Versteck zu suchen. Auch Tamaras Zeugenaussage war in diesem Punkt wertlos, weil Suker seine Folterkammer an einen anderen Ort verlegt hatte.

Alina wollte Nicola gerade fragen, ob sie Tamara während ihrer Haft begegnet war, als es klick machte und sie ihre Hand frei bewegen konnte. Im ersten Moment war ihre Euphorie so groß, dass sie jubelnd aufschrie.

»Was hast du?«, fragte Nicola ängstlich.

»Meine Hände«, lachte Alina. »Ich kann sie beide wieder bewegen.«

Sie erklärte ihr, wie ihr das gelungen war, während Nicola ihr von Iris erzählt hatte.

»Und was soll das bringen? Das wird ihn nur wütend machen, wenn er zurückkommt. Du kannst ja immer noch nicht weglaufen.«

»Aber ich kann mich aufsetzen.«

Alina stützte sich auf die Ellbogen und stöhnte. Ihr Körper hatte so lange in einer verdrehten Haltung verharren müssen, dass es ihr schwerfiel, eine normale Position einzunehmen. Auf jeden Fall durfte sie sich nicht hastig aufrichten, um nicht Gefahr zu laufen, ohnmächtig zu werden.

»Schön, du sitzt. Du hast wieder zwei Hände. Willst du jetzt mit der Liege unterm Arsch hier rausrennen?«

»Keine Ahnung. Sag du es mir.«
»Hä?«
»Sag du mir, was ich tun soll. Sieh dich um! Gibt es irgendwelche Anhaltspunkte? Kann ich mich irgendwo entlanghangeln?«
»Wo willst du denn hin?«
»Du hast doch gesagt, neben der Tür wäre ein Knopf für den Feueralarm. Wie komme ich da hin?«
»Keine Ahnung. Ich kann dich von mir aus nicht mehr sehen.«
Richtig, ich bin zu weit hinter dir.
»Aber ich höre dich. Sag mir, ob es bei dir irgendetwas in der Nähe gibt, wo ich mich abstoßen kann.«
»Nein. Nichts. Der Tisch zwischen uns, der ist beweglich. Die Plane vielleicht, wenn du die abreißt. Aber die ist zu weit weg, da kommst du nicht ran.«
Also gut, dachte Alina. Damit hatte sie gerechnet. So viel Glück auf einmal wäre ja auch unnatürlich gewesen.
Bleibt nur noch Plan B.
»Nicola?«
»Ja.«
»Hör mir jetzt gut zu, es tut mir leid, aber es geht nicht anders. Wenn ich uns hier rausholen will, kann es sein, dass ich dir gleich ein bisschen weh tun muss.«
»Was?« Nicola strampelte nervös auf ihrer Liege. »Scheiße, was zum Teufel hast du vor?«

49. Kapitel

Alexander Zorbach

Iris, oder wie immer sie sich heute nennt, ist eine Sadistin, wie sie im Buche steht.« Während Tamara redete, tat sie etwas, was ich am liebsten verhindert hätte, obwohl es mir natürlich nicht zustand. Sie zog sich ihre Taucherbrille vom Kopf. Es gab ein schmatzendes Geräusch, dann löste sich die Gummidichtung von ihrer Haut, und tiefe Einkerbungen unter ihren Augen und auf der Stirn wurden sichtbar.

»Iris ist die perfekte Schauspielerin.«

Auf dem Nachttisch stand eine kleine Flasche mit Augentropfen, die Tamara jetzt öffnete. »Ein Chamäleon, Sie würden sie nicht erkennen, selbst wenn sie direkt vor Ihnen stünde. Ich selbst habe ja immer nur ihre Stimme gehört, weil unsere Käfige so weit auseinander waren. Und trotzdem glaubte ich, eine intensive emotionale Nähe zwischen uns zu spüren. Aber denken Sie, mir wäre aufgefallen, dass die Person, mit der ich mich in den Schlaf weinte, das gleiche Monstrum war, das mir jeden Mittag maskiert mein Essen brachte?«

Tamara legte den Kopf in den Nacken und tropfte sich mit einer Pipette zwei Tropfen der Lösung in jedes Auge. Als sie damit fertig war, sah sie aus, als weinte sie Blut.

»Oh, Iris war so verdammt geschickt«, fuhr sie fort. »Sie tat nicht nur so, als leide sie unter den Verletzungen, die Suker ihr angeblich zugefügt hatte. Es gelang ihr sogar, mir ein Gefühl der Mitschuld zu geben. Ich fühlte mich elend, weil der Kelch an mir vorübergegangen war und jemand anders an meiner Stelle Schmerzen aushalten musste.«

Tamara fröstelte, und ich griff nach ihren Händen. Ihre Finger waren kalt und zitterten, sie zog sie aber nicht zurück, als ich sie drückte.

»Iris ging so geschickt vor, und ich war nur eine einfältige Kuh. Es war ja nicht so, als hätte sie um Mitleid gebuhlt. Eher im Gegenteil. Sie beschimpfte mich, war verzweifelt und tat so, als hätte sie sich selbst schon aufgegeben. Erst dadurch weckte sie den Beschützerinstinkt in mir.«

»Mit welchem Ziel?«

»Um Suker wütend zu machen. Jedenfalls ist das die einzige Erklärung, die ich habe. Vielleicht ist Iris aber einfach nur wahnsinnig und durch und durch böse? Wer weiß? Ich glaube, sie legt es darauf an, ihre Opfer zu manipulieren, damit die etwas tun, was Suker so in Rage bringt, dass seine Vergewaltigung noch grausamer ausfällt.«

»Und wozu hat Iris Sie verleitet?«, fragte ich und fürchtete mich im gleichen Atemzug vor ihrer Antwort.

Tamara atmete schwer. »Oh, zu vielen Dingen. Anfangs planten wir den gemeinsamen Selbstmord. Wir wollten uns beide vergiften, um der Hölle zu entkommen. Sie zeigte mir, wie ich die Schlaftabletten, die ich täglich einnehmen sollte, unter der Zunge sammeln konnte, bis ich einen ausreichenden Vorrat hatte. Aber dann tat sie plötzlich wieder so, als gäbe es doch noch Hoffnung. Sie zeigte mir, wie sich mein Käfig von innen öffnen ließ, wenn man die Bodenplatte hob. Das hatte sie natürlich selbst so arrangiert, und als ich die Flucht dann wagte, lief ich Suker in die Arme.«

Ich massierte ihr weiter die Hände und wunderte mich, dass ihre Finger trotz meiner Berührungen nicht wärmer werden wollten.

»Und jetzt haben Sie immer noch Angst vor Iris?«
»Nein. Julians Tagebuchseite wäre meine Freikarte in die Freiheit gewesen. Sobald ich den Zettel übergeben hätte, hätte Iris mich in Ruhe gelassen. Keine Ahnung, weshalb ihr das so wichtig war, aber so sind die Regeln. Und jetzt haben Sie ihn nicht dabei, und ich kann ihn nicht vorzeigen, und deshalb ist jetzt alles vorbei.«
Sie gähnte.
»Ich verstehe, dass Sie müde sind. Nur noch eine letzte Frage: Wie ist Iris hier reingekommen? Schwanenwerder ist eine bewachte Festung. Wie konnte sie Ihnen das Bild meines Sohnes bringen und mit Ihnen diese Vereinbarung treffen?«
»Oh, Iris kommt überall rein. Ich bin nirgendwo sicher vor ihr, sie hat einen …«
Bei den letzten Worten stockte sie mitten im Satz. Ihr Kopf neigte sich leicht zur Seite, nur für einen Moment, bis sie ihre Körperhaltung wieder korrigierte, so als wäre sie kurz eingenickt.
»Alles in Ordnung?«, fragte ich.
»Ja, alles bestens«, sagte sie und lächelte. Es war das erste und gleichzeitig letzte Lächeln, das ich von Tamara sehen sollte. Von da an ging alles sehr schnell.
Während ich noch gar nicht realisiert hatte, was vor meinen Augen geschah, war sie seitlich auf ihr Bett gekippt. Ihre Beine hingen immer noch über der Kante und zitterten unrhythmisch.
»Tamara?«
Ich beugte mich über sie. Als ihre Augen unkontrolliert zur Seite rutschten, riss ich an der Leine für den Notruf am Kopfende des Bettes.
»Tamara, hören Sie mich?«

Schaum war ihr vor den Mund getreten, würgend versuchte sie auszuspucken.
»Ich hab doch gesagt, es ist vorbei«, presste sie unter Krämpfen hervor. »Lassen Sie mich gehen …«
Sie krümmte sich in Embryonalhaltung zusammen und presste sich unter Schmerzen die Faust in den Mund. Als ich sie herausziehen wollte, um ihr das Atmen zu erleichtern, entdeckte ich das kleine Plastiktütchen zwischen ihren Fingern.
»Wieso?«, fragte ich fassungslos.
Hinter mir flog die Tür auf. Licht flutete den Raum, und Tamara schrie auf.
»Was ist hier los?« Roth drängte mich zur Seite. »Was haben Sie mit ihr gemacht?«
»Nichts«, sagte ich wahrheitsgemäß, und im selben Moment wurde mir klar, weshalb Tamara mich vorhin ins Bad geschickt hatte.
»Sie muss Tabletten geschluckt haben. Schlaftabletten, Betäubungsmittel. Irgendwas, was Sie ihr täglich geben. Sie muss sie unter der Zunge gesammelt haben.«
So wie Iris es ihr gezeigt hat.
Roth sah mich entgeistert an. Rettungssanitäter stürmten in das Zimmer. Ohne Zeit zu verlieren, rollten sie Tamara samt ihrer Liege aus dem Zimmer. Um ihre Augen zu schützen, hatten sie ihr ein Tuch über den Kopf gelegt, mit dem sie schon jetzt wie eine Leiche aussah.
Eine Zeitlang blieb ich reglos in dem Zimmer stehen, das bei voller Beleuchtung und ohne Bett wie eine leere Abstellkammer wirkte.
Dann tastete ich nach dem Brief in meinem Hosenbund und eilte dem Tross mit der sterbenden Frau hinterher.

50. Kapitel

Alina Gregoriev

»Aaaaah, verdammt, Mann!«

Nicola schrie ihren Schmerz hinaus, lauter als gerechtfertigt, wie Alina fand, doch sie dachte nicht im Traum daran, das Mädchen zu ermahnen. Dadurch würde sie nur noch trotziger werden.

»Sorry, aber ich hab dir ja gesagt, es kann etwas weh tun, wenn ich nicht richtig treffe.«

Sie holte die Kette wieder ein, mit der sie bis vor kurzem noch an der Wand gefesselt gewesen war und die sie eben quer durch den Raum in Richtung von Nicolas OP-Tisch geworfen hatte. Die Hände des Mädchens waren eng am Körper fixiert, weshalb sie schlecht greifen konnte. Alina war es bisher nicht gelungen, die Kette so zu werfen, dass Nicola den Karabinerhaken zu fassen bekam. Zweimal hatte sie es schon versucht, einmal hatte sie den Tisch verfehlt, und gerade eben hatte sie sie am Kopf getroffen.

»Mist, Scheiße.«

Diesmal fluchte Alina, denn auch der vierte Versuch war danebengegangen.

»Wirf nicht immer so weit und etwas mehr nach rechts.«

»Ich versuch ja mein Bestes«.

Es brachte nichts. Erst als Alina die Kette in einem letzten Versuch völlig entnervt und planlos in Nicolas Richtung schmiss, hörte sie einen Jubelschrei aus der anderen Ecke des Raums.

»Hey, geil. Yes.« Hatte Nicola eben noch wie ein nörgeliger Teenager geklungen, zeigte sie jetzt eine kindliche Begeisterung darüber, dass es endlich geklappt hatte.

»Hältst du sie auch gut fest?«

»Sogar mit beiden Händen. Das war ein perfekter Wurf, quer über meine Hüfte.«

Also gut.

Alina zog erst vorsichtig, dann mit immer stärker werdendem Vertrauen an der Kette und schob sich damit Zug um Zug an Nicola heran.

Es funktioniert! Es funktioniert tatsächlich!

Ihr Abstand verkürzte sich Zug zum Zug, da die Rollen unter Nicolas OP-Tisch glücklicherweise fixiert waren.

Es gab eine Schrecksekunde, als sich der Beistelltisch zwischen ihnen verkeilte. Zu diesem Zeitpunkt waren sie sich schon so nahe, dass Alina wieder den Schweiß ihrer Mitgefangenen riechen konnte. Doch dann überwanden sie auch die letzten Zentimeter.

Obwohl sie Nicola in Greifnähe vermutete, wagte Alina es im ersten Moment nicht, die Hand auszustrecken, aus einer irrationalen Angst heraus, sie könnte ins Leere greifen und Nicola würde sich wie eine Fata Morgana verflüchtigen, die sie in die Irre geführt hatte.

Schließlich gab sie sich einen Ruck, und als ihre Finger erst einen groben Leinenstoff berührten und gleich im Anschluss daran einen flachen Bauch, hätte sie am liebsten angefangen zu weinen.

»Hallo?«, flüsterte sie. Normalerweise greift ein Blinder einem Fremden nicht ins Gesicht, um ihn zu »erkennen« – ein Hollywood-Klischee, an dem sich Alina immer gestört hatte. Doch jetzt musste sie wissen, mit wem sie hier unten gefangen gehalten wurde. Mit wem sie durch die Hölle ging.

»Hallo«, antwortete Nicola. Ihr Körper bebte.

Sie seufzte, als Alinas Finger über ihr Kinn und ihre Wangen glitten. Sie zitterte, als sie die Nase streiften. Sie stöhnte, als sie den Wundverband über ihrem linken Auge berührte.

»Tut mir leid.« Alina zog die Hand wieder zurück. Die Wunde hatte sie in die Realität zurückgeholt. Irgendwo da draußen war ein Irrer, der Mädchen die Augen zerschnitt und jede Minute zurückkommen konnte.

»Wir dürfen keine Zeit verlieren, Nicola.«

»Ja, aber was sollen wir tun?«

»Ich habe vorhin die Nierenschale mit dem Skalpell heruntergeworfen.«

»Und?«

»Es klang so, als ob ich noch weitere Gegenstände vom Tisch gefegt hätte. Kannst du auf dem Fußboden irgendetwas erkennen?«

»Nein, dazu ist es zu dunkel.«

Gut, dann müssen wir das ändern.

»Beschreib mir erst mal unsere Lage. Wo im Raum befinden wir uns jetzt?«

»Du hast einen Meter gutgemacht, mehr auch nicht.«

»Und die Tür?«

»Immer noch genauso weit entfernt wie zuvor. Nur dass du jetzt etwas weiter rechts bei mir stehst.«

»Schön, perfekt.«

Alina griff nach der Kante von Nicolas Tisch und zog sich mit beiden Händen an ihr entlang.

»Ich schiebe mich jetzt Richtung Ausgang, stimmt's?«, stöhnte sie. Die Kante schnitt ihr in die Handflächen. Lange würde sie diese Anstrengung nicht durchhalten.

»Ja. Aber vergiss nicht, die eigentliche Tür ist noch hinter der Plane. Selbst wenn du dich von mir abstoßen willst«, sagte Nicola, die Alinas Plan durchschaute, »schaffst du es nicht bis zum Ausgang.«

Wenn du dich da mal nicht täuschst, dachte Alina und stemmte sich mit all ihrer verbliebenen Kraft gegen Nicolas Tisch. Sie rollte los.

Verdammt!

»Ich hab's doch gesagt«, hörte sie Nicola sagen, die sich über den Fehlschlag so sehr ärgerte, dass sie sich verschluckt hatte und nun wieder husten musste.

Alinas Unterlage hatte sich um neunzig Grad gedreht, und dadurch stand sie jetzt direkt vor der Plane, parallel zur Ausgangstür. Sie tastete die bewegliche Folienwand ab, die sich wie die Oberfläche eines Regenmantels anfühlte.

»Wo ist der verdammte Reißverschluss?«

Bevor Nicola ihr antworten konnte, hatte sie sich schon aufgesetzt und den Zipper gefunden, mit dem sich die sterile Schleuse des Operationszeltes öffnen ließ.

»Und jetzt?«, fragte Nicola. »Schön, du hast den Durchgang geöffnet. Wie ich schon sagte, die eigentliche Ausgangstür, das Waschbecken und dieser rote Knopf daneben sind noch anderthalb Meter dahinter.«

»Aber du kannst jetzt durch die Schleuse hindurch zum Ausgang sehen?«, fragte Alina.

»Durch einen schmalen Spalt, ja.«

»Super, perfekt.«

»Hör bitte endlich auf mit deinem scheiß ›Super-Perfekt‹. Hier ist gar nichts perfekt. Du hast den Reißverschluss geöffnet, jetzt hängt die Plane in zwei Teilen von der Decke, na wunderbar, toll. Der eigentlichen Ausgangstür bist du damit keinen Zentimeter näher gekommen. Und jetzt?«

»Jetzt brauch ich mal wieder deine Augen.«

»Du meinst, du brauchst mein *eines* Auge«, korrigierte Nicola.
»Sorry, jetzt ist wirklich nicht die Zeit für Spitzfindigkeiten, okay? Sag mir einfach, was du siehst! Ist hier irgendetwas in meiner Nähe, das mir weiterhelfen kann?«
»Nein, verdammt. Was soll denn da sein? Ein fliegender Bolzenschneider für deine Fußfesseln? Eine gute Fee mit drei Wünschen?«
»Lass deine blöden Sprüche, sag mir lieber, ob ich mich hier irgendwo anders festhalten und weiter zum Ausgang ziehen kann.« Sie erhob nun ebenfalls ihre Stimme. »Im Gegensatz zu dir versuche ich wenigstens, etwas zu unternehmen, und bade mich nicht in …«
»Hey, Moment mal«, wurde sie von Nicola aufgeregt unterbrochen.
»Was?«
»Da ist vielleicht doch was. Kannst du die Plane noch etwas zur Seite ziehen?«
»So?«
Alina zog an der Folie wie an einem Vorhang.
»Noch mehr. Du musst die Schleuse so weit öffnen, wie es nur geht. Am besten, du reißt das Ding ganz runter.«
»Wieso?«
»Weil ich glaube, dass in Höhe deines Kopfes, direkt hinter der Plane, ein Garderobenständer steht.«
Großer Gott. Was soll der uns bringen?
Alina riss an der Kunststofffolie und hörte ein Knarren über ihrem Kopf.
»Woran ist die Plane befestigt, Nico?«
»Keine Ahnung. An einem stinknormalen Haken, aber der sitzt fest. Und nenn mich nicht Nico.«
Alina zog stärker und spürte, wie die Plane nachgab, aber

es gelang ihr nicht, sie aus ihrer Deckenverankerung zu reißen.
»Das funktioniert so nicht.«
»Das muss es aber«, protestierte Nicola aufgeregt.
»Ach ja, und weshalb? Woher willst du wissen, dass der Garderobenständer hinter mir fest im Boden verankert ist? Selbst wenn ich an ihn rankomme, was soll das bringen, wenn ich mich daran nicht weiter zur Tür hangeln kann?«
»Darum geht's doch gar nicht.«
»Sondern?«
»An dem Ständer hängt Sukers Kittel.«
Das darf doch nicht wahr sein.
»Ich glaube, nackt zu sein ist im Augenblick mein geringstes Problem, Nicola.«
»Du verstehst nicht …« Das Mädchen klang immer aufgeregter. »Den Kittel hat Suker vorhin getragen, als er mich operierte.«
»Und?«
»Und ich habe gesehen, wie er einen Schlüsselbund in die Seitentasche gesteckt hat, bevor er mich betäubte.«

51. Kapitel

Philipp Stoya und Martin Roth

Was soll das heißen, Sie wissen nicht, wo er ist?«
Sie standen vor dem Wartebereich der Notaufnahme in der Waldklinik Zehlendorf, wenige Autominuten von Schwanenwerder entfernt, und Stoya hatte keine Lust, seine Stimme zu senken, auch wenn ihm eine vorbeieilende Schwester einen mahnenden Blick zuwarf.
»Schwanenwerder wird rund um die Uhr bewacht. Wie kann Zorbach da so einfach rausmarschieren?«
Roth machte eine wegwerfende Handbewegung, die deutlich signalisierte, dass es ihm zu blöd war, sich vor dem Polizisten rechtfertigen zu müssen – und wandte sich ab.
»Hey, ich rede mit Ihnen!« Stoya griff nach dem Arm des Psychiaters.
»Nein. Sie brüllen«, sagte Roth, blieb aber stehen. »Es mag Ihnen vielleicht entfallen sein, Herr Kommissar, aber auf Schwanenwerder passen die Wachmannschaften auf, dass niemand *hinein*kommt. Die Patienten dort sind keine Gefangenen, sie können kommen und gehen, wie es ihnen beliebt, sofern keine medizinische Indikation dagegenspricht.«
»Ach, und ein Schuss durch den Kopf reicht Ihnen als *medizinische Indikation* also nicht aus?« Stoya schlug sich gegen die Stirn. »Ich fasse es nicht.«
»Nur zur Erinnerung!« Roth fuchtelte mit dem Zeigefinger vor der Brust des Polizisten. Am liebsten hätte er das selbstgefällige Arschloch damit aufgespießt. »Es war Ihr

Kollege Scholokowsky, der gestern Nacht gegen meinen Willen Zorbachs Entlassungspapiere unterzeichnet hat.«

»Wofür er sich zu rechtfertigen haben wird, sobald er aus der Narkose wieder aufwacht«, sagte Stoya, jetzt doch etwas leiser. *»Falls er je wieder aufwachen wird«*, stand unausgesprochen zwischen ihnen.

Der Psychiater trat einen Schritt näher. Als Mediziner konnte er nicht anders. Wenn er einem Menschen ins Gesicht sah, suchte er immer nach Anzeichen, die auf den Gesundheitszustand des Gesprächspartners schließen ließen, selbst jetzt. Die Schatten unter Stoyas Augen, die aufgerissenen Lippen und die stumpfen Haare sprachen Bände und belegten den Erschöpfungszustand des Polizisten. Immerhin hatte er sich rasiert, wenn auch hastig, weshalb sein Hals jetzt aussah, als hätte ihn an mehreren Stellen eine Katze gekratzt.

»Es geht Herrn Zorbach erstaunlich gut. Momentan scheint er sehr belastbar.«

»Ach, und deshalb haben Sie auf Schwanenwerder jetzt eine Drehtür für ihn eingebaut, damit er kommen und gehen kann, wie er will?«

»Nein. Ehrlich gesagt habe ich sogar darauf bestanden, dass er mich begleitet. Da wir keine Entgiftungsstation haben, mussten wir Frau Schlier hierher verlegen, und das so schnell wie möglich.«

Hinter ihnen öffnete sich eine Tür, und sie mussten einer Patientin Platz machen, die sich mit einem Tropf am Arm aus ihrem Zimmer begeben wollte.

»Wir wissen noch nicht, womit genau Tamara sich vergiftet hat, aber Zorbach muss dabei gewesen sein, als sie es tat«, flüsterte Roth und sprach erst wieder lauter, als die Patientin vorbei war. »Ich wollte, dass er den Notärzten im Wagen und den Medizinern hier vor Ort Rede und Antwort stehen kann, wenn sie Fragen haben.«

»Und dann ist er einfach so verschwunden?«

Stoya ballte die rechte Faust, als hätte er Roth am liebsten eine runtergehauen, steckte sie dann aber in die ausgebeulte Tasche seines Sakkos. Roth konnte sich nicht daran erinnern, ihn jemals in einem anderen Jackett gesehen zu haben. Selbst der Senffleck am Revers kam ihm bekannt vor.

»Als wir hier ankamen, setzte Tamaras Herz aus. Die Ärzte begannen noch beim Transport in den Schockraum mit den Wiederbelebungsmaßnahmen.« Roth kniff die Augen zusammen. »Erfolglos, wie Sie wissen.«

Stoya schüttelte verzweifelt den Kopf. »Na toll. Und in dem Chaos haben wir jetzt nicht nur unsere einzige Zeugin, sondern auch noch Alexander Zorbach verloren.«

»Es tut mir leid.«

»Ja, danke sehr. Ich geh dann mal los und schau nach, was ich mir davon kaufen kann.«

Stoya machte auf dem Absatz kehrt, blieb aber kurz darauf stehen, als wäre ihm noch etwas eingefallen. Er öffnete den Mund, hob die Hand und ließ sie nach kurzem Zögern wieder sinken.

»Was?«

»Vergessen Sie's.« Stoya ging in Richtung der Fahrstühle.

»Darf ich fragen, was Sie eigentlich auf einmal so dringend von ihm wollen?«, rief Roth ihm hinterher.

»Nein«, antwortete er, ohne sich umzudrehen. »Aber ich sag's Ihnen trotzdem. Es gibt Neuigkeiten von Frank Lahmann.«

52. Kapitel

Alina Gregoriev

Alina fühlte sich wie ein Verhungernder, der in der Wüste einen Rucksack findet, prall gefüllt mit Konserven, nur leider ohne Dosenöffner. Wenn Nicola recht hatte, steckte der Schlüssel zur Freiheit in Sukers Kittel, nur wenige Zentimeter von ihr entfernt und dennoch außerhalb ihrer Reichweite. Zwischen ihr und dem Garderobenständer befand sich nur eine dünne Plastikfolie, aber das Ding hätte ebenso gut in einem anderen Raum stehen können. In ihrer jetzigen Position war es ihr weder möglich, die Folie mit bloßen Händen zu zerreißen, noch, die gesamte Plane von der Decke zu ziehen.

Also bleibt mir nur noch eines. Alina robbte mit ihrem Hintern bis zum Fußende des Operationstisches. Ihre Füße steckten etwa in Höhe der Knöchel in Metallmanschetten, die mit einer Kette an der Liege befestigt waren. Die Kette war nur wenige Zentimeter lang, ließ ihr aber immerhin genügend Spielraum, um sich aufzurichten.

»Hey, was hast du vor?«, fragte Nicola entsetzt.

Alina gab keine Antwort. Sie balancierte auf der Kante des Tisches wie eine Selbstmörderin am Rand eines Hochhauses, und vermutlich war der Unterschied gar nicht mal so groß. Auch sie wollte sich ins Nichts fallen lassen und wusste nicht, ob sie den Sturz am Ende überleben würde.

»Tu es nicht«, schrie Nicola hinter ihr auf, doch da war es schon zu spät. Alina krallte sich mit beiden Händen in die Plastikplane und ließ sich nach hinten fallen.

53. Kapitel

Alexander Zorbach

»Woher haben Sie das?«

Leonard Schlier senkte den Brief in seiner Hand und wischte sich mit dem Ellbogen die Tränen ab, die ihm beim Lesen immer wieder über die Wange gekullert waren.

Das Wohnzimmer, in dem wir saßen, war ein stummer Zeuge der Schlacht eines Mannes, der in seinem Kampf gegen das Altern jeden Tag an Boden verlor.

Vieles deutete darauf hin, dass der Rentner mir gegenüber nicht einfach so kapitulieren wollte. Die sorgsam ausgerichtete Spitzendecke auf dem Couchtisch zum Beispiel oder der Geruch des Raumsprays, mit dem er die Ausdünstungen der billigen Polstermöbel zu übertünchen versuchte, vermutlich auch die des eigenen Körpers. Doch wenn man genau hinsah, merkte man, dass der Verfall sich breitmachte, langsam und mit erbarmungsloser Präzision. Dabei waren die Spinnweben über den Lampenschirmen noch das geringste Problem. Ich störte mich auch nicht an dem abgelaufenen Verfallsdatum der Kondensmilch, die der Alte mir zum Kaffee gereicht hatte. Weitaus bemerkenswerter waren die Schimmelflecken an der Decke, und wenn ich mich nicht irrte, hatte sich die Katze, die friedlich auf dem Fensterbrett über der Heizung schlummerte, neben ihrem Körbchen übergeben. Der haarige Klumpen auf dem Teppich war bereits hart und grau und musste dort schon seit Tagen liegen.

Schwindende Sehkraft, dachte ich. *Eine weitere Niederlage im Kampf gegen die Zeit.*

Es heißt, um ein großes Haus zu zerstören, reiche es aus, einfach nur eine kleine Scheibe einzuschmeißen und abzuwarten. Hat man erst einmal Wind, Regen und Tieren den Zugang ermöglicht, ist der Zerfall nur noch eine Frage der Zeit. Ich beobachtete den Alten auf der Couch, wie er sich seine Lesebrille zurechtrückte, und fragte mich, ob das auch für Menschen galt. Ob irgendwann das Schicksal einen Stein durch die Scheibe unseres Lebens wirft und wir die Folgen dieses Einschlags nicht mehr korrigieren können, sosehr wir uns auch bemühen.

»Wie kommen Sie an das Testament meiner Tochter?«, fragte Leonard mit zittriger Stimme.

Ich schilderte ihm mit knappen Worten meine dramatische Begegnung mit Tamara.

»Sie liegt jetzt im Waldkrankenhaus auf der Entgiftungsstation«, schloss ich in der Hoffnung, dass sie nicht bereits in den Keller der Pathologie verlegt worden war. Als ich mich abgesetzt hatte, waren die Ärzte gerade mit Wiederbelebungsmaßnahmen beschäftigt gewesen.

»Wenn Sie wollen, bringe ich Sie hin«, versprach ich vollmundig. Als der Taxifahrer mich an der Adresse absetzte, die Tamara sorgfältig auf dem Briefumschlag notiert hatte, war mir in der Einfahrt des kleinen Einfamilienhauses ein alter Volkswagen aufgefallen. Da mein Kopf seit einer geraumen Weile wieder schmerzte, war ich mir aber nicht sicher, ob ich in meinem Zustand selbst fahren sollte.

»Wir sollten ein Taxi nehmen«, schlug ich deshalb vor.

»Ja«, sagte Leonard mit bebender Unterlippe. »Gute Idee.« Das Testament glitt ihm aus den Händen. »Geben Sie mir nur etwas Zeit, bitte. Ich … ich muss mich erst umziehen.«

Er sah an sich herab, zupfte einige Flusen von seiner Kleidung. Die Haare der Perserkatze fanden sich überall: auf seiner Cordhose, auf dem Morgenmantel, sie hingen dem Alten sogar an seinen Bartstoppeln, seitdem er das Tier zu Beginn unserer Unterhaltung von seinem Schoß genommen und kurz mit ihm geschmust hatte.
Er versuchte aufzustehen, aber augenscheinlich fehlte ihm die Kraft, und er sank wieder zurück in die Polster. Dann schlug er die Hände vors Gesicht.
Ich setzte mich neben ihn und legte ihm den Arm um die dünnen Schultern. Er stöhnte auf.
»Wissen Sie, ich wusste, es würde so kommen. Sie hatte es schon oft angedeutet.«
»Dann hat Ihre Tochter mit Ihnen über Suker gesprochen?«
Leonard Schlier sah mich an. »Der Brief war offen, Herr Zorbach. Ich gehe davon aus, dass Sie ihn gelesen haben, nicht wahr?«
Ich nickte und fühlte mich wie ein auf frischer Tat ertappter Dieb.
»Keine Sorge, ich mache Ihnen keinen Vorwurf. Ich kenne Sie aus dem Fernsehen. Sie haben Ihre Familie verloren. Ich verstehe nur nicht, was Tamara mit Ihrem Schicksal zu tun hat.«
»Das wüsste ich auch gerne. Ich habe mehrere lose Enden in der Hand, aber wenn ich an ihnen ziehe, verwirrt sich alles nur noch mehr. Ich begreife es einfach nicht. Ihre Tochter kopierte ein Kinderbild meines Sohnes auf Befehl einer Frau – der Assistentin von Suker –, die vermutlich auch an der Entführung einer guten Freundin von mir beteiligt war.«
»Iris«, nickte Leonard.
»Genau. Iris.«

Sie schien das fehlende Bindeglied in der Kette zwischen Julian, Frank, Tamara und Alina zu sein. Ihretwegen hatte ich mich hierher auf den Weg zu dem kleinen Einfamilienhaus in Nikolassee gemacht, am Stadtrand kurz vor dem ehemaligen Grenzübergang Dreilinden. Angestachelt von den Hinweisen in Tamaras Testament.

»Ich muss Sie um Verständnis bitten, Herr Zorbach, immerhin hat meine Tochter gerade versucht, sich das Leben zu nehmen. Ich bin wohl kaum in der Lage, Ihnen zu helfen, noch wüsste ich, wie.«

»Nun, ich denke, das wissen Sie doch«, sagte ich und löste meine Hand von seinen Schultern. So schwer es mir fiel, aber die Minuten verrannen, und es wurde Zeit, mit dem Schmusekurs aufzuhören.

»Sie haben den Letzten Willen Ihrer Tochter bis zum Schluss gelesen, oder?« Ich hob den Zettel wieder auf, der ihm entglitten war, strich das Papier glatt und suchte nach dem entscheidenden Absatz.

»Ja, und?«

»Sagen Sie es mir!« Ich blickte Leonard Schlier fest in die Augen. »Was meint Ihre Tochter, wenn sie am Ende schreibt:

Und das ist mein Vermächtnis an Dich, Papa. Sollte ich nicht mehr leben, lasse ich Dich mit einer schweren Bürde zurück. Denn dann bist du der Einzige, der Iris kennt und weiß, wie man sie zur Strecke bringen kann, und ich hoffe, Du findest nach all dem, was ich Dir über sie erzählt habe, die Stärke dazu, die mir nicht mehr gegeben war.«

54. Kapitel

Alina Gregoriev

Nachdem Alina sich fallen gelassen hatte, entführte sie der Aufprall auf dem OP-Tisch in eine andere Welt. Ihr Kopf knallte hart und mit einem dumpfen »Klonk« auf die Oberfläche des OP-Tisches, aber es reichte nur für eine Gehirnerschütterung, nicht für eine Ohnmacht. Daher spürte Alina, wie sie sich gleichzeitig die Hüfte, mehrere Wirbel und den Unterkiefer prellte. Weil sie sich beim Fallen unglücklich gedreht hatte, rammte sie sich den rechten Ellbogen unter den Rippenbogen. Zwei Rippen brachen, zum Glück trat keine davon in ihre Lunge, aber die Schmerzen waren trotzdem schlimmer als alles, was sie je zuvor in ihrem Leben gespürt hatte. Schlimmer als der Unfall, als der Betrunkene sie an dem Zebrastreifen übersehen hatte. Schlimmer noch als die Wundschmerzen nach der Explosion, die sie hatte erblinden lassen.

Zwar waren sie nicht so stark wie vor zwei Monaten, als sie die Hand auf eine glühende Herdplatte gepresst hatte, dafür aber waren sie gegenwärtiger. *Permanenter.* Und deswegen schlimmer.

Sie schienen keinen Höhepunkt zu haben, wollten nicht abflauen, sondern blieben auf einem konstant hohen, unerträglichen Niveau, von jedem Atemzug aufs Neue entflammt.

Vielleicht war das der Grund, weshalb diesmal ihre Visionen, die sich wie immer unter starken Schmerzeinwirkungen einstellten, noch intensiver waren als sonst.

Kurz nachdem sie auf dem OP-Tisch aufgeschlagen war, hatte sie wieder das Gefühl, in einem anderen Körper zu sein. Sie hielt sich mit beiden Händen den Kopf und sah mit fremden Augen, gefangen in einer Szene, die sie schon kannte.

Sie hörte eine Frauenstimme sagen: *»Das war dein gerechter Finderlohn.«* Dann wurde es schwarz um sie, und sie spürte ein weiteres Mal die letzten verzweifelten Gedanken eines Sterbenden, die sie schon einmal empfangen hatte; vor wenigen Tagen, als sie Suker in der Untersuchungshaft hatte berühren müssen. *»Ich will mein Geld zurück.«* Dann, verzweifelt: *»Aber vielleicht ist das hier ja wirklich die gerechte Strafe für meine Schuld. Vielleicht hätte ich Julian …«*

Anders als im Gefängnis rissen die Bilder an dieser Stelle nicht ab. Die Person, in der sie sich befand, schlug ein letztes Mal im Todeskampf die Augen auf – und sah …

Eine Frau. Sie sah aus wie ihre Mutter, wie immer in ihren Visionen, in denen die Gestalten die Züge ihrer Eltern annahmen, weil sie sich an andere Gesichter nicht mehr erinnern konnte.

Die Frau geht durch ein Zimmer. Ich sehe einen Herd, so wie den, auf dem Mama immer Grießbrei für uns kochte. Ich habe Schmerzen, stöhne, aber die Frau achtet nicht auf mich. Sie dreht mir den Rücken zu und öffnet die oberste Schublade eines Küchenschranks, nimmt etwas heraus, das ich nicht kenne und daher nicht sehen kann. Sie kniet neben dem Schrank nieder, zu einer … ja, zu einer anderen Frau. Die Haare liegen ihr wie ein Vorhang vor dem Gesicht, sie lehnt an mehreren Stangen. An einer Heizung. Ein Arm hängt gefesselt an den Rippen in Kopfhöhe. Sie kann nicht ausweichen, schreit wie am Spieß: »Nicht, tun Sie das nicht!« Aber die Frau lacht nur und reißt ihr die Haare nach hinten, damit die Gefangene den Mund aufreißt. Dann steckt sie ihr den Gegenstand aus der Küchenschublade in den Mund.

Ein ohrenbetäubender Schuss katapultierte Alina in die Realität zurück.

55. Kapitel

Mit einem heftigen Klingeln in den Ohren glitt sie aus ihren Halluzinationen in ein Meer aus Schmerzen. Die Gegenwart war unerträglich, schlimmer noch als die Vision, die von ihr abgefallen war, und trotzdem lachte Alina. Laut, aus voller Kehle, ohne Rücksicht auf die gebrochenen Rippen, die sich mit jeder Zuckung in sie hineinbohrten, jedoch nicht mehr mit der Intensität, die die Vision ausgelöst hatte.

Ich habe es geschafft.

Der OP-Tisch hatte sich nach ihrem Aufprall aufgebäumt wie ein bockendes Pferd, und für einen Augenblick hatte sie befürchtet, mit ihm seitwärts zu kippen, aber dann hatte er seinen Mittelpunkt wieder gefunden.

Verdammt, ich habe es tatsächlich geschafft!

Sie hatte die Plane des Operationszelts festgehalten und mit ihrem Körpergewicht komplett aus der Deckenverankerung gerissen.

»Hey, nicht wieder einschlafen. Beeil dich!«, hörte sie Nicola rufen.

Jetzt, da sie wieder bei vollem Bewusstsein war, konnte Alina ihre Anweisungen mit zusammengebissenen Zähnen befolgen. Der Kittel hing tatsächlich in Griffweite an einem Metallständer, schräg hinter ihrem Kopf. Sie drehte sich leicht, das allein trieb ihr Tränen der Anstrengung in die Augen, aber die schmerzhafte Mühe lohnte sich. Wie von dem Mädchen vermutet, befand sich Sukers Schlüsselbund in einer der Außentaschen, gleich in der ersten wurde sie fündig.

»Schneller, los doch«, sagte Nicola, da hatte sie den Bund mit den zwei Sicherheitsschlüsseln schon in der Hand. In Alinas Ohren rauschte es wie nach einem langen Discothekenbesuch. Am liebsten wäre sie erst einmal liegen geblieben; ausruhen, nur ein kurzer Schlaf, um wieder zu Kräften zu kommen …

Doch ihre Mitgefangene hatte recht, sie musste sich beeilen. Suker konnte jeden Moment zurückkommen. Sicher bereitete sich der Wahnsinnige gerade auf die nächste Operation vor.

Auf meine Operation.

Es galt, keine Zeit zu verlieren, also stemmte sie sich wieder hoch und lehnte sich, den Protest ihres Körpers ignorierend, nach vorne.

»Passen sie?«, wollte Nicola wissen, noch bevor sie auch nur annähernd in der Lage war, die Schlüssel auszuprobieren. Und für einen Moment war Alina sich sicher, dass es auch niemals dazu kommen würde, denn ihre Hände zitterten einfach zu sehr, um das Schloss an der Fußmanschette zu finden, von dem Schlitz für den Schlüssel mal ganz abgesehen.

»Ich schaffe es nicht«, brüllte Alina in die Dunkelheit. Sie hatte einmal gehört, dass bei Sehenden Blitze vor den Augen tanzen, wenn diese am Rand der Erschöpfung stehen, und sie konnte sich in diesem Augenblick vorstellen, was damit gemeint war, auch wenn sie natürlich nichts dergleichen sah.

»Doch, du hast es bald«, versuchte Nicola sie aufzumuntern. »Ich sehe es doch, bitte gib nicht auf.«

»Was weißt du schon, du Drecksgör?«, schrie Alina, nicht wissend, ob laut oder nur in Gedanken. *»Du hast leicht reden. Du musst hier nicht mit einer Schädelprellung und ge-*

brochenen Rippen Verrenkungen machen. Du musst den Schlüssel nicht in das Schloss ...«

Alina hielt den Atem an.

Das Schloss, oh mein Gott, da ist das Schloss, und der Schlüssel hier ... Übelkeit wallte in ihr auf, doch sie schluckte sie einfach herunter, denn dieser kleine Schlüssel in ihrer Hand ... *passt tatsächlich. Ich kann ihn reinstecken. Nein, besser noch, ich kann ihn ... drehen!*

Es machte klick, ein Bolzen schnappte auf.

Und dann war sie frei.

Sie wiederholte die Prozedur am anderen Bein, die Kette fiel von ihr ab, und mit ihr eine gewaltige seelische Last. Sie hörte, wie die Manschetten auf dem Boden aufprallten, und spürte keinen Widerstand mehr, als sie die Beine anzog.

Das einsetzende Glücksgefühl war in seiner Wirkung einer Morphiumspritze vergleichbar. Wenn auch nur für wenige Sekunden, schaltete es all ihre Schmerzen aus und schenkte ihr die Möglichkeit, wieder befreit durchzuatmen.

»Ich habe es geschafft!« Was sie zuvor nur gedacht hatte, brüllte sie jetzt aus voller Kehle.

»Geil, geil, geil.« Nicola jubelte, dämpfte aber ihre Stimme, als sie sagte: »Und jetzt zu mir. Aber schnell, bevor Suker zurückkommt.«

Alina nutzte die letzten Endorphinschübe, um ihre Beine über die Kante des Tisches zu wuchten. Ihre Gelenke fühlten sich an, als wären sie aus Gummi. Sie musste sich abstützen, sonst wäre sie auf dem Weg zu Nicola eingeknickt, aber als sie auch das geschafft hatte, dachte sie, jetzt würde es nichts mehr geben, was sie aufhalten könnte.

Ich habe meine Arme befreit. Habe mich mitsamt der Liege durch den halben Raum gezogen. Habe mich ins Ungewisse gestürzt und meine Fesseln abgelegt, und jetzt ...

»O nein!« Alina ließ von dem Schloss ab, mit dem Nicolas Hände fixiert waren.
»Was?«
»Er passt nicht.«
»Scheiße, hast du es auch wirklich …?«
»Ja, ganz sicher.« Alina schlug sich fröstelnd die Arme um den nackten Körper. Die Enttäuschung brachte den Schmerz und damit ihr Kälteempfinden zurück.
»Beide Schlüssel. Ich hab sowohl deine Fuß- als auch die Handfesseln gecheckt. Sie passen nicht bei dir.«
Sie hörte, wie Nicola den Kopf auf den Tisch zurückfallen ließ.
»Das war so was von klar.«
»Was redest du da?«
Das Mädchen begann hemmungslos zu weinen. »Mann, ist dir nicht aufgefallen, dass er nur *deine* Hand losgebunden hat?«, sagte sie unter Tränen. »Dabei war *ich* es, die operiert wurde. Aber mich hat er schon aufgegeben; *ich* kann ruhig verrecken und an meiner eigenen Kotze ersticken. Jetzt bist *du* seine besondere Ausnahme. *Du* darfst nicht sterben, aber *mich* hat er schon abgeschrieben.«
»So darfst du nicht denken.« Alina griff nach ihrer Hand, doch Nicola wollte ihre zur Faust geballten Finger nicht lösen.
»Ach nein? Was dann? Ich hab nur noch ein Auge, Scheiße, mein Kopf zerspringt, mir ist übel, und du wirst mich hier gleich alleine zurücklassen. Sorry, aber positives Denken fällt da etwas schwer.«
»Ich werde dich nicht alleinlassen.«
Nicola lachte hysterisch auf. »Oh doch, du Mistkuh. Genau das wirst du, denn das ist unsere einzige Chance, hörst du? Du wirst jetzt zur Tür da rausgehen und Hilfe holen.«

Alina schüttelte den Kopf. »Nein, ich verstecke mich und werde mit ihm …«
»Was, kämpfen? Bist du bescheuert? Suker ist ein brutaler Vergewaltiger, stark wie ein Ochse. Du dagegen bist eine magersüchtige Blindschleiche. Hau endlich ab, bevor ich es mir anders überlege.«
Alina konnte nicht umhin, den Mut des Mädchens zu bewundern. Über ein halbes Jahr schon war sie durch die Hölle gegangen, und nun schickte sie ihre einzige Verbündete wieder von sich fort. Auch wenn das vielleicht die einzig logische Entscheidung war, zeugte es von einer gewaltigen Charakterstärke, sie zu fällen.
»Und nimm den Kittel mit«, sagte Nicola, etwas weniger laut, als sie spürte, dass Alina einen Schritt von ihrem Tisch zurückgetreten war.
»Sukers Kittel?«
»Ja. Draußen ist es kalt.«
»Vergiss es. Eher erfriere ich, als etwas von ihm auf meiner Haut zu tragen.«
Zu ihrem Erstaunen begann Nicola schallend zu lachen. »Sag mal, wer von uns steckt eigentlich noch in der Pubertät? Du bist zwar echt eine coole Sau, aber du hast einen völligen Knall. Es ist Winter. Nimm den verdammten Kittel.«
»Ja, Mama.«
Alina ging vorsichtig durch den Raum in die Richtung, in der sie die Tür vermutete. Da Nicola sie nicht korrigierte, nahm sie an, dass sie auf Kurs war, und tatsächlich stieß sie mit dem Ellbogen an den Garderobenständer, kurz bevor sie den Ausgang erreicht hatte.
Nicola hustete, dann rief sie ihr mit einem heftigen Zittern in der Stimme hinterher: »Bitte, pass auf dich auf, ja. Suker

hat schon einmal eine geschnappt, die abhauen wollte. Ihr Name war Tamara.«

Tamara Schlier, schoss es Alina durch den Kopf, als sie die Klinke gefunden hatte. »Was ist mit ihr geschehen?«

»Er hat ihr auch die Lider entfernt, wie den anderen Frauen. Nur ohne Betäubung.«

Die Antwort ließ sie noch stärker frösteln. Sie tastete nach dem Kittel und wollte ihn sich gerade überstreifen, als Nicola sagte: »Und hey, noch was.«

»Was?«

»Dein Hals.«

»Was ist damit?«

»Cooles Tattoo.«

56. Kapitel

Alexander Zorbach

Regnet es?«, fragte Leonard Schlier und blickte zum Fenster. Seit er uns ein Taxi gerufen hatte, hatte er die Zeit damit verbracht, etwas umständlich seine hochgeschlossenen Stiefel zu binden. Seine Hausschuhe hatte er ordentlich unter den Couchtisch gestellt.

Ich bin immer wieder erstaunt, wie Menschen in Extremsituationen sich an alltägliche Handlungen klammern. Sowohl in meiner Karriere als Polizeipsychologe als auch später bei der Zeitung habe ich oft genug erleben müssen, wie Angehörige mit schlimmen Nachrichten konfrontiert wurden. Eine Mutter, deren Sohn bei einem Tankstellenüberfall ins Gesicht geschossen worden war, wollte noch schnell seine Lieblingshose bügeln, bevor sie auf die Intensivstation fuhr. Ein Vater, dessen Sohn von seinen Mitschülern so sehr gemobbt worden war, dass er sich auf dem Dachboden erhängte, bestand darauf, dass ich die Nudeln kostete, die er für die Familie zum Abendbrot gekocht hatte. All diese Menschen waren weder gedanken- noch gewissenlos, sie versuchten nur, das Unvermeidliche hinauszuzögern. Die Verrichtung ihrer Alltagsroutine bewahrte für sie noch einen kurzen Moment den Anschein einer intakten Welt, in der man sich eben wetterfest anzuziehen hatte, bevor man aus dem Haus ging, selbst wenn der Ausflug höchstwahrscheinlich, so wie in Leonards Fall, mit der Identifizierung seiner toten Tochter enden würde.

»Für Regen ist es zu kalt«, antwortete ich und lenkte ihn

dann auf das Thema zurück, weswegen ich gekommen war. »Sie sagten, Iris habe bei einer Telefonseelsorge gearbeitet?«

»Ja.« Der Alte ließ von seinen Stiefeln ab und setzte sich wieder auf die Couch. »Sie war der Lockvogel. Saß wie eine Spinne im Netz, um für Suker die Opfer auszuwählen.«

Ich dachte laut über diese neue Information nach. »Tamara hatte mit Iris also schon vor ihrer Entführung Kontakt?«

Leonard nickte. »Sie hat sie angerufen. Eine dieser verdammten Nummern aus dem Internet, und Iris saß auf der anderen Seite. Verstehen Sie, wie sehr einen das beschäftigt, wenn die eigene Tochter sich eher einem Fremden am Telefon als dem eigenen Vater anvertraut?«

Ich seufzte zustimmend. Ein Teil von mir wollte die Unterhaltung an dieser Stelle abbrechen. Zu groß war die Gefahr, darüber nachdenken zu müssen, dass mein Sohn sich nie wieder jemandem anvertrauen konnte.

»Ich hab das alles erfahren, nachdem man sie gefunden hatte«, sagte er. »In den ersten Tagen ging es ihr erstaunlich gut. Ihre Mutter lebt ja nicht mehr, daher besuchte ich sie alleine im Krankenhaus, und wir redeten lange über den Horror, den sie erleben musste. Doch dann wurde sie nach Schwanenwerder verlegt, und von einem Tag auf den anderen …«

»Was hatte Tamara denn genau für Probleme?«, fragte ich sanft, als er gedankenverloren eine Pause machte.

»Nichts Schlimmes«, antwortete Leonard, dann korrigierte er sich, wohl weil er befürchtete, ich könnte meinen, er wolle die Sorgen seiner Tochter herunterspielen. »Jedenfalls nichts, was wir nicht in der Familie hätten regeln können. Sie wurde von ihrem Vorgesetzten belästigt.«

»Sexuell?«
»Nicht im Sinne einer Vergewaltigung, aber Tamara hatte Angst, ihren Job im Steuerbüro zu verlieren, wenn sie nicht auf seine Offerten einging. Ich meine …« Er hob seine buschigen Augenbrauen und betonte: »… *eindeutige* Offerten.«
Er stand auf und strich sich die Katzenhaare von seiner Cordhose. »Wollen wir besser draußen auf das Taxi warten?«, fragte er unvermittelt. »Sonst fährt es noch vorbei?«
»Hier drinnen ist es wärmer«, entgegnete ich, und er nickte abwesend, den Blick wieder aufs Fenster gerichtet.
»Okay, vermutlich haben Sie recht.« Er zögerte eine Weile, als könnte er sich nicht erinnern, wo wir stehengeblieben waren. Dann aber sagte er: »Eines Abends – Tamara hatte etwas getrunken, weil ihr Chef ihr wieder mit Kündigung gedroht hatte – ging sie ins Internet und rief wahllos eine Nummer an, die ihr in einem Fort empfohlen worden war. Nennt man das so?«
»Forum«, korrigierte ich, während ich langsam zu verstehen begann.
Sukers Assistentin suchte in anonymen Internetforen nach verzweifelten Frauen, psychisch labilen Opfern, und gab sich dort als hilfsbereiter Laie aus. Ich konnte mir nur zu gut die Postings vorstellen, die sie in den Selbsthilfegruppen hinterlassen hatte:

@Tammygirl, bin zufällig auf den Thread hier gestoßen. Tut mir echt leid mit deinem Chef. Was für ein Ar&%$§. Sorry für meine Wortwahl, aber solche Typen finde ich echt zum Kotzen. Hatte auch mal so einen, hat mich völlig fertiggemacht. Aber damals hat mir eine Hotline echt gut geholfen. Wenn du willst, schick mir eine PN und ich mail dir die Nummer. Tut manchmal echt gut, sich mit Unbeteiligten auszutauschen. Ich meine, deswegen sind wir doch alle hier, oder?;) Greez.

»Haben Sie die Telefonnummer noch, die Tamara damals gewählt hat?«, fragte ich.
»Nein, die wurde nicht gespeichert, weil sie sich in einem geheimen Raum getroffen haben oder so. Ich hab von so was ja keine Ahnung.«
»Ein Chatroom?«
»Ja, ich glaube, so nannte er sich.«
Also keine PN, keine Privatnachricht.
In einem privaten Chat wurde der Gesprächsverlauf nicht gespeichert und war für immer verloren.
Ich trat nun ebenfalls ans Fenster. Leonard sah mich an, er blinzelte, als hätte er etwas im Auge.
»Haben Sie eine Ahnung, weshalb Suker ausgerechnet Frauen wie Tamara auswählte?«, fragte ich ohne große Hoffnung auf eine Antwort. Den Zeichnungen an den Wänden nach war der Alte Architekt oder Ingenieur, jedenfalls kein Kriminalist oder Psychologe. Umso mehr verblüffte er mich mit seiner Antwort. »Ich habe nicht nur eine Theorie, Herr Zorbach. Ich weiß es sogar aus erster Hand.«

57. Kapitel

Alina Gregoriev

Nicola hatte sich geirrt. Es war nicht kalt. Es war viel schlimmer als das.

Alina dachte an russische Strafgefangene in einem sibirischen Gulag, dabei stand sie erst seit wenigen Sekunden mit bloßen Füßen im Schnee.

Zuvor hatte Alina sich an dem Geländer einer schmalen Treppe nach oben tasten müssen, die nur wenige Schritte von ihrer Folterkammer entfernt ihren Ursprung hatte. Die Stufen waren aus trockenem Holz, auf mindestens zweien von ihnen hatte sie sich einen Splitter eingetreten. Aber diese Schmerzen waren nichts im Vergleich zu dem, was sie jetzt ertragen musste, nachdem sie es gewagt hatte, die schwere Eisentür zu öffnen, vor der sie nach ihrem Aufstieg eine geraume Weile unschlüssig gestanden hatte.

Vielleicht ist sie verschlossen? Oder alarmgesichert? Oder Suker lauert dahinter?

Sie hatte tief ein- und wieder ausgeatmet, um ihren Puls zu beruhigen. Hatte auf Geräusche und andere Lebenszeichen hinter der Tür geachtet, dabei hatte ihr schon die bloße Berührung mit der Hand klargemacht, dass durch dieses dicke Türblatt ohnehin kein Schall hätte dringen können, weder nach innen noch nach außen.

Am Ende hatte sie sich gesagt, dass ihr keine andere Wahl blieb, als es zu wagen.

Sie war in die Kälte hinausgetreten und hatte sich nicht

zum ersten Mal gefragt, ob sie gerade dabei war, in eine Falle zu tappen.

Die befreite Hand. Der Karabinerhaken. Der Schlüssel. Die offenen Türen.

Allerdings konnte man nicht gerade behaupten, dass Suker es ihr leichtgemacht hätte. Überhaupt, was sollte er sich von der Provokation eines Fluchtversuchs versprechen? Und wenn er ihn hätte unterbinden wollen, hätte er sie doch bereits unten an der Treppe stellen können, nicht wahr?

Aber das war nicht passiert, und auch jetzt stellte sich ihr niemand in den Weg. Keiner rief ihren Namen. Keiner schlug sie nieder.

Sie stolperte zitternd voran, versank in schenkelhohen Schneemassen und wartete jede Sekunde darauf, überrumpelt und niedergestreckt zu werden.

Jetzt war sie froh, doch noch auf Nicola gehört zu haben. Der Kittel war zwar ein Witz, aber wenigstens hatte sie etwas, worum sie die Arme schlingen konnte.

Jeder Atemzug schmerzte, nicht nur der verletzten Rippen wegen, sondern weil die Kälte tief in die Bronchien drang. Trotzdem sog Alina gierig die Luft ein. Sie war nicht frisch, schmeckte nach Abgasen, Teer und Industriegebiet. Aber wenigstens roch sie nach Freiheit und nicht nach feuchten Wänden und Angstschweiß, wie unten im Keller.

Und jetzt? Wo gehe ich hin?

Sie hatte keinerlei Orientierungssinn mehr, als wäre ihr innerer Kompass mit dem Sturz auf die Liege zerbrochen. Es war dunkel, es gab keine noch so schwache Lichtquelle, nach der sie sich hätte ausrichten können. Das einzige Lebenszeichen in ihrer näheren Umgebung war das stetige Rauschen, etwa hundert Meter vor ihr.

Autos. Ich höre Autos, dachte sie und wusste, dass ihr nächster Entschluss sicher keine gute Idee war. Aber was blieb ihr für eine Wahl?
Blind stapfte sie durch den Schnee, der schwer befahrenen Stadtautobahn entgegen, als sie nur wenige Meter entfernt ein völlig unerwartetes Geräusch hörte.

58. Kapitel

Alexander Zorbach

Leonard Schlier ging zu einer mit Büchern vollgestellten Schrankwand und zog ein Schubfach zwischen zwei Regalabschnitten auf. Er nahm ein Fotoalbum heraus.

»Das hier habe ich angelegt, während Tamara ...« Seine Stimme wurde brüchig, er hustete verlegen, als schäme er sich seiner Emotionen. »Nun ja, als sie weg war und später, in der Zeit nach Sukers Verhaftung.«

Er trug das Album zu einer Anrichte vor dem Fenster und schauderte. »Es zieht«, sagte er, die Arme um den Körper schlingend. Er öffnete das verzogene Holzfenster für einen Moment, um es sofort wieder zu schließen. Unzufrieden darüber, dass die Kälte offenbar immer noch durch die Ritzen drang, schleppte er das Album zurück zum Couchtisch und setzte sich wieder mir gegenüber.

Unzählige Zeitungsartikel quollen an den Rändern des Bandes hervor. Er tippte auf den geschlossenen Deckel.

»Hier steht alles drin. Alles über Suker und seinen Prozess. Die Recherchen sind sehr aufschlussreich. Ganz besonders die Theorie eines Psychologen, der die Vermutung aufstellt, Zarin Suker entspräche nicht dem herkömmlichen Persönlichkeitsprofil eines Serientäters.«

Ich dachte kurz darüber nach, in was für einer Welt wir lebten, in denen die Worte »herkömmlich« und »Serientäter« in einem Atemzug genannt werden konnten, ohne dass es merkwürdig klang, und verpasste darüber den Anfang von Leonards nächstem Satz.

»... er hatte keine schwere Kindheit. Die meisten Sadisten entschuldigen ihre späteren Untaten ja damit, dass der böse Onkel früher zu ihnen unter die Decke gekrochen ist. Nicht Suker. Laut diesem Psychologen«, Leonard tippte mit dem Zeigefinger auf das Album, als versteckte sich der Mann direkt unter dem giftgrünen Ledereinband, »gab es bei dem Augenarzt keine Anzeichen für Missbrauch. Eher im Gegenteil. Er soll behütet aufgewachsen sein, hatte eine harmonische Kindheit in einem gutbürgerlichen Elternhaus. Seine Lehrer und Mitschüler konnten nicht die geringste Verhaltensauffälligkeit feststellen. Keine Tierquälerei, kein Bettnässen, kein Zündeln, das höchste der Gefühle war ein Tadel, weil er auf der Klassenfahrt nachts beim Knutschen mit einem Mädel erwischt worden war.«
Ich sah zu dem Couchtisch. Dann zog ich mein Handy aus der Tasche, um zu sehen, wie spät es war, und stellte fest, dass ich kaum Netz hatte. Nicht ungewöhnlich in den Randbezirken. Es war etwas anderes, was mich zunehmend beunruhigte, doch aus irgendeinem Grund konnte ich es in diesem Moment nicht fassen.
»Wie Sie schon sagten, Herr Schlier. Das sind die Theorien eines Psychologen.«
»Sind sie nicht«, fiel er mir ins Wort, fast schon etwas rüde. »Tamara hat es bestätigt.«
»Moment mal ...« Meine innere Unruhe wuchs. Ich spürte, ich war kurz davor, eine wichtige Entdeckung zu machen. »Hat Suker etwa mit Ihrer Tochter über seine Motive geredet, bevor er sie ...?«
Leonard kniff wütend die Lippen zusammen. »Ja.«
»Und weiß die Polizei davon?«
Der alte Mann ließ die Arme hängen und seufzte leise. »Ach Gott, nein. Das ging doch nicht.«

»Weshalb nicht?«

Weshalb haben Sie keine Aussage gemacht, wenn Ihre Tochter es schon nicht tat?

In diesem Augenblick klingelte es an der Haustür.

»Ah, endlich. Das Taxi ist da«, sagte Leonard und deutete zum Flur. »Kommen Sie. Das können wir ja auf der Fahrt ins Krankenhaus besprechen.«

Ich folgte ihm und half ihm in einen Mantel, der viel zu groß für ihn wirkte.

Wie meine Oma, die auch immer Angst vor Einbrechern hatte, spähte er erst durch den Türspion, bevor er das Schloss entriegelte.

»Ach, wir haben das Buch vergessen.« Er drehte sich zu mir um. »Wollen Sie es mitnehmen?«

»Sehr gerne.« Meine Kopfschmerzen waren wieder so heftig geworden, dass ich mich kaum noch konzentrieren konnte. Fast hätte ich Informationen zurückgelassen, die mir dabei helfen konnten, Alina zu retten und den Mörder meines Sohnes zu stellen.

Ich eilte ins Wohnzimmer zurück und griff mir das Album. Dabei fiel mein Blick unter den Couchtisch, und in dieser Sekunde wusste ich, was mich die ganze Zeit so beunruhigt hatte.

Die Hausschuhe.

Ich hörte, wie Leonard den Fahrer an der Tür begrüßte.

Sie sind viel größer als seine Stiefel. Genauso wie der Mantel an der Garderobe …

»Da sind Sie ja.«

Mit der freundlichen Stimme des alten Mannes in meinem Ohr öffnete ich das Fotoalbum, und mein Verstand setzte aus.

Das darf nicht wahr sein, dachte ich. Angst lähmte erst

meine Gedanken, dann meine Bewegungen. Meine Augen sprangen von Foto zu Foto. Von Bildunterschrift zu Bildunterschrift. Name und Gesicht waren in jedem Artikel identisch. *Zarin Suker.* Zum ersten Mal sah ich sein Konterfei. Zum ersten Mal war mir ein Blick auf die Berichterstattung über diesen Fall vergönnt, nach Wochen außer Gefecht auf Schwanenwerder.

»Was für eine Überraschung«, hörte ich den alten Mann an der Tür sagen, der ganz anders aussah als der auf den Fotos vor meinen Augen. »Das hätte ich Ihnen gar nicht zugetraut, mein Kind.«

Wieso nennt er den Taxifahrer »mein Kind«?

In diesem Moment erwachte ich aus meiner Starre. Ich ließ das Fotoalbum fallen und drehte mich in Richtung Flur.

Was hatte Tamara zu mir gesagt?

»Iris ist die perfekte Schauspielerin. Sie tat nur so, als ob sie unter den Verletzungen leide, die Suker ihr angeblich zugefügt hatte.«

Wie hatte ich nur so blind sein können?

Tamara hatte mich doch geradezu mit dem Kopf darauf gestoßen, wer sie in Wirklichkeit war, und trotzdem war ich in ihre Falle getappt.

»Ein Chamäleon, Sie würden sie nicht erkennen, selbst wenn sie direkt vor Ihnen stünde.«

Genauso wenig, wie ich Zarin Suker erkannt hatte, als er eben vor mir saß. Ich rannte in den Flur zurück, doch da war alles schon zu spät.

Es gab keinen Taxifahrer. Nur Alina, die mit einem dünnen Chirurgenkittel bekleidet reglos im Hausflur lag. Dann berührte mich Zarin Suker mit demselben Elektroschocker, mit dem er sie zuvor bereits ausgeschaltet hatte.

Unsere Generation wird nicht so sehr die Untaten böser Menschen zu beklagen haben als vielmehr das erschreckende Schweigen der Guten.

Martin Luther King

Wer bei Unglücksfällen oder gemeiner Gefahr oder Not nicht Hilfe leistet, obwohl dies erforderlich und ihm den Umständen nach zuzumuten, insbesondere ohne erhebliche eigene Gefahr und ohne Verletzung anderer wichtiger Pflichten möglich ist, wird mit Freiheitsstrafe bis zu einem Jahr oder mit Geldstrafe bestraft.

§ 323 c StGB

59. Kapitel

Alexander Zorbach

Als ich wieder zu mir kam, saß ich in einem Raum mit vielen Männern, die mir alle ins Gesicht starrten. Sie wirkten krank, hatten aschfahle Haut, blutgeränderte Augen und mussten unentwegt blinzeln. Hob ich den Kopf, taten sie es mir gleich. Drehte ich ihn zur Seite, folgten sie meinen Bewegungen. Es waren unsagbar viele, alle ebenso wie ich mit einem schwarzen Lederriemen über der Brust und an den Händen an einen altertümlichen Rollstuhl gefesselt. Die Reihe der Stühle formte eine sanfte Ellipse, deren Kurve sich vor meinen Augen in der Illusion von Unendlichkeit verlor.

Ich hasste diesen Anblick. Hasste meine Spiegelbilder, die mir aus jeder Richtung, in die ich sah, selbst vom Boden aus, zurückgeworfen wurden. Und ich hasste die Stimme in meinem Ohr, mit der ich wieder zu mir gekommen war.

»Entschuldigen Sie bitte das Provisorium, Herr Zorbach.«

Aufrecht, mit durchgedrückten Schultern und einem breiten Lächeln traten Hunderte von Sukers Ebenbildern in mein Gesichtsfeld. Während meiner Bewusstlosigkeit hatte der Augenarzt eine erstaunliche Wandlung vollzogen. Hier in seinem Spiegelzimmer wirkte er um einiges jünger, agiler und geistig wacher als eben noch im Wohnzimmer.

»Mir scheint, Leonard Schlier war kein guter Architekt«, sagte er zerknirscht. »Die Wände seines Kellers sind schief, ich konnte die Spiegel leider nicht völlig symmetrisch anbringen.«

Wie jeder gute Schauspieler hatte Suker seinen Auftritt vorhin im Wohnzimmer nicht übertrieben. Er wusste, es sind die feinen Nuancen, die einer Rolle Tiefe und Glaubwürdigkeit verleihen. Leicht vorgezogene Schultern, ein herabhängender Unterkiefer, ein schief geknöpftes Hemd, der hastig übergeworfene Morgenmantel und die Katzenhaare auf den Hosen, schon hatten meine Augen in ihm den alternden Vater gesehen, den ich erwartet hatte. Der Umstand, dass Suker in den letzten Stunden nicht dazu gekommen war, sich zu rasieren oder die Haare zu waschen, war für seine Täuschung ebenfalls von Vorteil gewesen. Jetzt aber hatte er seine Maske abgenommen. Allein der frisch gestärkte Chirurgenkittel und der Mundschutz, der ihm um den Hals baumelte, verliehen ihm eine kraftvolle Aura.

»Sie hätten mal mein früheres Arbeitszimmer sehen müssen, Herr Zorbach. Da war alles akkurat ausgerichtet. Aber nach einer Meinungsverschiedenheit mit meiner Assistentin musste ich mir leider ein neues Versteck suchen, und nun habe ich mich vorübergehend hier eingerichtet.«

Er drehte sich vor mir im Kreis. Seine Füße tänzelten auf dem Spiegelparkett.

Ich hatte große Mühe, mich zu konzentrieren. Die unzähligen Spiegelbilder, die sich hinter Suker aufreihten, lenkten mich fast noch mehr ab als meine Schmerzen. Die zwanzigtausend Volt, die er mir mit dem Taser durch den Körper gejagt hatte, mussten die Rockband in meinem Kopf wieder zum Leben erweckt haben. Ihre Verstärker brüllten auf voller Lautstärke.

»Wo?«, fragte ich, was Suker falsch verstand.

»Kommt darauf an, welchen Körperteil Sie meinen. Leonards Rumpf steckt noch oben in der Gefriertruhe, seine Arme hat die Müllabfuhr mitgenommen.«

»Ich meinte Alina.«
»Ah, der geht's gut. Sie ist gleich so weit.«
So weit?
»Was haben Sie vor?«
Meine Kopfschmerzen wurden so stark, dass ich für einen Moment die Augen schließen musste. Als ich sie wieder öffnete, sah ich die Plastiktüte in Sukers Hand.
Er hielt sie etwas auf Abstand, wie einen stinkenden Müllbeutel, den man zur Tonne bringt. *Mach mal Urlaub,* stand in großen Lettern auf der Vorderseite.
»Wissen Sie eigentlich, was ich hier so treibe?«, fragte er.
»Sie zerstören Menschen.«
»Falsch.« Er kam einen Schritt näher. »Ich öffne ihnen die Augen, damit sie nicht länger den Blick vor ihrer Schuld abwenden können.«
Ich suchte in Sukers Gesicht nach einem Zeichen seiner Geisteskrankheit – ein Blinzeln, ein Zucken in den Augenwinkeln, ein wahnsinniges Lächeln, *irgendetwas.* Aber der Einzige, der in diesem Raum einen kranken und verwirrten Gesichtsausdruck hatte, war ich selbst, wie mir der unvermeidliche Blick in die Spiegelwände verriet.
»Wie ich eben schon sagte«, begann Suker zu dozieren. »Ich hatte eine behütete Kindheit. Ich habe nie gezündelt, keine Tiere gequält, war nie Bettnässer.«
Er stand nur noch eine Armlänge von mir entfernt und hob die Tüte in seiner Hand. In ihr lag ein unförmiger Gegenstand, der den Beutel nach unten zog.
»Und dennoch sind Sie ein Psychopath geworden«, sagte ich mit weitaus weniger Verve, als ich es gewollt hätte. Suker hätte mich gar nicht fesseln müssen. Schon meine Stimme verriet, dass ich ihm kein ebenbürtiger Gegner mehr war.

»Nein.« Er schüttelte den Kopf. »Psychopathen reflektieren nicht über Schuld und Moral, so wie ich es ständig tue. Ich bin weder böse noch ein Produkt der Gesellschaft. Und ich bestrafe niemals einen Unschuldigen.«

»Ach ja? Und wieso bin ich jetzt Ihre Geisel?«

Suker seufzte, als hätte ich einen wunden Punkt angesprochen. »Das ist leider Pech. Ich hatte nie vor, Sie in die Behandlung mit einzubeziehen, das müssen Sie mir glauben. Sie haben mir nie etwas getan. Als Sie völlig unerwartet hier auftauchten, war ich gerade dabei, meine nächste Operation vorzubereiten. Zum Glück bemerkte ich Ihre Ankunft bereits in der Einfahrt und hatte somit genug Zeit, mich ein wenig zu tarnen, bevor ich Ihnen die Tür öffnete. Den ersten Impuls, einfach nicht aufzumachen, verwarf ich, da ja überall Licht brannte. Letztlich wollte ich Sie die ganze Zeit so schnell als möglich wieder loswerden.«

Unerwartet? Schnell wieder loswerden? Das passte nicht zusammen, wenn Tamara mich hierhergelockt hatte.

Suker schnippte zweimal laut mit den Fingern, als er merkte, dass ich mit meinen Gedanken abdriftete.

»Ich hatte tatsächlich ein Taxi bestellt, Herr Zorbach. Ich hätte einen Schwächeanfall simuliert und wäre das Risiko eingegangen, Sie alleine fahren zu lassen, auch wenn das bedeutet hätte, erneut das Versteck wechseln zu müssen. Ich wollte keine Unbeteiligten mit reinziehen. Doch dann sehe ich während unserer Unterhaltung oben im Wohnzimmer aus dem Fenster, und mich trifft fast der Schlag. Ich hätte nie gedacht, dass eine Blinde es schafft, sich aus meinem Operationssaal zu befreien. Sie war angekettet, aber ganz offensichtlich war ich zu nachlässig oder habe sie unterschätzt. Wie dem auch sei, ich musste verhindern, dass sie auf die Stadtautobahn rennt, deshalb habe ich unter einem Vorwand am Fenster gerüttelt. Vom Geräusch angelockt, ist sie dann zum Haus geeilt. Was für ein Kuddelmuddel. Zwei ungebetene Besucher, und den Taxifahrer musste ich später auch noch abwimmeln.«

»Und jetzt? Wollen Sie mich ebenfalls in den Selbstmord treiben, wie die Frauen? Oder zerstückeln, so wie Sie es mit Leonard Schlier gemacht haben?«

»Schlier war eine Ausnahme. Der besessene Kerl hat tatsächlich diesen Ordner über mich angelegt, den ich Ihnen gezeigt habe. Er kam mir erstaunlich nahe mit seinen Recherchen. Ich wollte kein Risiko eingehen, außerdem brauchte ich sein Haus.«

»Sie sind einfach nur krank.«

Suker verzog belustigt die Lippen. »Genauso ungestüm und wild wie unsere blinde Freundin, nicht wahr? Sie geben wirklich ein gutes Paar ab, Sie und Alina. Ich kann verstehen, dass Sie Gefühle füreinander hegen.« Er lächelte breiter. »Das tun Sie doch, oder nicht?«

Wegen meiner Kopfschmerzen traten mir Tränen in die Augen, was Suker vermutlich als eine Bestätigung seiner Vermutungen missverstand. Er nickte wissend.

»Ja, ja, ich war auch mal verliebt. Es ist lange her. Ihr Name war Marén. Sie studierte Medizin, so wie ich, und wir träumten von einer gemeinsamen Praxis.«

Während er sprach, trat Suker einen Schritt vor und legte mir kommentarlos die Plastiktüte in den Schoß.

»Wir wollten heiraten, und als sie schwanger wurde, machte ich ihr einen Antrag. Marén war kirchlich engagiert, sie sang zweimal die Woche im Chor, organisierte Bibelrunden mit den Konfirmanden. Ich selbst bin nicht getauft, wollte ihr zuliebe aber in die Kirche eintreten. Sie träumte von einer Hochzeit in Weiß. Ihre Eltern hätten sonst nie die Zustimmung gegeben, und die war ihr wichtig. Ihre gesamte Familie war streng religiös. Sie durften nichts von ihrer Schwangerschaft erfahren, bevor der Bund der Ehe ihr die Sünde nahm.«

Ich sah auf die Tüte in meinem Schoß und versuchte zu begreifen, worauf sein irrsinniges Spielchen hinauslief.

»An dem Abend, an dem sie mit der Pfarrerin unsere Trauungszeremonie besprechen wollte, kam sie nicht mehr nach Hause. Der Hausmeister, Klaas hieß er, hatte sie belauscht. Ein geistig verwirrter Sozialarbeiter, heimlich verliebt in meine Marén. Als er von unseren Hochzeitsplänen hörte, übermannte ihn die Eifersucht. Er lauerte ihr auf dem Parkplatz auf und zerrte sie in seinen Lieferwagen. Sie erstickte an ihrem Erbrochenen, während er sie fickte.«

Suker hob entschuldigend beide Hände. Sie steckten in groben Gummihandschuhen, wie man sie für die Gartenarbeit verwendet.

»Verzeihen Sie meine Wortwahl, aber ich finde, es braucht ein hässliches Wort für diese hässliche Tat, finden Sie nicht? Vergewaltigen klingt viel zu sanft dafür, dass Marén in Wahrheit zu Tode gefickt wurde.«

»Welches Wort passt denn auf Ihre Perversitäten?«, fragte ich.

Suker seufzte wie ein Mann, der sich zutiefst missverstanden fühlt. »Wiedergutmachung«, sagte er. »Schuldausgleich. Sühne.«

»Also haben Sie sich damals am Hausmeister gerächt?«

»Oh nein. An der Pfarrerin.«

Trotz der unsichtbaren Schraubzwinge, mit der die Schmerzen meinen Kopf gefangen hielten, gelang es mir, erstaunt die Augenbrauen zu heben.

»Marén war nicht sein erstes Opfer«, erklärte Suker. »Klaas

hatte vorher schon gemordet. Tausende Male. Nicht in der Realität, aber in seiner Phantasie. Es kam heraus, dass er der Pfarrerin bereits ein halbes Jahr zuvor einen Brief geschrieben hatte, in dem er ihr seine sexuellen Wünsche gestand, bei denen Gummipuppen, Metalldildos, eine Gasmaske, mehrere Schamlippengewichte und Frauen mit einem Beißball im Mund eine zentrale Rolle gespielt hatten.«

Suker war beim Sprechen um meinen Rollstuhl herumgegangen. In den Spiegeln konnte ich erkennen, dass er sich hinter mir an den Schlaufen zu schaffen machte, mit denen meine Hände auf den Armlehnen gefesselt waren.

»Aber die Pfarrerin hat niemandem davon erzählt«, flüsterte er mir ins Ohr. »Es war ihr peinlich. Niemand sollte denken, in ihrer Kirche wären sexuell gestörte Mitarbeiter tätig. Sie beantragte seine Versetzung, wollte das Problem nicht lösen, sondern abschieben.«

Zu meiner Verblüffung konnte ich plötzlich meine rechte Hand wieder bewegen. Suker hatte die Fessel gelöst.

»Sie haben doch gewiss die Kirchenskandale der letzten Jahre verfolgt.« Suker stand nun wieder direkt vor mir. »Haben Sie von der Berliner Eliteschule gelesen, in der Hunderte von Kindern belästigt und sogar vergewaltigt wurden? Die meisten haben geschwiegen. So lange, dass die Taten ihrer Lehrer heute verjährt sind.«

Langsam dämmerte mir, worauf er hinauswollte. »All die Frauen, die von Ihnen verschleppt wurden, sind zuvor schon einmal vergewaltigt worden?«

Suker schüttelte den Kopf. »Falsch. Alle Frauen wurden belästigt. Aber sie haben sich entschieden zu schweigen und den Vorfall unter den Tisch zu kehren.«

»Sie waren Opfer«, protestierte ich.

»Nein. Sie waren Täter. Diese feigen Schlampen haben nur an sich gedacht und dadurch unendliches Leid über die späteren Opfer gebracht.«

Ein Schatten lief über sein Gesicht, und er wandte sich ab. Sein Blick verlor sich in seinen eigenen Spiegelbildern. Auf einmal wirkte er abwesend. Er sprach nicht mehr mit mir, sondern nur noch zu sich selbst.

»Jeder, der mal einen Thriller gelesen hat, weiß doch, dass Psychopathen verschiedene Stadien durchlaufen. Vom bloßen Wunsch über erste zaghafte Versuche bis hin zur grausamen Tat.«

Ja, und du stehst auf der letzten Stufe des Wahnsinns, dachte ich. Zögernd streckte ich die Hand nach der Plastiktüte aus.

»Als der Hausmeister die Pfarrerin belästigte, hätte sie die Entwicklung noch aufhalten können. Aber sie schwieg, und diese Unterlassung war das Todesurteil für meine zukünftige Frau. Hätte die Pfarrerin die Belästigungen angezeigt, wäre Marén noch am Leben.«

Falsch. Es fühlt sich falsch an, war der erste Gedanke, als ich den Gegenstand in der Tüte berührte. Ich zog ihn heraus, langsam und in ständiger Erwartung, die nächste Falle würde zuschlagen.

»Der Mörder wird irgendwann gefasst und vor Gericht gestellt. Aber was ist mit den unzähligen Mittätern, die sich zuvor der unterlassenen Hilfeleistung schuldig gemacht haben?«, fragte Suker. »Wie Mütter, die ihren Töchtern nicht glauben wollen, dass Papa nachts zudringlich wird. Das ist gar nicht so selten, wie man denkt. Meine ehemalige Assistentin zum Beispiel hatte ihre Mutter angefleht, sie vor dem eigenen Vater zu beschützen, aber die wollte ihren Ehemann nicht verlieren.«

Iris, schoss es mir durch den Kopf. *Deswegen also hatte sie Suker bei seinen Taten geholfen.*
»Diese Mutter hat sich ebenso schuldig gemacht wie der erste Schüler, der vor Jahrzehnten auf dem Internat von seinem Lehrer belästigt wurde und der nicht zur Polizei gegangen ist. Denn hätte er das getan, wären Hunderte von Kindern nach ihm *nicht* vergewaltigt worden. Ich bin kein Psychopath, Herr Zorbach. Ich bin nicht böse. Ich stelle nur Gerechtigkeit her und zeige den Tätern, welche Schuld sie mit ihrer Untätigkeit auf sich geladen haben.«
»Indem Sie ihnen die Augenlider zerschneiden und sie in diesem Spiegelzimmer vergewaltigen?«
Er drehte sich zu mir um. »Indem ich ihnen die Augen öffne und sie exakt den Schmerzen aussetze, unter denen andere ihretwegen leiden mussten.«
»Sie sind komplett wahnsinnig«, sagte ich und hob die Pistole. Sie lag schwer und kalt in meiner Faust. Früher hatte ich mit diesem Modell oft am Schießstand der Polizei geübt, zigmal hatte ich sie mit einer Hand zerlegt und wieder zusammengebaut, doch nun fühlte sich die Heckler & Koch wie ein Fremdkörper an. »Was soll das? Wieso geben Sie mir diese Waffe?«
Ich entkoppelte das 9-Millimeter-Magazin und sah hinein. Mein Herz raste. Es steckte nur eine einzige Patrone darin.
»Wie ich schon sagte, Herr Zorbach. Ich habe nichts gegen Sie. Im Gegenteil, ich will Ihnen helfen.«
Ich ließ das Magazin wieder einschnappen und richtete die Waffe auf Sukers Oberkörper.
Er muss komplett den Verstand verloren haben, dachte ich und spannte den Hahn.
»Seien Sie bitte vorsichtig«, beschwichtigte er mich. »Sie ist nur mit einem Schuss geladen.«

»Der reicht mir für Sie.«
Suker trat einen Schritt vor. Er stand so dicht vor meinem Rollstuhl, dass jeder Treffer tödlich sein musste. Selbst ein ungeübter Schütze konnte ihn aus dieser Distanz nicht verfehlen.
»Nur zu«, sagte er unbekümmert. »Drücken Sie ab. Aber Sie sollten wissen: Wenn Sie mich jetzt erschießen, bleibt Ihnen keine Kugel mehr für den Mörder Ihres Sohnes. Und der wartet gerade im Nebenzimmer.«

60. Kapitel

Es piepte, und einer der zahllosen Spiegel um mich herum schwang auf.

Ohne das Zahlenfeld für das elektronische Türschloss auf der Scheibe wäre die Tür von innen unsichtbar gewesen. Ich nahm an, dass man sie auch von außen nur mit einem Sicherheitscode öffnen konnte.

Suker war nur wenige Minuten fort gewesen. Jetzt zog er mit einiger Anstrengung eine dunkelblaue Gummiplane in das Spiegelzimmer hinein, auf der ein menschliches Paket lag.

»Alina!«

Ihr nackter Körper war mit mehreren Lagen schwarzen Klebebands an Händen und Füßen gefesselt; ein Streifen verlief quer über den Mund. Die Augen waren unnatürlich weit aufgerissen, was nicht an ihrer Angst, sondern an den Stahlklammern lag, die Suker ihr in die Höhlen getrieben hatte.

Da sie sich weder bewegte noch einen Laut von sich gab, befürchtete ich für einen Augenblick das Schlimmste, dann aber sah ich erleichtert, wie sich ihr Brustkorb hob und senkte. Das Gefühl, sie berühren zu müssen, ihr nahe sein und sie aus den Fängen dieses Monsters befreien zu wollen, wurde übermächtig.

»Wo ist der Mörder meines Sohnes?«, fragte ich, ohne Alina aus den Augen zu lassen.

Suker machte sich an einem kleinen Kasten zu schaffen, der mich an den Trafo einer Modelleisenbahn erinnerte. Schließlich sah er zu mir hoch. »Oh, mein Fehler. Ich hätte wohl besser *Mörderin* sagen sollen.«

Alina? Jetzt war er endgültig von Sinnen.

»Was soll der Schwachsinn?«

Ich merkte, wie sehr ich mich an die irrationale Hoffnung geklammert hatte, Suker würde eine Verbindung zwischen ihm und Frank Lahmann aufdecken und mit dem Mörder meines Sohnes im Schlepptau zurückkommen. Nun aber erkannte ich, dass ein kranker Geist wohl die einzige Gemeinsamkeit war, die die beiden Bestien verband.

»Lassen Sie Alina in Ruhe. Sie hat nichts getan.«

Suker schnalzte ärgerlich mit der Zunge.

»Was habe ich Ihnen eben über das Wesen der Schuld erklärt?« Er stöpselte den Netzstecker des Kastens in eine Mehrfachsteckdose in der Wand. »Von Opfern, die die wahren Täter sind? Haben Sie mir nicht zugehört? Der Augensammler mag die letzte Handlung ausgeführt haben, die Ihren Sohn das Leben gekostet hat. Aber auch hier gab es Menschen, die Julians Tragödie schon lange zuvor hätten verhindern können.«

Er hantierte an einem geriffelten schwarzen Plastikschlauch, der in dem Kasten steckte und dessen freies Ende er irgendwo hinter Alinas Rücken zu befestigen versuchte.

»Menschen wie diese Blinde hier zu meinen Füßen.«

»Das ist doch kompletter Schwachsinn«, brüllte ich. In der Aufregung hatte ich für einen Moment die Waffe in meiner Hand vergessen. Jetzt zielte ich wieder auf Suker.

»Sie halten Ihre Freundin für unschuldig?«, fragte der Augenarzt. »Interessant.«

Ich bemerkte, wie sich Alina auf ihrer Unterlage bewegte. *Nein, falsch.* Ich sah, wie *die Unterlage* sich bewegte. Die blaue Plane war eine Luftmatratze, der kleine Kasten ein

Generator, der langsam, aber stetig Luft in die Kammern pumpte.
»Ein aufblasbares Gästebett«, erklärte Suker mit stolzem Lächeln. »Ein Meter sechzig mal zwei; gab's für neunundneunzig Euro im Teleshop. Natürlich nicht zu vergleichen mit einem regulären Operationstisch, aber der wäre einfach zu schwer für die zerbrechlichen Spiegelplatten hier unten.«
Die Matratze füllte sich gleichmäßig, Alina schwebte jetzt schon vier Zentimeter über dem Erdboden.
»Kaum zu glauben, das Ding erreicht eine Höhe von einem Meter in nur neunzig Sekunden. Aber keine Sorge, ich habe Ihrer Freundin ein kleines Beruhigungsmittel gespritzt, damit sie keine hektischen Bewegungen macht und uns am Ende noch herunterfällt.«
Er wedelte mit einer Rolle Paketklebeband, die irgendwie in seine Hand gelangt war. Trotz der vielen Spiegel war mir der Pilotenkoffer zu seinen Füßen bisher nicht aufgefallen, aus dem er nach und nach seine Utensilien zog. Alina, die Matratze, die Waffe in meiner Hand, nicht zu vergessen die hämmernden Schmerzen hinter meinen Augen zehrten an meiner Aufnahmefähigkeit.
Augenscheinlich hatte ich auch einige Aussetzer. Ich dachte, ich hätte nur einen Moment geblinzelt, aber als ich die Augen wieder öffnete, hatte Suker Alina bereits mit zwei Lagen Paketklebeband an die Matratze gefesselt.
»Reine Vorsichtsmaßnahme. Man kann ja nie wissen, was passiert, wenn es gleich losgeht.«
»Hören Sie auf damit!«, forderte ich. »Was immer Sie auch vorhaben. Sofort!«
Suker drehte sich zu mir. »Sagte ich nicht, Sie sollen vorsichtig mit der Waffe sein, Herr Zorbach?«

»Binden Sie sie los.«
»Oh nein. Das werde ich ganz bestimmt nicht.«
Mit federnden Schritten ging er zu der klinkenlosen Tür und drückte sie ins Schloss. Seine Handschuhe quietschen obszön auf der glatten Spiegeloberfläche.
»Ich zähle bis drei«, drohte ich. »Wenn Sie Alina bis dahin nicht losgebunden haben, jage ich Ihnen die Kugel durch den Kopf.«
»Und haben was genau erreicht?«
Suker deutete auf Alina, die leise stöhnte. Die Wirkung des Sedativums schien nachzulassen.
»Treffen Sie keine Entscheidung, bevor Sie nicht alle Fakten kennen.«
Er zeigte mir die rechte Faust, deren Daumen abgespreizt war. »Fakt Nummer eins: Wenn ich sterbe, werden Sie es auch tun. Niemand weiß, dass Sie hier sind. Niemand wird nach Ihnen suchen, und nur ich kenne den Code, mit dem Sie hier wieder rauskommen.«
Sein Zeigefinger schnellte nach oben. »Fakt Nummer zwei: Wenn ich sterbe, dann stirbt mit mir die Wahrheit über das, was Ihre Freundin mit dem Tod Ihres Sohnes zu tun hatte. Und Fakt Nummer drei«, er spreizte einen dritten Finger ab, »wenn ich sterbe, dann haben Sie keine Kugel mehr für Alina übrig.«
»Wieso sollte ich die brauchen?«, fragte ich und begann zu zittern. Lange würde ich die Waffe nicht mehr ruhig halten können.
»Sie wollen wissen, was sie getan hat?«
Suker ging zu der Matratze, die jetzt vollständig aufgepumpt war, und riss Alina den Klebestreifen vom Mund.
»Ich finde, das sollte sie Ihnen selbst erzählen.«

61. Kapitel

Tu es nicht«, waren ihre ersten Worte. Alinas Stimme klang belegt, wie nach einem Zahnarztbesuch, wenn die Betäubung noch andauert. »Du darfst ihn nicht erschießen.«

Ich hielt weiterhin die Waffe auf Suker gerichtet, der sich daran nach wie vor überhaupt nicht zu stören schien.

»Mach dir keine Sorgen, Alina. Ich bringe uns schon irgendwie hier raus.«

»Darum geht es nicht, Alex. Du darfst ihn nicht umbringen. Er weiß, wo Julian ist.«

Suker, der bislang mehr oder weniger belustigt unseren Wortwechsel verfolgt hatte, lachte auf.

»Ah, Ihre medialen Fähigkeiten, Frau Gregoriev. Sie glauben immer noch daran, während der Shiatsu-Behandlung etwas über mich erfahren zu haben?«

Alina ignorierte ihn. »Es ist kein Zufall, dass wir hier sind, Alex. Du darfst ihn nicht töten, sonst nimmt er sein Wissen mit ins Grab.«

Suker und seine unzähligen Ebenbilder nickten zustimmend. Langsam wurde mir die Perversität seines Spiegelzimmers im ganzen Ausmaß deutlich. Es potenzierte die Qualen; steigerte die Angst seiner Opfer in eben die Unendlichkeit, in der die Spiegelbilder verliefen.

»Auch wenn ich, ehrlich gesagt, nicht ganz verstehe, worauf Ihre Freundin hinauswill«, sagte er, »so kann ich ihr im Endergebnis nur zustimmen. Es wäre besser, Sie würden sie erschießen und nicht mich.«

»Weshalb?«, fragte ich, nur um den Wahnsinnigen so lange am Sprechen zu halten, bis mir ein Plan einfallen wollte. Dennoch ließen mich seine nächsten Worte aufhorchen.
»Ihre blinde Freundin hat geschwiegen. Und ihr Schweigen kostete Ihren Sohn das Leben.«
Ich sah zu Alina.
»Das ist doch Scheiße«, fluchte sie. »Hör nicht auf ihn. Er spielt nur mit uns. Baller ihm ins Knie, und dann befrei mich!«
»Das geht nicht«, sagte ich, die Waffe weiter auf Sukers Kopf gerichtet.
»Ganz genau«, bestätigte der Augenarzt. »Ganz gleich, wie verwundet ich bin, ich hätte immer noch die Zeit und die Kraft, mich hier rauszuschleppen und Sie beide hier unten verhungern zu lassen.«
Er kam einen Schritt auf mich zu.
»Kommen Sie, Zorbach. Glauben Sie wirklich, ich bin so blöd, Ihnen eine geladene Waffe zu geben, wenn ich nur im Ansatz glaubte, Sie könnten die einzige Kugel darin an mich verschwenden wollen?« Er deutete auf die Pistole in meiner Hand. »Hier geht es nicht um mich oder die Blinde. Hier geht es um die Frage, ob Sie Manns genug sind, Alinas Schuld zu sühnen, oder ob ich das alleine machen muss.«
»Ich bin unschuldig, Sie kranker Bastard!«, schrie Alina.
»Ach ja?« Suker schnellte herum. »Dann stimmt es also nicht, dass Ihr Name in Wahrheit gar nicht Alina Gregoriev ist?«
»Was …?«
Er fiel ihr ins Wort. »Dann haben Sie ihn nicht geändert, kurz nachdem Sie nach Berlin kamen?«
»Das geht Sie gar nichts an.«
Während Suker sprach, ließ er mich nicht aus den Augen.

»Sie wurden belästigt, nicht wahr, Alina? Sie erinnern sich doch noch gut an die Zeit, es ist ja noch nicht lange her. Zuerst waren es nur die Briefe eines harmlosen Verehrers. Dann lagen Blumen vor der Tür. Und schließlich wachten Sie eines Nachts auf, und der Unbekannte lag neben Ihnen im Bett, richtig?«

Alina öffnete den Mund, blieb aber stumm.

Was geht hier vor?, dachte ich und kämpfte gegen eine dunkle Vorahnung an.

»Sie haben sich damals entschieden, nicht zur Polizei zu gehen, war es nicht so?«

»Weil ich nichts beweisen konnte.«

»Weil Sie nur an sich gedacht haben.«

»Was hat das hiermit zu tun, verdammte Scheiße?« Alina rüttelte wieder an ihren Klebebandfesseln, und Suker ging zur Matratze zurück. Er schaltete den Generator ab und beugte sich zu ihr hinunter.

»Der Mann, der Sie belästigte, stand damals noch am Anfang seiner kriminellen Karriere. Heute kennen wir ihn als den Augensammler.«

Eine kurze Pause. Dann stieß Alina hörbar die Luft aus. »Sie lügen.«

Weil sie mit ihrer Stimme am Ende oben blieb, klang es ein wenig wie eine Frage.

»Tue ich nicht«, sagte Suker. »Ich weiß es vom Augensammler persönlich. Von wem auch sonst? Sie haben dieses pikante Geheimnis ja nicht einmal Ihrem besten Freund anvertraut, richtig?«

Suker wandte den Kopf zu mir. »Begreifen Sie, was ich Ihnen damit sagen will, Zorbach?«

Es war das erste Mal, dass er auf die Höflichkeitsanrede verzichtete. Er spielte nicht länger die Rolle des gebildeten

Arztes. Jetzt war er nur noch er selbst. Eine Verkörperung reinsten Irrsinns.

»Wäre Alina damals zur Polizei gegangen, hätte man Nachforschungen angestellt. Man hätte Haare im Bett gefunden, DNA und Fingerabdrücke gesichert. Daten, die bereits polizeidienstlich erfasst waren. Wussten Sie das?«

»Das ist nicht wahr«, wollte ich sagen, doch mir kam nur ein Krächzen über die Lippen. *Franks Fingerabdrücke? Wie sollten die in den Polizeicomputer gelangt sein?*

»Oh doch, es ist die Wahrheit. Der spätere Mörder Ihrer Familie hat vor Jahren freiwillig an einem Massen-DNA-Test teilgenommen. Hätte Ihre liebe Freundin damals nicht geschwiegen, dann hätte man ihn stellen können, bevor er Ihre Frau ermordete.«

»Quatsch. Eine sexuelle Belästigung hätte ihn nicht für Jahre hinter Gitter gebracht.«

»Nein, aber ein Psychiater hätte mit einfachen Tests seine Gefährlichkeit feststellen und eine Zwangstherapie empfehlen können. Andere Opfer hätten sich gemeldet. Der Lauf der Dinge wäre in jedem Falle ein völlig anderer gewesen. Er hätte sicher die Stadt, vielleicht das Land verlassen. Und selbst wenn er in Berlin geblieben wäre, hätte die Polizei ihn spätestens nach dem ersten Mordfall routinemäßig überprüft.« Suker sah mich mitleidig an. »Die Serie des Augensammlers hätte niemals Ihre Familie erreicht.«

»Sie lügen!«, schrie ich.

Er schüttelte den Kopf. »Bedenken Sie nur das Leid, das Alina hätte verhindern können. All die Familien, die Frauen und Kinder … Ihr Sohn wäre noch am Leben.«

Gegen meinen Willen war es Suker gelungen, mich aufzuwühlen. Der Wunsch, mich an jemandem für meine Ver-

luste rächen zu können, war so übermächtig, dass ich für eine Sekunde die Waffe senkte und tatsächlich über Alinas Schuld nachdachte.
Ich wusste, ich wurde manipuliert. Ich wusste, ein Psychopath machte sich meine körperlichen und seelischen Verletzungen zunutze. Suker verdrehte die Welt, stellte Gut und Böse auf den Kopf und machte Opfer zu Tätern, um seine kranken Taten zu rechtfertigen. Ich hasste mich dafür, dass es ihm zumindest so weit gelungen war, die Saat seines widerlichen Gedankenguts in mich einzupflanzen, dass ich mich emotional völlig verwirrt fühlte.
»Sag, dass es nicht wahr ist«, bat ich Alina.
Hätte sie tatsächlich den Tod meines Sohnes verhindern können, indem sie einfach nur zur Polizei gegangen wäre und ihre sexuelle Belästigung angezeigt hätte?
Sie gab mir eine Antwort, die ich nicht hören wollte. »Es tut mir leid.« Alina räusperte sich. »Es stimmt, ich bin belästigt worden. Ich habe geschwiegen. Weil ich blind bin. Weil ich nichts hätte beweisen können.«
»Also sind Sie geflüchtet«, sagte Suker im Tonfall eines Anklägers. »Haben sich hinter einer neuen Adresse und einem neuen Namen versteckt. Doch der Augensammler hat Sie schließlich wiedergefunden, nicht wahr? Hatten Sie nicht schon von Anfang an ein schlechtes Gefühl, als Sie ihn an jenem Tag vor zwei Monaten behandeln sollten? Wollten Sie die Therapie nicht abbrechen? Weil Sie gespürt haben, dass der Mann in Ihrer Praxis derselbe war, der Sie Jahre zuvor einmal hatte vergewaltigen wollen?«
»Ja!«, hörte ich Alina brüllen. »Ja, aber ich wusste doch nicht, *wer* es war. Weder als er mich belästigte, noch als er wiederkam.«
Ich schloss die Augen.

»Unwissenheit schützt vor Strafe nicht, mein Kind. Wären Sie schon vor Jahren zur Polizei gegangen, hätte Alexander Zorbach heute noch eine Familie. Das ist Ihre Schuld.«

Er drehte sich zu mir.

»Und Sie können diese Schuld jetzt rächen, wenn Sie mögen.«

62. Kapitel

Ich kniff ein Auge zusammen, zielte auf Alinas Kopf. Suker war aus meinem Schussfeld getreten und nickte mir wohlwollend zu.

»Wenn es Ihnen dadurch vielleicht leichter fällt …«, sagte er. »Sie ersparen Ihrer blinden Freundin einen unangenehmen Eingriff. Eigentlich wollte ich Frau Gregoriev die Lider erst nach der Hornhauttransplantation entfernen. Aber nun hat sie mit ihrem Fluchtversuch alles durcheinandergebracht, und das muss bestraft werden.«

Ich nickte, hielt die Luft an. Der Abstand betrug nur anderthalb Meter. Mein Ziel war nicht zu verfehlen.

»Bitte, Alex«, hörte ich Alina sagen. Sie hatte das Gesicht zu mir gedreht.

Hätte ich es nicht besser gewusst, so wäre es mir erschienen, als sähe sie mir direkt in die Augen. Ich spürte ihren seelischen Schmerz, der weitaus größer war als der, den die harten Klammern in ihren Augen hervorriefen. Suker hatte ganze Arbeit geleistet. Alina fühlte eine Mitschuld am Tod meines Sohnes.

»Es tut mir leid«, sagte ich, blinzelte ein letztes Mal, weil mir eine Träne ins Auge gestiegen war, dann drückte ich ab.

Es gab einen lauten Knall. Der Rückstoß war kaum zu spüren, trotzdem glitt mir die Pistole aus der Hand. Der Spiegel unter mir platzte auf, als sie zu Boden fiel.

»Zu schade«, sagte Suker enttäuscht, als hätte er ernsthaft damit gerechnet, ich würde auf Alina schießen und nicht

im letzten Moment die Waffe in seine Richtung herumreißen.
»Was ist passiert?«, fragte Alina verunsichert.
»Na ja, immerhin weiß ich jetzt, woran ich mit Ihnen bin.« Suker setzte den Mundschutz auf und strich sich mit der Hand über die Stelle seines Kittels am Brustkorb, wo die Kugel ihn hätte treffen sollen.
»Ich wünschte wirklich, Sie hätten den Vertrauenstest bestanden, Zorbach. Dann hätte ich Sie vielleicht sogar laufenlassen, wenn das hier vorbei ist.«
Er bückte sich, nahm eine Nierenschale aus Edelstahl aus dem Pilotenkoffer und stellte sie neben der Matratze auf den Boden. Sorgsam wählte er ein Skalpell mit einer leicht geschwungenen Klinge aus.
Ich sah abwechselnd auf das Messer in seiner Hand und zu der nutzlosen Waffe am Boden.
Jetzt nur keinen Fehler machen.
Ich hatte es schon vor dem Schuss gewusst. Die Waffe hatte sich falsch angefühlt. Zu leicht. Statt mit scharfer Munition war sie nur mit einer Platzpatrone geladen gewesen. Dennoch hatte ich abdrücken müssen, wenn mein Plan funktionieren sollte.
»Was haben Sie vor?«, fragte ich Suker, obwohl ich die Antwort bereits kannte.
Der Augenarzt kniete sich neben die Matratze, führte das Skalpell dicht an Alinas Gesicht heran. Sie bäumte den Oberkörper unter den Fesseln auf und warf den Kopf hin und her.
»Komm mir zu nahe, und ich beiß dich tot, du Arsch«, schrie sie. Wut und Verzweiflung schienen nun auch sie an den Rand des Wahnsinns zu treiben.
Suker zögerte, dann griff er nach der Paketrolle, riss einen

kurzen Streifen ab und klebte ihn Alina wieder auf den Mund.
»Ich hatte schon einmal eine Patientin, die fliehen wollte. Auch sie musste ich zur Strafe ohne Betäubung operieren. Allerdings …« Suker suchte im Spiegel meinen Blick, »… allerdings verfügte ich damals über wesentlich bessere Möglichkeiten, die Patientin zu fixieren. Nun denn, vielleicht kommen wir um eine weitere Betäubung doch nicht herum, Alina. Wir werden sehen.«
Das Skalpell senkte sich erneut. Suker konzentrierte sich nun ganz auf sein Werk, schien nach dem besten Ansatzpunkt für den ersten Schnitt zu suchen, was mir die Gelegenheit gab, meine freie Hand in die Hosentasche zu stecken.
»Schhh, Alina. Nicht so zappeln. Es wäre doch schade, wenn Sie sich dadurch womöglich selbst die Klinge ins Auge treiben würden.«
Er nahm eine Plastikflasche aus seinem Koffer und schraubte sie auf. Der Deckel war gleichzeitig eine Pipette, gefüllt mit einer durchsichtigen Flüssigkeit, die er auf ihre Augen tropfte.
»Ein ungefährliches Desinfektionsmittel. Wir wollen doch Wundbrand vermeiden, nicht wahr?«
Suker legte die Flasche zurück, musterte Alinas verzerrtes Gesicht und fingerte, ohne hinzusehen, eine Spritze aus der Nierenschale. »Muss ich noch mal nachdosieren?«
Er zog die Schutzhülle von der Kanüle, etwa in dem Moment, in dem ich aufschlug.
»Was zum Teufel …«
Wie erhofft war Suker durch den unerwarteten Krach hinter sich zusammengefahren und hatte von Alina abgelassen.

»Was soll das werden?«, fragte er. Er riss sich den Mundschutz von den Lippen und starrte wütend auf mich herab. Vor Schreck war ihm die Spritze aus der Hand und zu Boden gefallen.

Die Nadel war verbogen und damit unbrauchbar. Teil eins meines Plans war also geglückt. Während er nicht hingesehen hatte, hatte ich mich in dem Rollstuhl, an den ich gefesselt war, nach vorne gebeugt und mit aller Kraft versucht, darin aufzustehen. Natürlich war das alte Ding viel zu groß und schwer, so dass ich das Gleichgewicht nicht eine Sekunde hatte halten können, bevor ich zur Seite fiel.

Jetzt hing ich quer in dem umgekippten Rollstuhl am Boden und keuchte vor Schmerzen.

Für einen Moment glaubte ich, Suker würde mich treten, doch dann verschwand die Wut in seinem Gesicht, und er lachte.

»Wie ich schon sagte. Genauso wild und ungestüm wie Ihre Freundin. Sie passen wirklich gut zusammen.«

Er ging zur Tür, tippte einen langen Zahlencode in das digitale Schloss und verschwand wie von mir erhofft, um eine neue Spritze zu holen.

Alina, die sich keinen Reim auf die Geräusche machen konnte, stöhnte unter ihrem Knebel.

»Ich fürchte, er holt eine neue Spritze. Aber keine Sorge. Ich lass mir was einfallen«, sagte ich mit mehr Überzeugung, als meine Lage rechtfertigte: Ich lag schließlich immer noch mit schmerzverzerrtem Gesicht an einen umgekippten Rollstuhl gefesselt, eine ungeladene Waffe unter meiner Hüfte begraben.

Es dauerte nicht lange, und Suker war wieder zurück, diesmal mit einer Plastikspritze in der Hand.

Er sah, wie ich mich wand, und lächelte über meine nutzlosen Anstrengungen wie ein Tierquäler, der eine Katze in der Falle beobachtet.
»Oh, Sie haben ja schon zwei Zentimeter gutgemacht, Herr Zorbach. Respekt. Wissen Sie was?« Er machte eine einladende Bewegung zu der angelehnten Tür. »In dem Tempo könnten Sie es in den nächsten zwei Tagen hier raus schaffen.«
Er lachte, ging zu Alina und verabreichte ihr die Injektion. Sie stöhnte, als wolle sie Suker etwas sagen. Der beugte sich zu Alina hinunter und flüsterte ihr etwas ins Ohr. Alina wurde ruhiger, ihr Kopf bewegte sich nicht mehr so wild. Suker beobachtete sie noch eine Zeitlang. Dann legte er die halbgefüllte Spritze beiseite, griff zum Skalpell und begann mit der Prozedur.
Ich sah, wie er am rechten oberen Augenlid ansetzte. Sah, wie der erste Blutstropfen an der Stelle austrat, wo er sie mit dem Skalpell verletzte. Sah Sukers Augen blinzeln, direkt über der Atemmaske, die sein Gesicht bis zum Jochbein verdeckte. Sah, dass er tiefer schneiden wollte, und brüllte: »Hey, Arschloch!«
Er machte sich nicht einmal die Mühe, sich zu mir umzudrehen. Suker blickte kurz auf, bemerkte im Spiegel, wie ich ein zweites Mal auf ihn zielte, und kicherte in sich hinein.
»Jetzt wird es langsam lächerlich.«
Die Waffe, die ich unter meiner Hüfte hervorgezogen und dann aufgehoben hatte, lag schon seit einer geraumen Weile wieder in meiner Hand. Doch erst jetzt war ich bereit für den letzten Schritt.
»Letzte Warnung. Lass Alina in Ruhe.«
»Oder was?«, sagte Suker und drehte sich nun doch noch zu mir um. Darauf hatte ich gewartet.

Ich hielt die Luft an und jagte ihm die Kugel durch den Kopf, die Dr. Roth mir erst wenige Stunden zuvor auf Schwanenwerder in die Hand gedrückt hatte, um mir die Intensität meiner Verletzungen zu demonstrieren.
Suker war tot, bevor er auf dem Boden aufschlug.

63. Kapitel

»Wo zum Teufel hast du die letzten acht Stunden gesteckt, Zorbach?« Stoya fluchte, doch man hörte dem Kommissar die Erleichterung an.

Acht Stunden?

Waren wir so lange in der Hand des Wahnsinnigen gewesen? Und hatte es wirklich so lange gedauert, das Schlachtfeld zu verlassen? Sicher, es war dunkel draußen. Wir fuhren mit Scheinwerfern, aber das ließ im dauertrüben Berliner Winter keine Rückschlüsse auf die Tageszeit zu. Ebenso wenig wie die kaputte Uhr am Armaturenbrett von Leonard Schliers Wagen. Er war vielleicht kein erfolgreicher Architekt gewesen, bevor Suker ihn ermordet und sein Haus okkupiert hatte, aber er hatte Wert auf Ordnung gelegt. Den Schlüssel zu seinem Volkswagen hatte ich an dem dafür vorgesehenen Brett neben der Ausgangstür gefunden.

»Dreilinden«, sagte ich und griff mir an die Nase, die wieder zu bluten begonnen hatte.

»Am ehemaligen DDR-Grenzübergang?«

»Ja.«

»Bei den alten Zollhäusern?«

»Fast. Fahr die Waldstraße vom Grenzübergang in Richtung Potsdam. Gibt nur noch ein bewohntes Haus in der Forstsiedlung. Steht genau da, wo der Handyempfang abreißt.«

»Und dort finde ich dich?«

»Nein. Dort findest du Suker. Aber keine Eile, er läuft dir nicht weg.«

Acht Stunden, dachte ich und suchte in den Ablagen nach einem Taschentuch.
Den größten Teil der verlorenen Zeit hatte ich geschlafen. Alina sagte mir später, sie hätte geglaubt, ich sei nach meinem Schuss auf Suker gestorben, da sie mich unter dem Rollstuhl nicht hatte atmen hören. Ihre Betäubung hatte sich früher verloren als meine Erschöpfung, weswegen sie eine geraume Zeit abwechselnd meinen Namen und um Hilfe gerufen hatte, bevor ich endlich die Augen aufschlug.
»Du hast Suker erledigt?«, fragte Stoya. Die Erregung in seiner Stimme wuchs sekündlich.
»Ja.«
»Und was ist mit Alina?«
»Ist hier bei mir, zusammen mit einer anderen Geisel, die wir befreit haben.«
Nachdem ich aufgewacht war, hatte ich eine Ewigkeit gebraucht, mich Zentimeter um Zentimeter durch das Spiegelzimmer zu robben.
Bei Alina angekommen, nahm ich Sukers Skalpell vom Boden, rammte es in die Matratze und wartete, bis die Luft vollständig herausgeströmt war und Alina neben mir auf dem Fußboden lag. In dieser Lage hatte ich ihre Fesseln mit einer Hand zerschneiden können. Im Gegenzug befreite sie mich von den Riemenbändern, mit denen ich an den Rollstuhl gekettet war.
»Es tut mir leid«, war das Erste, was sie zu mir sagte, als ich sie in die Arme schloss, doch ich verbot ihr weiterzureden. Sie hatte nichts Unrechtes getan, es gab nichts, was ich hätte verzeihen müssen. Suker und Frank waren die einzigen Schuldigen, auch wenn sie sich in ihrem Wahn, jeder auf seine Art und Weise, im Recht fühlten. Die Frage blieb einzig und allein, weshalb die beiden in Kontakt gestanden

und sich über Alina ausgetauscht hatten. Ein zusätzliches Rätsel, das es noch zu lösen galt.
»Okay, Zorbach«, meldete Stoya sich wieder zu Wort. »Du bleibst jetzt an Ort und Stelle, bis meine Männer bei dir eintreffen. Brauchst du einen Krankenwagen?«
»Was glaubst du denn?«
Ich hielt das Handy nach hinten, wo Nicola sich gerade die Lunge aus dem Leib hustete.
»Hörst du das? Die Kleine mit der Lungenentzündung hat ein Auge verloren. Alina sieht aus, als wäre sie unter einen Zug geraten, und mir platzt der Schädel. Meine Antwort lautet daher: Nein. Ich brauche keinen Krankenwagen. Ich brauche ein ganzes Krankenhaus. Und genau dorthin fahren wir jetzt.«
»Ich will nicht«, hörte ich Nicola hinter mir protestieren. Es waren die ersten Worte, die sie an uns richtete, seitdem wir sie befreit hatten. Suker hatte seinen Operationssaal in einem unterkellerten Schuppen neben dem Haus eingerichtet. Das Spiegelzimmer befand sich im Haupthaus, weswegen wir einige Zeit ziellos umherirrten, bis Alina sich daran erinnerte, dass sie auf ihrer Flucht geglaubt hatte, sie würde bei einem Nachbarn klopfen, nachdem sie Sukers Horrorhaus hinter sich gelassen hatte. In Wahrheit war sie, dem Verkehrslärm der Stadtautobahn folgend, nur einmal über den großen Hof gestolpert.
Als wir Nicola im Keller des Nebengebäudes fanden, lag sie dehydriert und apathisch auf dem OP-Tisch. Das ungewisse Warten, allein mit ihren Schmerzen, hatte ihr jede Hoffnung geraubt. Sie schrie, als wir das Licht anmachten. Brüllte, als ich ihre Ketten zersägte. Schlug mir ins Gesicht, als ich sie die Kellertreppe hinauftrug. Sie hielt die ganze Zeit die Augen geschlossen, wohl aus Angst, der Wahrheit

ins Gesicht zu sehen. Bis zu dem Moment, in dem ich Nicola ins Auto setzte, hatte sie befürchtet, Suker wäre zurückgekommen, um ihr auch noch das zweite Auge zu nehmen.

»Was soll das heißen, sie will nicht ins Krankenhaus?«, fragte ich Alina mit Blick in den Rückspiegel. Sie zuckte nur mit den Achseln, während sie weiter beruhigend den Kopf des Mädchens streichelte.

»Du bringst sie besser alle ins Martin Luther«, sagte Stoya.

Martin Luther? Das war mindestens zwanzig Minuten entfernt.

»Weshalb sollte ich diesen Umweg fahren?«

»Nicht am Telefon.«

Stoya war Politiker. Schlau genug, seine Antworten so zu formulieren, dass selbst ein Mann mit Kopfschuss die Wahrheit zwischen den Zeilen hören konnte.

»Frank?«, fragte ich atemlos. Aus irgendeinem Grund hatte meine Nase ebenso abrupt aufgehört zu bluten, wie sie damit angefangen hatte. Dafür begann die Narbe unter meinem Wundverband am Kopf zu jucken. Am liebsten hätte ich ihn heruntergerissen.

»Ich sagte doch, nicht am Telefon«, bestätigte Stoya meine Vermutung. »Nur so viel: Ich hab dir in den letzten Stunden nicht ohne Grund deine verdammte Mailbox vollgequatscht. Du solltest dich besser beeilen.«

64. Kapitel

Alina Gregoriev

Alina hörte, wie das Tuckern des Diesels sich immer weiter von ihnen entfernte, dann drückte sie Nicolas Hand.

»Du musst mich führen, okay?«

Es hatte erstaunlich wenig Überredungskunst bedurft, Zorbach davon zu überzeugen, sie auf dem Weg ins Martin-Luther-Krankenhaus hier abzusetzen. Alina kannte die Neubausiedlung. In der Zeit kurz nach den Belästigungen – die, wenn man Suker glauben durfte, auf Franks Konto gingen – hatte sie überlegt, sich hier an den Zehlendorfer Stadtrand zurückzuziehen. Die Mieten waren vergleichsweise günstig, aber am Ende hatte sie dann doch nicht meilenweit vom Zentrum entfernt in einem Reihenhauswürfel mit Handtuchgarten wohnen wollen.

»Und ihr schafft das auch?«, hatte Zorbach noch einmal nachgehakt.

Die Ungeduld in seiner Stimme hatte eine weniger fürsorgliche Sprache gesprochen. In Wahrheit wollte er so schnell wie möglich weiter und war froh, dass Nicolas Wunsch ihm die Gelegenheit gab, seine Jagd auf Frank allein fortzusetzen. Schließlich hatte er noch versprochen, einen Rettungswagen vorbeizuschicken, bevor er mit durchdrehenden Reifen davonraste.

»Danke sehr«, sagte Nicola, ihre Hand in Alinas verschränkt. Der Weg, den sie durch den Vorgarten nahmen, war vereist. Zum Glück hatte Alina in einem Karton vor dem Spiegelzimmer ihre Kleider gefunden, sie trug sogar ihre Perücke wieder; dennoch erinnerte sie der Gang über den festgefrorenen Schnee an die qualvollen Minuten, in denen sie barfuß über den Hof geflohen war. Auch Nicola war dick eingepackt, wenn auch in viel zu großen, muffigen Pullovern, die einmal Leonard Schlier gehört hatten. Ihre Füße schlackerten in hastig verschnürten Bauarbeiterstiefeln, die der Architekt auf seinen Baustellen getragen haben mochte.

Der Wind schnitt mit eisiger Klinge in ihre nackten Finger, aber Alina wollte das Mädchen nicht loslassen, das umso mehr zitterte, je näher sie der Haustür kamen. Das lag nicht allein an der Kälte. Es war erst wenige Tage her, dass Johanna Strom in ihrem Wohnzimmer gesessen und sie um Hilfe bei der Suche nach ihrer Tochter gebeten hatte – doch es kam Alina vor, als läge es Jahre zurück, dass die Mutter ihr Nicolas Foto zurückgelassen hatte.

Von dem Moment an, da Alina im Auto das Flugblatt aus ihrer Hosentasche gezogen und Zorbach nach vorne gereicht hatte, damit er sie zu der darauf notierten Adresse brachte, glühte Nicola förmlich vor Aufregung.

»Es gibt nichts, wofür du dich bedanken müsstest, Kleines. Das bin ich dir schuldig.«

Natürlich war es im Grunde unverantwortlich, weder zur Polizei noch ins Krankenhaus zu fahren, aber Alina verstand Nicolas Sehnsucht nach ihrer Mutter nur zu gut. Am Ende, so wusste sie aus eigener Erfahrung, würden weder Ärzte noch Pillen die traumatischen Wunden ihrer monatelangen Folterhaft heilen können. Das würde nur der Liebe nahestehender Menschen gelingen können, wenn überhaupt.

»Ich hätte nie gedacht, dass Mama mich wirklich sucht«,

hörte sie Nicola sagen. Sie stand entweder kurz davor zu weinen, oder ihr liefen bereits die Tränen herab. »Dass sie dafür sogar wieder nach Berlin zieht. Mann, ich hab immer geglaubt, sie interessiert sich einen Scheiß für mich. Deshalb hab ich ihr auch nichts davon erzählt, was für Probleme ich mit Papa hatte.«

Alina erinnerte sich an das, was Nicola gesagt hatte, als sie in Sukers Keller gefangen gewesen waren.

»... aber der ist sicher ganz froh, dass ich weg bin. So kann ich wenigstens keinem erzählen, wie er mich befingert hat, kaum dass ich bei ihm eingezogen war.«

Während sie vorhin durch Leonards Haus geirrt waren, hatte Zorbach Alina erklärt, wie der Psychopath mit Hilfe einer betrügerischen Telefonseelsorge an seine Opfer gelangt war. Sie ging jede Wette ein, dass auch Nicola jene Nummer gewählt hatte, nachdem ihr Vater zudringlich wurde. Und nun ergab es auch einen Sinn, dass Suker Nicolas Mutter in der Hamburger Nervenheilanstalt besucht hatte, um ihr das Bild der gequälten Tochter zu zeigen: als Strafe für Johanna Stroms Schuld, die Anzeichen des Missbrauchs nicht bemerkt zu haben.

»Wie weit ist es noch?«, fragte Alina.

»Gleich da«, sagte Nicola aufgeregt. »Ich glaube, sie ist zu Hause. In der Küche brennt Licht.«

Noch ein paar wacklige Schritte, dann blieben sie stehen.

»Kannst du ihren Namen am Klingelschild lesen?«

»Ja.« Nicola schluckte. »Soll ich?«

Alina nickte. »Nur zu.«

Sie hörte einen hellen Glockenton im Inneren des Hauses, dann wurde ein Stuhl gerückt; es folgten gedämpfte Schritte, die langsam näher kamen.

Alina klopfte das Herz bis zum Hals. Wie musste sich da

erst Nicola fühlen? Sie stellte sich das fragende Gesicht von Johanna Strom vor, die sicher mit allem rechnete, nur nicht mit ihrer seit Monaten vermissten Tochter.
Sie meinte schon den Aufschrei zu hören. Erst ungläubig – mit einem abrupten Ende, weil sich die Mutter erst einmal die Hände vors Gesicht schlug. Dann, nach einer Schrecksekunde, wieder laut und unkontrolliert, gleichermaßen erfüllt von Freude und dem über Monate angestauten Leid, das sich jetzt ein Ventil suchte.
Fast wünschte sie sich, sie könnte mit ansehen, wie Mutter und Tochter sich weinend gegenüberstanden, bevor sie sich in die Arme fielen, hoffend und betend, dass es kein Traum war. Einer dieser Träume, der sie für einen kurzen Moment zusammenführte, bevor sie wieder alleine aufwachten, wie an Hunderten von Tagen zuvor. Aber dieser Wunsch erinnerte sie an Suker, der in ihr die Hoffnung, wieder sehen zu können, erst genährt und dann für immer vergiftet hatte, als er das Mädchen an ihrer Seite verstümmelte.
Da sie mit einem gewaltigen Emotionsausbruch gerechnet hatte, war sie schließlich über die Heftigkeit der Reaktionen nicht überrascht, als endlich die Tür geöffnet wurde.
»Ja bitte, was kann …?« Johanna Strom brach, wie erwartet, mitten im Satz ab und stieß einen spitzen Schrei aus.
»Oh Gott«, hörte sie Nicola neben sich keuchen. Sie hatte ihre Hand weggezogen, vermutlich, um sie ihrer Mutter entgegenzustrecken.
»Sie haben sie mir zurückgebracht«, rief Johanna. »Sie haben mir meine Nicola zurückgebracht!«
In dieser Sekunde merkte Alina, dass etwas nicht stimmte. Nicola bebte. Sie zitterte. Und sie schrie. Alles wie erwartet, und doch passte es nicht zusammen.
Es fühlt sich falsch an, dachte Alina, bevor sie sich darüber

Gedanken machte, weshalb es Nicolas Aufschrei, im Gegensatz zu dem ihrer Mutter, an jeglicher Freude gefehlt hatte.

»Was hast du denn?«, fragte sie noch, bevor sie die Kontrolle über die Situation vollständig verlor.

»Wieso tust du mir das an?« Nicola brüllte ihre Frage mit einer Verzweiflung heraus, die schlimmer war als alles, was Alina je aus dem Mund des Mädchens gehört hatte. Gleichzeitig ging ein Ruck durch ihren Körper. Sie wurde von starken Händen nach vorne gerissen und stolperte ins Haus hinein, wo sie neben Nicola zu Boden stürzte.

»Ich verstehe nicht …«, sagte Alina, die zu begreifen versuchte, warum Johanna Strom ihnen gegenüber plötzlich gewalttätig geworden war.

»Das ist nicht meine Mutter«, schrie Nicola, während hinter ihnen die Haustür ins Schloss fiel.

»Wie wahr«, lachte die Frau in ihrem Rücken. »Die hat die Klapse in Hamburg nie verlassen.« Sie stieg über Alinas Kopf hinweg und gab ihr einen Tritt, dass sie auf den Rücken fiel. »Mein Name ist nicht Johanna Strom. Aber Sie können mich Iris nennen.«

Das Nächste, was Alina spürte, war das Brotmesser in ihrem Unterleib.

65. Kapitel

Alexander Zorbach

»Du kommst zu spät«, sagte Stoya und packte mich am Arm. Ich riss mich los, eilte aus dem Fahrstuhl.
Wir befanden uns im dritten Stock des Neubaus. Ein auf den Putz gemalter Wegweiser zeigte nach rechts für die intensivmedizinische Abteilung.
»Hör mir doch bitte erst mal zu«, keuchte der Kommissar hinter mir. Er hatte Mühe, Schritt zu halten. »Wo willst du denn hin? Du kannst hier ohnehin nichts mehr ausrichten.«
»Wo?«, fragte ich und drehte mich im Laufen zu Stoya um. »Wo ist Frank?«
Vor zwei Minuten hatte Stoya mich vor dem Martin-Luther-Krankenhaus abgefangen, um mich über die neuesten Entwicklungen zu informieren.
»Weil du befangen bist, dürfte ich dir eigentlich keinen Einblick in unseren Ermittlungsstand geben, Alex«, hatte er gesagt und sich dabei eine Zigarette angezündet, als hätten wir alle Zeit der Welt. »Nur so viel: Du hast ihn übel erwischt. Frank hat versucht zu fliehen, doch der Blutverlust wegen der Schusswunde in der Schulter war so groß, dass er sich am Ende lieber freiwillig gestellt hat, als draufzugehen. Er hat sich halbtot bis zum Krankenhaus geschleppt, man fand ihn leblos vor den Stufen.« Stoya lachte. »Freu dich. Es ist vorbei. Wir haben den Bastard.«
Darauf hatte ich Stoya die einzige Frage gestellt, die mich interessierte: »Was hat er gesagt?«
Wo ist mein Sohn?

»Gar nichts. Er war nicht mehr ansprechbar. Sie haben ihn versucht zu stabilisieren, aber der Stress und die Schmerzen haben seinen Kreislauf zusammenbrechen lassen. Sie versuchen ihn zu retten, Professor Gruenberg sagt allerdings, die Verletzungen ...«

Als Stoya bedauernd mit den Achseln zuckte, hatte ich ihn stehen lassen, und seitdem rannte er mir hinterher.

»Wo ist er?«, rief ich und bog um die Ecke, wo ich beinahe mit einem Arzt zusammengestoßen wäre, der mir in letzter Sekunde auswich.

»Hey, passen Sie auf. Das ist keine Rennstrecke.«

Ich verfiel dennoch in Laufschritt, der Abstand zwischen mir und Stoya wurde größer.

»Ist er hier drinnen?«, rief ich und blieb stehen.

Ich deutete auf eine gläserne Flügeltür am Kopfende des Ganges. »OP I – III« stand in reflektierenden Lettern auf einer Rauchglasscheibe.

Ohne die Antwort abzuwarten, drückte ich auf die Klingel neben dem Eingang.

»Zorbach, bitte beruhige dich.« Stoya hatte mich eingeholt und beugte sich hustend nach vorne. Ich ließ den Finger auf der Klingel, doch die Tür wurde nicht geöffnet. Stattdessen näherte sich ein Arzt auf dem Flur und blieb neben mir und dem Kommissar stehen.

»Wohin wollen Sie?« Der Mann war klein, von schwammiger Statur, mit abstehenden Ohren und einem Vollbart, was ihn wie eine erwachsene Micky Maus aussehen ließ. Den Mangel an Autorität in der Erscheinung machte der Befehlston in seiner Stimme wett.

»Sie können da nicht rein. Da wird operiert.«

»Sind Sie Chirurg?«, fragte ich und trat einen Schritt zurück.

»Allerdings.« Er drückte auf einen Schalter in der Bandenleiste an der Wand, und die Glastür sprang nach innen auf. Dann machte er den Fehler und wandte sich an Stoya: »Ich halte Sie auf dem Laufenden, sobald es eine Entwicklung gibt.«

Als er in den OP-Bereich gehen wollte, stellte ich mich ihm in den Weg. »Professor Gruenberg?«

»Nicht jetzt, ich muss mich beeilen.«

Ich berührte ihn am Arm. »Nehmen Sie mich mit. Bitte.«

»Das ist unmöglich.«

»Kommen Sie, geben Sie mir sterile Sachen.«

»Darum geht es nicht. Unbefugten ist der Zutritt verboten. Zum Wohle der Patienten.«

Er wollte an mir vorbei, doch ich packte ihn am Kragen seines Kittels. »Das ist kein Patient, das ist der Mörder meines Sohnes«, spie ich ihm ins Gesicht.

»Zorbach, bitte«, sagte Stoya beschwichtigend hinter mir. Ich spürte seine Hand an meinem Oberarm.

»Der Mann da drinnen, Ihr *Patient,* hat meinen Sohn entführt und ermordet, und ich kann nicht zulassen, dass er auf dem OP-Tisch stirbt, bevor ich weiß, was er mit der Leiche gemacht hat, verstehen Sie?«

Ich brauche Gewissheit. Ich kann nicht weiterleben, ohne das Ende von Julian zu kennen, so schlimm es auch sein mag.

Der Chirurg atmete tief ein, als ich meinen Griff etwas lockerte.

»Ja, ich verstehe Sie. Ich bin auch Vater. Aber hier und jetzt bin ich Arzt. Und als solcher muss mir, so leid es mir manchmal tut, die Vorgeschichte meiner Patienten egal sein. Ich fühle mich dem Eid verpflichtet, Leben zu retten, und davon lasse ich mich auch von Ihnen nicht abhalten. Verstehen *Sie* das?«

»Schön. Gut. Alles klar.«
Ich ließ den Kittel los und trat einen Schritt zurück.
»Dann beantworten Sie mir nur eine einzige Frage«, sagte ich, als der Professor an mir vorbeiwollte. »Wie hoch sind die Chancen, dass Frank Lahmann den Eingriff da drinnen überleben wird?«
Gruenberg blieb stehen. Seine Gesundheitsschuhe quietschten, als er sich zu mir umdrehte. Ich sah es in seinen Augen. Wie er abwog. Ob er die Situation mit einer Lüge entschärfen würde, wenn er mir einen Erfolg garantierte. Oder ob er die Wahrheit sagen sollte. Ich zog meine Waffe und richtete sie auf ihn.
»Um Himmels willen, Zorbach«, hörte ich Stoya rufen. Aus den Augenwinkeln sah ich, wie er zu seinem Handy griff.
»In Prozenten, Doktor. Wie hoch ist die Wahrscheinlichkeit, dass er durchkommt?«
»Etwa dreißig«, presste Gruenberg hervor.
»Danke«, sagte ich nickend. »Aber das ist mir zu wenig.«
Und dann drohte ich dem Chirurgen, ihn zu erschießen, wenn er mich nicht sofort in den Operationssaal brachte.

66. Kapitel

Alina Gregoriev

Alina lag auf den groben Platten eines steinernen Küchenfußbodens und fühlte jegliche Wärme aus ihrem Körper herausströmen.
Sie zitterte. Spürte das Messer in ihrem Unterleib mit jedem Atemzug vibrieren.
»Unterleib«. Was für ein bescheuertes Wort, dachte sie. *Fast so bescheuert wie »Frauenkrankheiten«.*
Sie wollte etwas zu der Person sagen, die sich über sie beugte und deren feuchten Atem sie roch. Aber sie hatte schon zu viel Blut verloren, und ihr fehlte die Kraft, um zu fragen, weshalb die Frau ihr das antat.
»Nicola hat mein Gesicht gesehen«, sagte Iris, die in der Lache um ihren Körper stand, und Alina dachte: *Offenbar kann sie Blut lesen,* was eigentlich wenig Sinn ergab, aber andererseits: Welche Logik bestand darin, hier wie ein geschächtetes Opfertier in einer fremden Küche zu liegen?
»Ich konnte nicht zulassen, dass Suker sie mir wegnimmt.«
Also deswegen, dachte Alina, froh, dass ihre Gedanken wieder Halt gefunden hatten. Kälte breitete sich in ihr aus, trotz des Feuers, das in dem Bereich wütete, den ihre prüde Großmutter immer nur »da unten« genannt hatte.
»Tut es dir wieder weh da unten, Schätzchen?«
»Oh ja, Omi. Ich glaub, ich muss mal zum Arzt.«
Deshalb also hatte Iris sie betrogen. Hatte in ihrem Wohnzimmer gesessen und sich stotternd und weinend als Johanna Strom ausgegeben, während die echte Mutter immer

noch in der Hamburger Entzugsklinik auf eine Erfolgsmeldung der Polizei wartete.

»Iris ist eine sadistische Schauspielerin«, erinnerte sie sich an einen Satz, den Nicola zu ihr gesagt hatte, als sie versucht hatten, aus dem Keller-OP auszubrechen. *»Einmal hat sie sich als Mitgefangene ausgegeben, nur um ein anderes Opfer zu demütigen.«*

Und Alina gegenüber war sie in die Rolle der verzweifelten Mutter geschlüpft.

Nachdem sich Suker im Streit von Iris getrennt hatte, war das Risiko, entdeckt zu werden, zu groß für die Assistentin geworden. Sie hatte Nicola finden müssen; offenbar um jeden Preis.

Alina griff mit letzter Kraft nach dem Messer in ihrem Leib, versuchte zu ziehen, rutschte aber am Holzgriff ab.

Sie musste an Zorbach denken und an seinen Irrtum. Er hatte gedacht, Tamara sei Sukers Assistentin gewesen, dabei hatte ihn nur der Zufall in die Fänge des Augenarztes gelockt. *So wie ich Nicola, ohne es zu wissen, zurück zu ihrer Mörderin gebracht habe.*

»Magst du deinen Finderlohn etwa nicht?«, hörte sie Iris fragen.

Und diesmal war die Frauenstimme keine Erinnerung in ihrem Kopf, sondern die Gegenwart – das war vielleicht die schlimmste von all den Wahrheiten, die ihr nach und nach dämmerten: Bei allem, was sie »gesehen« hatte, hatte sie nicht in Sukers Körper gesteckt, sondern in ihrem eigenen! Jetzt verstand sie, warum die Vision erst nach der Behandlung Sukers aufgetreten war, als sie sich selbst unter Schmerzen berührt hatte. Es war nicht der Augenarzt, der jetzt die letzten Sekunden seines Lebens auf einem Fußboden verbrachte, sondern …

... sondern ich selbst! Ich sterbe ...
Mit dieser grauenhaften Erkenntnis begann sich die Welt um sie herum zu drehen.
Sie hörte ihr eigenes Blut rauschen, fühlte den eigenen Herzschlag austrudeln, als hätte jemand in ihren Brustkorb hineingegriffen und ein Pendel ausgebremst.
Aber vielleicht habe ich es ja verdient, dachte sie, während Iris sie ein letztes Mal verhöhnte: »Das war dein gerechter Finderlohn.«
Alinas Kopf sackte nach vorne, ihr Kinn lag auf der Brust. Aber sie schlief nicht. Sie glühte langsam aus.
Vor Jahren hatte ihr eine Wahrsagerin in Los Angeles für zehn Dollar aus der Hand gelesen und behauptet, sie würde ein langes Leben haben und als alte Frau friedlich wegdämmern, begleitet von Erinnerungen an die Menschen, die sie einst geliebt hatte.
Ich will mein Geld zurück, dachte Alina, die sich in diesem Moment von allem, was sie liebte, so weit entfernt fühlte wie niemals zuvor.
Aber vielleicht ist das hier ja wirklich die gerechte Strafe für meine Schuld. Vielleicht hätte ich Julian retten können ...
Sie kam nicht mehr dazu, den Gedanken zu vollenden und sich zu fragen, ob Suker recht hatte und Zorbachs Sohn heute noch leben würde, wenn sie damals zur Polizei gegangen und den Stalker angezeigt hätte. Ihr blieb nicht mehr die Zeit, darüber zu reflektieren, warum sie ständig die falschen Schlüsse gezogen hatte. Wann immer sie sich selbst unter Schmerzen berührt hatte, hatte sie die Welt nicht mit Sukers, sondern mit ihren eigenen Augen gesehen. Die Ironie des Schicksals, am Ende durch das Zusammentreffen mit dem wahnsinnigen Chirurgen doch noch ihre Sehkraft wiedergewonnen zu haben, wenn auch nur

für einen kurzen Blick auf ihren eigenen Tod, erschloss sich ihr ebenso wenig wie die Erkenntnis, dass Suker vermutlich nie etwas über Julians Schicksal gewusst hatte. Zu all diesen Überlegungen war sie nicht mehr fähig. Nur das banale Geräusch einer Türklingel irritierte sie für einen Moment, weil sie sich bereits in einer Phase des Sterbens wähnte, in der äußere Einflüsse nicht mehr zu ihr vordringen konnten. Immerhin roch sie das Blut nicht mehr, in dem sie saß, und das Messer fühlte sich weiterhin *falsch* an, aber nicht mehr so, als habe sie eine in Säure getränkte Rolle Stacheldraht verschluckt.

Eigentlich hätte ihr die Klingel signalisieren müssen, dass die Helfer mit dem Rettungswagen vor der Tür standen, die Zorbach gerufen hatte, doch dafür war ihre Wahrnehmung schon viel zu gedämpft. Der summende Alarm hatte es aber wenigstens geschafft, sie für einen kurzen Moment in ihrem Prozess der Selbstaufgabe zu stören. Sie fühlte sich im Schwebezustand zwischen bleierner Ohnmacht und akutem Herzrasen, als hätte ihr in der Sekunde des Einschlafens jemand einen Wecker ans Ohr gehalten. Alina dachte an die letzte vertane Chance in ihrem Leben, als sie Zorbach vorhin in Leonards Haus nur kurz in die Arme geschlossen hatte, ohne ihm zu sagen, was sie für ihn empfand. *Ohne ihn zu küssen.*

Es klingelte erneut an der Haustür.

Verdammt, hat man denn nirgends seine Ruhe?, schoss es ihr durch den Kopf, und tatsächlich baute sich nun doch das Bild eines Menschen vor ihrem inneren Auge auf, mit dem sie einen großen Teil ihres blinden Weges gegangen war, der hier und jetzt in einer nach Blut und Abwasch stinkenden Küche enden sollte.

»Lust auf was Warmes?«, fragte John, und sie nickte dem

Trugbild zu, weil Wärme genau das war, was ihr jetzt am meisten fehlte.

Ach John. Immer da, wenn man dich braucht.

Sie war nie eine gute Köchin gewesen, hatte jede Gelegenheit genutzt, sich davor zu drücken, und jetzt, da klar war, dass sie es nicht mehr würde lernen können, bedauerte sie, dass sie ihrem besten Freund nie assistiert hatte, wenn er für sie kochte.

Sie hatte keine Ahnung, wie lange man Gemüse garen ließ, wie man eine Rotweinsoße machte oder was man mit einem Pürierstab anfing. Verdammt, sie wusste nicht mal, in welcher ihrer Schubladen die Geräte lagen, mit denen John immer so köstliche …

Schubladen?

Alina riss die Augen auf. In der Küche blieb es dunkel, aber in ihr selbst wurde es hell. Es war, als hätte jemand eine Glühbirne in ihre Gedankenwelt geschraubt. *Tausend Watt, extrastark.*

Auf einmal sah sie es groß und leuchtend vor sich. Sie sah, was in diesem Moment passierte:

Iris stand vor der Tür.

Iris würde nicht aufmachen.

Iris würde abwarten, bis die Rettungshelfer an einen falschen Alarm glaubten und wieder abhauten.

Iris würde zurückkommen und …

Die Schublade!

Auf einmal erinnerte Alina sich an die Bilder, die sich in ihren Kopf gepflanzt hatten, kurz nachdem sie auf den OP-Tisch geschlagen war, und da wusste sie, was in wenigen Augenblicken folgen würde:

Iris geht zum Küchenschrank. Sie öffnet die oberste Schublade …

»Nicola«, hörte Alina sich selbst sagen, gedämpft, als würde ihr jemand ein Kissen vor den Mund halten. »Nicola. Oberste Schublade. Waffe.«

Nimm sie dir!, wollte sie brüllen. *Nimm sie, bevor Iris es tut und sie dir in den Mund steckt.*

Alina war sich nicht sicher, ob Nicola diese Warnung verstehen konnte. Akustisch wie inhaltlich.

In ihrer Vorstellung saß das Mädchen am Ende der Küche auf dem Boden, den Rücken an eine Heizung gelehnt, an die sie mit einer Hand gekettet war, um nicht weglaufen zu können. Aber vielleicht irrte sie sich schon wieder, und Nicola war gar nicht im Raum. Sie hatte sie weder schreien, stöhnen, wimmern, röcheln noch weinen gehört. Andererseits, bevor es eben geklingelt hatte, hatte sie sich selbst ja auch kaum gespürt.

Und daher war sie sich nicht sicher, was der Schuss zu bedeuten hatte, der nur wenige Schritte von ihr entfernt abgefeuert wurde.

Mit seinem Nachhall im Ohr und der Frage, ob es überhaupt möglich war, das Schicksal zu verändern, selbst wenn man es kannte, glitt Alina in eine bislang nie empfundene Dunkelheit.

67. Kapitel

Alexander Zorbach

»Was soll das heißen, es geht nicht?« Ich fuchtelte mit meiner Waffe dem Narkosearzt vor dem Gesicht herum. Seit meinem Schuss auf Suker hatte ich keine Gelegenheit gehabt, das Ding zu laden, allerdings hatte ich auch nicht vor, auf Unschuldige zu schießen. Die Drohung musste reichen.

»Ich kann den Patienten nicht einfach so zurückholen. Er ist narkotisiert.« Der Anästhesist, dessen Glatze mich etwas irritierte, da sie mich an Alina erinnerte, zitterte, während er auf den Geräteturm zeigte, den er zu verantworten hatte. »Wir haben schon mit der Einleitung begonnen.«

»Schwachsinn«, schrie ich und schlug mit der flachen Hand auf Franks Bauch, dass der gesamte Tisch mit ihm wackelte.

Hinter mir nutzte eine Schwester die Gelegenheit, den OP fluchtartig zu verlassen. Als ich mit Gruenberg im Schlepptau hineingeplatzt war, hatte sie die Instrumente für den Professor sortiert. Zwei weitere Ärzte, jünger, vielleicht Assistenten, hatten neben ihr gestanden und waren nahezu gleichzeitig zurückgesprungen, als hätte allein der Anblick meiner Waffe ihnen einen elektrischen Schlag verpasst. Keine Ahnung, ob sie noch da waren. Der OP-Saal in meinem Rücken fühlte sich leer an. Gruenberg hatte sich als Erster verdrückt, als ich ihn losließ und mich auf Dr. Kahlkopf stürzte.

Mein Blick tastete Franks bewusstlosen Körper ab. Ich sah

die geschlossenen Augen, betrachtete die mit Stoff abgedeckte Eintrittswunde unter dem Schlüsselbein, blickte zu den nackten Füßen hinab, die unter dem OP-Tuch hervorstachen.

Was bildest du dir ein?, dachte ich hasserfüllt. *Wagst es, hier ins Krankenhaus zu krauchen und um Hilfe zu betteln?* Mit den Schläuchen, die seinen Körper speisten, war er mehr Maschine als Mensch.

Verrecken sollst du.

Am liebsten hätte ich meinen Daumen in das Loch in seiner Schulter gesteckt und auf das Geräusch gewartet, das sich unweigerlich einstellt, wenn man nur heftig genug an einer Wunde reißt.

Die Geräte des Anästhesisten ließen ihn gleichmäßig atmen, und ich dachte nur: *Er hat es nicht verdient. Er darf hier nicht so ruhig schlafen, während da draußen irgendwo mein Sohn verrottet.*

»Ich zähle bis drei!«, schrie ich dem Arzt ins Gesicht, der einen Teil meiner Wut abbekam, die ich nicht an Frank auslassen konnte.

Noch nicht.

»Und bei drei reiß ich ihm den Tubus aus dem Rachen.«

»Dann kann er nicht mehr atmen. Er stirbt.«

»Wollen Sie mich verarschen? Geben Sie ihm ein Gegenmittel, das seine Atmung wieder in Gang setzt und ihn aufweckt. Ich bin nicht blöd. Sie haben so was für Komplikationen in Ihrem Notfallkit. Ich weiß es.«

Genauer gesagt, hoffte ich es. Meine Selbstsicherheit war wie die Waffe in meiner Hand: ein einziger Bluff.

Vor einigen Jahren hatte es bei einer von Niccis Katzen Probleme während der Zahnsteinbehandlung gegeben. Der Tierarzt hatte ihr ein Antidot gespritzt, das das Tier ins Be-

wusstsein zurückholte und die Atmung wieder einsetzen ließ.
»Okay, okay. Ich kann ihm etwas geben.« Der Arzt schluckte sichtbar. *Bei dem fährt der Adamsapfel Fahrstuhl,* hatte Frank einmal über unseren Herausgeber gesagt. Damals hatte ich über die treffende Beschreibung gelacht, so wie über seine Bemerkung, die lange Gina aus der Kulturredaktion könne aus der Regenrinne saufen.
Wie hatte ich nur so blind sein können? Wie hatte ich denken können, sein respektloser Humor würde uns verbinden, dabei war auch das nur Teil seiner Maskerade gewesen.
»Aber das ergibt keinen Sinn«, sagte der Arzt, nun ebenfalls immer erregter. Er blinzelte unbewusst im Takt der Beatmungsmaschine.
»Das lassen Sie mal meine Sorge sein.«
»So verstehen Sie doch.« Der Arzt wollte keine Ruhe geben, aber immerhin hatte er schon eine Spritze in der Hand, mit dem richtigen Medikament, wie ich hoffte.
»Sein Körper hält das nicht durch. Der Schock und der darauf einsetzende Kreislaufkollaps würden Herrn Lahmann umbringen.«
Nenn ihn nicht Herrn Lahmann. Nenn ihn bei seinem richtigen Namen. Nenn ihn Mörder.
Hinter mir hörte ich gedämpfte Stimmen, ein Telefon klingelte. Ich drehte mich um und fand meine Vermutung bestätigt. Die Ärzte hatten den OP verlassen, und noch traute sich das Sondereinsatzkommando nicht herein, das von Stoya informiert worden war und vermutlich gerade die Optionen abwägte.
»Wie lange?«, fragte ich den Arzt, der gerade die Spritze in einen der Schläuche drückte und mich ein letztes Mal fragend ansah.

»Das geht rasch. Wenn er zu sich kommt, dann in wenigen Sekunden.«

»Ich meine, wie lange habe ich dann, um mit ihm zu reden?«

»Eine Minute? Wenn überhaupt.«

Ich sah zu den Flügeltüren des Operationssaals, hinter denen es still geworden war.

Kein gutes Zeichen.

»Also gut.«

Ich presste dem Narkosearzt die Waffe direkt auf die schweißglänzende Stirn und deutete mit dem Kinn auf die Spritze in seiner Hand.

»Rein damit.«

68. Kapitel

Ich wollte das nicht.

Ich wollte nicht an meine Mutter erinnert werden.

Auch sie lag, nicht weit von hier entfernt, in einem Sanatorium auf einer druckentlastenden Matratze, das Gesicht unter einer Atemmaske versteckt, mit mehr Schläuchen im Körper, als Kabel in einen Fernseher passen.

Bis zu dem Schlaganfall, der ihr Gehirn auf die Leistungsfähigkeit einer Schüssel Grießbrei reduzierte, war meine Mutter in einem fremden Leben gefangen gewesen. Nicht in ihrem eigenen, sondern in dem unserer Familie, dem sie sich unterordnete. Ihre Liebe galt den Bergen, und dennoch war sie immer ans Meer gefahren, weil es »ihren Männern« dort besser gefiel. Dank exzellenter Prüfungsergebnisse hätte sie in den diplomatischen Dienst eintreten, in Privatjets die Welt bereisen und mit den Mächtigen zu Tisch sitzen können, stattdessen fuhr sie mich und meine Freunde in einem klapprigen Kombi ins Zeltlager. Und statt in der Presse auf ihren eigenen Namen zu stoßen, durchstöberte sie die Supermarktbeilagen der Zeitungen nach Sonderangeboten. In ihrer Welt gab es kein »Ich«, einzig ein »Wir«. So war es für sie nur logisch gewesen, allen die Diagnose ihrer seltenen Blutkrankheit zu verschweigen, damit mein Vater und ich uns nicht sorgten, während wir uns mit dem beschäftigten, was man landläufig als Karriere bezeichnet.

Und jetzt, da ich mir eingestehen musste, dass all ihre Entbehrungen umsonst gewesen waren, dass sie völlig vergeblich ihr eigenes Leben zurückgestellt hatte und ich trotz ihrer Liebe in jeder Beziehung gescheitert war, in der man nur scheitern konnte, da dachte ich zum ersten Mal seit langem wieder an sie, hier im OP III des Martin-Luther-Krankenhauses, und das fühlte sich falsch an. Es fühlte sich *unfair* an. Wie konnte der Mann, der seinen Wahn wie einen Kanister Unkrautvernichtungsmittel über mein Leben gekippt hatte, mit den gleichen lebenserhaltenden Maßnahmen versorgt werden wie die Frau, die es mir vor sechsunddreißig Jahren unter Schmerzen geschenkt hatte? Am liebsten hätte ich hier und jetzt den Stecker gezogen, allein um diese Ungerechtigkeit zu sühnen. Aber die Nulllinie musste warten. Noch brauchte ich Franks Herzschlag.

»Ist er so weit?«

»Zum Sterben?« Der glatzköpfige Anästhesist zog seinen Mundschutz herunter, auf den es jetzt ohnehin nicht mehr ankam. »Seine Atmung ist aktiv, er wacht langsam auf.«

Die verkürzten Abstände der Pieptöne des Überwachungsmonitors bestätigten seine Aussage.

»Aber ich warne Sie ein letztes Mal: Wenn ich jetzt den Tubus löse und er zu sich kommt, werden Sie den Tod des Patienten zu verantworten haben.«

Ich signalisierte ihm mit meiner Waffe, dass ich damit sehr gut leben konnte.

»Hey, Alex.«

Ich fuhr herum. Stoya stand in der geöffneten OP-Schleuse. Er hatte Mantel und Jackett ausgezogen, trug nur noch ein Unterhemd, das sich über dem Bauch wölbte, und drehte sich mit hinter dem Kopf verschränkten Händen einmal um sich selbst, um mir zu zeigen, dass er unbewaffnet war.

»Darf ich reinkommen?«

»Nein«, sagte ich und nickte dem Arzt zu, der immer noch zögerte.

»Ich verstehe, wie du dich fühlst«, versuchte Stoya, eine Verbindung zu mir aufzubauen. Ebenso gut hätte er mir einen Brief schreiben können. Ich achtete nicht auf ihn. Der Tubus löste sich mit einem schmatzenden Geräusch aus Franks Rachen. Die folgende Reaktion fiel ebenso schnell wie heftig aus. Im ersten Augenblick hörte er vollständig auf zu atmen, Mund und Augen weiteten sich wie bei jemandem, der sich verschluckt hat und auf sich aufmerksam machen will, dann ging es los.

Die Zuckungen begannen ohne Vorwarnung. Auf einmal zappelte er wie ein Fisch in einem leeren Eimer.

»Meine Güte«, hörte ich Stoya hinter uns keuchen.

»Das ist der Schock«, erklärte der Arzt.

Ich habe es Ihnen gesagt, lag in seinem vorwurfsvollen Blick. Der Anästhesist bemühte sich mit beiden Händen, Franks fremdgesteuerten Körper auf dem Tisch zu halten. Man konnte den Eindruck gewinnen, die Schmerzen, die bis vor kurzem noch durch einen Staudamm an Betäubungsmitteln zurückgehalten worden waren, wollten sich jetzt ihren Weg nach draußen bahnen.

»Bitte, Zorbach, hör auf«, sagte Stoya, als ob ich in der Lage gewesen wäre, das hier wieder rückgängig zu machen. Im Gegensatz zu ihm empfand ich eine eigenartige Genugtuung und hätte die Muskelkrämpfe gut noch eine Zeitlang beobachten können. Fast widerstrebte es mir, den Arzt zu bitten, er möge Franks Anfall lindern, aber so konnte ich keine Informationen aus dem Schwein herauspressen. Der Anästhesist handelte bereits und öffnete den Hahn eines weiteren Tropfes, ohne dass ich etwas gesagt hatte.

Es dauerte, bis der Takt der Überwachungssignale sich wieder etwas beruhigte und Frank die Augen aufschlug. Sein Blick irrte umher.
Ich beugte mich über ihn, sah mein eigenes Spiegelbild in seinen glasigen Augen.
»Wo ist mein Sohn?«, fragte ich, die Waffe weiterhin auf den Arzt gerichtet, damit Stoya nicht auf dumme Gedanken kam.
Frank sah mich an und verzog die Lippen zu einem grausigen Lächeln. Selbst im Tod wollte er mich noch verhöhnen. Ich wollte ihm die Faust in sein jungenhaftes Gesicht schmettern, ihn am Hals packen und würgen, aber da sich beides verbot, musste ich es bei verbalen Drohungen belassen. »Wenn du mir nicht sofort sagst, was du mit Julian gemacht hast, werde ich dir einen Liter Toilettenreiniger in die Venen jagen.«
Er hob die rechte Hand, seine Finger verkrampften sich in den Ärmel meiner Jacke.
»Wo?«, fragte ich und schüttelte ihn ab. Er schluckte. Einmal, zweimal. Dann fiel sein Kopf zur Seite, und ich musste mich hinknien, um ihn zu verstehen.
»Auto.«
Frank klang wie ein Kleinkind, das ein neues Wort ausprobiert.
»Auto? In einem Wagen?«
Er blinzelte.
»In welchem?« Ich schrie ihn an. »In welchem verdammten Auto liegt er?«
»Vor ...« Seine Augen rutschten zur Seite, für einen Moment sah ich nur noch das Weiße, dann wurde sein Blick wieder etwas klarer.
»Vor der ...«

Sein Atem klang wie ein nasser Müllsack, den man über den Boden zieht. Er hustete und sagte endlich das entscheidende Wort.

Es klang wie »Lini«, weil sein Kehlkopf keine K-Laute mehr bilden konnte, aber ich verstand ihn sofort.

Klinik.

Der Dreckskerl meinte das Auto, mit dem er es bis hierher zum Krankenhaus geschafft hatte.

»Hier?«, fragte ich, um sicherzugehen, und er blinzelte. Tränen traten ihm wie Rotzfäden aus den Augen.

»Wo?« Jetzt konnte ich mich nicht mehr zurückhalten und schüttelte ihn. »Wo genau steht dieser beschissene Wagen?«

Mit dem du die Leiche meines Sohnes transportiert hast.

Er gab keine Antwort mehr.

Ich sah auf.

Ich sah zum Monitor, dessen Ausschläge auf einmal viel unregelmäßiger kamen.

Ich sah zum Arzt, dessen Gesicht zu einer vorwurfsvollen Maske eingefroren war.

Ich sah zu Stoya.

»Habt ihr sein Auto gefunden?«, fragte ich.

Der Kommissar schüttelte nur den Kopf, dann deutete er auf den Monitor, der Franks schwindende Vitalfunktionen dokumentierte.

»Du hast alles, was du wolltest«, sagte er. »Nimm jetzt das Eisen runter. Lass es gut sein.«

Ich schüttelte den Kopf, der mir erstaunlicherweise überhaupt nicht mehr weh tat. Während Frank an seinem Schock zugrunde ging, schien meiner mich von meinen Schmerzen zu befreien.

»Komm schon, Zorbach. Du weißt, was du jetzt zu tun hast.«

»Ja«, sagte ich, ging zum Narkosearzt und drückte ihm die ungeladene Waffe direkt ins Genick.

»Ist dieses Ding hier transportabel?«

»Ja, ja.« Er nickte heftig. »Der Tisch hat Rollen.«

Ich trat einen Schritt zurück und kappte mit zwei schnellen Bewegungen alle lebenserhaltenden Verbindungen. Sofort ersetzte ein durchdringender Sinuston die bisherigen Geräusche. Frank begann wieder zu zittern.

»Was haben Sie vor?«

»Wir müssen zu den Parkplätzen«, sagte ich und zwang den Arzt, die OP-Einheit in einen beweglichen Zustand zu versetzen. »Und Sie werden uns begleiten.«

69. Kapitel

Nichts im Leben bereitet dich auf den Anblick deines toten Kindes vor.

Ich hatte es aus dem OP-Bereich hinaus zu den Fahrstühlen geschafft. Ohne meine beiden Geiseln hätte einer der Beamten aus dem Verfolgerschwarm hinter uns sicher einen Zugriff gewagt. Aber Stoya wollte die Gefährdungslage anscheinend ohne Blutvergießen beenden. Hätte er gewusst, wie nutzlos die Waffe im Nacken des Arztes war, mit der ich ihn zwang, den Operationstisch zu schieben, hätte er sich mir persönlich in den Weg geworfen. So aber hielt er seine Männer auf Abstand, während wir in dem bereits evakuierten Erdgeschoss durch die Notaufnahme hindurch ins Freie gelangten.

»Lebt er noch?«, fragte ich Dr. David. Ich hatte ihn im Fahrstuhl nach seinem Namen gefragt und wusste jetzt, dass er einen unaussprechlichen Nachnamen hatte, Schtrokpowszjevs oder so ähnlich, also hielt ich mich an seinen Vornamen. Er schwitzte vor Angst, was mir leidtat, denn eigentlich hatte ich keine Unschuldigen hier mit reinziehen wollen. Aber alleine hätte ich Frank niemals aus dem OP wuchten können, ohne mir einen Fangschuss einzuhandeln.

»Wenn Sie mich fragen, ob der Hirntod eingetreten ist? Nein, seine Augen zeigen noch Reflexe. Aber ob man das ›Leben‹ nennen kann?« Dr. David zuckte mit den Achseln, und wir schoben uns durch den Windfang der Klinik ins Freie.

Die Kälte empfing uns wie eine Faust.
Mir schlug sie auf den Brustkorb, drückte mir die Lungen zusammen, so dass ich Mühe hatte zu atmen. Gleichzeitig glaubte ich zu schrumpfen, jeder Muskel meines Körpers zog sich zusammen, selbst meine Kopfhaut spannte sich, und für einen Augenblick war ich der festen Überzeugung, mein Kopfverband würde jeden Moment abrutschen und mir wie ein Schal um den Hals fallen. Dr. David, nur mit einem dünnen OP-Kittel bekleidet, ließ sofort die Metallstrebe los, mit der er den Behandlungstisch geschoben hatte, als befürchte er, mit der bloßen Hand daran festzufrieren.
Während wir für einen Moment am obersten Absatz der Treppe zum Haupteingang verharrten, schien die Kälte auf Frank eine belebende Wirkung zu entfalten. Er begann wieder sanft zu zittern und schlug das linke Auge auf.
»Hey, hörst du mich?«
Ich befahl dem Arzt, die Rückenlehne so zu verstellen, dass er eine halbsitzende Position einnahm.
Frank blinzelte, was Zustimmung bedeuten oder auch nur ein unwillkürlicher Reflex sein konnte.
»Wo ist mein Sohn?«, fragte ich und hörte hinter mir das Geräusch sich öffnender Schiebetüren. Ich erwartete die Bluthunde mit gezogenen Waffen, aber Stoya trat alleine nach draußen. Irgendetwas musste ihm signalisieren, dass ich für niemanden eine echte Gefahr darstellte.
Außer für Frank und mich selbst.
»Lass den Arzt gehen«, rief er.
Ich überlegte kurz, dann nickte ich dem zitternden Mann neben mir zu, der seinem Glück im ersten Moment nicht traute.
»Los«, brüllte ich ihn an und scheuchte ihn mit der Hand

weg. Erst da drehte er sich um und rannte an Stoya vorbei hinter die schützenden Klinikmauern.
Damit der Kommissar auf keine dummen Gedanken kam, drückte ich mir nun selbst die Pistole gegen die Schläfe.
»Ein Schritt, und ich drück ab«, sagte ich, bereits wieder zu Frank gebeugt. Zu meiner Verblüffung wirkte dessen Gesichtsausdruck auf einmal völlig normal, sogar friedlich, und meine Gedanken rotierten mit der Stimme Dr. Roths in meinem Kopf:
Er befindet sich in einer paradoxen Phase. Davon haben Sie doch sicher schon mal gehört. Todkranke Menschen, die sich besser fühlen, kurz bevor die Krankheit wieder schlimmer wird und es dem Ende zugeht.
Frank Lahmann, der Augensammler, der Mann, der für alles stand, wofür es sich zu töten lohnte, hatte einen lichten Moment, und mir wurde übel bei der Vorstellung, dass ich selbst während seiner letzten Atemzüge noch von ihm abhängig war. Er hatte es in der Hand, sein Geheimnis mit ins Grab zu nehmen oder es mit mir zu teilen.
Zuerst hielt ich es für eine demütigende Geste, als er die Hand hob, wie ein Kaiser, der seinen Untertanen huldigt. Dann aber, als meine Augen in die Richtung blickten, in die sein Zeigefinger deutete, sah ich es.
Die Einfahrt.
Den Wagen.
Das Licht.
Die Limousine, schräg gegenüber auf der anderen Straßenseite, stand etwas schief, mit einem Vorderrad auf dem Bordstein, was auf den ersten Blick nicht auffiel, da sich an dieser Stelle eine Baustelle befand, vor der zahlreiche Autos wild zwischen abgeladenen Gerüstteilen und Containern parkten. Dennoch stach der Wagen in der Einfahrt

aus den anderen Fahrzeugen hervor – warum, hätte ich zu diesem Zeitpunkt nicht erklären können.

Ich rannte los, nahm zwei Treppenstufen auf einmal und schlug hin, als ich den gestreuten Teil des Gehwegs verließ. Die Straße war eine einzige Eisfläche. Ich rappelte mich auf und tastete nach der Waffe, die mir entglitten war. Dabei rechnete ich jeden Moment mit einem Warnschuss und damit, dass sich mehrere SEK-Beamte auf mich warfen. Vielleicht wurde ich sogar von Stoya hinter mir dazu aufgefordert, mich hinzulegen. Sehr wahrscheinlich wurde ich das, aber ich hörte es nicht.

Jede Zelle meines Körpers wurde wie magnetisch von der graugrünen Limousine angezogen, in der das Deckenlämpchen brannte.

Weil jemand in Hektik ausgestiegen war.

Jemand, der keine Zeit hatte, die Tür sorgsam zu schließen.

Die aktivierte Innenbeleuchtung nahm man nur wahr, wenn man sich darauf konzentrierte, da das Auto unmittelbar unter einer Laterne stand.

Ich schlitterte über die Straße, starrte auf den Fahrersitz, sah die dunklen Flecken auf dem Polster.

Ansonsten sah ich …

Nichts.

Ich umrundete das Auto, stand jetzt wieder auf dem Bürgersteig in Blickrichtung zur Klinik. Stoya war immer noch der Einzige, der sich mir näherte.

Meine Hand fand den Griff der hinteren Tür. Ich zog daran, öffnete den Wagen und sah …

Nichts.

Der Wagen, der mir auf eine unheimliche Art vertraut schien, war …

Leer.

So wirkte es zumindest im ersten Moment. Ich sah nichts, weil meine Augen es nicht wahrhaben wollten, dass meine Suche nun endlich ein Ende hatte. Dass ich nicht auf einen Rücksitz starrte – sondern in den Sarg meines Sohnes.
Wie ich schon sagte: Nichts im Leben bereitet dich auf den Anblick deines toten Kindes vor. Und nichts erfordert mehr Kraft, als die Decken von einer Rückbank zu ziehen, unter denen sich die Konturen eines reglosen Körpers abzeichnen.
»Nein!«
Ich sackte neben der geöffneten Tür auf die Knie, presste beide Hände an die Schläfen und schrie meine Verzweiflung in den Wagen hinein.
Bitte nicht, flehte ich einen Gott an, an den ich schon lange nicht mehr glaubte. *Bitte lass es nicht so enden.*
Zaghaft, als wollte ich vermeiden, eine schlafende Person zu wecken, streckte ich die Hand nach der Decke aus, berührte ihren groben Stoff und zog daran.
Und sah …
Julian.
Der Schock war wie eine Hand, die mich nach vorne riss. Ich wollte nicht in das Auto steigen, wollte nicht den Tod spüren, der Julians blutleere Haut wie brüchigen Marmor schimmern ließ. Doch ich konnte mich nicht dagegen wehren.
Habe ich geweint, als ich mich in den Fußraum kniete?
Habe ich geschrien, während ich mich zu Julian setzte und meine zitternden Finger über seine geschlossenen Augen legte?
Dachte ich an unsere letzte Autofahrt am Tag vor seinem elften Geburtstag, während ich mit meinem Mund seine jetzt graugefärbten Lippen berührte?

Ich weiß es nicht.
Ich weiß nur, dass ich sterben wollte, nachdem ich die Tür hinter mir zugezogen und den Riegel heruntergedrückt hatte, um mit Julian allein zu sein.
Für immer.
Nie zuvor in meinem Leben war mein Wunsch zu sterben größer als in der Sekunde, in der ich Julian in den Armen hielt, mein Gesicht in den Haaren vergraben, die ihm nie wieder an der Stirn kleben würden, weil er nie wieder die Zeit vergessen und den ganzen Weg vom Fußballplatz nach Hause rennen konnte, um nicht zu spät zum Abendessen zu kommen. Ebenso wenig, wie ich nie wieder seinen süßlich kernigen Eigengeruch wahrnehmen würde, während er an mich gelehnt vor dem Fernseher einschlief.
Ich presste seinen Kopf an meine Brust und sah zur Klinik. Sah über eine Ansammlung von Polizisten hinweg zum Eingangsbereich, hinter dem ein Tross von Ärzten und Pflegern mit Julians Mörder verschwunden war. Ich wusste, dass ich es nicht mehr schaffen würde, ihn einzuholen, um dabei zu sein, wenn Frank seinen letzten Atemzug tat. Ich betete nur, dass er es unter Qualen tat, und umklammerte meinen Jungen noch heftiger.
Als ich den festen Entschluss gefasst hatte, den Wagen nie wieder zu verlassen, begann Julian in meinen Armen zu husten.

70. Kapitel

Überwältigt.
Wie oft hatte ich das Wort schon missbraucht? Im Zusammenhang mit Theateraufführungen, Filmen oder Konzerten, wenn ich meine Begeisterung über die Künstler zum Ausdruck bringen wollte. Beim Anblick von Sonnenaufgängen, Wasserfällen und anderen Naturschauspielen, oder Nicci gegenüber, als ich ihren ersten Liebesbrief aus der Hand legte.
Überwältigt.
Wie oft hatte ich das Wort gebraucht und dadurch abgenutzt, weil ich seine Bedeutung nicht einmal annähernd verstand?
Wenn es einen Moment in meinem Leben gab, in dem ich die Welt um mich verschwunden glaubte, das gesamte Universum reduziert auf den Innenraum eines Automobils, dann war es der *überwältigende* Augenblick, als mein Sohn die Augen aufschlug.
»Julian«, wollte ich sagen.
Tatsächlich schrie ich es, presste mir die Faust in den Mund und spürte einen herrlichen Schmerz, als ich zubiss, der mir ebenso wie der Geschmack meines eigenen Blutes die Befürchtung nahm, ich könnte aus dem schönsten aller Träume erwachen und in den Alptraum meines Lebens zurückfallen.
Aber ich wurde nicht wachgerüttelt.
Es gab keine Ärzte, die mich in meinem Krankenbett beruhigten und mir Julian als eine haptische Halluzination er-

klärten, hervorgerufen als Nebenwirkung meiner Gehirnverletzungen.
Ich schrak nicht hoch.
Es kam schlimmer.
Julian öffnete die Augen, die Zunge brach zwischen den Lippen hervor, die sich verformten, um ein einziges Wort herauszupressen: »Frank.«
»Ich weiß«, sagte ich und gab ihm einen Kuss. »Du brauchst keine Angst mehr vor ihm haben. Er ist tot.«
Mein Sohn erstarrte in meinen Armen.
»Tot?«, fragte er, dann begann er zu weinen, und ich dankte dem Schicksal für diese befreienden Tränen, von denen ich hoffte, dass sie ein erster Schritt waren, das Leid aus seinem Innersten zu spülen.
Ich war nicht verrückt. Julian war, aus welchem Grund auch immer, noch am Leben. Er war nicht gestorben, sondern weinte sich gerade in meinen Armen in einen tiefen Erschöpfungsschlaf.
Und dennoch war die *überwältigendste* Euphorie meines Lebens nur von kurzer Dauer. Sie reichte nur bis zu dem Moment, als ich das schnarrende Vibrationsgeräusch hörte. Heute bin ich mir sicher, der Alarm musste schon eine geraume Weile immer wieder angeschlagen haben, seitdem ich in dem Wagen saß, nur hatte ich es verdrängt, und vielleicht hätte ich das Telefon in der Ablage über dem Autoradio auch noch länger ignoriert, wenn mein Blick nicht zufällig das Lenkrad des Wagens gestreift hätte.
Genauer gesagt die Zündung, in der noch der Schlüssel steckte.
Samt Anhänger.
Ein Plastikmännchen in Sträflingskleidung mit einem Strick um den Hals.

71. Kapitel

Dann denke ich mal, das Spiel ist aus«, sagte eine fiebrige Stimme. Der SMS-Alarm des Telefons aus der Ablage hatte vierzehn Anrufe in Abwesenheit angezeigt, alle von derselben Nummer.

»Jetzt, da du in meinem Auto sitzt und mich mit meinem eigenen Handy zurückrufst.«

Mir war noch nie in den Bauch geschossen worden wie dem Mann am anderen Ende der Leitung, aber es konnte sich nicht schlimmer anfühlen als die Wunden, die seine Worte in diesem Moment bei mir aufrissen.

»Scholle?«, fragte ich fassungslos und ließ mich zu Julian auf die Rückbank fallen.

»Du hast …« Ich griff nach meinem Sohn, der wieder eingeschlafen war. Er fühlte sich kalt an, aber er atmete.

»Du hast Frank dabei geholfen?«

Bei den Entführungen? Bei den Morden an den Kindern? An meiner Frau?

»Quatsch. Ich habe niemandem geholfen. Frank hatte nie etwas mit unserem Spiel zu tun.«

Ich schloss die Augen.

Nein. Nein, das darf nicht sein …

»Aber er hat es doch gestanden«, krächzte ich atemlos.

Rufe vor dem Auto wurden laut. Irgendjemand gab mir über ein Megaphon die Anweisung, mich zu ergeben.

»Frank hat es mir gestanden!«, brüllte ich ins Telefon.

»Mit einer E-Mail, die jeder hätte schreiben und abschicken können?« Scholle lachte. Ich drückte Julian fester an mich und schrie: »Er hat mit mir telefoniert. Frank hat mich gezwungen, mir eine Kugel in den Kopf zu jagen.«

Damals, auf dem Schiff.

»Während ich neben ihm stand und deinem Sohn einen Revolver an den Schädel drückte. Ein falsches Wort, eine Abweichung von dem Drehbuch, das ich Frank vor die Nase hielt, und Julian wär die Schläfe weggeflogen.« Scholle hustete. »Aber du hast recht, er war erstaunlich überzeugend, vor allen Dingen bei dir im Haus, auch dank der Mittel, mit denen ich ihn ruhigstellte. Scheiße, weißt du eigentlich, wie teuer diese Spritzen sind?«

Ich schloss die Augen, wehrte mich gegen die Erinnerungen, die Scholles Worte in all ihrer Grausamkeit bestätigten.

Dass Franks Stimme anders als früher geklungen hatte, teilweise wie auf Drogen. Und dass er merkwürdige Worte in seine Sätze eingeflochten hatte:

»Noch zappelt der **Fisch** *in meinem* **Netz**. *Noch kann ich der* **Polizei Hinweise** *geben, wie sie Julian finden.«*

Wörter, die nur einen Zweck gehabt hatten – *Ein Fisch im Netz? Eine Scholle!* – Sie hatten mich warnen sollen, ohne meinen Sohn zu gefährden.

»Hinweise, die sein Leben retten. Hast du mich verstanden?«

Nein, hatte ich nicht. Ich hatte auch nicht richtig hingehört, als Frank zu mir sagte: *»Ach Mann, Zorbach. Immer noch der Profi, der alles hinterfragt. Der Mann, der erkennt, wenn er einen großen Fisch an der Angel hat, und die Kleinen laufenlässt, richtig?«*

Nichts hatte ich erkannt. Blind vor Wut, vor Hass, vor Schmerz und Angst hatte ich den großen Fisch von der Angel gelassen.

»Wo steckst du?« Ich hörte ein gedämpftes Rauschen im Hintergrund, also nahm ich an, dass Scholle in einem Auto fuhr. Er begann zu husten.

Rechts neben mir nahm ich eine Bewegung wahr. Da ich davon ausging, dass die Polizisten gewaltsam in das Auto eindringen würden, klammerte ich mich nur noch fester um Julian, den ich um keinen Preis der Welt mehr loslassen wollte. Aber es war wieder Stoya, der sich dem Wagen näherte, mir die unbewaffneten Hände entgegenstreckte und auf den vorderen Beifahrersitz deutete.

Ich nickte ihm zu und löste die Zentralverriegelung.

Soll er doch einsteigen. Solange mir niemand meinen Sohn mehr wegnahm, war mir alles gleichgültig.

Inzwischen hatte sich Scholles Hustenanfall wieder gelegt.

»Ich hab wenig Zeit«, keuchte er. »Es ist ein Wunder, dass ich so kurz nach meiner OP überhaupt unbemerkt aus dem Krankenhaus abhauen konnte, also verschwende unsere kostbare Zeit nicht mit Fragen zu meinem Aufenthaltsort, die ich ohnehin nicht beantworten werde.«

Stoya hatte vorsichtig die Tür aufgemacht und sich auf den Beifahrersitz gesetzt, die Beine immer noch außerhalb des Wagens. Er reichte mir eine Wärmedecke (offenbar hatte er gesehen, wie Julian sich in meinen Armen bewegt hatte), dazu einen Kopfhörer mit zwei Ohrstöpseln.

Zuerst verstand ich nicht, was er von mir wollte, bis er auf das Handy in meiner Hand zeigte und sich einen Finger auf die Lippen legte.

Er will mithören.

Ich breitete die Wärmedecke über Julian aus. Dann klinkte ich den Kopfhörer ein und reichte einen der Stöpsel nach vorne. Stoya gab den postierten Polizisten ein Zeichen, dass alles okay sei, zog leise die Beifahrertür zu und beugte

sich mit seiner Hälfte des Kopfhörers im Ohr zu uns nach hinten.
»Hallo, bist du noch da?«, fragte Scholle.
Stoya sah mich mit weit aufgerissenen Augen an. Ich weiß bis heute nicht, was er gedacht hatte, welches Gespräch so wichtig gewesen sein konnte, dass ich trotz der Androhung massiver Polizeigewalt nicht hatte aus dem Auto steigen wollen.
Ganz sicher war er nicht darauf vorbereitet gewesen, die Stimme seines Partners zu hören.
»Dann bist du der Augensammler, Scholle?«, fragte ich, um die Wahrheit vor meinem Zeugen zu zementieren. »Dann hast du all die Kinder getötet. Und meine Frau?«
»Ja, ich war's.«
Ich sah Stoya in die Augen. Im Gegensatz zu mir hielt er nichts in den Armen, das ihm Trost spenden konnte.
»Ich bin der Augensammler«, gestand Scholle freimütig. Er kicherte. »Mal ehrlich, habt ihr wirklich den Schwachsinn von dem Liebestest geglaubt, den Frank abzieht, weil damals sein halbblinder Bruder in der Kühltruhe draufgegangen ist? Die fünfundvierzig Stunden und sieben Minuten, die herausgeschnittenen Augen, das Geständnis per E-Mail und all den Quatsch? Herrgott, ich weiß doch, wonach unsere Profiler suchen. Wonach *wir* suchen. Ich hab das alles nur so inszeniert, damit der Verdacht auf Frank fällt.«
Ich schloss die Augen und drückte den Kopf an Julians Stirn. Alles, was ich hören wollte, war sein gleichmäßiger Atem, nicht Scholles wahnsinnige Erklärungen. Dennoch unterdrückte ich das übermächtige Verlangen, das Telefon von mir zu werfen. Indem ich Franks Operation gewaltsam abgebrochen und ihn dem Tod ausgeliefert hatte, hatte

ich eine Schuld auf mich geladen, die ich nie wiedergutmachen konnte. Ich wusste, ich würde ein Leben lang dafür bezahlen müssen. Der Richterspruch stand fest, wenn nicht von einem weltlichen Gericht, dann von meinem eigenen Gewissen gesprochen, und das hatte mich gerade dazu verurteilt, mir die ganze schonungslose Wahrheit anzuhören.

»Frank war mein bestes Alibi«, sagte Scholle. »Solange ich ihn in meiner Gewalt hatte, war ich in Sicherheit. Jetzt, wo Julian überlebt hat, wird er dir ohnehin alles erzählen, also kannst du es genauso gut von mir erfahren.«

Stoya gab mir ein Zeichen, während er einen kleinen Notizblock aus seiner Jacke zog.

»Ich bring dich um«, sagte ich tonlos, was mir einen entsetzten Blick des Kommissars einbrachte. Stoya wusste ebenso gut wie ich, dass Scholle sich in einem Stadium befand, in dem er seine Cleverness und Überlegenheit zur Schau stellen musste. Die Tat allein genügte ihm nicht mehr, er musste mit seinen Verbrechen prahlen. Dazu brauchte er ein williges Publikum, keinen, der ihn beschimpfte, aber das war mir gleichgültig.

»Du hast meine Frau ermordet!«, schrie ich ihn an. »Du hast meinen Sohn gefoltert. Das wirst du büßen.«

»Ach ja, so wie Frank? Guter Treffer übrigens. Dabei wollte er sich doch nur stellen, nachdem er es geschafft hatte, mir eine Kugel in den Bauch zu schießen. Muss sich ziemlich scheiße angefühlt haben, als er zum Haus zurückging und du auf ihn angelegt hast. Ein Wunder, dass er es überhaupt bis zu meinem Wagen geschafft hat. Ich schätze mal, er war völlig fertig, was? Hat wie ein Schwein geblutet und sicher fieberhaft überlegt, was er jetzt tun soll. Zur Polizei hatte er verständlicherweise kein rechtes Vertrauen mehr. Und sein Mentor hatte ihn gerade erst abknallen wollen.

Mann, da verliert man doch den Glauben an die Freundschaft, oder? Nebenbei, lebt Frank eigentlich noch?«

Ich sah zu Stoya. Sein bedauernder Blick trieb mir die Tränen in die Augen.

»Wieso?«, fragte ich, nicht an Scholle gerichtet, sondern an mich selbst.

Wieso ich? Wieso meine Familie?

»Rache«, antwortete Scholle lakonisch. »Ganz einfach. Ganz simpel. Meine Frau hat mir meinen Sohn weggenommen. Ich habe ihn nie wiedergefunden.«

»Und dafür lässt du jetzt andere Familien büßen?«

»Bin ich ein Psychiater?«, lachte Scholle. »Aber ja, weshalb sollte ich der einzige Vater sein, der vergeblich nach dem sucht, was er am liebsten hat? Und ja, es macht mir Spaß, Schlampen zu töten, die sich von ihren hart arbeitenden Männern trennen und ihnen die Kinder wegnehmen.«

»Nicci hat mir Julian nicht weggenommen.«

»Ach ja? Wer hatte denn das alleinige Sorgerecht, du Schlappschwanz? Abgesehen davon, geht es mir bei dir um etwas ganz anderes, Zorbach. Mit dir hatte ich etwas Besonderes vor, denn du warst der schlimmste von allen Vätern. So selbstgerecht und prinzipientreu. Du hältst dich für etwas Besseres, du arrogantes Arschloch. Mit jedem Satz, jedem Blick hast du mich spüren lassen, dass ich Abschaum bin. Jemand, der Unschuldige foltert. Du dachtest, dein Rachefeldzug gegen Frank war gerechtfertigt? Na, wie fühlt es sich jetzt an, in meinen Schuhen zu stecken?«

»Wir beide haben nichts gemein«, sagte ich und empfand das Gegenteil.

»Oh doch, mehr, als du denkst. Nur dass ich mir der Kollateralschäden meiner Handlungen bewusst bin. Es ist wie bei jeder Revolution. Unschuldige sterben, wenn es um die Wahrheit geht.«

»Die Wahrheit ist, dass du komplett wahnsinnig bist.«

»Die Wahrheit ist, dass du mir dankbar sein musst, und zwar für den Rest deines Lebens. Ich hätte Julian töten können, aber dann hätte ich dir nie diese Lektion hier erteilen können.«

Ich hörte eine Autohupe durch das Telefon und dachte: *Irgendjemand hupt gerade, ohne es zu wissen, den Mörder meiner Frau an, weil er ihm die Vorfahrt genommen hat.*

»Nur deswegen habe ich ausnahmsweise meine Regel gebrochen und deinen Sohn am Leben gelassen. Aus demselben Grund, weshalb ich dir das hier alles erzähle. Das ist ein Teil deiner Strafe. Denn nur wenn du alle Fakten kennst, Zorbach, kannst du dich nicht selbst belügen.«

Scholles Monolog passte sich immer mehr meinem Gemütszustand an. Er wurde zunehmend irrealer.

»Gott, was habe ich alles unternommen, um dich auf das Spielfeld zurückzubringen. Aber du hast es ja vorgezogen, einen auf Psycho zu machen, also musste ich mir was ausdenken, um dich aus Schwanenwerder wieder rauszuholen.«

Ich hörte ein Rascheln und hob den Kopf.

Stoya hielt mir einen Zettel vor die Augen: SUKER stand da. Ich nickte.

»Was hat Suker mit der Sache zu tun?«

Wieder ließ Scholle sich nicht lange bitten.

»Ich hatte einen einfachen Deal mit ihm. Er schafft mir Alina vom Hals, und ich bewahre ihn dafür vor dem Knast.«

»Wieso Alina?«

»Weil sie ein Dorn in meinem Arsch war. Sie hat unser Spiel verzerrt. Verdammt, hatte ich einen Joker, der mir die

Zukunft vorhersagt, oder was? Ich musste sie ausschalten, bevor wir weiterspielen konnten. Alles andere wäre unfair gewesen. Immerhin taugte sie wenigstens dafür, dich aus deinem Dornröschenschlaf zu wecken. Deswegen hab ich sie gegen Stoyas Willen nach Schwanenwerder gelockt, und, voilà, du bist auf sie angesprungen wie ein läufiger Hund.«

»Und danach hast du sie an Suker ausgeliefert?«

»Er hat sie sich selbst geholt. Ich hab ihn nur ein bisschen mit Infos gefüttert. Wusste ja, dass er auf Vergewaltigungsopfer steht. Hab ihm also erzählt, der Augensammler wäre ein gesuchter Vergewaltiger, der uns schon längst ins Netz gegangen wäre, wenn Alina ihre sexuelle Belästigung schon früher angezeigt hätte.«

»Dann hast du also Tamara gezwungen, ihre Aussage zurückzunehmen, damit Suker freikam?«

Julian stöhnte in meinen Armen.

»Das war mein Teil des Deals. Kinderleicht. Ich wusste von Suker, welche Angst sie vor einer gewissen Assistentin hatte …«

»Iris!«

»Genau. Ich überbrachte Tamara eine Nachricht. Sollte sie ihre Zeugenaussage nicht zurückziehen, würde Iris ihren Vater töten. Dann legte ich ihr ein Bild vor, das ich aus dem Schlafzimmer deines Sohnes entwendet hatte. Sie sollte die Wände vollkritzeln, als Beweis dafür, dass sie auf einmal irre geworden ist und ihre Aussage wertlos war. Mann, sie ist auf diesen Psychoscheiß voll eingestiegen.«

Sein kurzes Kichern ging in einen weiteren Hustenanfall über, was seinen Redefluss etwas ausbremste. Als er sich beruhigt hatte, war das Rauschen im Hintergrund verschwunden. Ich stellte mir vor, wie er rechts rangefahren war. Wie Passanten an seinem Wagen vorbeigingen, einen Mann telefonieren sahen und nicht wussten, dass sie gerade einen Serienmörder dabei beobachteten, wie er die Hinterbliebenen seiner Opfer verhöhnte.

»Ich sagte Tamara, sie sollte so lange auf Macke schieben, bis du ihr das Tagebuch deines Sohnes zeigst. *SAFRAN WECKT HIRN.* Hat sie dir davon erzählt?«

»Ja.«

»Und du hast es nicht verstanden, was? Verdammt, das war ein Zeichen, Zorbach! Damit hatte ich dir helfen wollen. Siehst du, wie fair ich war? Würfel die Buchstaben durcheinander, und was kommt raus?«

FRANK WAR ES NICHT

»Na ja, du kommst noch drauf.«

Stoya hielt mir einen weiteren Zettel hin, aber ich ignorierte ihn.

»Wieso das Bild?«

Ich war in den alten Interviewmodus meines früheren Lebens verfallen. Wollte Antworten haben. Suchte nach unlogischen Aussagen, die Scholles Worte als einen grausamen Scherz entlarvten, damit ich mich nicht länger als der fühlen müsste, der ich war: der Mörder eines Unschuldigen. Doch je länger wir sprachen, umso sicherer wurde ich mir, dass Scholle in jedem Punkt die Wahrheit sagte. Und das tat er nicht, um sich etwas von der Seele zu reden, sondern um meine Seele zu vergiften. Wie er soeben gesagt hatte: Die Wahrheit zu erfahren war der eigentliche Teil meiner Bestrafung.

»Hier habe ich zwei Fliegen mit einer Klappe geschlagen«, hörte ich ihn weiterreden. »Früher oder später, wusste ich, würdest du an Tamaras Zimmer vorbeikommen, und wenn ich es selbst arrangierte. Und was soll ich sagen? Bingo!

Als du ihre Höhlenmalereien gesehen hast, musste ich dich nicht lange bitten. Du bist sofort mit mir losgefahren. Konntest es gar nicht erwarten, zu deinem Haus zu kommen.«

Ich beugte mich zu Julian, der wieder die Augen aufschlug und leise nach Wasser stöhnte. Das war mein Zeichen zum Aufbruch.

72. Kapitel

Ich steckte das Handy in die Jackentasche, wobei ich darauf achtete, den Stöpsel im Ohr zu halten, und öffnete die Wagentür. Ich stieß sie weit mit dem Fuß auf und zog mich gemeinsam mit meinem Sohn nach draußen.
Stoya, der jetzt nicht mehr mithören konnte, folgte mir. Anscheinend gab er den Polizisten vor mir ein Zeichen, jedenfalls bildeten sie eine Gasse und ließen mich mit Julian im Arm passieren.
Kalter Wind blies mir um die Ohren. Ich hatte Mühe, Scholle zu verstehen.
»Die Sauerei im Dörferblick tut mir übrigens leid. Das war so nicht geplant. Völlig unprofessionell, aber so etwas passiert halt, wenn man improvisieren muss.«
Ich schwitzte vor Anstrengung. Julians Gewicht schien meine Arme nach unten zu reißen, und der Eingang des Krankenhauses lag noch dreißig Schritte entfernt.
»Eigentlich hatte hier schon alles zu Ende gehen sollen. Das Tagebuch sollte dein Herz zerreißen, der tote Hund in der Badewanne deine Wut auf Frank ins Unermessliche steigern. Danach hätte ich dich auf den Dachboden gelotst, wo ich Frank und deinen Sohn die letzten vier Wochen versteckt gehalten habe. Gute Idee, oder? Als die Spurensicherung das Haus freigegeben hat, war es dort sicher. Wer sucht schon an einem abgegrasten Tatort nach einem Tatort?«
Neben mir tauchte ein Tross von Ärzten und Pflegern auf, begleitet von zwei Polizisten, für den Fall, dass ich noch

einmal eine Waffe ziehen würde. Sie hielten einen Sicherheitsabstand von zwei Metern und schoben mir eine Trage zu, auf die ich Julian legen sollte.

»Es hätte dort schon zu Ende gehen sollen. Du hättest Frank und Julian gefunden, beide bewusstlos. Neben Frank hätte meine Pistole gelegen. Ich wette, du hättest ihn erschossen, richtig? Verdammt, was hätte ich darum gegeben, dein Gesicht zu sehen, wenn Julian durch den Schuss aufwacht und dir erzählt, wie es wirklich war.«

»Aber dazu kam es nicht.«

»Nein, denn ich Idiot hatte es zum ersten Mal mit der Inszenierung übertrieben. Siehst du, Zorbach? Ich gebe meine Fehler offen zu, im Gegensatz zu dir. Ich hätte nie auf Julians Fußfesseln verzichten dürfen. Fast hätte der kleine Scheißer sich befreit, als ich bei dir zu Hause die Tür öffnete.«

»Er war es, mit dem du gekämpft hast?«

»Das muss man ihm lassen. Dein Sohn hat Biss. Ich musste ihm eins mit der Knarre überziehen und hab ihn erst mal in den Keller geschleppt, damit du ihn nicht siehst, wenn du ins Haus kommst.«

Irgendjemand zog die Trage mit meinem Sohn fort. Ich wollte protestieren und mich am Gestänge festhalten, war aber selbst dafür zu erschöpft und stürzte nach vorne.

»Zum Glück bist du nicht sofort hinterher und hast dir Zeit gelassen. Wärst du nicht bewusstlos geworden, hätte ich dich nie in Julians Zimmer tragen und den improvisierten Showdown vorbereiten können.«

Mit dem Tagebuch auf dem Nachttisch. Mit TomTom in der Badewanne. Und mit Frank auf dem Dachboden. Nur dass es nicht Frank gewesen war, der Scholle bedroht hatte, sondern umgekehrt.

»Verdammt, das war alles so hektisch, und im Keller hatte ich keine Fesseln, also versteckte ich deinen Jungen erst mal in meinem Kofferraum.«

Frank, der meinem Sohn nie etwas zuleide getan hatte, ihn später, trotz einer Kugel in seiner Schulter, wieder befreit hatte, um ihn in Decken gehüllt auf die Rückbank zu betten, bevor er sich ins Krankenhaus schleppte …

»Dann hättest du ihn halt dort gefunden, wär auch nicht schlecht gewesen. Spätestens beim Anblick meines Wagens wär dir aufgegangen, dass du den Falschen getötet hast.«

Mir wurde übel. Inzwischen hatte ich mich vor dem Eingang des Krankenhauses auf den Rücken gerollt und blickte zu einer Traube von Polizisten hoch, die alle ihre Waffen auf mich richteten. Unter normalen Umständen hätte der Zugriff schon lange erfolgen müssen, spätestens seit Julian nicht mehr bei mir war. Später erfuhr ich, dass es den Technikern des SEKs mittlerweile gelungen war, Scholles Handy zu hacken. Stoya hatte die Anweisung gegeben, mich in Schach zu halten, meine Verbindung aber unter keinen Umständen zu unterbrechen.

»Verdammt, nach Julians Fluchtversuch lief alles aus dem Ruder. Am Ende saß ich zwar wie geplant auf dem Dachboden, hatte Frank in meiner Gewalt, der genau das sagte, wozu ich ihn zwang, doch ich hatte mein Druckmittel nicht mehr zur Hand. Solange Frank befürchtete, ich könnte den Jungen erschießen, hat er sich immer an den Text gehalten. Aber sein eigenes Leben war ihm anscheinend nicht so wichtig. Deshalb hat er sich getraut, mich anzugreifen. Als du die Kamera entdeckt hast und ich für eine Sekunde abgelenkt war, hat der Junkie doch tatsächlich nach meiner Waffe gegriffen und mir damit in den Magen geballert.«

»Leider nicht in dein Herz«, spie ich ins Telefon.
»Hey, ich sagte doch schon: Die Sauerei tut mir leid. Aber so ist es nun mal im Leben. Es ist wie im Spiel. Man kann noch so sehr planen. Am Ende entscheidet der Zufall, wie man ans Ziel kommt. Und genau da bist du doch jetzt, oder nicht? Oh ja, Zorbach. Du bist genau dort, wo ich dich haben wollte.«
Das waren die letzten Worte, die ich in meinem Leben von Mike Scholokowsky hören sollte. Er legte auf. Einfach so. Meine Bestrafung war abgeschlossen.

Damals, als ich bei minus vierzehn Grad auf den Stufen vor dem Martin-Luther-Krankenhaus liegend auf ein weiteres Wort von ihm wartete, fühlte ich mich gleichzeitig zu Tode erschöpft und aufgeputscht. Euphorisiert durch die Tatsache, dass Julian noch lebte, und verzweifelt über Franks Tod, den ich zu verantworten hatte. Ich betrauerte die Opfer und freute mich so sehr über die Überlebenden.
All diese widerstreitenden Emotionen kämpften in mir.
Ich fühlte Hände, die mich herumrissen, mir auf den Bauch drückten und die Arme verdrehten. Spürte, wie ich nach Waffen abgesucht und in Gewahrsam genommen wurde.
Ich weiß nicht mehr, wie lange ich zuvor noch stumm das Handy umklammert gehalten und in den Berliner Nachthimmel gestarrt hatte.
Manchmal denke ich, mein Telefonat mit Scholle hat niemals aufgehört, und ich ertappe mich noch heute dabei, wie ich in Selbstgesprächen mit ihm telefoniere und ihm androhe, ihn zu finden und zu töten, so wie er die Welt und fast alles, was mir darin jemals wichtig gewesen war, auf ewig ausgelöscht hat.

Letztes Kapitel

Etliche Monate später. Weihnachten. Julian und ich schmücken den Baum. Er ist noch nicht ganz der Alte, aber die Therapie bei Dr. Roth bekommt ihm gut, und die Verluste haben uns näher zusammengebracht, so wie Kriegsveteranen, die durch die Hölle gegangen sind und zwischen denen jetzt ein unzertrennbares Band geknüpft ist.

Es klingelt an der Tür. Alina. Sie ist blass. Noch heute sieht man ihr die schweren Verletzungen an, die sie nur durch ein Wunder überlebt hat. Die Rettungskräfte hatten schon wieder gehen wollen, als der Schuss fiel und sie sich, davon alarmiert, gewaltsam Zutritt zu Iris' Wohnung verschafften.

John ist bei Verwandten in den USA, und Alina weiß nicht, wo sie die Feiertage verbringen soll. Ich schließe sie in die Arme, TomTom springt an mir hoch.

Sie hat Julian ein Geschenk mitgebracht. Ein gerahmtes Foto von Frank, den die Ärzte in allerletzter Sekunde zurückholen konnten. *Unkraut vergeht nicht,* steht unter der Aufnahme, die der Chirurg nach der dritten und erfolgreichen Notoperation geschossen hat.

Ich bekomme auch ein Geschenk von Alina. Ebenfalls ein Foto, aber schwarzweiß und körnig.

Ultraschall.

Tränen laufen mir die Wangen herunter. Es muss in der einzigen Nacht geschehen sein, in der wir miteinander schliefen, bevor wir die Zwillinge befreiten, nur wenige Stunden vor Julians Entführung. Ein doppeltes Wunder nach Iris'

Messerstich. Als Julian das Ultraschallfoto betrachtet, wandert ein Lächeln über seine Lippen.
Wir sitzen schweigend am gedeckten Tisch, halten uns an den Händen, TomTom zu unseren Füßen, und auf einmal fühlen wir uns nicht länger wie Kriegsveteranen, die eine gemeinsame Schlacht überlebt haben, sondern wie Mitglieder einer langsam zusammenwachsenden Familie …

Ist es *das,* was Sie von mir hören wollen? Gehen Sie ins Kino.

In meiner Realität gibt es keine Weichzeichner. Mein Leben hat sich noch nie an die Gesetze Hollywoods gehalten. In Wahrheit hat mein Sohn die letzten neun Monate kein einziges Wort mit mir gesprochen. Kein »Hallo«, wenn ich ihm morgens seine Cornflakes hinstelle, kein »Tschüs«, wenn ich ihn an der Schule absetze, in die er seit kurzem wieder geht, wenn auch nur für drei Stunden am Tag. Länger kann er sich nicht konzentrieren.
Dr. Roth sagt, er macht Fortschritte, und tatsächlich nuckelt er nicht mehr am Daumen und nässt nur noch jede zweite Nacht ein, aber tief in meinem Inneren weiß ich, dass er mir Franks Tod nie verzeihen wird. Wochenlang in der Hand einer psychopathischen Bestie gefangen gehalten, war Frank sein einziger Verbündeter gewesen, und ich hatte ihn ermordet.
Vielleicht hat Dr. Roth recht, und Julian wird irgendwann versuchen, mir zu vergeben, aber am Ende, bin ich mir sicher, wird er es nie verwinden. Das sehe ich in seinem Blick, den er mir jede Nacht schenkt, kurz bevor ich das Licht lösche. Es ist der Blick eines alten Mannes.
Offiziell warte ich auf meinen Prozess, und dank dem Ge-

schick meines Anwalts bin ich auf Kaution frei. Er hofft, das Gericht kommt zu dem Schluss, ich sei schon genug gestraft. Meine Frau ist tot, mein Sohn traumatisiert und Alina hat jeden Kontakt mit mir abgebrochen, seitdem sie aus dem künstlichen Koma erwachte und die Diagnose hörte, dass sie niemals Kinder bekommen kann. Ich kann verstehen, dass sie mir aus dem Weg geht, und ich bin mir nicht sicher, ob es wirklich nur für eine Weile ist, wie John vermutet. Denn auch wenn ich nicht das Messer führte, das ihr die Gebärmutter zerfetzte, so war ich doch der Magnet, der die Qualen anzog, unter denen sie heute noch zu leiden hat.
So wie Julian. So wie alle, die mir nahestanden.
Nur John ruft mich hin und wieder an. Er ist ebenso wie ich von Selbstzweifeln zerfressen, fragt sich, ob er in den wenigen Stunden, die uns geblieben waren, nicht mehr hätte tun können, als ausgerechnet zu Iris zu gehen. Durch ihn weiß ich, dass Alina nicht mehr arbeitet und die meiste Zeit des Tages vor dem Computer in virtuellen Selbsthilfegruppen verbringt. Angeblich soll sie letztens Begriffe wie Hornhautrand und Stammzellentransplantation gegoogelt haben. Vieles in ihr ist abgestorben, nur der Wunsch, eines Tages wieder sehen zu können, anscheinend nicht, und sie tut alles, um ihn zu unterdrücken. John sagte sie, sie fühle sich wie eine Frau, die das Kind eines Vergewaltigers gebären solle, ein Gedanke, der angesichts ihrer Verletzungen doppelt grausam ist. Einerseits wünscht sie sich ein Leben ohne Dunkelheit. Andererseits hasst sie den Urheber dieses Traums. John meint, ich sollte selbst die Initiative ergreifen. Er hat mir die Zeiten genannt, zu denen sie mit TomTom spazieren geht, und einmal habe ich mich schon in den Park gewagt und ihr von weitem dabei zugesehen. Es war Sonntag, sehr ruhig, kaum Verkehr auf den Straßen.

Sie hätte es gehört, wenn ich ihren Namen gerufen hätte. Doch was, wenn sie stehen geblieben wäre? Was hätte ich zu ihr sagen können? Dass es mir leidtut? Dass mein Anwalt meint, die Menschenleben, die ich gerettet habe, würden meine Fehler wieder aufwiegen? Kann Alina, kann irgendwer mir verzeihen, weil ich schon genug gestraft bin? Ich denke, nein.
Denn am Ende hat Scholle die Wahrheit gesagt. Es mag irrational sein, aber ich kann mich nicht selbst belügen. Ich fühle mich keinen Deut besser als er. Fast jeder Mörder kann Ihnen seine Motive erläutern. Der Selbstmordattentäter, der das Schicksal seines Volkes rächen will, indem er sich vor einem Straßencafé in die Luft sprengt, fühlt sich ebenso im Recht wie ein Wahnsinniger, der Vätern beibringen will, sich mehr zu kümmern, indem er ihre Kinder entführt, oder wie Suker, der schweigende Opfer wegen unterlassener Hilfeleistung »bestrafte«. All diese Mörder halten ihre Taten für gerechtfertigt und sind sich im Moment der Ausführung keiner Schuld bewusst. So wie ich, der glaubte, den Tod seines Sohnes zu rächen, und den Falschen dafür büßen ließ.

Sie wollen nicht, dass die Geschichte so endet? Dass mein Leben zerstört bleibt und Scholle nach seiner Nacht-und-Nebel-Flucht aus einem Neuköllner Krankenhaus nicht gefasst wurde?
Sie wünschen sich womöglich, dass alles gar nicht so schlimm war und Frank laut einem Expertengutachten auch ohne meine Intervention gestorben wäre? Ach ja, und dass Nicola in Wahrheit gar kein Auge verloren hat, sondern Suker ihr nur leichte, aber reparable Schäden zufügte, bevor er feststellte, dass er doch nicht ihre Hornhaut zerschneiden wollte?

Tut mir leid, Sie zu enttäuschen. Ich schreibe keine Hollywood-Drehbücher.
Immerhin, Nicola ist noch am Leben, auch wenn sie sich bis heute nicht erklären kann, wie Alina von der Waffe in der obersten Schublade wissen konnte, mit der es ihr gelungen war, Iris zuvorzukommen und sie zu erschießen. Heute lebt sie wieder mit ihrer Mutter in Hamburg, die Wunde ist gut verheilt und gegen ihren Vater läuft ein Verfahren wegen sexueller Nötigung und Kindesmissbrauchs. Kaum jemand erkennt das perfekt angepasste Glasauge in ihrem Gesicht.

Und wenn es Sie beruhigt – gestern war ich mit Julian in einer Tierhandlung. Dr. Roth meinte, ein Hund könnte eine therapeutische Wirkung haben, schließlich sei mein Sohn zu alt für Kuscheltiere, brauchte aber dringend etwas zum Liebhaben. Ich dachte an einen Welpen, einen Labrador oder Dalmatiner vielleicht, aber Julian, der nur mitgekommen war, weil Dr. Roth uns begleitete, überraschte uns mit seiner Entscheidung. Er wählte eine schwarze Ratte.
Ich war unschlüssig. Das Nagetier, das seinen elfenbeinfarbenen Schwanz um den Nacken meines Sohnes kräuselte, war nicht der Teddy-Ersatz, an den ich gedacht hatte.
»Haben Sie gesehen, wie Julian lachte, als er sie auf dem Arm trug?«, hat Roth mich gefragt. Tatsächlich war es nur eine Andeutung gewesen, ein Engelslächeln, wie man es von Babys in den ersten Wochen kennt. Unbewusst, aber immerhin ein Anfang.
»Die Zeit heilt alle Wunden«, zitierte Roth den Volksmund, als ich die Ratte samt Käfig, Streu und Futter auf dem Rücksitz meines Wagens verstaute.
»Nein«, widersprach ich. »Sie macht einen nur älter.«

Für eine Weile sah Roth so aus, als wüsste er nicht, ob er mich alleine lassen dürfe. Schließlich verabschiedete er mich mit den Worten: »Sie dürfen die Hoffnung nicht verlieren, Herr Zorbach. Sehen Sie sich Ihren Sohn an. Denken Sie an das zarte Lächeln eben im Laden, und Sie wissen: Das Gute überlebt am Ende immer. Es ist vielleicht momentan irgendwo tief unten im Steinbruch seiner Seele verschüttet. Aber es ist wie ein Fußball, den Sie unter Wasser drücken. Irgendwann schnellt das Gute an die Oberfläche zurück.«

Das war vor sechs Stunden. Mittlerweile hat Julians neuer Freund einen Namen. Mr. Jones schläft in seinem Zimmer in unserer neuen Wohnung in Pankow, der Käfig steht vor seinem Bett.

Ein Besucher, der einen flüchtigen Blick in unsere Wohnung wirft, würde ein ganz normales Familienstillleben sehen: kurz nach Mitternacht, der Vater steht in der Tür und beobachtet seinen schlafenden Sohn.

So friedlich. So normal. So falsch.

Ich bin mir nicht sicher, vielleicht hat Mr. Jones tatsächlich einen beruhigenden Effekt, sei es auch nur durch den Geruch, der mit ihm eingezogen ist, eine Mischung aus Holz, Erde und Heu. Mir scheint, dass Julian etwas gleichmäßiger unter seiner Decke atmet, aber das ist schwer zu sagen von meiner Perspektive aus im Halbdunkel des Flurs.

Ich schließe langsam die Tür, setze mich wie jede Nacht ins Wohnzimmer und warte.

Als es wieder so weit ist, bleibe ich noch eine Weile auf dem Sofa sitzen, um zu sehen, ob sich die Dämonen diese Nacht von alleine verabschieden.

Wie immer tun sie es nicht, und so gehe ich zum Schlafzim-

mer meines Sohnes zurück, der in seinen Alpträumen wieder und wieder den Namen seiner Mutter schreit.
Heute muss ich dabei an Dr. Roth denken. Ich hoffe so sehr, dass er recht behält. Dass am Ende das Gute wirklich überlebt.
Denn das Böse … bin ich mir sicher, als ich Julians schweißnasse Stirn berühre und er weinend die Augen aufreißt … *das Böse tut es in jedem Fall.*

Eine Stunde später. Julian ist wieder eingeschlafen, aber er stöhnt in seinen dunklen Träumen. Ich habe an seinem Bett gewartet, jetzt will ich das Zimmer verlassen, doch ein Rascheln lässt mich innehalten. Die Ratte in ihrem Käfig sieht mich an, als wolle sie mir ein Geheimnis verraten. Ich öffne den Gitterverschlag, und erstaunlicherweise rennt sie nicht weg, als ich nach ihr greife. Nur das Herz galoppiert wild unter dem warmen Fell.
Ich setze Mr. Jones auf das Kissen neben den Kopf meines Sohnes, wo er ruhig liegen bleibt, und sofort ärgere ich mich über diese Geste der Hilflosigkeit.
Schon strecke ich meine Hand aus, um das Tier wieder in den Käfig zurückzusetzen, da schlägt mein Sohn die Augen auf. Er blinzelt müde, sieht Mr. Jones und nickt mir zu. Sein Mund öffnet sich, als wolle er etwas zu mir sagen. Für einen kurzen Moment meine ich, ein geflüstertes »Danke« gehört zu haben.
Vielleicht habe ich mir das nur eingebildet, denke ich, während ich kurze Zeit später leise die Tür hinter mir schließe. *Es wäre nicht das erste Mal, dass ich mich täusche.*

Danksagung

Eine der häufigsten Fragen, die mir auf Lesungen gestellt werden, ist: »Sagen Sie mal, muss man nicht selbst eine Macke haben, um so etwas zu schreiben?«
Ich antworte dann immer: »Und wie groß, bitte schön, ist Ihre eigene Macke? Sie bezahlen ja sogar Geld dafür, um so etwas zu lesen.«
Aber ich geb's ja zu – das Misstrauen mir gegenüber ist berechtigt. Wie kommt jemand, der aussieht »wie ein harmloser Günther-Jauch-Verschnitt« (Zitat einer Leserin aus Potsdam) mit »Lausbubenfrisur, Pausbäckchen und Kartoffelnase« (Zitat *Welt am Sonntag*), auf die Idee, ausgerechnet Psychothriller zu schreiben?
Lassen Sie es mich mit der Standardantwort aus meiner Schulzeit sagen: »Ich weiß es nicht.«
Ich hab zwar eine leise Ahnung, weshalb wir es uns gerne mit Serienmördern und Vergewaltigern auf dem heimischen Sofa bequem machen; weshalb wir in unserer Freizeit in die tiefsten Abgründe der menschlichen Seele eintauchen: weil wir einen Blitzableiter brauchen. Etwas, das unsere realen Ängste kanalisiert, die wir in einem sicheren Ambiente abreagieren und nach beendeter Lektüre gemeinsam mit dem Buch ins Regal stellen können. Aber vielleicht ist das auch nur Wunschdenken, und wir alle haben in Wahrheit doch eine dunkle Seite, die wir ausleben müssen. Ich über das Schreiben, Sie über das Lesen. Auf jeden Fall, das hat mir eine Psychologin auf einer Lesung in Wien jüngst bestätigt, sind *wir* die Guten. Die, die kein

Ventil haben, die Thriller also weder lesen noch schreiben und alles in sich hineinfressen, sind eher diejenigen, über die wir uns Gedanken machen müssen.

In diesem Sinne danke ich allen, die mir dabei geholfen haben, den *Augenjäger* auf die Menschheit loszulassen. Allen voran denke ich dabei, wie immer, an Sie, die Leser. Würde es Sie nicht geben, würde man mich im Verlag vermutlich mit »Herr Fritschke« begrüßen, wenn überhaupt. Die Anrede stand mal auf einem der zahlreichen Ablehnungsschreiben, die ich erhielt, bevor mir Droemer Knaur 2006 eine Chance gab, wofür ich vor allen Dingen meinem Verleger Hans-Peter Übleis und meiner ersten Lektorin Andrea Müller dankbar bin.

Mittlerweile werde ich von Carolin Graehl und Regine Weisbrod betreut (nicht psychiatrisch, sondern im Lektorat; kleiner, aber feiner Unterschied), und ich kann immer nur wieder staunen, wie ihr beide mein Manuskript veredelt. Natürlich würde ich euch noch mehr lieben, wenn ihr mir das nächste Mal einfach drunterschreibt: »Besser geht's nicht. Ab in den Druck«, aber der Qualität wäre diese barmherzige Lüge sicher nicht förderlich.

Ich bin mir sicher, irgendjemand im Verlag ist seit fünf Jahren sauer, weil ich ihn permanent vergesse. Auch hier wieder nur stellvertretend für das gesamte wunderbare Droemer-Team ein Riesendank an: Christian Tesch, Kerstin Reitze de la Maza, Theresa Schenkel, Konstanze Treber, Noomi Rohrbach, Susanne Klein, Monika Neudeck, Sibylle Dietzel, Iris Haas, Andrea Bauer, Andrea Heiß, Georg Regis, Andreas Thiele und Katrin Englberger.

Wie schon beim *Augensammler* hatte ich auch bei diesem Buch das große Glück und Vergnügen, von den hilfreichen Anmerkungen einer ganz besonderen Gruppe von Testlesern, genauer gesagt: »Testhörern« zu profitieren. Petra Klewes, Andrea Czech, Sahre Wippig, Uwe Röder, Niels Luithardt, Anke Mädler, Fanny Holz, Manja Werner und Viktor Stamenovic kennen die Welt Alinas, denn sie sind blind bzw. sehbehindert. Sie alle haben mir bereitwillig jede Frage über ihr Leben beantwortet. Ein ganz besonderer Dank geht wieder an Jenny Grulke, die sich als Vorleserin des Manuskriptes zur Verfügung stellte.

Neben den oben Genannten gab es noch weitere Menschen, die meine Frage: »Willst du den *Augenjäger* schon mal vorab lesen?«, mit einem euphorischen: »Wenn's denn unbedingt sein muss«, beantwortet haben. Unter ihnen Rainer Wieland, der durch seine zahlreichen Anmerkungen das Buch ebenso verbesserte wie Thomas Zorbach und mein Literaturagent Roman Hocke, der wie immer eine Ehrenstellung in meiner Danksagung erhält, denn ohne ihn gäbe es mich nicht als Autor. (Beschwerden darüber bitte gleich an die Agentur AVA-International.) In diesem Zusammenhang ein großes Dankeschön an Claudia von Hornstein, Uwe Neumahr, Christine Ziehl und Claudia Bachmann sowie an Patrick Hocke und Marc Ryan Balthasar für den Relaunch meiner neuen Homepage www.sebastianfitzek.de.

Neben den BuchhändlerInnen und BibliothekarInnen will ich diesmal nicht die VeranstalterInnen von Lesungen und Krimifestivals vergessen, die – oft in ihrer Freizeit – mit Herzblut daran arbeiten, dass Autoren wie ich vor Ihnen stehen und lesen dürfen. (Na ja, meistens quatschen.)

Medizinische Beratung erhielt ich wieder von meinem Bruder und Neuroradiologen Clemens und seiner Frau Sabine, ihres Zeichens Neurologin, die sich beide mittlerweile wünschten, sie hätten Sinologie studiert oder irgendetwas anderes, das mich nicht auf die Idee bringen würde, sie jedes Jahr aufs Neue mit abstrusen Fragen zu löchern.

Wer sich über die hier geschilderte Transplantation des Hornhautrandes genauer informieren möchte (weshalb auch immer), kann das in dem phantastischen Buch *Der Blinde, der wieder sehen lernte* von Robert Kurson tun. Und um es mal mit den Worten Harlan Cobens zu sagen: »Für alle Fehler in diesem Buch tragen die oben genannten Experten die Verantwortung. Ich habe es satt, immer meinen Kopf für euch hinhalten zu müssen.«

Sandra, dir danke ich dafür, dass du (anders als unsere Basset-Hündin Molly) selbst dann nicht einschläfst, wenn du mit mir über die zehnte Fassung meines Buches diskutieren musst. Deine kritischen Bemerkungen haben mal wieder dafür gesorgt, dass der *Augenjäger* besser wurde (und ich wütender, aber das ist eine andere Geschichte).

Ich danke Sabrina Rabow, die für mich weitaus mehr ist als eine perfekte Presseagentin. Wenn Sie auch mal ins Fernsehen oder in die Zeitung wollen, rufen Sie sie an. Wird aber nichts nützen, denn Sabrina gehört mir.

Ich halte mich ja selbst für einen Irren-Magneten, und schon aus diesem Grunde komme ich von Zsolt Bács nicht mehr los, der wie kein Zweiter in Deutschland das Thrillergenre versteht, mir immer wieder hilfreiche Tipps gibt und von dem man als Regisseur der Verfilmung von *Das Kind* noch sehr viel hören wird, dessen bin ich mir sicher. Mehr Infos zum Film finden Sie z. B. auf facebook, Stichwort: »Das Kind«.

Arno Müller, Thomas Koschwitz, Christian Meyer, Simon Jäger, Gerlinde Jänicke, Jochen Trus, Oliver Kalkofe, Sabine Hoffmann (meine ehrlichste Kritikerin) – ihr gehört ja mittlerweile zum Danksagungsinventar. Neu dazugekom-

men ist John Katzenbach, dem ich ein unglaublich inspirierendes und motivierendes Essen im Big Window verdanke.
Ich danke Christoph Siemons und allen von Krypteria, die *Der Augensammler* zu ihrem Hit »The Eye Collector« inspiriert hat, dessen Veröffentlichung mich wiederum in der Endphase dieses Buches motivierte.
Erstmals kann ich meiner Tochter Charlotte danken, die (ich schwöre!) ohne künstliche Hilfsmaßnahmen am 10.10.10 zur Welt kam und sich fortan immer meine Geschichten anhören muss, während ich ihr die Flasche gebe. Noch grinst sie mich dabei fröhlich an (soweit es der Sauger erlaubt), aber Sandra bekommt langsam so ihre Zweifel, ob sie mich mit dem Kind alleine lassen darf. (Guter Trick also!)
Meinem Vater danke ich (neben so vielem) dafür, dass er mir, als ich klein war, auf unseren Spaziergängen durch den Berliner Forst keine Kindermärchen, sondern reale Schauergeschichten erzählt hat, zum Beispiel die von Haarmann und seinem Hackebeil. Hobbypsychologen dürfen jetzt gerne ihre Schlussfolgerungen ziehen.
Abschließend danke ich der gesamten Raschke-Family, vor allem Manuela, meinem Gehirn, die mein gesamtes Leben organisiert. Irgendwann werde ich in meinen Terminkalender schauen und folgende Erinnerungen darin finden: 9.00 Uhr: Einatmen!, 9.00 Uhr und zwei Sekunden: Ausatmen!
Ihr Mann Kalle, mein Freund und von Beruf Sadist (also Fitnesstrainer), war übrigens mal deutscher Meister im Boxen, weshalb ich alle Kritikermails sofort an ihn weiterleite.
Lassen Sie sich aber davon bitte nicht abhalten, mir zu schreiben. Neben fitzek@sebastianfitzek.de erreichen Sie

mich unter meinem Namen auch bei Facebook, twitter, wkw, studivz und in sämtlichen Singlebörsen (Nickname »Sollteeinwitzsein«).
Es kann zwar zwischen den Lesereisen, meinen Schreibphasen und dem Windelwechseln etwas dauern, bis ich mich zurückmelde. Aber dafür ist meine Antwort dann wenigstens kurz.
Ich hoffe, wir lesen uns bald wieder

Ihr

Sebastian Fitzek
Berlin, im Monat des Heuschnupfens (Mai)

Zwei SPIEGEL-Bestsellerautoren –
ein Thriller der Extraklasse!

Sebastian Fitzek und Michael Tsokos

Abgeschnitten

Thriller

Rechtsmediziner Paul Herzfeld findet im Kopf einer monströs zugerichteten Leiche die Telefonnummer seiner Tochter. Hannah wurde verschleppt – und für Herzfeld beginnt eine perverse Schnitzeljagd. Denn der psychopathische Entführer hat eine weitere Leiche auf Helgoland mit Hinweisen präpariert.
Herzfeld hat jedoch keine Chance, an die Informationen zu kommen. Die Hochseeinsel ist durch einen Orkan vom Festland abgeschnitten, die Bevölkerung bereits evakuiert. Unter den wenigen Menschen, die geblieben sind, ist die Comiczeichnerin Linda, die den Toten am Strand gefunden hat. Verzweifelt versucht Herzfeld sie zu überreden, die Obduktion nach seinen telefonischen Anweisungen durchzuführen. Doch Linda hat noch nie ein Skalpell berührt. Geschweige denn einen Menschen seziert …